녹월춘화야담

上

녹월춘화야담

上

김한나 장편소설

가하

녹월춘화야담 上

지은이 김한나
펴낸이 이형기
펴낸곳 도서출판 가하

초판인쇄 2014년 10월 1일
초판발행 2014년 10월 7일
출판등록 2008년 10월 15일 제 318-2008-00100호

주소 서울 영등포구 양평로 67, 1209 (당산동5가, 한강포스빌)
전화 02-2631-2846 **팩스** 02-2631-1846

www.ixbook.co.kr

ISBN 979-11-295-0052-6 04810
979-11-295-0051-9 04810(set)

값 9,500원

들어가는 이야기

어둠이 짙게 깔린 깊은 밤. 구중궁궐 안에는 한 여인의 애끓는 한이 서린 곡소리가 부슬부슬 내리는 빗소리와 함께 어울려 처연하게 울려 퍼지고 있었다.

아들을 낳은 지 일 년 만에 지아비이자 녹월(綠樾) 천지의 주인이신 나라님을 병마에 잃은 여인, 숙용 박씨. 아무런 배경도, 그렇다고 든든한 권력의 세도도 없이 그저 승하하신 임금님만을 하늘로 여기고 살았던 무수리 출신의 순박한 그녀는 어린 아들의 얼굴을 물끄러미 들여다보다가 결국 참았던 눈물을 떨어뜨리고야 말았다.

"내 아가. 우리는 이제 어찌하면 좋겠소? 지금의 주상께서 과연 우리를 살려주실 것인지, 아니면…….."

아직 아무것도 모르는 만 한 살배기 어린 아기인 혜를 내려다보던 박씨는 이내 자신이 낳은 어린 소생을 가슴에 품고선 한숨을 가득 품은 소리 없는 울음을 터트렸다. 대군마마와 군마마들께서 궐 안을 휩쓴 흉악한 피바람에 그 젊고 총명한 목숨을 빼앗긴 지이미 수차례였다. 그녀는 자신이 낳은 소생 중 유일하게 병마 중

7

에 살아남은 어린 생명마저 시퍼런 칼날 아래 그 생을 베이게 될까 매일을 노심초사 두려움에 떨었다.

'차라리……. 차라리 궐 밖으로 나가서 아무도 모르게 조용히 살라고 하였으면 좋겠소. 내 귀하신 월산군 마마. 차라리 그랬으면 좋겠다오. 임금의 핏줄임을 아무도 모르게. 그렇게 이 어미와 함께 오손도손 살게만 하여주었으면 내 평생에 또 다른 소원은 없을 것 같소. 아니 그러하오?'

박씨는 속으로 끊임없이 되뇌고 또 되뇌었다.

그때였다. 그녀가 머무는 궁에 어수선한 불안감이 들이닥치더니 곧 처소의 문이 열리고 새 군주의 발걸음이 그곳에 드리워졌다.

"주, 주상전하. 이 누추한 곳까지……."

얼른 온몸을 조아려 고개를 숙인 그녀는 별안간 제정신이 아닌 사람처럼 말을 이어 나가기 시작했다.

"전하. 부디 어린 아우를 굽어살펴주시옵소서. 살려, 살려주시옵소……, 살려주세요. 살려주세요!"

그러자 녹월국의 새 주인이 된 젊은 임금은 부리던 모든 사람들을 내보낸 후 배다른 아우인 한 살배기 혜를 들어 올렸다. 아무것도 모르는 어린 소생은 형님의 얼굴을 보며 그저 방싯방싯 웃더니 맑은 미소를 번져내었다.

"주, 주상전……, 하?"

얼른 고개를 든 그녀는 눈물을 미처 닦지도 못한 채 젊은 군주를 바라보았다. 승하하신 나라님과 꼭 닮은 용안을 뵈오니 여인의 눈에는 또다시 눈물이 맺혔다.

"숙용마마께서는 승하하신 아바마마를 힘써 보필하셨고 첩지를 받으셨으며 이렇게 아바마마를 꼭 닮은 제 아우까지 낳으셨으니, 사사롭게 보자면 제게 또 다른 어머님이 아니십니까? 이 몸이 아직 조정의 관료들을 이 발아래에 둘 힘이 없어 다른 아우들과 형님들을 지켜주지 못하였으나 혜만큼은……, 이 배냇짓하는 어여쁜 아우와 숙용마마는 꼭 지켜드릴 것입니다."

"정말이십니까, 전하?"

그녀가 두 눈을 비비며 젊은 군주를 바라보자 그는 어린 아우를 어미의 품에 안겨주며 고개를 끄덕이더니 이내 작은 목소리로 말을 이었다.

"오늘 중으로 궐 안을 빠져나가셔야만 합니다. 지금은 궐 안팎으로 극악무도한 자들이 많아 한동안은 몸을 숨기고 사셔야만 할 것이나 용상에 힘이 모이는 그날이 오면 꼭 마마와 아우를 찾아 부를 것입니다. 일단은 금일 깊은 밤, 궐 밖에 미리 마련한 곳으로 숙용마마와 혜를 모시게 할 터이니 간단히 채비를 마친 후에 제가 보내는 자들을 따라나서면 될 것입니다."

그날 밤 그녀는 갓난쟁이 혜를 품에 안고 내관들을 따라 까막둥이 생각시 시절에 들어온 궐을 스물세 해 만에 은밀히 빠져나갔다. 울음을 터트리는 어린것의 소리를 막고자 그 여린 입에 재갈을 물린 어미의 찢어지는 마음을 알았는지 깊은 밤 도성에는 모든 소리마저 집어삼킬 정도로 큰 우레와 광풍이 차가운 비와 함께 휘몰아치기 시작했다.

一章. 여인의 사정과 사내의 사정

그 누구의 옷섶이라도 그 자리에서 풀어버릴 것 같은 습하고 더운 바람이 영락관의 담벼락에 끈적끈적하고 붉은 자국을 남기며 다급한 발걸음을 옮기고 있었다. 녹월 팔도를 통틀어 재색을 겸비한 기녀들이 가장 많은 곳. 하여 언제나 농밀하고 음탕한 밀어의 속삭임과 나긋나긋한 살덩어리들의 나부낌이 들어앉은 곳이 기방, 영락관이었다.

"하아. 왜 이렇게 늦으시는 것인지. 얼른 가면 영의정 대감마님께서 얼음 한 덩이라도 주실 것인데."

열 살 내외로 보이는 어린 계집아이 꽃심이가 오목한 젖무덤이 달싹 드러난 땀 젖은 모시저고리 깃을 잡고 흔들며 중얼거렸다. 계집 꽃놀이를 마치고 집으로 돌아가는 남정네들이 비단신을 잘 신을 수 있도록 시중을 드는 꽃심이. 그런 꽃심이의 시중을 받는 김익선은 언제나 으레 그래왔던 것처럼 여린 젖무덤 안으로 손을 집어넣어 덜 여문 꽃망울을 아플 정도로 왈칵 비틀곤 했다. 이후 자연스레 얄팍한 젖무덤 사이에 얼음 한 덩이를 넣어주는 그의 얼굴에 맺힌 추한 미소에는 지체 높은 양반이 무지몰각한 아랫것에게 넓은 마음을 열어 선심을 베푼다는 깜냥이 늘 걸려 있곤 했다.

「덜 여문 고것도 참 맛이 좋을 것이야. 네 이름이 꽃심이라 하였느냐? 어떠냐? 그 꽃값으로 네년 궁둥짝만 한 얼음을 내려줄 것이니? 조만간 내 친히 네년의 가랑이 맛을 보아줄 것이니라!」

꽃심이는 김익선의 말을 떠올리며 살풋 웃었다. 솔직히 처음에는 늙고 냄새나는 김익선의 손길이 온몸에 소름이 돋아날 정도로 싫었다. 어느 날은 그 아귀에서 흘러나오던 돼야지 똥오줌보다도 더한 악취가 꿈속을 비집고 들어와 여린 꿈자리가 식은땀으로 축축해지기까지 했다.

그러나 녹월 팔도의 온갖 세력을 거머쥔 김익선의 육봉을 쥐고 흔드는 꽃이 된다면 그 꽃이 가진 권세도 무한할 것이다. 그 권세의 일 리만이라도 나누어 가진다면 귀한 얼음덩어리로 자리를 만들어 지금처럼 지독히도 더운 날이면 시원하게 잠도 청할 수 있으리라. 꽃심이는 그렇게 김익선의 잠자리 시중을 들어 부귀영화를 누리게 될 자신을 상상해보며 보름에 한 번 영락관에서 은밀히 모시는 귀한 이를 맞이하기 위해 덥고 습한 짜증을 참아내고 있었다.

그 찰나 투박하지만 본디 선이 가느다란 손길이 꽃심이의 어깨를 가볍게 스쳤다.

"이보게. 나 왔네."

굵은 사내의 목소리였으나 꽃심이는 어쩐지 그 목소리가 이상하게 여겨져 고개를 갸웃거리며 영락관의 안주인께서 귀한 손님이라 부르는 이를 기방의 가장 깊고 은밀한 장소로 모시기 시작했다.

마치 살이 썩어가는 문둥병자마냥 꼬질꼬질한 누더기 천과 품이 넓은 옷으로 온몸을 감싸고 큰 삿갓을 푹 눌러쓴 모습의 귀한 손님. 눈만 겨우 내놓은 채 낡은 천으로 온 얼굴까지 둘둘 감춰버려 그 본디의 모습이 어떤지는 모르겠으나 꽃심이는 한순간 그 더러운 행색에서 맑은 향내가 흐르는 것 같다고 느꼈다. 초라하고 볼품없는 행색에 비하면 무척이나 정갈하고 반듯한 향내가.

"도착하였습니다. 어서 안으로 드시어요."

꽃심이의 말에 귀한 손님은 문틈 사이로 뿜어져 나오는 덥고 들뜬 기운에 마른침을 삼키며 고개를 끄덕였다.

귀한 손님이 방으로 들자마자 꽃심이는 김익선이 들었던 침방을 향해 내달렸다. 그가 꽃심이의 오른쪽 가슴을 희롱한다면 오히려 왼쪽 가슴까지 내어줄 마음을 먹고서 말이다.

이 지긋지긋한 가난과 이 끔찍한 곳에서 무슨 수를 써서라도 빠져나가기 위해서. 썩어 문드러진 이 나라에서 무능한 나라님이 구제해주지도 못하는 이 처량한 신세를, 비록 늙고 냄새나는 몸뚱이를 가졌지만 온 녹월 팔도의 권세를 단단히 틀어쥔 김익선을 통해 벗어나기 위해서.

숨이 턱 하니 막혔다. 보름에 한 번씩 보는 광경이지만 영지는 이것에 쉬이 적응할 수가 없었다. 하지만 이내 그녀는 봇짐 안에서 그림을 그릴 도구를 꺼내며 바닥에 자리를 잡았다.

윤영지. 그것은 영특하고 지혜로운 사람으로 살라고 아버지께 내려 받은 귀한 이름이었다. 사람으로의 도리를 잊지 말며 삶을 소중히 간직하라고 입버릇처럼 말씀하셨던 그녀의 부친, 윤일은 자신의 딸이 일개 사대부가의 여인이 아닌 귀하게 쓰임 받을 사람으로 자라나기를 바랐다. 하여 윤일은 자신의 귀한 딸에게 사내들이나 배운다는 한문을 비롯하여 시(詩)·서(書)·화(畵)를 틈틈이 가르치고 익히도록 장려했다.

비록 여인으로 태어났지만 뭇 사내들보다도 귀애를 받고 자란 영지. 그런 그녀가 병들어 죽어가고 있는 부모를 위해 할 수 있는 일은 부친께 배운 시·서·화 중 '화'를 쓰는 일이었다. 지금 그 '화'의 기술로 영지는 '춘화'라 불리는 그림을 그리며 자신과 남은 가족들의 목숨을 부양하고 있었다.

녹월국 최고의 춘화쟁이가 되어버린 영지. 그런 그녀가 그린 그림을 은밀하게는 사대부 안방마님들부터 대놓고는 기방의 기녀들에 이르기까지 녹월 팔도에 치마 두른 여인이라면 찾지 아니하는 이가 없을 정도였다. 이제는 사내대장부들마저 찾는 이들이 수도 없이 많아졌으니 오죽하면 음서들만 취급하는 화방들의 명부에 영지의 그림을 기다리거나 그 모사화라도 가지려는 이들의 이름이 셀 수도 없이 적혀 있을까.

앞으로 뒤로, 혹은 말로 형언치 못할 괴기한 체위들로 서로의 살덩어리를 탐닉하는 사내와 기녀의 달뜬 몸놀림을 은밀하게 가린 비단 천은 한낱 잠자리 날개에 지나지 않을 만큼 얄팍하고 조악한 것이었다.

"하아……."

서로 연모함 없이 그저 그림을 그리는 이에게 보여주기 위한 그들의 달뜬 몸놀림을 섬세하게 붓끝에 담아내던 그녀는 집에 누워 계신 병들고 늙은 부모를 떠올렸다.

두 해 전 그 일이 있기 전만 해도 영지는 귀하디귀한 사대부가의 영애로서 남부러울 것 없이 행복하게 살았다. 평생 안해 외에 다른 여인은 거들떠보지도 않았던 아버지와 곱고 정갈한 자세가 어여뻤던 어머니가 서로 은애하며 살아가는 모습은 영지에게 있어서 최고의 자랑이었고 앞으로의 소원이었다.

한 번도 보지는 못했지만 풍문으로 들은 자신의 정혼자는 무척이나 늠름하고 기골이 수려한 도련님이라고 들었다. 그녀는 늠름하고 수려한 그 사람과 혼인을 하게 된다면 꼭 부모님같이 어여쁘고 곱게 살리라 생각했었다.

하지만 수줍고 소박했던 평범한 꿈은 이내 그날의 아비규환으로 산산조각이 나버렸다.

정혼자의 아비였던 병조판서 김익선이 역모를 꾀했다. 김익선 일파의 손에 어리셨던 임금님은 왕위 옹립 일 년 만에 폐위되어 강화로 추방당했다. 또한 그 수괴가 용상에 옹립한 지금의 군주는 왕가의 핏줄을 이어받았다뿐 출생할 적부터 외모가 괴기하였고, 열일곱이 된 지금까지도 제대로 된 말을 할 줄 몰라 천진하고 마냥 좋은 것만 찾으시는 어린아이와 같으신 분이었다.

그런 새 임금님의 배필로 김익선은 자신의 어린 조카를 최종

간택에까지 들였고 김익선의 어린 조카는 녹월국의 국모로 추대받았다. 그 후에 영의정에 봉해진 김익선은 그야말로 녹월 팔도를 틀어쥐고 뒤흔들 만한 권력의 정치적 실세였다.

「차라리 다행이라 여기어라. 그런 더러운 가문에 너를 보내려고 하였다니. 이 아비의 판단이 틀렸던 것이었느니라.」

사돈지간이 될 뻔했던 김익선의 역모 앞에서 어리고 어진 임금님을 지키려 애썼던 그녀의 부친은 김익선이 주동한 역모가 성공하자 극심한 핍박과 수모를 당했다. 생각과 행동이 덜 자란 허수아비 임금을 앞세운 김익선은 한때 사돈지간이 되기를 약조했던 홍문관 대제학 윤일의 가문을 풍비박산 내었다.

그나마 한때의 옛정을 이유로 겨우 살아남은 목숨은 고작 셋이었지만, 그 높고 귀하던 신분은 천민으로 격하되었고 모진 고초를 받은 윤일은 아래쪽 반신을 쓸 수 없는 몸이 되어버렸다. 또한 영지의 하나뿐인 오라비였던 영소는 반역의 수괴에게 칼을 맞아 그 자리에서 즉사를 했으니. 귀하게 키운 자식을 잃고 불구가 된 지아비를 보게 된 그의 안해는 충격으로 인해 하루아침에 까맣던 머리가 하얗게 세어버렸으며 말하는 법까지도 잊어버렸다.

그야말로 영지의 가족들에게 남은 것은 아무것도 없었다. 이런 극한의 상황에서 가족들을 봉양하는 것은 오롯이 사지 멀쩡하게 살아남은 그녀의 몫으로 남아버렸다. 잊을 수만 있다면 잊어버리고 싶었지만 절대로 잊을 수가 없는 그날의 모진 환난을 부지불식간에 떠올려버린 영지의 손끝에는 분노와 슬픔이 어둡게 깃들었다. 결국 그 어둡고 아픈 감정은 종잇장 위의 짙은 먹물로 화하며 검은 자국을 만들어내었다.

　"나리, 즐겁게 보시었답니까?"

　방금 전까지 건장한 사내와 달뜬 몸짓을 나누던 삼패기생이
익숙한 손놀림으로 곰방대에 담뱃불을 붙이더니 이내 마주 앉은
영지의 얼굴로 긴 연기를 내뿜었다. 요염하게 웃는 붉은 입술에
영지는 한순간 낮에 먹은 맹물이 다 올라오는 것 같았다. 실오라
기도 걸치지 않은 기녀의 맨살 위에는 마치 방금 전의 방사가 이
대로 끝나는 것을 아쉬워하는 듯한 사내의 음탕한 손길이 여전히
춤을 추고 있었다.

　"모자라시면 더 보여드리겠습니다. 영락관의 어머니께서 나
리께는 보여드릴 수 있는 모든 것을 다 보여드리라고 하셨으니 말
입니다."

　기녀가 사내의 덜 죽은 남근을 만지작거리자 그것이 다시금
곧추섰다. 영지는 올라오는 토악질을 꾹 참고 검붉은 그것의 색감
을 표현하기 위해 안료들을 섞었다. 언제까지 이 치욕스러우리만
치 몸서리가 쳐지는 짓을 하며 목숨을 연명해야 할지 모르겠지만,
안타깝게도 이 일만큼 큰돈이 되는 일은 아직까지 찾을 수가 없었
다.

　의원이 말하기를 부모님의 병은 완벽하게 고칠 수도 없지만
지금보다 더 나빠지지 않으려면 지속적으로 약을 써야 하니 일
단 돈부터 들고 오라고 하였다. 부친은 지금 쓰는 약을 중단하면
그 쓰지 못하는 반신이 이내 썩어 들어갈 것이고 말하는 법을 잊

은 모친도 그대로 두면 사람 구실 자체를 할 수 없게 된다고 하였기에 영지는 저 검붉은 사내의 남근을 표현하기 위해 밑그림 위에 음란한 색을 입혀야만 했다.

하얗던 백지 위에는 음부의 마찰까지 곧 소리로 표현될 듯 젊고 싱싱한 남녀의 열에 달뜬 나신이 살아 움직이는 것처럼 짙게 채색되어 있었다. 그 누가 보아도 가슴이 달뜨고 얼굴이 붉어지는 그림이리라. 하지만 자신이 그린 그림을 보면서 추악하고 더럽다는 생각을 하는 그녀의 눈시울에는 한순간 뜨거운 무엇인가가 짙게 차올랐다.

음탕한 채색을 입은 저 백지가 마치 자신의 처지인 것 같아서 슬프고 비참한 기운이 그녀의 마음에 가득했다. 곱고 하얗게 살고 싶었으나 지금의 현실은 가장 천하고 요사스러운 그림을 그리는 천민 그 이상도 이하도 아니었다.

사람 노릇을 하고 살라던 부친의 소원과는 반대로 음탕한 그림이나 그리는 영지는 스스로의 삶을 더 이상 사람다운 삶이라 인정할 수가 없었다. 자신의 삶이 마치 똥오줌 속에서 버글거리는 금수나, 길거리 아무데서나 짝을 짓는 짐승과도 같이 여겨져서 그 가슴에 서리는 슬픈 기운은 한없이 깊은 나락으로 떨어진 지 오래였다.

"여기서만큼은 감춘 얼굴을 드러내셔도 되십니다."

영락관에 속한 모든 기녀들의 기생어머니이자 그곳의 주인인 소향의 잔잔하고 맑은 음색에 가만히 침잠하고 있던 영지의 두 눈동자가 그녀를 응시했다. 지금은 비록 퇴기이지만 과거 예인으로 이름을 날렸던 일패기생 출신답게 그 말투나 몸체가 바르고 정갈했으며 여전히 아름다운 이. 기녀였던 어미의 배가 양반이었던 사내의 씨를 몸 안에 품어 출생한 이가 소향이라 하였던가?

영락관에 몸을 팔기 위해 발을 들였던 그날, 자신을 엄한 목소리로 꾸짖던 소향의 음성을 떠올리던 영지는 소향의 고운 얼굴 위에 한의 세월이 남긴 굴곡의 언저리를 눈에 담으며 생각했다. 맑은 낯빛을 지닌 얼굴의 곳곳에 패인 오목하고 엷은 주름 결에는 기품의 빛깔이 은근히 비쳐 있어 천한 기녀 출신의 여인이라 한들 감히 누구도 그녀를 함부로 하지 못하였을 것이리라.

영지는 그리 여기며 생각의 타래를 잠시 접고 자신의 얼굴을 둘둘 감았던 누더기를 풀었다. 누더기가 한 겹 두 겹 풀어져갈 때마다 땀에 절었지만 본디 투명한 빛을 머금은 여리고 뽀얀 살갗에 방 안의 후텁지근한 공기가 마주 닿았다.

"아직도 그 일을 치욕스럽다 여기시는 것입니까?"

"……."

"익숙해지셔야 합니다. 아씨께서 결정한 것이시니 발가벗은 여인과 사내의 그것 또한 덤덤하게 보셔야 하십니다. 지금의 현실을 받아들이기로 결정하신 것은 아씨 자신이시니, 그 또한 진실로 받아들이고 인정하셔야 이 어지러운 삶을 살아내실 수 있으실 것입니다."

"알고 있습니다."

소향의 말에 고요하고 맑은 영지의 본디 목소리가 공중을 울렸다. 그 목소리는 마치 울음인 것마냥 떨렸으나 주인의 눈은 깊이를 알 수 없는 어두운 우물물처럼 한없이 까맣고 무겁기만 했다.

"자, 그럼 그림을 한번 보도록 하겠습니다. 이 그림은 정경부인 댁에 은밀히 들어갈 것이라 말씀을 드렸었지요?"

소향은 아직 안료의 물기도 채 마르지 않은 화폭을 자세히 살펴보았다. 감히 단언컨대 영지가 여인의 몸이 아니었다면 혹은 이렇게 천민으로 신분이 격하되지만 않았다면 시대를 호령할 만한 화공 그 이상의 무엇은 되었으리라. 소향은 그리 생각하며 안쓰러움과 만족스러움을 담은 묘한 미소를 입가에 살며시 늘어트렸다.

"먹물이 군데군데 그림자를 드리운 것이……, 참으로 묘하게 느껴지는 이 그림 속의 애잔함을 어찌하면 좋을지요. 그럭저럭 그림 값은 제대로 받겠지만 말입니다."

"다, 다음번에는 더욱 잘 그릴 것입니다. 그럼 이번에도 언제나처럼 돌아오는 말일에 그림 값을 받을 수 있는 것입니까?"

다급함이 가득히 묻어나는 물음에 소향은 그녀의 앞으로 작은 주머니를 하나 내밀었다.

"약조는 금석보다도 더한 것입니다. 자, 여기 있습니다. 보름 전에 그려주셨던 그림 값을 처음 저와 약조했던 대로 나눈 것입니다."

"고맙습니다."

영지는 작은 주머니를 열어서 그림 값을 확인했다. 한 냥 육십 닢. 이 돈이면 당분간 아버지와 어머니의 약값도 대고 질 좋은 진지도 차려드릴 수 있을 것이다. 영지는 얼른 돈주머니를 품 안에 넣고 누더기 천으로 얼굴을 도로 감싸며 자리에서 일어섰다.

그때 소향의 목소리가 영지의 발끝을 동여매었다.

"돈이 더 필요하지 않으십니까?"

"필요합니다. 하, 하지만 설마 제게 기녀가 되라는 그런 권유는……."

영지는 바르게 선 채로 소향을 내려다보며 물었다. 그러자 소향은 고개를 가로저으며 입을 열었다.

"부모를 봉양코자 몸을 팔러 오신 분이 아씨셨습니다. 한때는 정이품 홍문관 대제학을 지내셨던 귀한 분의 따님께서 스스로 기녀가 되겠다 하시며 그 몸을 사달라 청하셨지요? 하여 솔직히 말씀드리건대 저는 일순간 아씨의 그 몸이 욕심나기도 하였습니다. 녹월국 최고의 일패기생을 만들고자 아씨께서 가지신 시·서·화의 재능까지도 직접 살펴보았지요. 헌데 아씨께서 가지신 '화'의 재능이 눈에 뜨일 만큼 기이한 재주로 여겨졌고, 한때는 귀하셨던 몸을 기녀로 전락시켰다가 이 늙은 몸이 하늘에 큰 벼락을 맞을까 한순간 염려가 되어 아씨의 몸뚱이를 사지 않겠다고 하였습니다. 생각이 나십니까?"

"생각이 납니다. 하여 저를 꾸짖으신 후에 몸을 파는 대신에 춘화를 그려볼 것을 권하시지 않으셨습니까? 헌데 춘화를 그리는 것보다 더 많은 돈을 벌 수 있는 것은 결국엔 기녀가 되어 높으신 분들께 웃음과 몸뚱이를 파는 것이 아닙니까?"

영지의 말에 소향은 다시 고개를 가로저으며 무엇인가가 적힌 것을 그녀의 발 앞에 밀어놓았다.

"무엇입니까?"

"아씨의 재능을 필요로 하는 사람이 있습니다. 지금은 제가 아씨의 춘화를 중개해주는 대가로 일정한 부분을 나누어 가지지만 이 사람에게 아씨의 재능을 보태드린다면 앞으로 아씨께서 그리시는 그림 값은 오롯이 아씨의 돈이 될 수 있을 것입니다. 덧붙여, 이 일이 성사만 된다면 앞으로 제가 가져가는 춘화의 중개료는 더 삭감해드릴 용의도 있습니다. 여러모로 생각해봤을 때 제가 아씨라면 이 일을 거부할 이유는 없다고 여겨집니다만."

소향의 말을 들은 영지는 귀가 솔깃해짐을 감출 수가 없었다. 지금은 자신이 그린 춘화를 찾는 사람들에게 대신 팔아주는 대가로 소향이 그림 값의 절반을 가져가고 있었다. 그런데 소향이 중개해주는 대가로 가져가는 중개료도 삭감되거니와 새로운 일감도 얻게 되니, 잘만 되면 일거양득이 아닌가!

"제 그림 값을 얼마나 쳐준다고 합니까?"

"못 받아도 지금 아씨께서 제게 떼이고 받으시는 돈보다는 많을 것입니다. 읽어보면 아시겠지만 아씨의 재능을 사려는 분은 글을 쓰는 사람으로, 녹월 팔도 최고의 삽화가를 찾고 있습니다. 정확히 말하자면 녹월국에서 최고로 손꼽히는 춘화쟁이를 말이지요. 방사와 같은 음화를 잘 그리는 삽화가. 아씨의 재능과 꼭 맞아떨어지는 일이 아닙니까? 어차피 하고 있는 일. 어차피 몸담은 일. 무엇이 두려워 못 하겠습니까? 하여 이미 제가 춘화를 그리는 재능을 사고 싶어 하는 이에게 아씨에 대해 대충 언질은 드렸으니 마음이 동하시면 그 종이에 적힌 대로 찾아가십시오. 분명 아씨께는 좋은 일거리가 될 것입니다."

소향은 예의 고운 미소를 흘리며 영지를 바라보며 말을 이었다.

"걱정은 하지 마십시오. 아씨의 재능을 사고 싶어 하는 이에게는 춘화에 능한 작자가 그저 방사 도착중에 걸려 몹쓸 방사 질환에 걸린 사내인지라 온몸을 누더기 천으로 둘둘 말고 다닌다는 것만 말해두었으니. 아씨께서 여인이라는 것을 아씨 스스로가 조심하신다면 절대로 들통이 나는 일은 없을 것입니다."

영지는 소향의 말을 듣다가 저도 모르게 등골이 오소소 솟는 것을 느끼며 손안에 든 반듯하게 접어진 종이를 천천히 펴보기 시작했다.

모자라고 모자라도 이만큼 모자란 이가 또 있을까? 부리는 머슴 한 놈을 앞세운 채 도포 자락을 휘이휘이 휘날리며 저잣거리를 비틀거리는 걸음으로 지나가는 월산군의 모습을 보던 장사치들은 일제히 그 뒤통수에다 대고 뒷담화를 해대기 시작했다.

"어찌 저런 작자가 군마마의 호칭을 쓸 수가 있단 말인가?"

"쉬잇! 조용조용. 그래도 영종 임금님의 피가 흐르시는 이 나라의 군마마가 아니신가? 누가 들으면 어쩌려고."

하지만 '쉬잇'을 외치는 장사치의 눈에도 월산군에 대한 조롱이 담겨 있음은 매한가지였다.

"아, 들으려면 들으라지! 승하하신 영종 임금님의 막내 왕자님이 바로 저치가 아닌가? 풍문으로는 저 철딱서니 없는 막둥이 왕자님이 아직 갓난쟁이 시절에 임금님께서 큰 병을 얻게 되시어, 아, 그 뭐시더라? 그래그래! 그 '월산(越山)'이라는 호도 미리 내려주시고 승하하신 것이 아니야? 쯧. 월산은 무슨 놈의 월산. 태산을 넘어설 만큼 큰 사람이 되라는 의미로 내려주신 호라 들었건만…… 벌건 대낮부터 술 냄새 풀풀 풍기는 저런 주정뱅이 작자에게는 그 뜻이 아까워서 죽을 지경이 아니겠어!"

"하기야. 임금님의 피를 받았으면 그 핏줄 값은 족히 해야 왕족의 위엄이 설 텐데 말이지. 실로 저런 분들이 먼저 정신을 바짝 차려주셔야 이 나라가 반석 위에 서서 기울지 않을 것인데."

"다 틀렸지 무얼. 이 나라가 언제부터 반석 위에 선 나라였던가? 오랑캐보다도 더 징글징글한 김익선이가 나라를 휘어잡고 있으니. 에라이! 녹월(綠樾)? 이 땅 어디에 녹월이 있다던가? 백성들이 편히 쉴 수 있는 푸른 그늘이 되어주겠다? 아, 어림도 없는 소리!"

"이 사람아! 그놈의 주둥이 좀 조심하게. 장담하건대 군마마의 뒷담화보다도 영의정 대감의 뒷담화를 하다 걸리면 그야말로 그 주둥이가 달린 모가지가 더 이상 붙어 있지를 못할 것이니."

장사치들 말대로 월산군 이혜는 도성 안에서 가장 욕을 많이 먹는 위인 중의 한 사람이었다. 오래전 승하하신 영종 임금님을 가장 많이 닮아 그 용모가 훤칠하고 기골이 장대하여 겉으로만 보면 그야말로 '왕자'라는 신분에 딱 들어맞는 사내가 월산군이었다. 하지만 그는 녹월국 최고의 술주정뱅이요, 할 일 없이 음탕한 시구나 지어내며 세월아 네월아 허송세월을 흘려보내며 사는 단언컨대, 어디 하나 쓸 데가 없는 위인이었다.

장사치들이 자신의 뒷담화를 까든가 말든가. 혜는 앞서가는 개똥이의 이름을 크게 부르며 말했다.

"개똥아! 역시 술맛은 낮술 맛이 최고가 아니겠느냐? 영락관으로 가자! 가서 영월이도 보고 미월이도 보고 해가 질 때까지 진탕 놀다가 영락관 안주인에게 외상 술값이나 갚아야겠다!"

"아이고 마마께서 돈이 어디 있다고 그러시옵니까?"

그러자 혜는 참말로 부리는 종놈 주제에 주인을 귀찮게 한다는 듯 개똥이의 발 앞에 엽전 꾸러미를 픽 하니 내던지며 말했다.

"이놈, 이놈! 내 네놈이 벗처럼 좋아서 상하격식 따지지 않고 잘 대해주었더니 이제는 네놈마저 이 주인을 희롱하는 것이야?"

"마마, 이 돈은 또 어디서 생긴 것이옵니까? 종친부에서 내려준 기와집도 술값으로 다 날리시고 그나마 체면치레라도 겨우 할 돈푼마저도 어디에 갖다 쓰셨는지 소리 소문 없이 깡그리 날리신 분께서?"

모시는 주인의 엄포에도 개똥이는 개의치 않고 말대답을 하며 얼른 엽전 꾸러미를 주웠다. 그러자 혜는 잘 휘어진 버들가지마냥 입꼬리를 휘며 웃었다. 그런 제 주인의 수려한 면을 바라보던 종은 순간적으로 탄식을 아니 뱉을 수가 없었다.

'하늘님께서도 무심하시지. 어찌 저리 영종대왕님을 꼭 닮으신 분의 머릿속을 빈 댓속마냥 텅텅 비게 만들어놓으셨는가?'

그런 개똥이의 속엣말이 다 들리기라도 한 것처럼 혜는 더욱 목소리를 높였다.

"개똥이 이놈아! 이 몸이 다 대업(大業)을 이루기 위해서 적재적소에 쓴 것이 아니겠느냐?"

"월산군 마마. 대업이 아니라 기녀들이랑 놀아나고, 중간 중간 노름도 해보시고, 녹월 천지 온갖 술은 말술로 사다 푸시느라 그러신 것이 아니시고요?"

"그것도 대업이라면 대업이 아니더냐? 사내놈으로 태어나서 꼭 해야 할 것이 말이지, 첫째로는 곱디고운 꽃을 톡 하고 꺾어보는 것이고 그 다음이 투전판에서 돈을 잃는 그 진진한 재미를 즐기는 것이고 마지막으로는 요놈의 정신이 쏙 하니 빠져나가도록 술통에 빠지는 것이니라. 알겠느냐? 그나저나 개똥아! 영락관은 멀었느냐?"

이놈의 정신 나간 주인이 낮술에 정신이 혼미해지셨나 보다. 개똥이는 그리 생각하며 큰 소리로 외쳤다.

"마마께서 그토록 고대하시던 영락관이 코앞입니다요! 여어! 영월아! 미월아! 월산군 마마께서 납시셨다! 어서 나와 모시어라!"

혜는 영락관의 현판을 잠시 동안 바라보다가 이내 비틀거리는 걸음으로 그곳의 문턱을 넘어섰다.

이패기생 영월이가 혜의 술잔에 술을 넘치게 따르며 간드러지게 웃었다.

"이것아, 술이 넘치지 않았느냐? 술 향에 우리 영월이 향기가 젖어들었는가? 넘친 술에서 네 오묘한 향이 진동을 하는구나?"

그는 넘친 술잔을 입가에 대어 단숨에 술을 삼켰다.

"그런데요? 월산군 마마께서는 어찌하시어 이년의 치맛자락을 들치지 아니하시는 것이옵니까?"

영월은 젖무덤이 절반쯤은 보일 만큼 짧은 삼베 저고리를 입은 채로 요염한 미소를 지으며 혜의 품 안에 무르익은 몸을 내던지듯 안겼다. 도성 최고의 반편이에 술주정뱅이라 할지라도 월산군은 참말로 잘난 사내였다. 여인이라면 꼭 한 번쯤 안겨보고 싶을 만큼 외모가 준수하였고, 그 가슴팍 또한 단단한 것이 전체적으로 몸집이 다부진 탓에, 영월은 잠들지 못하는 밤마다 반편이 왕자를 머릿속에 품고 음부를 매만지며 혼자만의 진진한 손맛을 즐긴 적이 한두 날이 아니었다.

"이년의 치맛자락뿐만이 아니옵니다. 마마께서 영락관을 들락날락하신 지가 몇 년이시온데 일패 언니들도 아직 월산군 마마의 은총을 입지 못하였다고 들었습니다?"

"지난번에 미월이도 그 소리를 하더니. 영월아, 혹 일패언니라는 여인에게 무슨 소리 못 들었더냐?"

자세를 고쳐 앉은 채로 짐짓 준엄한 음성을 내는 혜의 눈빛에는 알 듯 모를 듯한 번뜩임이 스쳤다.

"일패언니 누구요? 애랑이 언니요?"

"그 일패기생 이름이 애랑이었던가? 무에 여하튼, 내가 말이다? 병이 하나가 걸렸단다. 이 몹쓸 병을 말이다? 아마 한 다섯 해 정도 앓은 것 같은데……. 온갖 별수를 써 보아도 도통 낫지가 않아서 말이다. 지난번에 그 일패기생도 애를 좀 썼지. 물론 미월이도. 그런데도 도통 영 차도가 없단다."

"어떤 병이기에 그러시어요? 애랑이 언니도, 미월이도 월산군 마마 이야기가 나올 때면 하늘이 무너지고 땅이 꺼질 것처럼 한숨을 쉬었더랬습니다? 이 바닥을 떠나야겠다면서요."

영월의 말에 혜는 비싯 웃더니 자신의 도포 자락을 양쪽으로 슬쩍 열어젖히며 말했다.

"영월이 너도 못 고칠 것이야?"

"대관절 무슨 병이기에 그러시어요 마마?"

"어허. 이렇게 도포 자락을 열어젖히면 그 안에 무엇이 있겠느냐?"

"예?"

"요 바지 안에 말이다. 모든 사내놈이면 다 있는 그것 말이다."

"혹, 양물 말씀이시옵니까?"

"옳거니! 그래. 양물."

"그것이 무에 어찌하기에……."

영월이 술잔에 다시금 술을 따르며 말끝을 흐리자 그는 마냥 천진하게 말을 이었다.

"요 양물이 한 다섯 해 동안 쥐 죽은 듯이 누워 있단다. 내 방뇨 줄기도 세차고, 사는 데에는 별 지장이 없는데 말이다? 꽃을 만나면 꺾지를 못한다 이 말을 하는 것이니. 내 실로 우세스럽기 짝이 없구나."

아아. 아쉽구나. 저 잘난 나무를 휘감는 넝쿨 꽃이 되고 싶었거늘. 애랑이 언니도, 미월이도 그런 연유로 그리 탄식을 내뱉었구나.

영월은 술잔을 연신 넘기며 징글징글맞게 잘난 미소를 짓는 눈앞의 사내를 바라보다가 마른침을 꼴깍 삼켰다.

"월산군 마마. 정말 사실이셔요? 그것이 서지 않는다는 것이……."

"요것이 평생 속고만 살았나? 궁의 의원에게 직접 들은 말인즉, 원인 불명의 양위증이라 하였다. 합방이 불능하니 네 너희같이 어여쁜 꽃을 꺾지 못하는 것이 아니더냐? 덕분에 이리 술만 축내는 것이겠고. 사내가 꽃을 보아도 꺾지 못하니 그야말로 화중지병에 못 먹는 감이니. 이리 와보아라. 못 먹는 감 한번 찔러나 보자꾸나."

혜는 향내 나는 영월의 젖가슴에 얼굴을 묻으며 호탕하게 웃었다.

"아아. 월산군 마마께서야말로 제게는 화중지병에 못 먹는 감이 아닐는지요?"

아쉽고도 아쉽다. 헌데 말이지. 애랑이 언니도, 미월이도 어찌 이런 삼삼한 얘깃거리를 꼭 감추고 있었는가?

영월은 갑자기 입이 근질거려 견딜 수가 없었다. 자신의 젖무덤에 이를 박는 월산군의 애무에도 불구하고 그저 임금님 귀는 당나귀 귀라. 말 못 했던 옛날이야기의 주인공마냥 그 주둥이가 속달속달 타들어갔다.

뽀얗게 흐드러진 젖무덤에 이를 박던 혜는 문득 영월의 흐릿한 눈을 보며 쓴 미소를 지었다. 입이 싼 영월이라면 곧 도성 사대문 가득 반편이 왕자가 고것도 서지 않는 불능한 이라고 퍼트려줄 것이다. 그렇게 된다면 자연스레 반편이 월산군에 대한 쑥덕거림이 더 많아질 것이고 왕가의 핏줄들에게 위협의 칼을 겨누고 주시하고 있는 자들도 후사를 볼 수 없는 몸인 반편이에게는 그 경계를 늦출 것이다.

'내 백성들의 욕을 하도 먹어 담벼락에 똥칠을 할 때까지 천수를 누리며 살지도 모를 일이군.'

그는 영월이의 몸을 담뿍 껴안고 방바닥 위를 뒹굴며 생각했다.

'더, 더, 더 많이들 내 욕을 해라. 뒷담화를 하고 손가락질을 해라. 그것이 지금은 이 가슴에 품은 본뜻을 감추며 살아갈 수 있는 안전한 길이 될 것이니.'

"자. 지난 석 달 동안 마신 술의 외상값이오."

소향은 혜가 내미는 돈 꾸러미를 받으며 옅은 숨이 깃든 음성을 꺼냈다.

"오늘은 또 입이 가벼운 영월이, 그 아이에게 또 무슨 말을 흘리셨습니까?"

"내 그 이야기까지는 우세스러워 말할 수 없으니 조만간 풍문으로 들으시면 좋겠소."

"배가 고파 남의 집 아궁이에 굽던 알밤을 훔쳤다든지. 하도 볼일이 급하여 남의 집 담벼락에 방뇨를 하셨다든지. 또 그런 말씀을 하신 것입니까?"

"아니."

"그러면요?"

"그보다 더한 말."

씩 웃으며 손가락으로 망건을 두어 번 치는 혜를 보며 소향은 어쩔 수 없다는 듯 고개를 저었다.

"이보게. 연 행수. 나 또 술 마시러 올 것이네."

"알고 있습니다."

"그것도 외상으로 말이야."

"그것도 알고 있습니다."

"으흠. 그러니까 내가 하고자 하는 말은……."

혜가 도포 자락을 탈탈 털며 웃자 소향이 말을 이었다.

"마마께서 하고자 하시는 말씀은 이미 알지요. 외상으로 술 마시러 올 테니 손해 보고 싶지 않으면 지금 받아두는 돈을 이래저래 잘 굴려 불리라는 것이 아니겠습니까?"

그녀의 물음에 개구진 사내아이의 웃음기를 거둔 그는 순간 정갈하고 곧선 눈동자로 소향을 마주하며 한동안 시선을 주고받았다. 주고받은 눈동자는 강직하고 올곧아, 마치 북풍 아래 꼿꼿하게 선 솔과도 같았다.

"그럼 나는 이만 가야겠네. 오늘이었지 아마도? 그 춘화쟁이 양반을 만나기로 한 날이."

"그치가 그곳으로 갈지 아니 갈지는 장담하지 못하옵니다."

"연 행수가 소개해준 이니 분명히 오겠지."

"너무 야심한 시각이라 그곳에 갈 수 있을지……."

"삼경이 얼마나 야심한 시각이라고. 걸리면 포도대장에게 곤장 형은 받을 테지만 사내놈에게 그깟 곤장 열 대가 대수인가?"

"인정이 지난 시각이라 불안해서 그러는 것이지요."

"대업이 하늘의 뜻이라면 춘화쟁이가 올 것이고."

"또 하늘 타령이십니다."

"우리가 믿을 것이 하늘 말고 또 있었던가? 아무튼 나는 이제 정말로 가야겠네. 오늘 영월이가 술을 너무 많이 주어서 그런지 지금은 실로 머리가 깨질 것 같으니 말이야. 춘화쟁이 양반께서 오기 전에 눈이라도 조금 붙여야겠어."

그가 몸을 돌려 반듯하게 걸어 나가자 그 모습을 빤히 바라보던 소향은 몸을 바르게 하여 그 뒷모습에다 대고 인사를 드렸다. 그러다가 문득 묻고 싶은 것이 있어 급하게 혜를 불렀다.

"저기, 월산군 마마!"

"왜 그러시는가?"

"도승지 영감께서는 여전히 잘 계시지요?"

한순간 습한 바람이 눈물 같은 소금기를 머금은 채로 폐부를 훑고 스쳐 지나갔다.

"며칠 전에 뵈었는데 언제나처럼 안색이 좋으셨소. 연 행수께서는 이제 들어가시오."

"예. 살펴 가시옵소서. 월산군 마마."

소향은 더 이상 묻지 않고 처소를 향해 걸음을 옮겼다.

'도대체 어디를 어떻게 가라는 것이야?'

다 쓰러져가는 초가집 쪽마당에 우두커니 쪼그려 앉은 영지는 소향이 건네준 종이를 한참 동안 별빛에 비추어 바라보다가 이내 긴 한숨을 내쉬더니 곱게 땋은 머리를 풀어 상투를 틀기 시작했다. 음화를 그리러 나갈 때면 여인의 모양새보다는 사내의 모양새가 훨씬 안전했고 다니기에도 여유로웠기에 어쩔 수 없이 틀기 시작한 상투였다. 처음에는 틀기 어려웠으나 수도 없이 틀어보니 이제 손에 감각이 붙어 빠르고 단단하게 튼 상투가 제법 마음에 들었다. 마지막으로 누더기로 온 얼굴을 둘둘 말고 눈만 빼꼼하게 낸 채로 삿갓까지 눌러쓰니 영락없이 사내의 행색이었다.

'아!'

간단하게 봇짐을 매어 등에 차고 싸리문을 나서려던 그녀는 다시 방으로 가서 새벽녘에 부모님께서 드실 수 있도록 마련한 자리끼 옆에 서찰을 남겨놓았다. 언제나처럼 아버지 어머니의 병환이 나을 수 있도록, 그리고 돌아가신 오라비의 명복을 빌기 위해 산에 기도를 드리러 간다는 익숙한 내용을 언문으로 옮겨 적는 손에는 오늘따라 여유가 없었다.

"평안하게 곤히 주무시어요."

문 밖에 서서 작은 목소리로 부모의 안녕을 빈 영지는 품속에서 종이를 꺼내어 자신이 가야 할 장소를 다시 확인했다.

'여긴 주막이 있는 곳이고……, 여기서 다시 오른쪽으로 돌아가서……. 일단 아는 곳까지 가보면 답이 나오겠지.'

그런데 참으로 이상한 글쟁이가 아닌가. 말로 간단하게 써놓으면 될 일을 이렇게 그림으로 표시해두어 보는 사람이 알아보기 복잡하게 해놓은 것인지. 영지는 삿갓 끈을 단단하게 매고 재빠르게 발걸음을 옮겼다. 통금을 지키는 포도청 관원들에게 걸리기라도 하면 곤장 형은 피할 수도 없을뿐더러 여인이 남장을 하고 돌아다닌 것 또한 발각이 되는 날에는 큰 죄가 될 것이다.

"계시오? 거기 누구 없습니까?"

굵게, 그러나 아주 작게 나무문을 두드리는 영지의 손바닥에는 진땀이 다 났다. 쥐새끼 한 마리도 다니지 않는 삼경의 컴컴한 시각. 오늘따라 어디선가 귀신이라도 툭 하고 튀어나올 것만 같아서 가슴이 조마조마했다. 아무리 남장을 했어도 속은 여인네인지라 이렇게 어두운 거리는 솔직히 무섭고 두려운 것이 사실이었다.

"정말 거기 누구 없소? 안에 아무도 계시지 않으시오?"

여기가 맞는지도 정확히 잘 모르겠는데 도통 문을 아무리 두드려도 열어주는 이가 없자 영지는 고개를 설레설레 흔들며 의문의 점포 앞에서 몇 발자국 떨어져 나와 다시 한 번 '약도'라 할 수 있는 요상스러운 그림을 살펴보았다.

"대충 이 근처가 맞는 것 같긴 한데. 저기 주막에서 돌아 나와서, 음. 다시 앞으로 스무 걸음에……."

캄캄하기도 하고 그 점포가 다 고만고만 비슷하게 생겨서인지 도통 찾아가야 할 장소에 대한 정확한 감이 오지 않았다. 영지는 이리저리 뒷걸음질도 다시 쳐보고 약도에 그려진 대로 다시 발길을 옮겨보았다.

그때였다.

"아앗!"

돌부리에 걸려서 넘어진 게 화근이었다. 어쩌자고 그런 소리를 내었을까? 영지는 멀리서 자신을 향해 달려오는 불빛을 발견하고 화들짝 놀랐다. 인정 이후부터 도성의 통금을 지키는 포도청 군관들이다!

"어느 놈이냐! 거기 서라!"

무술에 잘 단련되어 다부진 몸체를 자랑하는 군관 무리들이 영지를 향해 달려오기 시작했다. 퍼뜩 정신을 차린 그녀는 재빨리 자리에서 일어나 군관들이 달려오는 반대쪽을 향해 내달리기 시작했다.

"서라! 거기 서지 못할까!"

걸리면 뼈도 못 추릴 것이다. 열 대만 맞아도 살가죽이 찢긴다는 무시무시한 형벌이 바로 태형이 아니던가?

'내가 저 포도청 군관들에게 잡히면 우리 부모님은 어찌하란 말인가?'

영지는 있는 힘껏 내달리면서 온갖 생각을 다 끄집어내었다. 그러나 그 생각은 곧 새까맣게 사라지고야 말았으니. 이유인 즉 눈앞에 그녀의 키보다 훨씬 높은 담벼락이 나타났기 때문이었다. 고로 지금은 양옆 어느 한 구석으로도 그 작은 몸이 도망갈 구석은 찾아볼 수가 없었다.

'어디로든! 어떻게든 이곳을 빠져나가야만 할 것인데!'

하지만 방도가 없었다. 영지는 급한 김에 맨손으로 돌담벼락을 두드리고 긁어대기 시작했다. 도와달라는 말이 목구멍에 걸려 튀어나오지를 않았다. 봇짐 안에는 오늘 만나기로 한 사람에게 자신의 실력을 보여주기 위한 음화도 들어 있었다. 정말로 걸리면 모든 것이 끝인 것이었다.

역신 김익선의 앞길을 막은 죄로 천민이 된 마당에 감히 여인의 몸으로 음탕한 그림을 그리고 다녔다는 죄까지 가중되면 상상조차 할 수 없는 엄벌이 내려질 터. 영지는 마지막으로 눈을 질끈 감고 터지지도 않는 생소리를 내질렀다.

"거기 누구 없습니까! 살려주십시오! 살려주십시오!"

'독 안에 든 쥐새끼'의 처지가 되어 생목소리까지 내지르며 살기를 간청하던 그때. 그리고 정말로 '모든 것이 끝났다'라고 생각했을 그때, 그녀의 귓가에 비웃음이 서린 한없이 간결한 음성이 흘러들었다.

"그치가 춘화쟁이인가?"

정말로 숨이 콱 막혀 와 영지는 그저 고개만 끄덕거렸다. 언제 사라졌는지 삿갓은 저 멀리 길바닥에 나동그라져 있었다.

"몹쓸 방사 질환에 걸린 자라 하였는데, 몰골을 보니 맞는 모양이야."

"사, 살려주십시오. 어서요!"

영지가 다급함에 거친 소리를 지르자 낯선 음성의 주인은 버들가지처럼 입꼬리를 올리더니 빈정거림과 동시에 가벼운 몸뚱이를 들쳐 업고 사뿐하게 담을 넘었다.

"사내 주제에 이깟 담도 하나 넘지 못하다니. 지독한 방사 질환에 양기가 다 빠져버린 모양이군."

낯선 빈정거림을 뒤로 영지를 쫓는 군관들의 굵은 음성이 안개처럼 번졌다.

　　"여기 계속 있으면 위험하니. 이봐, 방사 질환. 정신 차리고 이쪽으로."

　　"예? 아, 예."

　　영지는 자신을 위험에서 구해준 이가 누구인지 정신을 차리고 생각해보기도 전에 눈앞에 내밀어진 손을 잡으며 그가 이끄는 대로 달려갔다. 그녀가 잡은 손등은 무척이나 부드러웠지만 그 손바닥은 반대로 굵은 옹이가 그득히 차 있다는 것을 미처 느끼지 못하며.

二章. 탐색(耽色). 탐색(貪色). 탐색(探索)

가슴이 금방이라도 튀어나와 터져버릴 듯이 고동쳤다. 포도청 군관들은 날쌘 자들이라 돌 담벼락 따위 넘는 것은 큰일도 아니었다. 새카만 흑빛만이 자욱하게 내려앉은 깊은 밤. 영지는 얼굴도 알 수 없는 사내의 손을 잡고 군관들을 피해 내달렸다.

숨이 턱 끝까지 차고 발바닥에 힘이 풀려서 주저앉을 뻔한 순간. 신분을 알 수 없는 사내는 영지의 몸을 끌어당겨 어느 집 좁은 처마 아래에 반쯤 열린 쪽문 뒤편으로 몸을 숨겼다. 그 찰나 영지의 얼굴을 숨겨주고 있던 남루한 천 조각들이 스르르 풀리며 바닥으로 떨어졌다.

"앗!"

당황한 영지는 들숨을 마시며 얼굴에서 떨어져나가는 희끄무레한 조각들을 잡으려 몸을 숙였다.

그때였다. 그녀는 자신의 뺨에 닿은 사내의 거친 숨결을 느끼고는 그 자리에 우뚝 섰다.

그녀의 키보다 족히 머리 두 개는 더 있을 법한 기골을 가진 사내가 작은 몸을 힘주어 안으며 그 귓가에 은밀한 밀어를 속삭이듯 낮은 음성을 흘려내었다.

"쉿. 가만히……. 쉿……."

마치 어린아이를 달래는 듯. 혹은 말을 듣지 않는 여린 날짐승을 길들이는 듯. 처음 만난 사내의 목소리에는 주술처럼 신비한 힘이 있었다. 영지는 귓바퀴에 흘러드는 낯선 사내의 음성대로 바닥에 떨어진 조각들을 주워 담으려는 시도를 멈춘 채 가만히 숨을 죽이고 순한 송아지마냥 두 눈만 껌뻑거렸다.

뭐랄까. 무척이나 생경하고 가슴을 꽉 쥐어트는 무엇인가가 몸 안에 생겨난 것만 같았다. 마치 숨 한 톨도 쉬지 못할 것처럼. 마치 작은 흐느낌 한 올도 그 목구멍 밖으로 내뱉는 것을 용서받지 못할 것처럼.

그렇게 그 짧은 순간 동안 영지는 자신의 몸 전체를 빠르게 타고 사라지는 낯선 느낌에 자잘한 몸서리를 쳤다. 그 시간 동안 입술을 막고 있는 사내의 손바닥에 박인 굵고 투박한 옹이가 여리고 보드라운 입술 살갗에 촘촘히 들어와 인각처럼 새겨졌다.

"아! 나! 이런 쥐새끼 같은 놈들! 도대체 어디로 숨은 거야!"

혜와 영지가 숨은 쪽문 가까이에서 포도청 군관들의 투덜거림이 들렸다.

"에잇! 이보게. 그냥 가세. 오밤중에 죽어라 달렸더니 숨이 차 죽을 지경이야."

"그래. 그냥 포도청으로 들어가 맹물에 목이라도 축이고 나와야겠네. 가세. 가!"

영지를 쫓던 포도청 군관들의 투덜거림이 아주 작아져서 아예 들리지 않게 되자 낯선 사내는 작은 몸을 뒤덮듯 감쌌던 자신의 팔을 풀더니 삭신이 쑤신다는 듯 양 어깨를 꽉꽉 주무르며 입을 열었다. 칠흑같이 컴컴한 삼경의 시각이라 그 생김새는 알 수가 없었으나 그녀는 잔뜩 심사가 뒤틀린 듯한 낯선 사내의 음성에 퍼뜩 정신을 차리고 양 볼을 두 손으로 타닥 쳐댔다.

"도대체 그쪽은 정신이 있는 건가 없는 건가?"

혜는 긴 한숨을 하절의 습한 공기에 흩어내며 말을 이었다.

"거기서 그렇게 소리를 내면 포도청 군관들이 들을 수도 있다는 생각은 안 들던가?"

"아, 저, 저기……."

얼굴도 알 수 없는 젊은 사내가 내뱉는 비틀린 음성을 듣는 둥 마는 둥 넘기던 영지는 땅바닥에 떨어진 낡은 천 조각들을 주섬주섬 주워 얼굴을 도로 감싸며 자신도 모르게 입술을 삐죽거렸다.

"게다가 사내 주제에 그깟 담벼락 하나도 넘지 못한다는 것이……. 쯧."

영지는 천 조각 끄트머리로 매듭을 단단히 지으며 자신을 향해 거친 심사를 내뱉는 사내의 형체를 끔벅끔벅 바라보다가 순간적으로 분함이 확 올라오는 것을 참을 수가 없었다.

'내가 지금 누구 때문에 이 지경이 된 것인데? 이봐요, 젊은 양반. 나야말로 죽을 뻔했다고요!'

영지는 양손에 불끈 들어간 힘을 주체하지 못하고 빽 하니 소리를 내질렀다.

"내가! 지, 지금 누구 때문에 죽을 뻔하였는데 그런 말씀을 하시는 것입니까!"

"이봐. 지금 누가 누구한테 골질을 부리는 것인데?"

혜는 눈앞의 쪼그맣고 볼품없는 몸체를 가진 사내가 같잖고 우스워서 코웃음이 나왔다. 이제 보니 몸체만 볼품없는 것이 아니라, 그 목소리도 변성의 시간을 거치지 않은 계집아이의 그것마냥 가늘고 조악스러웠다.

"내, 내가! 지, 지, 지, 지금! 화, 화를 안 내게 생겼습니까? 나 참. 어이가 없어도 유분수지! 애초에 약도를 알아보지도 못하게 그따위로 그려서 보낸 사람이 누군데 지금 나한테 골질을 부리는 것입니까!"

영지는 분에 못 이겨 말소리를 더듬다가 곧 속에 있는 말을 속 사포처럼 쏟아내기 시작했다.

"그따위 그림이 그게 뭐란 말입니까? 내가 몇 번을 봐도 알아 볼 수가 없으니 일이 이렇게 된 것 아니겠습니까? 나야말로 그쪽 때문에 포도청 군관들에게 잡혀가 고초를 겪을 뻔하였는데? 참말로 어처구니가 없습니다! 이 야밤에 그 멍청한 약도 때문에 내가 여기까지 찾아오느라 얼마나 힘들었는데!"

영지는 분을 참지 못하고 씩씩대며 소리를 내지르더니 이내 가쁜 숨을 몰아쉬었다. 끈적끈적한 땀이 온몸에 다 젖어들었다.

"그럼, 내가 그쪽을 어떻게 믿을 수가 있어서 약속된 장소가 어디인지 글로써 풀었겠소? 춘화쟁이를 구하는 이의 사정이 어떠할지는 그쪽도 대충 짐작하는 바가 아니오? 그쪽이 은밀하게 그림을 그리며 먹고사는 것처럼, 나 또한 은밀하게 글을 쓰며 먹고 사는 처지이니."

혜는 갑자기 두통이 밀려온다는 듯 관자놀이를 누르며 말을
이었다.

"그리고, 내가 오라는 대로만 왔으면 잘 찾아왔을 거요. 방사
질환 양반."

"잘 오긴 참 나! 개 풀 뜯는 소리 하지 마십시오! 사, 살다 살다
예의도 예법도 모르는 데다가 양심까지 없는 사람은 처음 봅니다!
참말로 별꼴이 반쪽이외다!"

영지는 씩씩대며 등에 맨 봇짐을 끈을 다시 단단히 동여맸다.
까딱하다가 죽을 뻔하지 않았던가. 부모의 목숨까지 부양하는 처
지였다. 자신이 죽으면 세상 어디에 두 분의 목숨을 안타깝게 여
겨줄 이가 있겠는가.

큰돈을 벌려다 죽을 바에야 적은 돈이 되는 그림을 많이 그려
안전하게 먹고 살아야겠다는 마음이 솟자 영지는 휙 돌아서서 캄
캄한 길을 무작정 걷기 시작했다.

그러자 등 뒤에서 오만방자한 글쟁이 사내의 음성이 들렸다.

"방사 질환! 얼마나 살았다고 살다 살다 별꼴이 반쪽인가!"

"십칠 년이나 살았습니다!"

잘못된 약도로 황천길 갈 뻔했는데. 아무리 생각해도 저 허우
대만 멀쩡하게 큰 사내는 뻔뻔하기가 하늘을 찌르는 것 같았다.
그런데 순간 사내가 급하게 달려와 영지의 손을 꽉 잡으며 말했
다.

"됐고. 고작 십칠 년 산 주제에 방사 질환이나 걸린 그쪽. 내가

영락관 행수에게 주었던 약도 있는가?"

"그게, 아까 잊어버린 것 같은데……. 호, 혹시 그게 없어지면 위험하기라도 합니까?"

"딱히 그렇게까지 위험하진 않지만……. 내 은밀한 장소를 집어내어 나타낸 것이 아니라 대충 그 주변 즈음에 당도할 수 있도록만 그린 것이라."

혜는 다시 숨을 내쉬며 말을 이었다.

"그래서 글로 써주지 못한 것이니. 너무 노여워하지 마시오, 방사 질환 양반."

'쳇, 그, 그래도. 흥은 흥이다! 흥, 흥!'

영지는 양 입술 끝을 씰룩이며 그저 시꺼멓게만 보이는 장신의 사내를 빼꼼히 바라보았다. 달빛이라도 밝게 비치는 밤이었으면 좋았을 것을. 저 재수 없는 면상이라도 좀 보고, 앞으로 날 밝은 날 길거리에서 보면 피해라도 다닐 수 있게.

"그리고……."

"그리고, 뭐, 뭐요? 할 말이 더 있습니까?"

"방년 십칠 세밖에 되지 않은 주제에 이름깨나 날리는 춘화쟁이인 그쪽. 지금 그쪽이 나에게 예의나, 예법이나 양심을 운운할 직업을 가진 것은 아닌 것으로 보이는데?"

혜는 실소를 머금으며 영지의 손을 꽉 잡았던 손을 풀고는 그녀의 머리를 가볍게 눌러보았다. 딱 자신의 가슴팍밖에 오지 않는, 사내치고는 계집마냥 덜 자란 자이니. 약도에 그려지고 간단하게 써진 대로 왔어도, 어쩌면 그 장소를 찾는 데 어려움이 있었을지도 모른다는 생각이 혜의 머릿속에 스쳐 지나가자 그의 입가에는 웃음기가 급작스럽게 번져 나갔다.

"아, 무, 무슨 짓입니까! 왜 남의 머리는 누르고……."

"하, 하핫! 하하하!"

이 못된 사내가 정신을 놓았나. 영지는 참말로 어이가 없어서 한참 동안이나 허공에 울려 퍼지는 사내의 기가 찬 웃음소리를 가만히 듣고만 있었다.

"알겠어. 이해했어. 그쪽이 왜 제대로 찾아오지를 못했는지."

"……?"

"그 약도. 내 보폭에 맞추어 만든 것이거든."

"그게 무슨……."

"그쪽은 뱁새 다리잖아."

"뭐, 뭐요?"

"약도에 보폭으로 몇 걸음. 이렇게 적어놓았지 않은가? 내 곧고 기다란 황새 다리 보폭을 기준으로 적어놓았으니. 그쪽의 짧은 다리는 보폭이 좁을 터. 그러니 그쪽의 보폭으로 스무 보폭과 내 보폭으로 스무 보폭이 같은 것이었겠어? 그러니 길이 꼬이고 안 맞을 수밖에. 옛말이 하나도 틀린 법이 없어. 뱁새가 황새를 쫓아가다가는 다리가 찢어지는 것이지. 하하하!"

정말로 기가 차고 코까지 막힐 지경이었다. 영지는 띵하게 울려오는 골치에 머리가 아파 왔다. 무에 이런 사내가 다 있는가?

"그러니 잘나신 황새 양반. 이 다리 짧고 키 작은 뱁새는 이만 물러나드릴 터이니. 오늘 일은 서로 피차간에 똥 밟았다고 생각하고 이만 헤어집시다. 예?"

보름에 한 번 그릴 춘화. 이레에 한 번 그리면 되고. 그도 안 되면 사흘에 한 번씩 그리면 된다. 낮에는 부잣집 마나님들의 옷을 더 많이 지어드리면 될 것이고. 이 뻔뻔한 자화자찬 양반과 손잡지 않아도 열심히 발로 뛰면 지금 보다 더 부모님을 정성껏 봉양할 수 있을 것이다.

"아니. 헤어지긴 왜 헤어진단 말이오, 방사 질환 양반? 옛말에 옷깃만 스쳐도 인연. 우리는 오늘 밤, 그쪽 말대로 피차간에 똥까지 밟았으니 그 인연이란 것이 얼마나 질긴 것이겠소? 갑시다. 내가 미안하오. 내 위주로 약도를 그리 만들어서 그쪽을 위험하게 만들었으니. 내 진실로 미안하오. 그쪽과, 그쪽의 그림에 찬미를 보내는 모든 이들에게."

혜는 그렇게 말하며 영지의 손을 낚아채듯 꽉 잡았다.

"갑시다. 이렇게 길바닥에서 설전을 부리다가 목을 축인 포도청 군관들이 또 들를 수도 있으니."

"……누, 누가 그 미안함을 받는다고 했답니까?"

영지가 입술을 삐죽이며 대꾸하자 혜는 나지막하게 웃으며 말했다.

"아무튼, 안전한 내 그곳으로 가서 내가 왜 그쪽을 필요로 하는지. 그쪽이 나와 함께 손을 잡는다면 어떤 이득이 있을 것인지 말해줄 터이니. 골질 그만 부리고 우리, 갑시다."

'흥. '우리, 갑시다.'라니. 언제부터 아는 사이였다고 '우리'야.'

영지는 입술 끝에 씰룩거림을 여전히 담은 채로 그저 못 이기는 척, 혜를 따라나섰다.

"조심히 나만 따라오시오. 곧 불을 붙여 주위를 밝힐 것이니."

영지는 혜에게 손이 붙잡힌 채로 그를 따라갔다. 정말 굽이굽이 펼쳐진 미궁마냥 몇 겹의 상시장 점포 사이를 헤매어 당도한 곳의 공기에서는 낯설면서도 그리운 향기가 났다. 이 냄새는 흡사, 오래된 서책 냄새였다.

아주 어릴 적부터 아버지와 함께 읽고, 이야기를 나누었던 곳에 가득했던 그 냄새. 영지는 한순간 눈시울이 붉어졌다. 눈물이 쏟아질 것 같아서 마른침을 삼키는 그 목구멍이 따끔따끔거렸다. 가슴의 아픔이 목을 타고 역류하여 모진 생채기를 남기는 것만 같았다.

"자, 이제 불을 켤 것이오. 컴컴한 곳에 오래 있어서 불을 켜면 눈이 부실지도 모르오."

혜는 영지에게 등을 보인 채 기름등불 심지에 불을 붙였다. 화르륵 타오르는 작은 불꽃이 주위 공간을 밝게 했다. 까만 곳에 익숙해졌던 영지의 두 눈 앞에 희번덕거리는 하얗고 붉은 점들이 삽시간에 번졌다가 사라지며 대신 그 눈앞에 자칭 황새 다리를 지녔다는 사내의 너르고 건강해 보이는 등이 보였다.

'흐음. 무어, 키는 크구나. 나보다 머리통이 두 개, 아니, 두 개 반쯤은 더 있는 것 같은데? 키는 뭐, 잘나긴 했네.'

그간 춘화를 그리면서 너무너무 보기 싫었지만, 볼 수밖에 없었던 셀 수 없이 많은 사내들의 벌거숭이 몸뚱이가 떠오르자 영지는 머리를 양쪽으로 흔들었다. 꽤나 깔끔한 도포 자락을 갖춰 입은 사내의 뒷모습은 방금 전 심사가 불편한 듯 빈정거렸던 말투와는 어울리지 않게 반듯했고, 예법에 익숙한 듯 그 태도가 발랐다.

'양반? 아니면 서얼?'

등불을 켜고 그 옆에 놓였던 서책을 넘기는 듯한 뒷모습에서 상당히 정제된 기운을 느낀 영지는 고개를 자꾸만 갸웃거리며 자신만의 생각에 골몰했다.

그때였다. 어느 샌가 다가온 사내의 얼굴이 등불과 함께 영지의 눈에 환하게 들어왔다. 그리고 멀리선가, 아직 일어날 시각을 착각한 닭의 울음소리가 아주 작게 영지의 귓가에 스며들더니 그만, 닭 울음소리 같은 괴상한 고함이 그녀의 입에서 외마디 함성으로 화하여 튀어나왔다.

"으, 으아악!"

깜짝 놀라 뒷걸음을 치던 영지는 그만 발이 꼬여 뒤로 넘어졌다. 그 울림에 서책꽂이에 꽂혀 있던 책 몇 권이 동그랗고 작은 머리통 위로 떨어졌다.

"이봐. 괜찮은가?"

그러나 영지는 그 음성에 차마 답을 할 수가 없었다. 지금 자신의 눈에 들어온 그 얼굴이 도성 안에 몹쓸 한량으로 소문이 자자한 그 얼굴이 맞나 싶었다. 그 누가 그 잘난 얼굴을 모를 수 있을까. 지금 영지의 눈앞에 있는 이는 도성 최고의 반편이로 낙인이 찍혀버린 비운의 왕자, 월산군 마마였다.

"마, 마마!"

퍼뜩 정신을 차릴 새도 없이 영지는 이마가 땅에 닿을 정도로 머리를 조아리며 '마마'를 외쳤다.

"마마! 제발 용서해주시옵소서."

이 무슨 변고인가. 아무리 반편이에 술주정뱅이라 할지라도 이 나라의 군마마가 아니셨는가? 그런 분께 차마 담지도 못할 말을 하였으며 장안의 풍기문란을 조장하는 춘화쟁이임을 자처하고 나섰으니. 영지는 곧 죽을 사람처럼 몸을 바들바들 떨었다. 그러나 그는 그녀의 바들거리는 속내를 아는지 모르는지 그저 빈틈이 없을 정도로 고요하고 잔잔한 음성으로 물었다.

"내게 무엇을 잘못하였는가, 방사 질환 양반?"

"모, 모두 다. 다 잘못하였습니다."

끝내 머리를 조아리며 얼굴을 들지 못하던 영지는 그만 눈물을 왈칵 쏟아내었다. 포도청 군관에게 잡혀갈 뻔하다가 살아났더니. 아니, 이게 웬일인가. 설상가상으로 일국의 왕자마마께 걸린 춘화쟁이라니!

"그럼, 다시는 춘화를 그리지 않을 작정이신가. 그쪽?"

혜는 잘생긴 입술 끝을 부러 비틀어 웃으며 물었다. 온 얼굴을 누덕거리는 천으로 뒤덮은 작은 체구를 지닌 사내의 꼴이 우습기도 하고 안타깝기도 하여 맘 한구석에 짠하게 올라오는 감정은 참으로 오랜만에 느껴보는 낯선 것이었다.

"하명만 하오시면……."

"그럼, 먹고살 작정은 있으신가? 예의와 예법과 양심을 찾는 방년 십칠 세의 춘화쟁이 양반?"

"……."

영지가 입을 꾹 다물고 있자 혜는 그 바들거리는 몸짓이 어린 황조롱이 새끼 같다고 느꼈다.

열 살 무렵이었던가. 그때까지 그는 첩첩이 나무가 둘러싸인 은밀한 산중 초가집에서 어머니와 둘이서 숨을 죽이고 살아왔었다. 그러던 어느 날, 약초뿌리를 캐며 두 목숨 줄의 생사를 책임졌던 어머니를 잃은 어린 혜는 반쯤 정신이 나간 채로 울면서 산 곳곳을 떠돌아다녔다.

돈이 될 법한 약초를 찾아 그것을 캐려다가 그만 벼랑에서 미끄러져 목숨을 잃고 만 어머니. 그렇게 죽은 어머니의 시신을 수습하여 미처 봉분도 세우지 못한 채 맨땅에 묻을 수밖에 없었던 어린 혜는 어머니를 따라 죽으려고 했었다. 그렇게 벼랑 끝에서 목숨을 끊으려 했던 그의 눈앞에 비를 쫄딱 맞으며 바들바들 떠는 아주 연약하고 어린 새끼 황조롱이가 눈에 들어왔었다. 그 작고 가엾은 모습이 마치 죽은 제 어미의 모습 같았고, 어미를 잃은 자신의 모습 같아서 혜는 그 새끼 맹금을 품에 꺼안고 산중 초가로 다시 돌아왔었다.

죽지 말라고. 제발 살아달라고 그 어린 맹금을 어머니가 자신에게 보낸 것만 같아서 그는 스스로 제 목숨을 끊을 수 없었다.

문득 어린 시절 거두어들인 가엾은 맹금이 떠오른 혜는 영지의 어깨를 붙잡으며 나지막하게 웃었다. 아까는 그리도 바득바득 맹금의 부리처럼 쪼아대더니, 지금은 이렇게 바들바들 떨 줄이야.

혜의 웃음소리가 귓전에 내려앉자 영지는 고개를 살짝 들어 그를 바라보았다. 늠름하고 수려한 외모가 불빛을 받아 더욱 아름답게 일렁거렸다.

"내가 두려운가?"

"예."

"내가 이 나라의 왕자라서?"

"예."

"나에 대해서 들은 바가 없지는 않을 텐데."

"……."

영지가 다시 입을 꾹 다물고 그 눈동자를 뻐끔거리며 혜를 바라보자 그가 또 웃으며 말했다.

"녹월국 최고의 반편이. 계집만 끼고 놀 줄 아는 핏줄 값 못 하는 왕자. 어떤 이들은 또 이렇게 말하지. 나 같은 왕족이 있어서 이 나라가 김익선이같이 몹쓸 인간들에게 좌지우지되는 것이라고."

김익선. 그의 이름이 귓전에 스치자 쓸개까지 빼서 씹어 먹어도 한평생 절대로 지워지지 않을 마음속 깊이 쌓인 울분이 그녀의 가슴속에서 꿈틀거렸다. 어느덧 영지는 눈물을 거두는 대신 마음속 깊은 곳에 애써 밀어 넣어 봉인해둔 분노를 빛내며 혜를 응시했다.

"내일이면 또 아주 멋진 나의 별칭이 하나 더 생길 예정이고. 헌데 말이야? 사람들이 모르는 별칭. 음. 별칭은 아니지. 그래. 왕자의 직업이랄까? 아무튼, 나를 칭할 하나의 것이 더 있거든? 방사 질환 양반, 그것이 무엇인지 알겠는가?"

"저 같은 삽화가가 필요하신 문인(文人)이시니 혹, 음서를⋯⋯."

말끝을 흐리며 시선을 아래로 옮기는 영지를 보며 혜는 고개를 숙여 그녀에게 손을 내밀며 말을 이었다. 그러자 그녀는 저도 모르게 그 손을 잡고 자리에서 일어나 혜의 눈을 반듯하게 바라보았다. 잔금가루를 뿌린 듯 일렁대는 등불의 빛무리가 그의 또렷하고 검은 눈동자에 탐스러운 윤기를 입혔다.

"문인은 무슨. 탐색(耽色). 이것이 내 필명이지. 아마 그쪽도 들어보았을 것인데? 그 어린 나이에 방사 질환이 걸릴 정도면 색을 보통 탐하였음이 아닐 것이니 음서 한 권 보았다고 발뺌하지는 못할 것이고."

영지는 그의 말에 기억을 더듬었다. 그래. 그러고 보니 영락관의 기녀들이 치마폭에 꼭 감추고 읽고 있던 음서가 있었다. 이 사람 저 사람 보지 않는 이가 없어 은근슬쩍 표지를 본 적이 있었는데 거기에 써진 작자 이름이 '탐색(耽色)'이었다.

'여색을 즐긴다는 말을 필명으로 쓰다니.'

영지는 그 필명을 보고 혀를 찼던 기억이 떠올라 미간을 찌푸렸다. 아마 탐색(耽色)이란 자가 쓴 책은 기녀들의 말을 빌리자면 '사내가 없이도 몸을 달아오르게 하고, 새벽닭이 울기 전까지 그 치마 속을 즐겁게 만드는 재주가 있는 책'에다가 장안에 없어서 못 구하는 귀한 명물이라. 탐색(耽色)이라는 자의 책이 엄청난 인기를 누리자 덩달아 필사가들까지 돈방석에 앉았다는 말도 들었다.

그 탐색(耽色)의 주인공이 눈앞에 서있는 군마마라니! 영지는 숨이 턱 하니 막혔다.

"어떤가. 읽어보지는 못하였어도 한 번쯤 들어보기는 하였지?"

정말 어떻게 대답해야 할지 몰라 영지가 그저 고개만 끄덕이자 혜는 씨익 웃으며 말을 이었다. 세상에나. 오른쪽 볼에 작은 우물까지 패는 이 군마마께서 그런 음탕한 글을 쓰는 작가라니. 그것도 읽는 사람마다 침을 질질 흘리고 몸을 배배 꼬며 엄지손가락을 치켜든다는 최고의 음서작가라니!

"……궁금할 것이야?"

"예?"

"그 누더기 사이로 보이는 눈동자에는 주인의 속마음이 다 담겨 보이니 말이야. 일국의 왕자라는 사람이 왜 그런 글을 쓸까? 그 조그만 머리통 속에 그런 물음들이 둥둥 날아다니고 있는 것이 훤히 보여."

"……."

영지가 아무 대꾸도 하지 않자 혜는 대뜸 그녀에게 손을 내밀며 말했다.

"어떤가? 아무것도 생각하지 말고, 아무것도 묻지 말고. 우리, 도성 안, 모든 이들의 가슴을 징하게 건드려보는 명물이 되어보는 것이? '음란'에 '풍기문란 조장'으로는 우리를 따라올 자가 없도록 만드는 것이지!"

"마마. 저, 저는……."

"안 된다고 말하기 전에 생각을 좀 해보면 좋겠군. 영락관 행수가 말하기를 그쪽, 참으로 돈이 궁한 형편이라 들었는데. 나는 지금도 장안에 음란서책으로 이름이 나 있는 사람이야. 가만히 있어도 내 글을 기다리는 이가 셀 수도 없이 많다, 이 말이지. 헌데 내가 요즘 돈을 조금 더 벌고 싶어졌거든? 하여 생각을 해낸 것이 내 글 사이사이에 삽화를 넣는 것이지. 각종 희귀한 체위를 한데 모은 방사 그림을 넣는 것이야. 허면 읽는 이들이 얼마나 그 진진한 재미를 장히 즐기며 우리에게 환호를 보내겠는가? 분명 우리가 동시대에 태어난 것은 하늘이 점지해준 운명이야. 아니 그러한가, 방년 십칠 세나 드신 방사 질환 양반?"

"하, 하오나. 마마."

영지의 말에 혜의 검은 눈썹이 지그시 올라갔다.

"영락관의 행수께 듣지 못하셨습니까?"

"무엇을?"

"저는……."

"저는?"

"저는……, 그러니까……."

"그러니까?"

혜가 궁금증에 못 참겠다는 눈빛으로 영지의 눈을 지그시 바라보자 그녀의 가슴은 벌컥거리기 시작했다.

"모, 못……, 그립니다."

"무엇을?"

"그냥은, 못 그린다는 말씀입니다."

"음?"

"보지 않고서는 못 그린단 말입니다!"

"무어라?"

"마마. 제게는 치명적인 단점이 있습니다. 저는, 방사 장면을 보지 않고서는 도저히 붓끝을 놀릴 수가 없습니다. 헌데, 마마께서 쓰시는 글은 음서. 제가 글만 보고 상상하여 그려야 할 것이 엄청날진대, 어찌 제가 마마께서 추구하시는 심오한 장면들을 그릴 수가 있겠는지요? 마마. 부디 오늘 하루 그냥 똥 밟았다 생각하시고 저를 보내주시옵소서. 예?"

영지는 저도 모르게 혜의 도포 자락을 꽉 붙잡으며 사정하듯 말했다. 그러자 혜는 다시 그녀의 까만 눈동자를 빤히 바라보았다.

까맣고 반짝반짝 윤이 나는 총기 있는 눈동자. 어린 시절 주워다가 지금껏 키우는 맹금 '현'과 같은 눈빛이었다. 어리고 순하고 가엾기까지 한 눈이지만 그 눈빛 속에 빛이 있고, 독기도 있고, 사람의 마음을 휘어잡는 그 무엇인가가 분명히 존재하고 있었다.

"똥 밟은 게 그렇게 쉽게 사라지나? 물로 씻어내든, 신을 버리든 해야 할 것인데. 아쉽게도, 춘화쟁이 양반? 내가 신은 것은 이래 봬도 비단신이라서 말이지. 그 값이 좀 세거든?"

"마마……."

"그림 실력을 입증하기 위해 내, 그쪽이 그린 춘화 한 장만 가져오라 하였어. 가져왔겠지?"

"있기는 하지만……."

"일단, 한번 보도록 하지."

"마마!"

"줘보래도."

혜의 채근을 못 이긴 영지는 봇짐을 풀어 돌돌 만 춘화 한 장을 그의 앞에 공손히 내밀었다. 그러자 그림을 활짝 펼쳐 세세하게 살펴보던 그의 입가에는 이내 만족스러운 미소가 번졌다.

"이 정도 춘화가 내 책에 삽화로 들어가게 된다면 내 책은 더욱 더 날개 돋친 듯 팔리게 될 것이 자명할 터. 그쪽, 나와 지금 당장 계약하지."

"하오나 마마. 저는 보지 않고서는 그릴 수가 없다고 아뢰었습니다."

"그것은 걱정 말게. 이 정도 묘사와 이 정도 실력이라면……. 하하하. 그림 속의 두 몸뚱이가 마치 살아 움직이는 것 같으니! 무엇이 문제인가? 그쪽이 그동안 그린 춘화도 모두 무엇인가를 보고 그렸다면 그것은 분명 영락관에서 다 손을 써줬을 터. 내 영락관 행수와는 인연이 깊은 사이이니 그쪽에 언질을 넣어 내 귀한 춘화쟁이 양반께서 더욱 더 삽화 그리기에 몰두하실 수 있도록 방도를 취할 것이네."

"하오나 그, 그렇게 되면 제 몫의 일부가 영락관 행수께 떼이게 되는 것이 아니겠습니까?"

영지가 소리 높여 외치자 혜가 씨익 웃었다. 마치 잔잔히 쳐둔 그물에 빛나는 잉어 한 마리가 걸렸구나, 싶은 미소였다.

"그 말인즉, 돈만 제대로 받으면 내 손을 잡고 환상의 더부살이라도 해볼 의향이 있다는 것으로 들리는데?"

"아니. 그것이 아니오라!"

"그쪽의 몫에서는 단 일 푼도 손해 봄이 없게 하겠다면? 물론, 영락관 행수께 도움을 청하여 그 도움을 받게 된다면 행수께도 일정 부분 떼어 드려야겠지. 그 떼어주는 부분은 내 몫에서 떼면 될 일 아닌가?"

"……."

"아니면 무어, 가끔은 그대와 내가 이리저리 방사 자세를 잡아볼 수도 있는 것이고."

"마마!"

"하하하. 무엇이 그리 놀랍다고 소리를 지르는가. 똑같이 양물 달린 사내끼리 감정이 생길 리도 만무하고. 직업상 자세를 취하고 명경에 비추어 보며 삽화를 그릴 수도 있지 않겠는가? 아무튼 그럼 우리, 손잡는 것으로 하지."

아뿔싸! 걸려들었다! 혜의 유려한 말솜씨에 이러지도 못하고 저러지도 못한 채 옴짝달싹도 못하게 생겼으니. 안 그래도 심란한 영지의 머릿속은 더더욱 복잡스러워 터지기 일보 직전이었고 누더기 속의 얼굴은 점점 울상이 되어만 갔다. 하지만 그 안에 감추어진 얼굴을 알 리가 만무한 혜는 싱글벙글 웃으며 미리 준비한 계약서 두 장을 꺼내들었다.

"무, 무엇이옵니까?"

"계약서지. 내 원래는 서로 반반씩 오 대 오로 하려 하였으나, 육 대 사로 변경하지. 물론 육은 그쪽 몫. 정확히 얼마가 떨어질지 장담할 수는 없으나, 분명히 우리가 의기투합한 삽화가 들어간 음서는 날개 돋친 듯 팔리게 될 것이지. 아니 그런가?"

"······진짜, 제 몫이 육이란 말씀이십니까?"

"아 그렇대도. 설마, 내 아무리 반편이에 주정뱅이로 소문났기로서니, 일국의 왕자인데 백성에게 거짓부렁을 치겠는가?"

저자를 오며 가며 한 번씩 곁눈질을 하였던 도성 안의 유명한 주정뱅이 군마마는 가까이에서 뵐수록 금가루마냥 빛이 났다. 늘 술에 절어 헛소리를 늘어놓고 비틀거리는 걸음걸이를 지었던 모습과는 달리 생김도 말끔하고 도포도 반듯하게 차려입으니 진정 군마마처럼 보인다는 생각이 영지의 머릿속에 퍼뜩 들었다.

이상하고도 이상하다. 영지는 자꾸만 머릿속에 물음이 떠올라 고개가 갸우뚱해졌다. 이 왕자가 왜 이러고 사는지에 대한 궁금증이 마음속에 살며시 솟기 시작했다.

하지만 그녀는 눈앞의 왕자에게 솟는 궁금증의 이유가 모두 돈에 대한 갈망 때문이라 생각하며 혜가 내민 계약서를 받아들었고 이내 붉은 안료를 엄지에 발라 지장을 차례로 찍었다.

"자. 그렇다면 계약 완료일세. 그쪽 한 장, 나 한 장. 자아, 계약서를 받게나. 이 자리에서 꼼꼼히 확인해보아."

혜는 까만 글씨가 가득 찬 계약서를 영지에게 내밀었다. 하지만 영지는 그것을 받아 대충 봇짐 안에 넣고 입을 열었다.

"하온데 마마."

"마마는 무슨. 이제는 의기투합한 동업자이자 동지인데. 마마라 부르지 말고, 왕자라 생각하지도 말고. 그냥 이름을 부르게. 내 이름은 이혜일세."

"하오나 미천한 제가 어찌 마마의 존함을······."

"그럼 그냥 편하게 '형님'이라고 부르든가. 허면 나는 이제부터 그쪽을 어찌 불러야 하는가?"

"예? 저, 저 말씀이십니까?"

영지는 무척이나 당황하여 눈을 동그랗게 뜨고 혜를 바라보다가 이내 고개를 숙이고 열 손가락들만 꼼지락거렸다.

"이름이 없는가?"

"영……."

"영?"

"영소입니다. 윤영소."

"영소?"

혜의 되물음에 영지는 고개를 끄덕였다. 영소는 죽은 오라비의 이름이었다. 김익선 일파의 수괴에게 칼을 맞아 즉사한 오라비의 이름.

"영소라. 입에 착 감기는 좋은 이름이군. 내가 그쪽보다 다섯 살이 더 많으니, 편하게 '영소 작가'라고 부르겠네. 앞으로 자주 볼 사이이니 그래도 되겠지?"

"편하신 대로 하십시오."

영지가 머리를 조아리며 말하자 혜는 그 모습이 마음에 들지 않는다는 듯 입술 끝을 씰룩거렸다.

"허면, 영소 작가는 호나 낙관명 같은 것이 있는가? 나처럼 필명으로 탐색(耽色), 이렇게 따로 쓰는 이름이 있느냐는 말이지."

"저는 여태껏 무명으로……."

"어허! 무명이라니. 일품 춘화쟁이가 이제껏 무명이라니! 그러면 내가 하나 지어줘도 되겠나? 내 급히 생각이 났거든."

"무슨……."

"탐색(貪色) 어떤가? '여색을 탐내다'라는 뜻의 탐색. 어떤가? 글 탐색(耽色). 그림 탐색(貪色). 정말 잘 어울리는 의기투합인 것 같은데. 딱 봐도 벌써 작가들 별칭부터가 음탕한 기운이 팔팔 솟지 않는가?"

싱긋 웃는 혜의 모습에 영지는 그 어떠한 토도 달 수가 없었다. 지금은 그저, 이 공간에서 빠져나가고 싶을 뿐. 마음 같아서는 영락관의 연 행수께 가서 따지고라도 싶을 뿐이었다. 이 밤에 너무 많은 일이 일어났고, 지체 높으신 분의 은밀한 비밀까지 알아버렸으며, 그 은밀한 비밀에 엉겁결에 동조까지 해버리고 만 꼴이 되었으니. 그녀는 머릿속에 요란한 천둥번개가 둥둥 울리는 것 같은 기분을 지워낼 수가 없었다.

"그, 그만 가겠습니다."

"벌써? 술이라도 한잔 하다가 날이 밝으면 갈 것이지."

"기다리는 이들이 있습니다."

"혹, 장가라도 든 것인가?"

"그것은 아닙니다."

"그럼, 집으로 고이 귀가하여 앞으로 시작될 일을 위해 음탕한 영감이나 많이 떠올리길 바라오, 나의 영소 작가."

'윽. '영소 작가'라니.'

영지는 내일 밤, 꼭 산에 올라가서 하늘에서 굽어 내려다보실 오라비께 사죄의 기도를 올려야겠다고 생각했다.

"그럼 가보겠습니다. 차후 계획은 어떻게 잡으실 것인지요. 언제 만날지, 그런 것들……."

"그것은 내 '현'을 차차 길들여 알리도록 할 것이니. 일단은 사흘 후 영락관에서 보도록 하지, 영소 작가. 시각은 인정이 될 무렵. 괜찮은가?"

"예."

"그럼, 살펴 가시게. 아 참! 내 영소 작가에게 줄 것이 있는데."

"무엇을……."

"자아. 장가도 안 든 몸. 방사 질환까지 걸려 당분간 계집 근처에도 못 갈 것이니. 내 희대의 명작이라 손꼽히는 책일세. 이 책 한 권만 있으면 깊은 밤, 홀로 된 몸이라도 든든할 것일세."

유려한 버들가지의 부드러운 곡선마냥 휜 입술. 그리고 검은 눈썹 아래에서 사악함 없이 웃는 혜의 눈웃음이 망측스럽게도 너무나 두 눈동자에 꽉 차도록 들어와 보이는 바람에 영지는 마른침을 꼴깍 삼키며 얼른 인사를 하고 혜의 은밀한 공간에서 뒷걸음질을 치다가 이내 빠르게 달려 나왔다.

멀리서 닭 울음소리가 들려왔고 하절의 계절답게 이른 새벽 동이 트고 있었다. 빠른 걸음으로 길을 걷던 영지는 문득 가슴팍에 고이 품고 가는 책을 꺼내어 표지에 적힌 제목을 보고 기함을 했다.

[침방나인과 상선의 은밀한 접붙임]

三章. 작당모의(作黨謀議)

"사, 상선 영감. 이러시면 아니 되어, 되어, 되어…….."

상선의 거친 손이 침방나인 홍심이의 치맛자락 속으로 슬금슬금 기어들어갔다. 희뿌옇게 흐트러진 보들거리는 홍심이의 둔부 아래로 스며든 거친 손길이 속바지를 찢듯이 벗겨냈다. 젊은 상선은 푹 퍼진 치맛자락을 홍심의 얼굴 위까지 들어 올린 후 거무스레한 계곡을 감춘 손바닥만 한 속곳을 뚫어져라 바라보았다. 젊은 상선의 눈에 흥분으로 확장된 실핏줄이 서고 그 호흡이 가빠졌다.

"하아……. 상선 영감, 그곳만은……."

상선은 속곳 아래에 볼록하게 솟은 검은 계곡 사이를 마치 제 것을 만지는 양 밍글밍글 문지르고 눌렀다. 그 자극적인 손길에 천천히 젖어드는 속곳은 물기를 머금으며 상선의 육신에 쾌감을 가져다주었다. 그 쾌감에 떨림을 느끼던 그는 홍심의 발간 입술을 깨물듯 빨아들였다.

"제발……, 으음……."

젖어든 속곳 아래로 거무스레했던 계곡은 점점 물기를 번져내며 본연의 흑빛을 또렷하게 뽐내었다. 젊은 상선은 손바닥만 한 속곳을 거친 손길로 단번에 벗겨내며 그 계곡 사이로 코와 입을 묻었다. 비린 듯하면서도 달금하고 향그러운 냄새가 두 음낭을 잘라낸 젊은 상선의 머릿속에 아찔한 고통을 전했다.

상선은 그 고통을 잊고 싶은 마음에 마치 검은 고사리가 가득히 엉켜 있는 것 같은 탐스러운 계곡 사이를 내달리는 미끈한 뱀의 그것처럼 뜨겁고 요동치는 혓바닥으로 가르고 빨아들였다. 산 중턱쯤에 볼록하게 숨어 있는 바위를 잇살로 슬쩍 긁듯이 자극하자 홍심의 몸이 팽팽한 활처럼 휘었다.

"아악!"

"쉿……."

그 활처럼 휜 나신을 낚아채듯 잡은 젊은 상선은 고사리 숲의 아래쪽에 은밀히 자리 잡은 좁고 뜨거운 동굴 안으로 젊고 싱싱한 손가락을 밀어 넣으며 속삭였다.

"후궁 후보들을 뽑아 올리는 명부의 잘 보이는 곳에 네 이름을 적어 달라고?"

젊은 상선은 홍심의 귓바퀴를 혓바닥으로 슬근슬근 매끄럽게 빨아들였다. 그녀는 작게 고개를 끄덕이며 젊은 상선의 품에 몸을 폭 안겼다. 그러자 상선은 피식 웃으며 볼록하게 자리 잡은 귓바퀴를 세게 깨물며 입을 열었다.

"싫어."

"상선 영감. 분명히 이렇게 하면 저를……. 아, 아흣!"

임금의 여자가 되어라. 너만 임금님의 눈에 들면 우리 김씨 가문은 다시 예전의 부귀영화를 누릴 수 있을 것이다. 몰락한 양반 가문의 여식인 홍심은 아주 어릴 적부터 부모에게 듣고 배웠던 대로 임금님의 여자가 되기 위해 입궁을 했다. 그리고 지금, 후궁을 뽑는 데 가장 큰 영향력을 미치는 젊은 상선에게 몸을 허락한 것이었다. 오로지 몰락한 가문의 재건을 위해서.

젊은 상선은 좁고 뜨거운 동굴을 더 넓히고 뚫으려는 듯 손가락의 압박을 주었다가 찰나에 그것을 빼며 사악하게 웃었다. 하지만 어찌 된 일인지 그 사악하게 빛나는 눈동자 아래에 슬픔이 번진 것 같았다.

"너……."

"……."

"죽여버릴 거야."

젊은 상선은 우뚝 선 육봉을 홍심의 좁고 뜨거운 동굴 안으로 무자비할 만큼 민첩하고 포악하게 밀어 넣었다. 불로 달군 쇠꼬챙이로 생살을 지지는 듯한 아픔에 홍심은 외마디 비명도 못 지르고 젊은 상선의 어깨에 손톱을 박았다.

육봉에 꿰뚫린 나신은 등의 살갗이 바닥에 짓눌려 파일 만큼 위로 아래로 정신없이 움직였다. 이 싱그러운 나신을 절대로 늙은 임금에게 넘겨줄 수 없다. 젊은 상선은 그리 생각하며 미친 듯이 감칠맛 나게 쫀득거리는 속살을 탐했다. 누구 때문에 거세를 하고 이리 궁으로 들어온 것인데.

'너는 모르겠지만, 나는 너를 따라 이 궁으로 들어왔음이야.'

알아달라고, 그깟 연심 따위 한 조각도 바라지 않는다고. 젊은 상선은 늘 홍심을 멀리서 그저 바라만 보면서 그리 마음을 달래왔지만 늙은 임금님의 여인이 되겠다 바라는 홍심의 탐욕을 알아버린 이상, 그 마음 안에 깃든 흉폭한 감정을 도저히 달랠 수가 없었다.

가질 수 없다면 산산이 조각이 날 정도로 부숴버리리. 네 몸뚱이와, 너를 늘 바라왔던 내 몸뚱이마저 모두 난도질당해 버려질 만큼 끝까지 내몰아치리.

"아악! 사, 상선……. 아, 아! 아파! 아흣!"

"그래. 계속 아파해. 더 찢어버리고 싶고, 바닥까지 뭉개버릴 이 마음이 사라지지 않게."

젊은 상선은 더없이 싱싱한 살덩이의 죄어 오는 쾌감을 느끼며 고통스럽게 얼굴을 일그러뜨렸다. 쾌감이 더하면 더할수록 그 역치만큼 전신에 걷잡을 수 없이 밀려오는 고통을 누가 알까.

여인을 향한 사내의 욕정을 끝까지 분출할 수 없는 이 더럽게 모자란 육신의 업에 젊은 상선은 그만 홍심의 어깨를 꽉 깨물며 쓰게 웃었다. 그녀의 뽀얀 어깨에 피가 맺히고, 음낭이 사라진 젊은 상선의 정욕은 천천히 그 안타까운 숨을 사그라뜨렸다.

"악! 아악!"

꿈이었다. 영지는 비명을 지르며 상체를 벌떡 일으켰다. 온 자리가 다 땀으로 축축했다. 영지의 비명 소리를 들은 모친이 그녀의 방문을 열어 살피셨다. 말을 잃은 육신이었으나 자식이 걱정되는 것은 어쩔 수 없는 모양이었다.

"아, 아무것도 아니어요, 어머니. 들어가셔서 조금 더 주무셔요."

영지는 모친을 향해 어설프게 웃으며 이마에 맺힌 땀을 닦았다. 늙은 육신이 딸아이에게 걱정스러운 눈빛을 보내다가 이내 고개를 끄덕이며 방문을 닫았다. 그러자 그녀는 두 손으로 가슴을 연신 쓸어내리며 한숨을 쉬었다.

"휴우……."

영지는 벌컥거리는 가슴이 진정이 되지 않아 머리맡에 놓인 자리끼 한 대접을 벌컥벌컥 들이켰다. 하절의 열기에 미지근해져 버린 물이었지만 뜨겁게 달구어진 가슴을 한 풀 식히는 데는 부족함이 없었다.

"망측하게! 참말로 어디 꿀 꿈이 없어서 그런……!"

영지는 간밤에 바느질을 하다 말고 한참 동안 읽다가 이부자리 아래에 숨겨둔 책을 꺼내더니 긴 한숨을 쉬었다. 침방나인과 상선의 은밀한 접붙임. 감히 입에 담을 수도 없이 망측스럽고 부끄러운 꿈에 영지는 또 한 번 한숨을 푹 내쉬었다.

표지에 그려진 여리고 얌전해 보이는 침방나인과 젊은 상선의 그림새만 본다면 그리 음란하지도 않아 보이거늘. 책의 장수를 넘겨갈 때마다 불꽃놀이마냥 파바박 터지는 음란한 장면들은 영지의 머리를 심히 어지럽혔다.

"미쳤나 봐!"

영지는 별안간 이불을 뒤집어쓰고 이리저리 좁은 방구석을 굴러다니며 차마 소리도 못 내고 '미쳤나 봐'를 입 모양으로만 외쳐댔다. 세상에나. 참말로 이해가 되지 않았다. 농익은 여인의 나신과 건장한 사내의 육체. 그러니까 사내의 양물까지도 참말로 숱하게 보아왔지 않았는가? 그랬어도 한 번도 이런 해괴망측한 꿈을 꾼 적이 없었다. 그런데 이 새벽 내내 영지는 식은땀을 쫄딱 흘려가며 음란서책에 써진 침방나인과 젊은 상선의 합방 장면을 꿈꾸고야 말았으니. 참말로 누가 이 사실을 알기라도 하면 기함을 할 일이었다.

"보는 게 아니었어. 내가 미쳤지. 이런 책을 뭐하러 봤을까?"

맹세코! 결단코! 정말로! ……좋아서, 일부러 본 것은 아니었다. 정말로! 하늘에 계신 오라버니를 걸고서라도 정말, 보고 싶어서, 궁금해서 본 것은 아니었다! 그저, 앞으로 함께 일하게 될 '동지'의 '취향'을 답습하고자 했던 '동업자'의 어쩔 수 없는 '업'이었달까?

"그래. 호랑이를 잡으려면 호랑이 굴로 들어가야지. 난! 호랑이를 잡기 위해 어쩔 수 없이 호랑이굴로 들어갈 수밖에 없었던 불쌍한 처지였을 뿐이야."

영지는 스스로를 연민하며 밤새 자신의 꿈자리를 어지럽혔던 책을 꽈악 붙잡고 별안간 벽을 향해 힘껏 집어던졌다. 힘껏 날아간 책이 벽을 만나 힘없이 고꾸라지며 새벽녘까지 읽고 나서 접어두었던 쪽이 환하게 벌어졌다.

헌데 어찌 된 영문인지 방금 전까지만 해도 책을 벽에 던졌던 영지는 데굴데굴 굴러다녔던 이부자리 위에서 일어나 은근슬쩍 다시 그것을 주워들고 저도 모르게 민망하지만 재미가 있었음을 부인할 수 없는 미소를, 아니, 은근한 기대감의 미소를 지었다.

참말로 마른침을 꼴깍꼴깍 잘도 넘어가게 만드는 책이었다.

처음 책 제목을 보고 늙은 상선을 떠올렸었는데 책을 읽어보니 그 묘사에도 나오지만 젊은 상선은 나름대로 잘생기기까지 했다. 늦게 배운 도둑질이 더 무섭다고. 영지는 생전 처음 접한 음서에 온 정신을 홀라당 팔려버린 것이다.

'절대로, 보고 싶어서 본 것은 아니야! 어차피 마마와 일을 하려면 어쩔 수 없는 거잖아? 나 윤영지는 이깟 음서 따위가 좋아서 보는 게 아니야!'

영지는 책을 손에 쥔 채로 고개를 도리질 치며 생각했다. 그러다 문득 새벽녘에 선잠에 들었다 꾼 꿈이 도로 생각이 난 그녀는 무엇인가가 아쉽다는 듯 입맛을 쩝 다셨다.

'얼굴을 못 봤어. 달도 둥그렇게 뜬 밤이 배경이었는데, 달빛을 구름이 가려서 그랬던 걸까? 홍심이 얼굴도, 젊은 상선의 얼굴도 못 봐서……. 음, 조금 아쉽긴 하네.'

영지는 연신 입맛을 다시다가 입술 끝을 씰룩거리기도 하면서 고개를 좌우로 흔들었다. 그러다가 머리에 꽃이라도 꽂은 사람인 양 히죽거리며 웃었다. 아무도 보는 이가 없었지만 혹여 개미새끼라도 이 광경을 볼까. 영지는 저고리를 켜켜이 개어 넣어둔 낡은 서랍을 열어 제일 아래에 책을 감추었다.

마치 나 혼자만 볼 거라는 듯. 내 것이니 누구도 손대지 말라는 듯. 아주 값지고 귀한 것을 숨기는 것 같은 손길에는 은근한 떨림과 기대가 묻어났다. 그러다가 문득 영지의 총명한 눈이 반짝거렸다. 궁금증이 솟은 것이다.

"그런데……."

'상선이라 함은, 내관이 아니었던가.'

"그런데, 그것……, 이 가능할까?"

분명히 혜가 준 책에서는 방사가 가능했다.

"진짜?"

'내관은 아래에 붙은 것들이 다 없는 거 아니야?'

영지는 혼잣말과 생각을 번갈아 하며 속으로 혼자서 별의별 생각을 다 떠올렸다. 그러다가 문득 오늘 밤 인정 무렵 영락관에서 만나기로 했던 혜와의 약속이 떠오른 그녀는 엷고 은근한 웃음을 머금으며 중얼거렸다.

"물어봐야지."

여하튼 독자가 가지는 궁금증은 작가에게 물어볼 수도 있는 것이니까.

간드러지는 웃음소리. 거문고와 가야금이 실물결처럼 번져 그 웃음소리에 생기를 입혔다. 분내와 향내와 음부에서 피어오른 비릿하게 달뜬 냄새가 한곳에 어우러진 이곳은 지금, 영락관의 가장 뒤편에 자리 잡은 작고 은밀한 후원이었다.

"안전할 수 있겠사옵니까?"

도승지 허참성의 물음에 혜는 엷게 웃으며 되물었다.

"어떤 의미에서의 안전인가? 우리에게 해가 되지 않는 인물인가라는 뜻에서인가? 아니면 그 춘화작가 일신의 안위를 문제 삼는 뜻에서인가?"

"둘 다에 그 의미가 있겠지요."

허참성의 대답에 혜는 비릿하게 웃으며 말했다.

"자네가 언제 개인의 안위에 뜻이 있었던 사람인가? 그리했다면 애초에 이런 일에 나를 끌어들이지 말았어야지."

탓을 하는 것인지, 아닌지 알 수 없는 말을 듣고 있던 허참성은 혜의 번뜩이는 눈을 보며 대답했다.

"이 나라의 기틀인 백성의 안위는 늘 걱정해야겠지요. 일개 춘화쟁이라도 이 나라의 백성인 이상 그 목숨은 귀한 것이 아니겠는지요. 허나, 나라의 기강을 바로잡는 데 앞장서야 할 종친은 다른 법입니다. 나라를 위해서라면 가장 위험한 곳에 나아가서 그 혼과 육신을 불태울 줄도 알아야 진정한 종친이고, 진정한 핏줄 값을 하는 것이 아니겠습니까?"

그 말을 가만히 듣고 있던 혜는 자신의 팔 위에 가만히 앉아 두 눈을 번뜩이는 맹금 '현'에게 장난스럽게 입을 열었다.

"현아. 들었느냐? 저 늙다리 중신의 고약한 말버릇을? 저자가 이 나라에 필요한 이가 아니었다면 내 어여쁜 맹금, 너를 시켜 저자의 입술을 모다 다 샅샅이 쪼아놓으라 명하였을 것이야. 하하하!"

혜의 호탕한 웃음에 허참성은 엷게 웃었다. 혜의 옆모습을 보고 있노라면 오래전 부친을 따라간 대궐에서 우연히 마주쳤던 젊은 날의 영종대왕이 겹쳐졌다. 허참성은 이 땅에 태평치세를 펼치셨던 영종대왕을 꼭 닮은 혜를 보면서 은근히 마음 한구석이 든든해짐을 감출 수가 없었다.

그 모친이신 숙용마마와 함께 궐 안의 피바람을 피해 궐 밖으로 도망치시어 왕자의 신분을 숨기고 살았던 어린 목숨. 그런 어린 목숨이 모친이신 숙용마마를 잃은 후 배다른 형님이신 임금님의 명을 통해 왕자로서의 삶을 찾으셨던 때가 아마 열 살 무렵이셨을 것이다. 그때부터 지금까지 혜를 가르치고 보필하며 그의 곁을 지킨 이가 도승지 허참성이었다.

그래서였을까. 왕실의 사람으로서 지켜야 할 특별한 예법부터 시작하여 문무에 관한 모든 것을 허참성, 그가 다 가르칠 수는 없었으나 혜는 마음속 깊은 곳에서 그를 또 한 명의 아버지처럼 여기고 의지했다. 모친을 잃고 어린 맹금에게만 마음을 열며 살아온 혜가 가까운 곳에서 마음으로 의지할 수 있는 사람이 그였던 것이다.

"다시 한 번 말씀드리옵건대 절대로 백성을 다치게 해서는 아니 되시며, 우리의 일을 알게 해서도 아니 될 것입니다. 월산군 마마."

"아 거 참! 설마 도승지 자네도 나를 반편이에 꼴값 못 하는 왕자로 보는 것이오?"

혜의 말에 허참성은 고개를 가로저으며 말했다.

"마마를 걱정해서지요."

"……?"

"제가 마마를 모르겠습니까? 마마께서는 본디 신분 고하를 막론하고 가까이에 두는 이에게 마음을 내어주며 귀히 여기시는 분이 아니십니까? 그러니 마음을 나누어준 이가 상하게 되면 종결에는 마마의 마음 또한 다치게 되지 않겠습니까? 하니 이리 당부,

또 당부를 드리는 것이지요."

"음……. 사람 참. 마음을 감동시키는 것도 가지가지 하는구면."

허참성의 말을 들은 혜는 빙그레 웃었다. 참으로 좋은 이. 참으로 귀한 이. 바라건대 이 대업이 수포로 돌아가지 않았으면. 그래서 저 양반께 어떠한 변고도 일어나지 않았으면. 혜는 이 순간 그리 마음속으로 빌며 입을 열었다.

"자! 이제 나는 가야겠소. 내 소중한 '동업자'를 만날 시각이 거의 다 되었으니 미리 자리를 잡고 기다리고 있어야겠어."

"그럼 얼른 가보시지요."

"참! 자네. 그냥 댁으로 가지 말고 그이 얼굴 한 번만 보고 가게나. 어차피 오래전에 숙부인과도 사별하신 마당에 무에 그리 댁에 일찍 들어가시나?"

"……."

"연 행수께서 자네를 기다리는 마음이 해를 보기 원하는 달의 마음과 같으니. 그 마음결에 눈썰미 한번 얹어주고 가게나. 세상 사는 이야기도 나누고, 차도 한잔 마시고. 연 행수의 특기인 거문고 연주 한번 듣기도 하고. 한 세월을 함께 걷는 동지이자 벗인 분들이 아닌가? ……그럼 나는 먼저 들어가보겠네. 조만간 또 만나세."

혜가 걸음을 옮기자 그 팔에 앉아 있던 현이 파드득 허공 위로 날아올라 큰 원을 한 번 그린 후 다시 그 단단한 어깨에 앉았다.

그의 뒷모습을 가만히 바라보던 허참성은 그 너른 등을 가엾고 안타까운 눈으로 바라보았다. 언제나 혼자이신 저 모습이 한없이 안쓰러웠다. 군부인 마마께서 강건하게 살아 계셨더라면 저 너른 등이 이리 외로워 보이지는 않았을 것이다.

혼례를 올리고 고작 한 해밖에 함께하지 못했던 어여뻤던 부부. 그 몹쓸 역병에 온 마음을 다 내어줬던 어린 안해를 잃은 월산군 이혜는 더 이상 그 누구에게도 '연심'을 품지 못하는 사내가 되어버렸다.

"영소 작가 왔는가! 참말로 지난 사흘 동안 나는 내내 우리 영소 작가가 그리웠으니! 이 자리에 오지 않을까 염려를 참 많이 하였어."

버선발로 나와 자신을 맞이하는 혜를 보며 영지는 자꾸만 머리가 조아려졌다. 아무래도 '왕자마마'이시니 그 몸체에 흐르는 핏줄부터가 다르지 않은가. 그녀는 주눅이 들고 위축이 되어 어리바리한 자세로 술상 앞에 마주 앉았다.

"그간 강녕하셨습니까."

최대한 시선을 피해서 모기소리만 한 목소리로 대답했다. 그러자 어디선가 파드득거리는 소리가 들리며 날렵하게 흰 맹금의 잘생긴 부리가 영지의 눈앞에 가까이 들어왔다.

"으악! 저리 가! 저, 저리 가!"

영지는 두 손을 열심히 허공에 저으며 마치 귀신을 본 사람처럼 엉덩이로 저만치 뒷걸음질을 치며 소리쳤다. 하지만 영지의 그런 행동에 아랑곳하지 않은 맹금 '현'은 새까맣고 둥근 눈동자를 반짝반짝거리며 총총, 가볍게 공중으로 뜀뛰기를 하는 듯 영지의 곁으로 다가갔다. 그러더니 곧 가볍게 영지의 어깨로 날아올라 그 얼굴을 돌돌 싸맨 누더기의 매듭을 부리로 콕콕콕 쪼아대는 것이 아닌가?

"아, 안 돼! 안 돼! 으아악!"

영지는 서서히 풀려가는 매듭의 꼭지를 왈칵 틀어쥔 채 야속한 눈빛으로 혜를 바라보며 소리쳤다.

"이 요물 좀 어떻게 해주십시오!"

그러자 혜가 마치 저자의 재미난 구경이라도 본 것처럼 개구진 웃음을 지으며 대답했다.

"어험! 요물이라니! 그 아이는 내가 제일 아끼는 나의 벗이거늘."

"아 그거야! 마마께나 벗이지 저에게는 귀신보다도 더 무서운 요물입니다! 어서 좀 그리로 데려가 주십시오!"

영지가 소리를 지르며 경을 치자 혜는 콧잔등을 비비적거리다가 이내 짧은 휘파람을 불었다. 그러자 누더기의 매듭을 애써 콕콕 쪼아대던 현은 그 새까만 눈망울을 제 주인에게로 돌려 혜를 바라보다가 이내 총총총 짧게 뛰어 주인의 앞으로 다가갔다. 물론 두어 번 정도 뒤돌아서서 영지를 향해 아쉬운 눈빛을 보냈지만.

제 주인의 곁으로 사라지는 맹금을 보며 한숨을 돌린 영지는 바닥에 두 다리를 뻗고는 놀란 가슴을 쓸어내렸다. 사실 그녀는 날개 달린 것이라면 모두 다 싫었다. 하다못해 어린아이 주먹보다도 작은 참새를 보고도 깜짝깜짝 놀랐다.

영지는 술상 앞에 놓인 물 한 사발을 벌컥벌컥 들이켠 후에 야속하다는 눈빛으로 혜를 야리듯 바라보았다. 하마터면 큰일 날 뻔했다. 저 날개 달린 요물이 뭘 안다고 얼굴을 감춘 누더기의 매듭을 풀려고 한 것인지.

'저것은 분명히 새의 탈을 쓴 요물이야. 귀신보다도 무서운 것!'

누더기의 매듭을 다시 단단히 동여매는 그녀의 모습을 빤히 지켜보던 혜는 별안간 박장대소를 하기 시작했다.

"보아라. 내 귀한 맹금아? 내 귀한 춘화작가님께서 말이다? 이리도 귀엽고 깜찍하고 영특하기까지 한 너를 요물이라고 하다니! 가서 너를 향해 못된 말을 내뱉는 저이의 입술이라도 왈칵 비틀고 오려무나! 하하하하!"

그 말을 들은 영지는 저도 모르게 두 손으로 입술을 가리며 자신을 향해 눈길을 주는 맹금을 두려운 듯 바라보았다. 그러자 현은 두어 번 고개를 좌우로 비틀더니 혜의 겨드랑이 아래를 파고들며 킷킷거리는 소리를 내었다.

"참말로 농이 징글맞게 지나치십니다!"

영지는 식은땀에 흥건하게 젖은 손바닥을 제 옷 춤에 비비며 말했다. 그러자 그 꼴을 가만히 보고 있던 혜는 바로 앞에 마주한 춘화작가가 마치 계집마냥 심장이 쥐알 콩알만 하다고 생각하곤 비싯거리며 웃었다.

"영소 작가는 새를 무서워하는가 보이? 계집아이처럼 말이야."

"사, 사, 사내라고 무서운 것이 없으란 법이 있습니까?"

"그런 것은 아니지만. 사내 녀석들은 아주 어릴 적부터 종종 딱총을 가지고 새를 맞히며 놀지 않는가?"

그러자 영지는 부르르 몸서리를 치며 대답했다.

"저는 날아다니는 것들은 모두 다 싫습니다. 온갖 새부터 하물며 잠자리. 나비까지도 말입니다. 무어, 나비랑 잠자리 정도야 멀리서 보면 그럭저럭 좋긴 하지만 딱 제 곁으로 가까워지면 그야말로 당장이라도 꼴까닥 죽을 것만 같다, 이겁니다."

"그럼 우리 귀하신 영소 작가께서는 씨암탉 같은 것은 아예 입에도 대지 못하겠어?"

"당연한 말씀을 하십니다? 닭다리든 닭 날개든 무엇이든 날아다니는 것으로 한 음식은 입에도 대지 못하니, 혹여 동업자인 제게 밥 한 술이라도 내어주시려거든 미리 굽어살펴주십시오!"

영지는 혜의 빈정거림에 은근슬쩍 심사가 뒤틀려 와 눈앞의 그가 군마마라는 것을 잊은 사람마냥 대꾸했다. 그러자 혜는 볼우물이 가득 파일 정도로 재미나다는 듯 웃더니 제 겨드랑이를 파고들며 귀염짓을 하는 현을 소개했다.

"자. 자네의 말을 빌어보자면 귀신보다도 더 무서운 이 요물 녀석의 이름이 바로 '현'이야."

"현……, 이요?"

영지는 어디선가 가볍게 들은 이름이라고 생각하며 고개를 갸웃거렸다.

"그래. 현(晛). 영소 작가에게는 귀신보다 무서운 요물일지 모르나, 나에게는 햇살 같은 녀석이지."

현은 마치 자신에 대한 칭찬을 다 알아들었다는 듯 주인을 향해 킷킷거리며 응답했다. 그 모습을 가만히 지켜보던 그녀는 무엇이 생각났다는 듯 물었다.

"사흘 전에 '현'을 통해서 차차 우리의 업을 알리도록 하신다고 말씀하셨는데……. 그 '현'이 요 '현'입니까?"

차마 앞에 '요물' 자는 붙이지도 못하고 영지는 눈만 동그랗게 뜨며 물었다.

"그렇지. 세상에 요 햇살 같은 녀석이 '현'이 말고 또 있을까? 내 그때 이리 말하지 않았나? 현을 '길들여' 알리겠다고. 허니 영소 작가 자네 말이야. 얼른 내 현과 친해져야 하겠어."

럴수럴수 이럴 수가.

세상에 하늘님도 무심하시지. 날아다니는 것만 봐도 온몸의 솜털을 곤두세우며 치를 떠는 영지에게 그냥 새도 아니고 '맹금'과 친해지라고 하는 것인지. 설상가상이요 산 넘어 산이라는 말을 오롯이 실감한 그녀는 저도 모르게 술병 안에 든 술을 사발에 부어 바싹바싹 말라가는 목을 축였다.

"영소 작가. 천천히 마시게."

"이제 와서 제게 친절을 베푸시는 것입니까?"

혜의 만류에도 불구하고 그녀는 연이어 몇 잔을 입안에 털어넣었다. 그러나 단 한 번도 술을 입에 대본 적이 몇 번 없는 무방비한 몸체는 술 몇 잔에 금세 취기가 올랐다. 마음 같아서는 얼굴에 몰리는 열기를 내쫓을 참으로 누더기를 훌훌 벗어버리고 싶었으나 차마 머릿속에 절대로 놓지 말아야 할 한 줄기 끈이라는 것이 남아 있어 그 끈을 꼭 부여잡은 영지는 고개를 설레설레 저었다. 하지만 술기운에 점점 녹아드는 영지의 혓바닥은 곧 꼬부랑 지팡이마냥 꼬불꼬불 휘어지더니 천 갈래 만 갈래로 늘어지기 시작했다.

"참! 월산군 마마아?"

"왜 그러시는가?"

"궁그음한 것이 있습니다?"

"무엇인데?"

혜의 물음에 영지는 달금한 술을 한 모금 넘기며 방싯방싯 웃었다. 참말로 궁금하긴 한데 요것을 물어도 될지 모르겠다.

"그……, 마마께서 주신 책 말입니다?"

"자네 그 책을 벌써 읽어보았나?"

"무어어……, 자발적으로 읽은 것은 아니올시다, 입니다만? 마마의 취향을 분석하고자 몇 장 읽어보았더랬습죠?"

"그런데?"

"그으게 말입니다? 아, 상선이면 고자 아닙니까? 그니까 사내구실을 아예 할 수 없는 것으로 알고 있는데에……, 그, 뭐시라. 바, 방사가 가능하답니까. 마마?"

영지는 두 눈을 깜박거리며 물었다. 이상하게도 말이 자꾸만 찹쌀 반죽처럼 축축 늘어진다.

"당연히 가능하고말고. 허허, 영소 작가. 자네 내관에 대해 잘 모르는가?"

"아, 양물을 잘라본 적이 없는데 제가 어찌 알겠습니까?"

영지는 갑자기 눈에 힘을 딱 주며 속사포처럼 말을 쏟아내더니 이내 배시시 웃어버렸다.

"내관은 양물을 자르는 것이 아니야. 양물을 잘랐다면 방뇨도 앉아서 보아야 하겠지만 그들도 다 서서 방뇨를 본다네. 음낭 두 쪽만 거세하는 것이지. 음낭만 거세하였으니 당연히 양물은 방사를 즐길 때 곧게 설 수도 있는 것이고."

"하하하? 그렇습니까. 월산군 마마? 저는 싹 다 거세하는 것인 줄 알았지요. 히히힛. 궁금증에 대한 해를 들으니 참말로 갑자기 확 덥습니다. 아니 그렇습니까아?"

영지는 히힛거리며 갑자기 자리에서 일어나 방문을 활짝 열려고 했다. 그러자 혜는 그 손을 탁 하니 잡으며 그녀의 행동을 저지했다.

"더워서 그러는가?"

"예."

"영소 작가는 술이 약하구먼."

"약하지 않습니다!"

영지가 말대꾸하듯 말하자 혜는 마치 어린 남동생이 생긴 것 같은 느낌에 슬금슬금 웃음이 흘러나오려는 것을 참기가 어려웠다. 자고로 말썽꾸러기든 천덕꾸러기든 본인은 그것을 부정하는 법. 술이 약한 사람도 예외는 아니었다.

"영소 작가. 집으로 가세. 내가 데려다 주겠네."

"흐흐흐. 대단하신 월산군 마마님께서 제 집이 어디에 어떻게 붙어 있는 줄 아시고오?"

"그러니 자네가 앞장서면 될 일이 아닌가?"

그러자 영지는 아직 붙잡고 있는 머릿속의 한 줄기 끈을 더욱 꽉 잡으며 고개를 설레설레 흔들었다.

"됐습니다! 제 집을 혼자 못 찾아갈 정도로 취하지는 않았습니다. 히힛."

"그럼 혼자 가시든가."

"예에. 그럼요, 그럼요. 아효, 오늘 우리의 첫 의기투합 작품에 대해 골몰을 하였어야 하는데? 사실 제가 좀 취기가 오르긴 오릅니다, 마마. 다음에 조만간 다시 뵙지요. 예?"

영지는 문을 열고 디딤돌 위에 가지런히 놓인 짚신에 발을 끼워 넣었다. 혜는 그녀의 얄쌍한 겨드랑이 사이에 매고 왔던 가벼운 등 봇짐을 끼워주며 자신도 그 뒤를 따랐다. 그러자 방 안에서 푸드득거리며 바깥으로 쏜살같이 미끄러지듯 날아 나온 현이 그 두 사람의 머리 위를 크게 한 바퀴 돌더니 영롱하게 빛나는 두 눈을 희번덕거리며 혜의 어깨 위에 앉았다.

까만 밤하늘 위로 별꽃이 흐드러지게 피어 있었다. 이미 시각은 아주 깊이 흘러 도성의 어느 길에서도 사람의 인기척을 느끼기는 어려웠다. 혜는 영락관에서 나올 때에 시종에게 받은 등불을 들고 천천히 영지를 뒤따랐다.

아롱아롱 밤길을 수놓는 주홍빛 불빛 아래 사부작사부작 두 사람의 그림자가 너울거렸다. 도성 외곽에 자리 잡은 남루한 집으로 가는 길은 꽤나 멀었고 한 발 두 발 걸음을 옮길수록 그녀는 서서히 술기운이 잦아드는 것을 느꼈다. 그리고 곧 자신의 짧은 그림자 위를 덮은 장신의 그림자를 발견하고는 걸음을 멈추며 뒤를 돌아보았다. 그 바람에 짧은 그림자와 긴 그림자가 삽시간에 멈추어졌다.

"월산군 마마?"

"음. 날세. 영소 작가."

혜는 속으로 엷게 꺼풀이 진 눈동자를 휘면서 아무것도 모른다는 듯이 마냥 천진하게 웃었다.

"왜 따라오시는 것입니까?"

"자네를 따라가는 것이 아닌데?"

"예?"

"자네보다도 자네가 어디에 사는지를 알아야 해서 이리 어쩔 수 없이 뒤를 쫓는 것뿐이야."

혜의 말에 영지는 고개를 갸웃거리더니 물음을 던졌다.

"어디에 사는지 알 필요가 있으십니까?"

"당연한 소리. 내 앞으로는 우리가 합심해서 머리를 골몰해야 할 때를 적어 현을 통해 알릴 것일세. 헌데 자네가 사는 곳을 모르면 우리 현이 아무리 명석하다 할지라도 영소 작가 자네를 찾을 수 있겠는가? 하여 자네가 대충 어디 사는지 정도는 파악을 해야 내 현을 보내어 현이 자네를 찾을 수 있게 하지. 아니 그러한가? 게다가 지금은 군관들이 통금을 어기는 자를 잡아가는 시각이 아니겠어? 허니 내가 이리 자네의 뒤를 졸졸 쫓을 수밖에. 설마하니 우리 두 사람을 맞닥트린다 해도 일국의 왕자인 나와 그 절친한 벗인 자네를 잡아가기야 하겠는가?"

혜는 현의 정수리를 쓰다듬으며 말했다. 현은 주인의 말을 다 알아듣는 듯 잠시도 쉬지 않고 영지의 집을 찾아가는 길을 외우려는 것처럼 번쩍번쩍 빛이 나는 눈동자를 열심히 굴리며 주위를 살폈다.

영지는 듣고 보니 그 말에 일리가 있다고 여겨 반박의 대꾸를 하려다 말고는 다시 몸을 돌려 집을 향해 걸음을 옮겼다. 고요하고 적막한 깊은 밤. 그렇게 두 사람은 반딧불이가 서로 꼬리를 무는 모양새마냥 적당한 간격을 두고서 흙 길 위에 서로의 발자국을 수놓았다.

술기운은 점점 깨고 또렷한 정신이 영지의 혼을 채워 나가기 시작했다. 그러자 그녀는 별안간 또 다른 더움에 얼굴이 뜨거워지는 것을 느꼈다. 참으로 이상한 일이었다. 등불 때문에 바닥에 번지는 두 개의 그림자가 일렁일렁 겹쳐질 때마다 살짝 돋아나는 부끄러운 기분은 등골을 타고 오소소 박혀 들어와 손가락 끝까지 부끄러움을 전하는 것만 같았다.

더운 바람 사이사이로 물 냄새와 나뭇잎 냄새와 흙냄새와 혜에게서 맡아졌던 예의바른 냄새가 어우러져 폐부에 들이찼다가 사라지기를 반복했다. 영지는 들숨을 마실 때마다 가슴이 아주 작게 요동침을 느꼈으나 술기운이 덜 사라져서 그런 것이라 여기며 발걸음을 빠르게 재촉했다.

"저기요, 마마."

"응."

"거의 다 왔습니다."

"완벽하게 당도하면 말하게."

"이 마을은 저 같은 천민이 거하는 곳. 누추하기 짝이 없으며 대풍창에 걸린 자들 또한 살고 있습니다. 하오니 이제 그만 가시옵소서."

"천민 또한 이 나라를 이루는 백성이며, 또한 내가 이 마을에 발걸음을 한다 하여도 병이 옮는 것은 아니지 않은가?"

"하오나……."

영지는 대꾸를 하려다 말고 입을 꾹 다물었다. 차마, '당신같이 잘난 사람에게 내 비루한 몰골을 보이기 싫습니다.' 라고 말할 수가 없어 영지는 엷은 한숨을 흘뿌렸다. 그런 그녀의 마음을 읽은 것인지 혜는 더 가려다 말고 걸음을 멈추며 말했다.

"영소 작가."

"예."

"그쪽이 어디에 살든 무어 나랑은 상관없는 일이니 개의치 않겠으나, 당분간 그 몸을 귀하게 여겨야 할 것이오."

"어찌하여……."

"'어찌하여'라니? 영소 작가는 내 귀한 동업자가 아니겠는가? 술은 엄청 약한 것 같으니 우리가 책 한 권을 탈고할 때까지 술은 입에도 대지 못할 터. 미리부터 각오해야 할 것이네."

혜가 버럭 으름장을 놓자 영지는 그만 깔깔거리는 웃음이 툭 하고 튀어나올 것 같아서 다문 입술 끝에 힘을 주었다. 그의 목소

리는 자신의 마음에 들어찬 한숨을 거두는 묘약과도 같다, 일순간
영지는 그리 생각했다.

"조만간 내 귀한 현이 영소 작가를 찾을 것이니. 그때도 뒤로
넘어가게 호다닥거리지 말고 좀 어여쁘게 봐주오. 응?"

"무어, 노, 노력은 해봅지요."

영지는 대충 에둘러 말한 후 꾸벅 인사를 하고선 마을 안으로
달려 들어갔다. 그런 영지의 모습이 사라질 때까지 빤히 바라보던
혜는 현에게 혼잣말처럼 중얼거렸다.

"사내 녀석 주제에 참말로 귀엽지 않으냐? 꼭 현이 너를 처음
보았을 때 느꼈던 그 안타깝고 귀염진 감정이 저 방년 십칠 세의
영소 작가를 보면 불쑥불쑥 솟는단 말이지."

혜는 걸음을 옮겨 왔던 길을 되돌아 걸으며 피식 웃었다가 고
개를 절레절레 젓기를 반복했다.

"아버지. 진지가 입맛에 맞으셔요?"

영지는 조기 살을 발라 부친의 밥 위에 얹으며 조심스럽지만
또한 살갑게 여쭈었다. 그러자 그는 밥술을 뜨다 말고 숟가락을
내려놓으며 한숨을 푹 쉬었다. 말하는 법을 잊고 머리가 하얗게
세어 본디 나이보다 훨씬 늙어버린 영지의 어머니도 자신의 딸을
걱정스러운 눈으로 바라보았다.

"아가, 영지야. 얼굴이 많이 해쓱해졌구나. 안색도 너무 허여
멀건 것이……."

윤일의 말에 영지의 어머니도 고개를 끄덕이며 딸아이의 손을

꾹 잡았다.

　"아버지. 아니어요. 해쓱해진 것이 아니라 어머니의 뽀얀 살결을 물려받아 그런 것이니. 가무잡잡하게 탄 낯빛보다 낫지 않겠어요? 너무 걱정 마시고 아버지, 어머니. 자아, 얼른 진지 드셔요. 요즘 옷을 짓는 일감이 많아 받은 돈이 넉넉하여 아버지 즐겨 잡수시는 조기도 사고, 어머니 드시기 좋은 포슬포슬한 계란찜도 하였으니. 이 딸의 귀한 정성을 봐서라도 모두 다 드셔야 하셔요?"

　영지가 도리어 생글생글 웃으며 부모의 걱정을 덜어드리려 하자 내외간의 얼굴빛은 더욱 어두워졌다. 어린것이 밤새 옷을 짓느라 얼마나 힘들었으면 저리 안색이 창백할까. 안타깝고 불쌍해서 윤일의 눈가에는 게즘게즘한 눈물이 고였다. 그러자 영지는 입술을 한 번 앙다물다가 아비의 마른 등 뒤로 가더니 나뭇가지 같은 육신을 끌어안으며 말했다.

　"아버지. 자꾸 눈물을 보이시면 저, 너무너무 속상해요. 그러니까 진지가 식기 전에 한 그릇 다 드시고 저랑 같이 평상에 앉아 햇볕 좀 쬐셔요. 볕을 쬐면 기분이 좋아진다고 의원께서 자주자주 쬐라고 하셨잖아요? 어머니께서도 특히, 제가 잘 삶은 검은 콩 한 종지는 다 드셔야 하셔요. 아셨죠?"

　영지는 아비의 등을 끌어안았던 팔을 풀며 다시 부모의 진지 수발을 했다. 삐쩍 말라버린 부모를 보며 영지의 가슴에는 다시금 통탄이 들어찼다. 사대부가의 예법이 존재는 하였지만 예전, 그 좋은 호시절에는 두 분께서 꼭 겸상을 하시며 오순도순 이야기도 나누고 웃음도 나누셨다. 그때는 얼마나 행복하였는가.

그녀는 열심히 돈을 벌어 좋은 음식, 좋은 의원, 좋은 약재를 구해서 마른 아비의 몸을 다시 살찌우고, 말을 잃은 어미에게 다시 말을 찾아드리고 싶었다. 그리고 이제는 세 식구뿐이지만 언젠가는 세 식구가 도란도란 덕담을 나누며 웃을 수 있는 그날이 오기를 소원하였다. 더불어 조그마한 선산을 사서 시신을 채 수습도 하지 못하였던 죽은 오라비의 가묘라도 짓고 싶었다.

'하늘님. 제 소원을 잘 아시지요? 부디 굽어살펴주세요.'

부모와 함께 평상에 앉아 하절의 햇볕을 만끽한 영지는 맨얼굴에 닿는 따가운 느낌에 기분이 좋아졌다. 낡고 망가진 집이었지만 얼기설기 지은 나무 담 옆에 크게 자리 잡은 파아란 나무는 그림자를 드리워 하절의 햇볕을 적당히 가려주었고 때때로 살랑거리는 초록의 바람을 불러일으켰다.

어느 정도 볕을 쬔 윤일 내외도 기분이 좋아지셨는지 엷게 웃으며 다시 방으로 들어가 낮잠을 청하시는 바람에 영지는 두 쪽 다리를 못 쓰는 부친의 마른 몸을 들쳐 업었다. 장작처럼 말라버린 아버지의 몸뚱이가 무겁지 않다는 생각에 그녀의 마음은 또다시 눅눅한 침잠의 늪으로 가라앉았다.

그러나 한없이 가라앉는 마음에 그 정신까지 동화되어버리도록 놓아둘 수는 없는 법. 부모님의 낮잠자리를 잘 보아드린 영지는 작은 마당으로 나와 기지개를 켜더니 스스로에게 주술 같은 속 옛말을 해보며 애써 힘을 내었다.

'나라도 힘을 내야지! 아무렴! 아무리 힘들어도 너까지 가라앉

으면 절대 안 돼, 영지야!'

덧없는 생각에 더 바특이 사로잡히기 전에 몸이라도 바쁘게 움직이려, 영지는 반신을 못 쓰는 윤일이 흘려버린 오물 묻은 빨래더미를 바구니에 넣어 머리에 담뿍 이고는 마을 끝자락에 자리 잡은 빨래터로 씩씩하게 발걸음을 옮겼다.

하늘이 무너져도 솟아날 구멍은 있고, 쥐구멍에도 볕들 날은 있다고 하지 않았던가. 영지는 더운 바람결에 느껴지는 흙냄새와 마을 아이들의 재잘거림을 들으며 기운을 내보려 억지로 콧노래까지 청해보았다.

그러나 빨래터에 도착해서 오물이 묻은 빨래에 방망이질을 시작하자마자 김익선이의 고약한 얼굴이 떠올랐다. 보름에 한 번 영락관으로 방사 그림을 그리러 갈 적에 몇 번 마주쳤던 벌건 얼굴의 김익선. 그 더러운 몸뚱이에서 홀라당 가죽을 벗겨내어 그 뼈까지 갈아 씹어 마셔도 시원치 않을 정도로 명치에 박혀버린 깊은 절망감과 분노는 절대로 사라지지 않으리라.

영지는 김익선 대신에 열심히 맞아 새하얗게 변한 빨래를 개울물에 헹구며 중얼거렸다.

"익선(益善)? 하! 익선 좋아하시네! 어떻게 그게 그 인간 말종 작자에게 어울리는 이름이냐고!"

영지는 갑자기 속이 타서 소리를 빽 내질렀다. 어찌 보면 이것도 화병인 듯싶었다. 한창 기분이 좋다가도 그 버러지보다도 못한 작자만 생각하면 온 가슴에서 천불이 까마득히 일어 사약을 받고 죽을 사람의 속처럼 새까맣게 타들어가는 가슴은 미쳐버릴 만큼 아팠고, 절망감에 낙심했다.

복수하고 싶었다. 청백리의 표상이라 칭송을 받았던 부친의 반신을 불수로 만들고, 큰 뜻을 품고 학문에 매진하던 점잖은 오라비를 금수새끼 목을 치듯 사지를 갈라 죽였던 김익선. 영지는 평온했던 삶을 송두리째 뒤흔들어 절망의 수렁으로 밀어 넣은 원흉인 악귀에게 정말로 복수하고 싶었다. 오죽하면 가문이 풍비박산 난 직후 받은 충격으로 삶에 대한 의지를 모두 놓고 정신이 반쯤 나가 있을 무렵에도 매일 밤, 단 하루도 빼놓지 않고 김익선이의 심장에 단도를 박는 꿈을 꿨을까.

"하지만……, 어떻게……. 방도가 없어."

모든 것이 불편한 부모를 봉양할 이는 영지 한 목숨뿐이었고, 그런 그녀는 일개 춘화를 그리는 천민일 뿐이었다. 하늘을 찌르는 대(大) 권세가인 김익선이가 보기에는 금수만도 못한 삶을 사는 천하디천한 인간 가축일 뿐이었으니. 마음만 같아서는 김익선이 집에 쳐들어가서 그 목을 졸라 죽이고 싶었으나 그것은 한낱 이루어질 수 없는 허상일 뿐. 지금은 그 대문만 기웃거려도 지키는 사병들에게 매질을 당하며 짓밟힐 것이 자명했다.

"오라버니. 그 하늘에서 무엇을 하셔요? 이 땅에서 있던 모든 일은 벌써 다 잊으시고 그곳에서 곱디고운 선녀님들과 꽃놀이라도 즐기시는 것이셔요? 못 다 핀 목숨. 꽃놀이를 즐기는 것도 좋겠으나, 우리 식구들 이렇게 된 것을 잊지 않으셨다면 저 금수만도 못한 김익선이에게 불벼락이라도 내려주셔요. 예?"

영지는 머리맡 위로 뾰족 솟아 눈부시게 하얀 빛을 뿜어내는 해를 우러러보며 창창한 생명을 요절당한 오라비의 혼을 향해 애타는 마음을 전했다. 새하얀 햇살이 시야에 들어오자 눈앞에 초록점과 붉은 점이 잔상처럼 스쳤다 사라지기를 반복했고 이내 눈물이 눈 안에 차오르는 것이 느껴진 그녀는 두 손바닥으로 눈을 가리며 슬픔을 삭이기 시작했다.

이 한 목숨 죽어버리면 슬픔도 한도 모두 사라지고 없어지겠지만 그녀 자신이 모질게 마음먹지 않고 세상을 등진다면 남겨진 부모는 누가 봉양할 것이며 남겨진 이들에게 남을 슬픔은 또 어찌한단 말인가.

'이러지 않겠다고 약속했었잖아. 무너지지 않겠다고, 다시 일어설 거라고. 구질구질한 삶이라도 살아나갈 거라고. 영지야, 이게 너 스스로에게 한 약속이잖아. 잊으면 안 돼. 씩씩하게 살기로 했잖아. 넌 지켜야 할 것이 있어. 아버지처럼……, 그런 삶은 안 살 거라고 뼈를 깎는 맹세를 했었잖아. 더 이상 그 무엇도, 그 누구도 잃지 않을 거라고. 더는 상처 받지도, 상처 주지도 않을 거라고…….'

영지는 손바닥 안에 가린 눈을 꾹 감고 길고 긴 숨을 몇 번이나 들이마셨다 내쉬며 스스로를 다잡고 마음을 가라앉혔다. 힘도 없으면서 불의와 싸우기 위해 대적하는 무모한 삶이 얼마나 부질없는 것이었던가.

몇 해 전의 뼈가 저린 기억은 이렇게 종종 평온한 일상 속에서도 그녀의 정신을 붙잡고 갉아먹는 독충처럼 구물구물 움직였다. 그러나 그녀는 살아야만 했고, 그러기 위해서는 거짓을 가장한 씩

씩함을 애써 쥐어짜내며 버텨야만 했다. 그래야만 살아남을 수 있었고, 살아나갈 수 있었고, 살아가야만 언젠가는 악귀의 끝을 두 눈으로 똑똑히 볼 수 있을 마지막 날에도 닿을 수 있을 테니.

영지는 천천히 잦아드는 아픈 기억에 다시금 빗장과 봉인을 치고 두 눈을 가린 손바닥을 열었다. 그러자 곧 드높은 공중 위에서 크고 둥근 원을 그리며 나는 그 무엇인가가 영지의 눈 속에 들어와 잠겼다.

"음?"

저것이 무엇일까? 영지는 하늘 높이 둥글둥글 원을 그리던 그 무엇인가가 점점 아래로, 아래로, 자신을 향해 내려옴을 느끼면서 저도 모르게 뒷걸음질을 쳤다.

"……너, 너는!"

영지는 자신의 눈을 의심하며 두 눈을 재빠르게 껌뻑이다가 외마디 소리를 질렀다.

"요물!"

영지는 '요물'이라고 외마디 소리를 지르며 치마 춤을 움켜쥐었다. 재빠르고 부드럽게, 그러나 고고하고 우아하게 조금은 영지에게서 떨어진 채 착지한 그것은 혜가 사랑해 마지않는 벗, 황조롱이 '현'이었다.

"오, 오지 마! 너, 멈춰! 야! 멈춤! 멈추라고!"

영지는 현을 향해 손사래를 치면서 더욱 더 뒷걸음질을 쳤다. 그런 영지의 행동을 모르는 것인지 아니면 무시하는 것인지. 현은 햇살처럼 반짝이는 검은 눈동자와 갈색 깃털이 풍성한 목덜미를 갸웃거리며 영지를 향해 총총걸음으로 걸어갔다. 게다가 며칠 만에 만나서 반갑다는 듯 특유의 킷킷 소리까지 내며 말이다.

"야아. 그래. 현. 현아? 자, 착하고 어여쁘지? 거기 서봐. 응?"

영지는 손사래를 치던 손을 멈추고 두 팔을 뻗어 손바닥을 위아래로 움직이며 현을 진정시키려 했다. 현은 그 손길이 반가웠는지 빠르게 짧은 다리로 초초초총 축지법을 쓰듯 다가왔다. 그러자 영지는 재빠르게 뒷걸음질을 치다가 그만 바닥에 내려놓았던 빨래방망이를 밟았다.

"으왓!"

둥근 면이 흙바닥과 마찰되면서 뽀얀 흙먼지가 피어올랐다. 그 찰나 영지의 몸은 개울물 쪽으로 휘끄덩 쏠리며 그대로 물속에 빠져버리고야 말았다. 개울물 속에서 헤엄치던 작은 고기떼들이 놀라 도망가고, 영지의 몸은 물에 담뿍 젖어 백의 안의 살결이 햇살 아래에서 깨끗하게 빛이 났다.

"야! 요물! 내가 거기 서라고 했잖아! 너, 진짜!"

영지는 물속에서 일어나 현을 향해 씩씩대며 말했다. 그러다가 문득 저 현이란 맹금이 어떻게 자신을 찾았을까에 대한 의문이 들어 영지는 자신을 바라보며 개울 사이에 놓인 징검다리를 총총히 뛰어다니는 현을 물끄러미 바라보았다. 영지는 찰방대는 개울물 속에서 천천히 걸음을 옮겨 현을 향해 다가갔다. 날개만 있으면 온몸의 털이 다 곤두설 정도로 무서워했고, 지금도 역시 현이 무섭긴 하지만 영지는 속으로 미물의 영특함에 놀랐다.

"얘. 현아?"

영지가 이름을 부르자 현은 징검다리 위에서 놀던 것을 멈추고 영지를 바라보다가 킷킷 소리를 내면서 날개를 펼치려 했다.

"아니, 아니. 날지는 말고. 내가 갈게. 거기서 멈춰. 알겠지?"

그러자 현은 참으로 영특하게도 얌전하게 징검다리 위에 서서 영지를 기다렸다. 그녀는 현의 가까이에 당도하자 물속에서 쪼그리고 앉아 말 못 하는 날짐승의 까만 눈망울과 눈을 맞추며 물었다.

"너……, 내가 사내가 아닌 것을 알았던 거야?"

대답처럼 현의 킷킷 소리가 개울물의 졸졸 소리에 어우러져 들어갔다.

"정말?"

영지의 되물음에 현은 까만 눈동자를 끔벅거렸다.

"세상에나. 그런데 너, 내 얼굴은 본 적도 없잖아? 그런데 나를 찾은 거야? 전에 이 마을에 한 번 와본 적 있는데, 그 길을 다 외운 거고?"

킷킷킷, 킷킷킷. 영지는 황조롱이 특유의 목청소리가 마치 대답 같다고 느끼며 속으로 혀를 내둘렀다. 영지가 그렇게 자신을 향해 질문을 내뱉자 현은 마치 귀찮아졌다는 듯 파드닥 몸서리를 치더니 짧고 도톰한 목을 움직여 부리로 무엇인가를 가리켰다. 그것은 현의 가는 발목에 매인 서찰이었다.

"그것 때문에 여기까지 날아온 거야?"

영지가 조심스럽게 현을 향해 주먹 쥔 팔을 내밀자 현은 기다렸다는 듯이 그 팔위로 가뿐하게 올라탔다.

"제발. 날개만 펴지 말아줘. 내가 그거 되게 무서워하는 거 알지?"

영지는 반 울상이 되어 오른손으로 조심스럽게 끈을 풀어 작은 서찰을 펼쳐보았다.

영소 작가에게.

며칠 만에 본 내 어여쁜 벗, 현이를 향해 영소 작가 그대의 한테가 얼마나 길없는지, 고개가 그저 갸웃거려지기만 하오. 모쪼록 우리 현이 울리지 말고, 소리도 버럭 지르지 마오. 그 아이가 얼마나 섬세하고 예민한 성질의 아이인데……

아무튼, 각설하고. 내일 밤, 시각은 언제든 상관없으니 저녁참을 해결한 후에 일전에 보았던 내 집필 장소로 오시오. 영소 작가와 내가 공저할 새 책에 대한 기가 막힌 생각이 떠올랐거든? 와서 내 생각 한번 들어보오. 우리 둘이서 작당 모의하며 멋진 책을 만들어봅시다! 참! 종이와 붓, 그리고 안료들을 함께 가지고 오시오. 새 책에 대한 이야기도 나눠어보고, 책의 표지도 한번 구상해보아야 할 것이니.

탐색(耽色). 이혜가.

추신. 이 서찰을 다 본 즉시 갈기갈기 찢어 불에 태우든 물에 적셔 곤죽을 만들든. 영소 작가가 알아서 형태를 알 수 없게 하여 버릴 것.

영지는 엷게 웃으며 개울물에 서찰을 적셔 그 글씨들이 모두 번지게 한 후에 갈기갈기 손으로 비벼 찢었다. 그사이 현은 그녀의 주위를 빙글빙글 맴돌며 마치 그녀의 말을 기다리는 듯했다.

"현아. 이제 그만 가봐. 네 주인께서 네게 내리신 분부는 완벽하게 해결을 보았으니."

그러나 현은 짧고 순식간에 그녀의 곁으로 날아와 도톰한 목을 영지의 목 언저리에 부비며 마치 어여쁜 짓이라도 하는 양 눈을 깜빡거렸다.

"어머! 오지 말랬지?"

그러거나 말거나 이번에는 아예 그녀의 어깨에 살며시 자리 잡고 앉아서 날짐승 특유의 눈동자를 계속 끔벅거리기만 했다.

"너……. 지금 칭찬받고 싶은 거야? 예뻐해달라고?"

그렇게 중얼거린 그녀는 살짝 손을 들어 마른침을 한번 꼴깍 삼킨 후 현의 목덜미 언저리에 손가락을 대어보았다. 그러자 현은 기분 좋은 킷킷 소리를 내며 날렵하게 튀어 올라 도로 돌다리 위에 안착했다. 이제 자신은 영지에게 더 이상 볼일이 없다는 듯 양 목덜미를 움직이며 날개를 펼쳤다.

그러자 영지는 퍼뜩 무슨 생각이 들었는지 간밤에 옷을 짓고 남은 색실로 꼬아 만든 색실 팔찌를 얼른 손목에서 빼어 현의 발톱에 살살 감아 묶어주며 입을 열었다.

"자. 뇌물이라면 뇌물. 네 날카로운 발톱을 감싸는 싸개가 다 낡아버렸네. 이걸로 다시 잘 묶어줬으니까 당분간은 그럭저럭 다닐 만할 거야. 그러니까 네 주인께는 내가 여인이라고 고하지 말 것. 그러니까 넌 앞으로 네 주인 앞에서 내 얼굴을 보려고 촐랑거리면 안 된다는 말이야."

현의 까만 눈동자에 비친 그녀의 입가에 말그레한 미소가 번졌다. 영지는 기억의 틈을 비집고 돋아난 차가운 파편 위에 이름처럼이나 따스한 햇살을 비춰준 맹금 현에게 불현듯 고마운 마음이 들었다.

"이제 그만 가보아. 난 네 주인을 만나지 않는 날에는 다른 할일이 많은 사람이거든? 자, 내가 물 밖으로 나가면 날개는 그때 펴기다? 알겠지?"

영지는 물 밖으로 나가서 빨래방망이와 깨끗이 빨래한 옷감들을 짜서 바구니에 담았다. 그러자 현은 갈색 빛의 깃털이 촘촘히 박힌 날개를 활짝 펴며 공중 위로 날아올랐다.

천민과 병자들이 모여 사는 남루한 마을의 불빛은 저녁참 시간이 끝나자마자 곧 꺼졌다. 초 값을 아끼기 위한 사람들은 일찍 잠에 들었고, 그 시간이 되자 영지는 사내로 변복한 모양새로 조심스럽게 마을을 나섰다. 잰걸음으로 열심히 도착한 도성 중앙부의 상시장터는 아직 사람들의 발길이 남아 있었다.

호객 행위를 하는 상인들의 음성과 값을 깎기 위한 손님들의 실랑이를 뒤로하고 영지는 미궁처럼 복잡했던 그 길에 대한 기억을 되짚으며 걸었다.

그때였다. 주막을 스쳐 지나갈 새에 그녀의 귀를 사로잡는 말소리가 들렸다.

"어이, 주모. 자네 그 소리 들었는가? 아! 그 반편이 월산군 말일세! 양물이 서지 않는 고자라네! 하하하하!"

"어마마맛! 그게 정말이랍니까? 아이고, 남우세스러워라. 꼴값도 가지가지지. 그래서 군부인 마님을 잃고도 새장가를 들지 않는 것이었구먼요?"

주모가 깔깔거리며 비아냥거리자 사내가 능청스럽게 대꾸했다.

"들지 않는 것이 아니라, 들지 못하는 것이겠지!"

"어마맛? 이 양반 말씀하시는 것 좀 보게? 아, 그런데 양물도 서지 않는 분이 뭐가 그렇게 볼일이 많아 영락관 문이 닳아 없어지도록 가시는 겐지요?"

"먹지도 못하는 감 찔러나 보자는 심보 아니겠는가? 양팔에 꽃들 끼고 주구장창 술만 늘어지게 마시다가 오는 것이지. 영락관 기녀들 입에서 흘러나온 말이니. 크하핫! 아이고, 사내인 내가 말하면서도 참 온갖 쪽이 다 팔리는구먼. 사내 망신 다 시키고 다니는 월산군의 꼬라지하고는! 허헛! 주모, 나 막걸리 한 사발만 주오!"

영지는 '고자'라는 말을 입에 곱씹다가 그만 얼굴이 뜨끈하게 달아오르는 것을 느꼈다. 아니 들었으면 좋았을 것을. 아무리 생각해도 뭔가 조각이 안 맞아 들어간다. 양물이 서지 않는 음서작가라니.

"하긴, 군마마와 음란서책을 쓰는 작가 또한 어울리지 않는 조합이지 무어."

영지는 작게 혼잣말을 하며 당도한 작고 허름한 나무문을 조심스레 두드렸다. 그러자 문 안쪽에서 반가움이 깔린 낮은 음성이 들렸다.

"영소 작가?"

"예."

"어서 들어오시오."

혜는 반가운 마음으로 영지를 맞이했다. 혜의 음란서책 집필
처로 추정되는 이곳은 이전에 와서 보았던 것과 그리 다르지 않았
다. 수많은 책들이 빽빽이 들어차 있는 책장과 뽀얗게 쌓인 먼지
들이 서로 합심을 이루어 덩어리째 굴러다니고 있었다. 어두운 방
안을 밝히는 주홍빛 등불 두 개는 서로의 환함을 뽐내려는 듯 일
렁이고 있었고 오래되어 보이는 나무 침상 한 개와 앉은뱅이책상
위에는 이것저것을 적은 종이 더미들이 아무렇게나 놓여 있었다.

"자자. 일단은 거기 바닥에 깔아둔 대자리 위에 앉으시고. 영
소 작가, 차라도 한잔 내어줄까?"

혜가 싱긋 웃으며 말하자 영지는 고개를 작게 끄덕였다. 나무
침상의 베갯잇 아래에는 몸을 묻은 채로 꾸벅잠에 든 현이 보였
다. 현의 발톱에는 어제 영지가 곱게 감아 매어주었던 색실 팔찌
도 보였다.

"자. 말린 국화차를 식혀 얼음을 좀 띄워봤네. 여기까지 걸어
오느라 얼마나 더웠을까? 한 잔 쭉 들이켜면 더위가 한 풀 꺾일 것
이야."

"얼음은 오죽이 귀하고 비싼 것이 아닙니까?"

그러자 혜는 짐짓 거드름을 피우며 영지를 향해 말했다. 그의
총명해 보이는 눈동자에 맑고 개구진 기운이 번뜩거렸다.

"어헛. 영소 작가. 이래 봬도 내가 월산군이야. 왕자마마가 아
닌가? 큰 얼음도 아니고 이 정도 얼음조각 몇 개 못 얻을까?"

'내가 녹월국의 왕자다!'라고 거드름을 피우는 꼴이 은근히 못
마땅해진 영지는 시원한 국화차를 냉큼 마셔버리고선 입안에 얼
음조각을 넣고 우물거렸다. 왕자와 천민. 하늘과 땅의 격차를 지
닌 처지에서 자신은 땅, 그것도 아주 낮고 천하고 질펀한 시궁창
같은 땅의 처지라는 사실이 묘하게 그녀의 심기를 불편하게 만들
었다.

불편해지는 심기의 중심에는 얄팍하고 알량한 자존심이라는
것이 버티고 있음을 영지 스스로도 이미 느끼고 있었지만, 어째
서, 왜 그런 쓸데없는 감정이 튀어 오르는 것인지. 그것의 본질적
인 연유에 대해서는 답을 찾을 수가 없었다.

'쳇. 그래봤자 고자 주제에.'

영지는 답을 찾을 수 없는 물음을 잠시 접어두곤 이내 장터에
서 들었던 말을 떠올리며 속으로 피식거리다가 문득 혜의 눈동자
와 딱 마주쳤다. 순간 속이 뜨끔해진 그녀는 우물거리던 작은 얼
음조각 하나를 와사삭 깨물었다.

"시원하지?"

"예? 아, 예에."

남의 욕을 하다가 딱 걸린 것마냥 뜨끔한 속을 감추려 영지가
말끝을 흐리자 혜가 씩 웃으며 그녀의 앞에 무엇인가가 복잡하게
적힌 종이 한 장을 내밀었다.

"무엇입니까?"

그러자 혜가 구석에 있던 앉은뱅이책상을 들어 영지의 앞에 놓고는 그 맞은편에 앉아 짐짓 진지한 말투로 입을 열었다.

"아무래도 이 얘깃거리가 가장 마음에 들거든. 한번 보겠는 가? 아마, 이 글이 잘만 풀린다면 정말 대박 중의 대박을 터트릴 것일세. 영소 작가, 어쩌면 내 음서작가 인생에 큰 획을 그을 작품 이 되기도 할 것이고 말이야."

영지는 혜가 준 종이에 적힌 대강의 줄거리와 인물 관계도를 찬찬히 살펴보았다. 한 줄 한 줄 적혀진 그것들을 읽어 내려가는 영지의 입술이 시각이 흐름에 따라 바싹바싹 말라가더니 이내 두 려움에 떠는 목소리가 조심스럽게 흘러나왔다.

"월산군 마마! 이것은 여, 역모이옵니다."

"아니. 무엇이?"

"이것은 반역이고, 반정이며, 이 나라의 기반을 뒤집어엎는 이 야기가 아닙니까?"

영지가 이내 역정을 내며 따지듯 말하자 혜는 도대체 무엇이 어떻게 문제가 되는 것인지 도통 모르겠다는 듯이 입을 열었다.

"어차피 이 이야기의 배경은 녹월국이 아니지 않은가? 헌데 무엇이 문제인 것이야? 가상의 나라인 비월국의 야사라, 내 글의 초입에 적어두지 않았는가?"

"비월국이고 김칫국이고 간에, 제가 말씀드리는 것은 그 부분 이 아니지 않습니까!"

"어허. 영소 작가!"

"세상에 이것이 말이 되옵니까, 월산군 마마? 비월국의 어린 국모가 지아비인 임금의 눈을 피해서 감히 제 숙부 되는 사람과 통정을 저지른다니요!"

"한낱 이야기일 뿐이니 그런 이야기도 생겨날 수도 있지. 실제로 그 옛날 신라국에서는 이와 비슷한 일이 있었지 않았는가?"

"그렇습니다. 그럼 거기까지는 그냥 마냥 있을 수 있을 법한 이야기라고 치지요. 헌데, 비월국의 임금은 그 생각하는 능력이 범인보다 한참이나 모자라는 이가 아닙니까? 몸체의 나이는 스물이나 그 정신의 나이는 열 살도 채 되지 않는다는 사실이 위험한 것입니다."

"그게 왜 위험한가? 내 명색이 작가인데. 영소 작가, 그대는 창작의 자유라는 것도 모르는가? 작가의 고뇌는 왜 인정해주지 않는 것이야?"

참으로 이상스럽게도 혜는 고집스러우리만치 평정한 말투로 영지의 바르르함에 대꾸를 했다. 마치 그녀가 이런 반응을 보일 것이라는 것까지도 미리 예상을 한 듯 말이다.

"지금 이 나라, 녹월의 임금님도 비월국의 임금과 비슷한 처지에 계신 분이 아니십니까. 몸은 장성하였으나 마음은 아직 어린아이와 다를 바 없으신……."

영지는 하던 말을 멈추고 입술을 꾹 다물었다가 다시 말을 이었다.

"게다가 이 비월국 국모와 통정을 저지르는 사내의 이름. 김선익(金善益). 마마께서는 분명 그 누군가를 염두에 두시고 이 이름을 지으신 것이겠지요."

조곤조곤히 따지는 것 같은 말투를 가만히 듣고 있던 혜가 대자리에서 일어나 뒤로 돌아서서 비릿한 웃음을 지었다. 그러자 영지는 그 단단해 보이는 등 뒤에다 대고 딱딱한 음성을 흘려보냈다. 작은 입술에서 칼같이 잔인하고, 생살을 지지는 인두처럼 지독하고, 원귀처럼 악독한 이름이 흘러나오자 뒤돌아선 그의 표정은 굳은 촛농처럼 뻣뻣해졌다.

"김익선(金益善). 마마께서는 지금 이 땅의 모든 권세를 틀어쥔 김익선이와 그 일파를 목적에 세우시고, 그들을 향해 화살촉을 겨누신 것이 아닙니까?"

"음……. 그대, 영소 작가는 역시 내 생각처럼 영특하고 총명하군. 상당히 머리가 잘 돌아가."

혜가 몸을 돌려 다시 대자리에 앉아 영지와 눈을 꼭 맞추며 넌지시 웃었다.

"그런 칭찬 따위를 들으려고 이런 말씀 드리는 것이 아닙니다, 마마."

"계집마냥 새침하기는. 하여, 영소 작가는 도저히 이 줄거리가 마음에 들지 않는다, 이 말이로군?"

"하늘의 나는 새도 떨어트리고, 마음만 먹으면 임금님의 자리 또한 언제든지 바꿀 수 있는 자가 김익선입니다. 마마께서도 그것을 모르시는 것은 아닐 것입니다!"

'제가, 그 김익선이에게 지독하게 당해보아서 압니다. 허니 마마의 마음을 거두어주시옵소서. 까딱 잘못하다간 지독하게 다치시옵니다. 저뿐 아니라 마마까지도 말입니다.'

영지는 속엣말에 진심을 담으며 혜를 바라보았다. 그러자 그
가 갑자기 버들가지처럼 잘난 입술꼬리를 지그시 휘며 웃더니 누
더기로 싼 영지의 이마에 대뜸 꿀밤을 먹이며 말했다.

"사내 녀석이!"

"마마?"

영지는 꽤나 아픈 꿀밤자리를 문지르며 어이가 없다는 듯이
혜를 바라보았다.

"양물 달고 태어났으면 양물 값을 해야지. 사내놈이 무슨 놈의
간보자기가 그리도 작으신가? 체구가 작으니 간보자기도 그만큼
콩알만 한 것인가?"

"제 말은 그 말이 아니오라……! 차라리 침방나인과 상선의 은
밀한 접붙임인가 뭔가 하는 그것의 연작소설들이나 더 쓰십시오.
그런 얘깃거리로 책을 만들어도 마마께서는 돈방석에 앉으실 수
있으십니다. 예?"

"아아. 영소 작가의 말은 무슨 뜻인지 내 잘 알았다네. 하지만
난 이 이야기가 가장 맘에 드는 것을 어찌하겠나? 하니 좀 싫더
라도 영소 작가가 이 이야기에 비늘 같은 생기를 불어넣어줘야겠
어."

"싫다면 어쩌실 것입니까?"

"어헛. 싫다는 소리. 그렇게 막 하는 것 아닐세. 자네 그 계약
서 아래에 중요사항 읽어보지 않았나?"

"무슨…….."

"잘 모르겠다면 한 번 다시 읽어보시든가. 혹, 계약서 가지고

있는가?"

"여기 봇짐 안에……."

"꺼내서 한번 읽어보아."

영지는 혜의 말에 봇짐을 풀어 계약서 한 통을 꺼내었다. 육 대 사로 나누기로 한 조항부터 아래까지 쭉 읽어보던 영지는 순간 두 눈알이 튀어나올 뻔하였다. 아주 쥐알만 한 언문으로 적힌 내용은 이러하였으니. 만일 둘 중 하나가 계약을 위반할 시에는 그 상대방에게 위반에 따른 위로금으로 일금 천 냥을 일시로 지불해야 한다는 것이 주된 내용이었다.

'육 대 사'라는 수익금 분배 조건에 정신이 팔려 그 깨알같이 작은 글씨들을 미리 읽어보지 않은 채 엄지도장을 찍었던 영지는 노여움에 부들부들 떨며 혜를 노려보았다.

"처, 천 냥이 무슨 코흘리개 애들 이름입니까!"

"왜? 너무도 가혹한가?"

혜가 볼우물을 움푹 패며 말하자 영지는 정말 당장이라도 뒷목을 잡고 쓰러질 것 같았다. 그러자 혜의 부드럽고 낮은 음성이 그녀의 귓가에 스며들었다.

"누가 그 돈 천 냥, 달라고 하였던가? 이 책이 대박만 터트리면 그깟 돈 천 냥은 정말 우스운 돈이 될지도 모르는데. 괜히 어디서 천 냥 구할 생각 말고 영소 작가는 처음 맘먹었던 그대로 나의 삽화 작가가 되어주면 되네. 그렇게 되면 자네는 어마어마한 돈을 벌 수가 있으니. 임도 보고 뽕도 따고, 그야말로 일석이조가 아닌가?"

"어떤 의미에서 일석이조가 되는 것입니까!"

영지는 혜에게 대들며 이를 부득부득 갈았다. 그러자 혜가 넌지시 영지의 손을 움켜쥐며 말했다.

"내 아무리 음란한 책을 쓰는 사람이지만, 그래도 나름대로 책에는 내 혼을 싣는다네. 영소 작가, 어찌하여 내 책이 소문난 음서로 거듭난 줄 아는가?"

"제가 그것까지 알 필요는 없지 않습니까!"

날카로운 눈초리로 쏘아보며 대꾸하는 그녀를 향해 혜가 은근하지만 강단 있는 목소리를 전했다. 마치 어린 생명을 잘 다르고 어르려는 듯.

"전반적인 내용을 관통하는 주제가 있거든. 허구한 날 방사에 온갖 체위질들만 난무한 글이라면 내 글 말고도 얼마든지 많지. 이 바닥도 꽤나 넓은 곳이니까 말이야. 하지만 내 글에는 주제가 있고 나름의 가르침도 있지."

'음란서책에 주제가 있어봤자지. 흥!'

영지는 속으로 그의 말을 씹고 또 곱씹으며 울분을 삼켰다. 그러자 다시금 혜가 입을 열며 그녀의 손을 잡은 자신의 손에 힘을 주었다.

"영특하고 총명한 영소 작가야. 내 이번에는 굵고 힘 있는 주제가 관통하는 글을 쓰고 싶다네. 많은 사람들이 내 글을 보고, 많은 사람들이 무엇인가를 깨닫길 원한다는 말일세. 물론 음란한 글이니 처음에는 그 점에 혹하여 많은 이들이 몰리겠지. 내 그런 뜻에서 영소 작가와 손을 잡은 것이기도 하고. 허나, 내가 정말로 바라는 것은 이것이지. 한두 번은 재미와 쾌감을 추구하기 위한 의도로 책을 접한 이들일지라도 세 번, 네 번째 이 책을 곱씹으면서는 녹월 팔도를 뒤흔든 불합리함에 몸서리를 치며 그 어두워진 눈을 밝히는 것."

"……."

"무어, 내 뜻만큼 모든 이들의 마음이 움직여주는 것도 아닐 것이고, 이깟 책으로 녹월 팔도가 뒤집어지지 않을 것은 내 잘 알고는 있네만. 최소한 김익선이가 뒷목 잡고 열불을 토하게는 만들 수 있지 않겠는가?"

혜의 말에 영지는 그 찰나 귀가 솔깃해지는 것을 감출 수가 없었다. 그래, 그 못된 김익선이가 뒷목 잡고 열불을 토하다가 제 분노에 못 이겨 쓰러지기라도 한다면 온 가슴에 피맺힌 절규가 조금은 풀어지지 않겠는가.

김익선이의 끝을 두 눈으로 똑똑히 지켜보겠다는 깊은 절망의 맹세는 지금 그녀가 죽지 못하고 삶을 살아가는 이유 중 하나였다. 그런 생각이 들자 영지는 한숨을 푹 내쉬며 아랫입술을 깨물었다.

"이 땅에 김익선이에게 원한을 가지지 않은 백성이 어디 있겠는가. 나는 분명히 영특하고 총명한 자네의 마음에도 김익선이에 대한 한이 분명히 있을 것이라 여기네. 혼이 있고 영이 깬 자라면 누구나 가질 만한 감정이지. 아니 그런가?"

영지는 자신을 향해 말을 이으며 금석처럼 단단한 악력으로 자신의 손을 죄어 오는 혜의 살갗에서 절박함처럼 맺힌 옹이와,

절규처럼 솟는 식은땀을 느꼈다.

도성 안의 반편이에, 고자에, 쓸모없는 인간으로 낙인찍힌 이 군마마의 마음속에는 김익선에 대한 어떤 응어리가 있기에 그 응어리가 닿은 살갗을 타고 자신의 마음까지 전해져 오는 것일까. 영지는 한순간 자신의 가슴속에 있는 김익선이에 대한 피맺힌 원한과 혜의 응어리가 서로 같은 지점이 있음을 본능처럼 감지하고 숨을 죽였다.

"무슨 일이 생긴다면 내 목숨을 걸고 영소 작가를 지키도록 하지."

"……."

"부디, 우리 둘이서 김익선이에게 엿 한번 시원하게 먹여보자고."

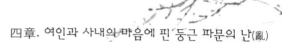

四章. 여인과 사내의 마음에 핀 둥근 파문의 난(亂)

　"달이 뜬 밤이면 나인들은 홍시에 명주실을 걸어 마른 나뭇가지에 걸어두고 까치발을 들어 혓바닥을 내밀었다. 비월국의 용상에 앉으신 분은 정신의 나이는 어리나 몸체의 나이는 이미 장성할 대로 장성한 이였다. 하여 정신이 모자란 꼭두각시 임금이기는 하였으나 그 수침궁녀가 되어 승은을 입고 상궁이라도 되어볼까 하는 심산을 지닌 나인들은 젊고 싱싱한 육체를 가꾸고 아끼며 다양한 방중의 기교뿐 아니라 혓바닥의 기교까지도 익히는 중이었다. 할짝, 할짝. 더운 내 폴폴 나는 나인들의 붉은 혓바닥이⋯⋯. 음, 아니지. 붉은 혓바닥이라는 표현보다는 이렇게 바꿔서 쓰는 것이 좋겠구만."

　지금 혜는 영지와 작업하는 새 글을 쓰느라 상당히 심도 있게 골몰하고 있었다. 열심히 몇 줄 종이에 쓰는 듯하더니 죽죽 긋고 다시 쓰기를 반복하는 그의 이마에는 땀이 송골송골 맺혀 있었다. 그 모습을 보고 있노라면 곧 죽을 듯이 열과 성을 다하는 진심에 찬사라도 보내고 싶었으나, 그 열과 성이 과한 나머지 영지는 참말로 자신의 두 귀를 틀어막고 싶었다.

혜의 집필 버릇은 참으로 독특하고 괴기했는데, 자신이 적은 글을 입안에 굴려 읽어보며 수정과 재집필을 반복하는 것이 그것이었다. 그리했으니 안 그래도 누더기로 둘둘 말아놓은 영지의 얼굴은 그야말로 땀범벅이 되기 일보 직전이었다.

낯 뜨거운 글들을 귀로 계속 들어야만 하는 처지의 그녀는 온 마음을 다하여 혜의 입술을 두 손으로 막아버리고 싶은 충동에 휩싸였다. 그러거나 말거나 음란소설 집필에 몰두하신 왕자님께서는 상당히 진중하고 듣기 좋은 목소리로 또다시 소리 내어 글을 읽기 시작했다.

"홍화처럼 새빨갛고 도톰한 혓바닥이 둥근 음낭을 닮은 홍시를 감질나게 핥았다. 간혹 혓바닥을 뾰족하게 세워 보드라운 홍시 표면을 찌르듯 누르다 보면 다디달고 붉은 홍싯물이 나인의 혓바닥과 입 주위에 흘러들었다. 그러자 나인은 새빨간 혓바닥으로 입 주위의 붉은 홍싯물을 느긋하게 핥으며 다시금 터져버린 홍싯물을 제 것인 양 빨아들이고 흡입하였으니. 그 모습은 마치 임금의 무르익은 음낭을 붉은 입술로 핥고 빨며 그 주인을 기쁘게 하려는 모습과 같았다. 젊은 나인이 까치발을 들어 받아 마시는 홍싯물의 목 넘김은 마치 탁한 빛을 띠는 임금의 귀한 용루를 한 방울도 남김없이 목구멍으로 넘기는 모양새와 같아, 홍시를 핥던 젊은 나인들은 서로의 눈이 마주칠 때마다 오줌이라도 지릴 듯 마음이 동요하였······."

"아, 저기······."

"왜 그러신가. 영소 작가?"

참말로 더 이상은 그 목소리를 들어줄 수가 없어진 영지는 나긋하고 조용한 목소리로 혜를 불렀다. 이 젊고 잘나신 왕자님이 음란한 글을 풀어내는 목소리는 이상하게도 들으면 들을수록 중독이 될 것만 같은 기이한 울림이 있어서, 듣는 이로 하여금 절로 그 장면을 떠올리게끔 만들었다.

아니! 오히려 음란한 장면을 직접 눈으로 보는 그 더운 느낌과는 다르게 듣는 이의 야릇한 상상력까지 더해졌다. 그야말로 침이 꼴딱꼴딱 넘어가고 입안이 바싹바싹 마르다 못해 다 말라 곧 바스라질 것만 같은 상황이 자꾸만 초래되는 것이다!

아무리 참고 인내를 하고 못 들은 척을 하였으나 윤영지라는 여인은 이미 자랄 대로 다 자란 어엿한 여인이었으니. 홍시를 핥는 나인들의 더없이 농밀하고 음탕한 모습을 그려보지 않을 수 있겠는가.

"표, 표지를 그리는 데 집중이 되지가 않습니다. 하오니 조금만 조용히 해주시면 아니 되겠습니까?"

영지는 입가에 손가락을 세워 말하며 간절한 눈빛으로 혜를 바라보았다. 그러자 그는 엷게 웃으며 대자리 위에서 일어나더니 기지개를 쭉 펴며 그녀를 향해 화살촉을 겨누는 음성을 흘렸다.

"자아, 그럼 이쯤 해서 우리 영소 작가께서는 표지를 얼마나 그리셨는지 한번 볼까?"

그렇게 말하며 영지가 그린 그림을 불쑥 훑어본 혜는 박장대소를 하지 않을 수가 없었다.

"영소 작가. 꽤나 긴 시간 동안 붙잡고 있었던 줄로 아오만, 고작 지금 그린 것이 그 홍시 몇 알뿐이란 말이오?"

그랬다. 원래대로라면 어린 국모의 치맛자락을 들치며 비열한 눈빛을 내뿜는 악인 김선익의 모습과 그 뒤로 책의 주인공이 되는 사헌부 감찰 및 그를 돕는 다모를 그려야 했지만 영지가 그린 것은 고작 홍시 열 몇 알뿐이었다.

"홍시 한 알은 김선익이, 홍시 두 알은 국모 김 씨, 홍시 세 알은 사헌부 감찰 권이현, 홍시 네 알은 다모 성수련인가?"

"그것이……!"

"명색이 그것도 사람을 홍시로 비유하여 그리다니. 의인화에는 아주 천부적인 재능을 지니셨소, 영소 작가?"

혜가 이죽거리며 말하자 그녀는 그를 야리듯 노려보며 투덜거렸다.

"아니, 무어. 제가 처음부터 이 표지를 홍시 판으로 만들려 하였겠습니까? 옆에서 계속 '홍시가 어쩌고저쩌고' 하시던 월산군 마마의 탓이지요? 그리고 말이 나와서 말씀이온데, 마마께서는 한 시진이 넘는 시간 동안 무엇이 그리 안 풀리시어 그놈의 홍시 타령만 하시던 것입니까? 제가 보기에는 저나 월산군 마마나 그 밥에 그 나물입지요!"

영지는 홍시만 잔뜩 그려놓은 종이를 조금은 신경질적으로 구기며 순식간에 바싹 오른 성질머리를 삭였다. 그러자 혜는 한쪽 입꼬리만 틀어 올려 웃으며 그녀의 손을 불쑥 잡아 작고 가벼운 몸을 일으켰다. 깜짝 놀란 영지는 얼른 혜의 손아귀에서 자신의 손을 빼며 버벅거렸다.

"무, 무얼 하시려고 그러십니까?"

그러자 혜가 영지를 이상하게 바라보며 심드렁하게 말했다.

"영소 작가는 배가 고프지 않은가?"

그러고 보니 사실 조금 전부터 뱃속에서 밥을 달라는 신호를 무던히도 보내오던 중이었다.

"고프긴 했습니다만⋯⋯."

영지는 배를 만지며 대답하다가 문득 집에 계신 부모님의 점심식사가 걱정이 되었다. 물론 미리 상차림까지 다 해두고 오긴 하였으나 효심이 지극한 영지는 그마저도 걱정이 된 것이다. 그러나 그런 사정까지 알 길 없는 혜는 미소 짓는 얼굴로 그녀에게 말했다.

"나가세. 장에 나가서 국밥 한 그릇이라도 먹고 들어오지. 그렇지 않아도 글이 풀리지 않아 골치가 좀 아팠거든. 보아하니 영소 작가도 그림이 잘 풀리지 않는 모양인데. 나간 김에 잠깐 바람이라도 쐬고 들어오면 번뜩이는 재치가 떠오를지도 모를 일이 아닌가."

영지는 누더기 겉옷을 주섬주섬 입고 삿갓을 쓰는 혜의 모습을 보면서 속으로 툴툴거렸다.

'왕자마마 때문에 그림이 안 풀리던 것이라니까요!'

참으로 빈티 나고 없어 보이는 사람 둘이서 상시장터의 길을 누비고 있었다. 빛이 바랜 옷에 온 얼굴을 누더기로 둘둘 말고 삿갓을 푹 눌러쓴 영지의 모습이나, 누덕누덕 기운 겉옷을 입고 역시나 삿갓을 푹 눌러쓴 혜의 모습이나. 그야말로 유유상종이란 말이 딱 생각나는 차림이었다. 게다가 혜는 나무로 대충 깎은 허름한 지팡이까지 들고 나왔으니, 영지는 속으로 혀를 끌끌 찼다.

"저기요, 마마."

"왜 그러시는가?"

직감적으로 목소리를 작게 해야 할 것만 같은 느낌에 영지는 모기소리만 한 목소리로 혜를 불렀다.

"그 지팡이는 무엇하러 짚고 다니시옵니까? 다리가 불편하지도 않으시면서……."

그러자 혜가 씨익 입꼬리를 올리며 입을 열었다. 삿갓 안에 그림자가 너울진 그의 얼굴을 올려다보던 영지는 순간 침을 꼴딱 삼켰다. 인정할 것은 인정해야 하는 법. 이 군마마라는 분은 참으로 기골이 잘난 귀인의 형상을 그 모태부터 타고나셨다!

"위장술이지. 영소 작가도 알지 않는가. 나, 이 도성 바닥에서 무던히도 욕을 많이 먹는 작자란 것쯤은. 하여 사람들이 많은 곳에 홀로 다닐 때는 이렇게 비렁뱅이 꼴로 이 몸을 감추고 숨어 다니는 것이 편하지. 물론, 내 개똥이와 함께 다닐 때에는 그 충직한 녀석이 내 앞길도 터주고, 나를 향해 계란 세례를 퍼붓는 사람들에게 고함도 쳐주지만. 아쉽게도 내가 개똥이를 데리고 다닐 때에는 술이나 여색을 탐하러 다닐 때뿐이니 혼자 다닐 때에는 이 모양새가 편하지."

"마마의 종복은 마마께서 이런 일을 하시는 줄 모릅니까?"

"당연히 모르지. 내 집필에 골몰하여 벌써 집을 안 들어간 지가 사흘이 넘었네만, 개똥이는 내가 집필이란 것에 골몰하는 것은 까마득하게 모를 것이고. 그저 어련히 생각하기로, 또 주인양반께서 어디 투전판이나 계집질에 푹 빠지셨겠구나 여기어 나란 사람은 찾지도 않은 채 지금쯤 열심히 집 앞 텃밭에 난 풀이나 뽑고 있을 것일세. 흠, 얘기를 나누다 보니 벌써 다 왔구먼. 들어가지. 이 집 국밥은 둘이 먹다가 둘 다 나가 죽어도 모를 만큼 입에 착 달라붙는 맛이 있다네."

옛말에 눈에는 눈 이에는 이, 이열치열이라 하였다. 그렇기로서니 사발 안에서 바글바글 뜨겁게 끓어 넘치는 국밥에 영지는 그야말로 뜨겁고 더워 죽을상이었다. 계절도 하절인지라 오죽이도 덥지 않은가. 얼굴을 돌돌 싸맨 누더기에서 땀 쉰내마저 나는 것 같아 그녀는 국밥을 후후 불어 겨우 떠넘기는 듯하다가도 이내 물을 찾으며 곤혹스러워했다.

"영소 작가. 입에 맞지 않는가?"

"아닙니다. 하도 뜨거워서……."

그러자 혜는 알았다는 듯이 고개를 끄덕이며 영지의 국밥을 자신의 앞으로 가져왔다.

"마마?"

"쉿. 사람들이 들으면 피곤해져. 같이 계란 세례를 받을지도 모를 일이지. 영소 작가 몫을 먹으려고 그런 것은 아니니 걱정 말게."

혜는 그 자신도 삿갓을 벗지도 못한 채로 국밥을 떠넘기다 말고는 영지의 국밥을 입으로 후후 불어 식히기 시작했다. 그가 후후 불며 숟가락으로 국밥을 휘휘 젓자 뜨겁고 뽀얀 김이 그 잘난 얼굴로 스며들어 삽시간에 살갗 위에 송알송알 더운 물이 맺혔다.

"그, 그, 그러지 않으셔도……."

영지가 당황한 듯 말을 더듬자 혜가 가슴 섶 사이에서 무명천을 꺼내어 얼굴에 맺힌 더운 물방울과 땀을 닦으며 말했다.

"나도 이렇게 더운데, 얼굴을 돌돌 말고 있는 영소 작가는 얼마나 더울 것인가? 아마 그 얼굴을 감싼 천이 뜨겁고 습하게 젖었을 것인데. 됐어. 난 땀이 나고 더운 물이 맺히면 이렇게 슥슥 닦아버리면 될 일이니. 기다려보아. 딱 바로 먹기 좋게 식혀줄 것이야."

영지는 결국 이러지도 저러지도 못한 채 혜를 빤히 바라보고 있을 수밖에 없었다. 삿갓 안에 감추어진 잘생긴 얼굴에 더운 물이 송송 맺힌 것이 계속 눈에 들어왔지만 그의 행동을 막을 재간은 없어 보였다. 결국 할 일이 없어진 그녀는 그를 면밀하고 자세하게 챙겨보았다.

검미는 적당한 굵기를 가진 채 굵고 촘촘했으며, 얇디얇은 속꺼풀이 진 눈은 예리하고 날렵해 보였다. 그 안에 자리 잡은 눈동자는 번뜩이는 섬광처럼 서늘해 보였으나 또한 잔정이 느껴졌고, 반듯하고 날렵한 콧날은 왕족 특유의 우아한 기품이 서려 있었다. 입매는 반듯하였으나 웃을 때는 버들가지마냥 활짝 휘어 종종 천진한 아이 같기도 했고, 그 한쪽 뺨에는 볼우물이 패어 손가락으로 한번 콕 찔러보고 싶을 만큼 사람의 마음을 끌어당기는 그 무엇이 있었다.

영지는 한순간 저 볼우물에 손을 가져다 대어보면 어떤 느낌일까. 저도 모르게 망측한 상상을 하면서 방싯방싯 웃었다. 그 순간! 멍하니 정신 줄을 다른 곳에 가져간 그녀의 앞에 불쑥 국밥 한 그릇이 드륵 소리와 함께 나타났다.

"자아, 어서 한 술 들어보게. 목 넘김이 딱 좋을 정도로 식혀진 것 같으니."

"예? 아, 예에. 가, 감사합니다. 마, 마마."

"마마라는 소리는 하지 말래도. 어서 들게."

혜의 작은 타박에 영지는 순간 가슴이 조마조마하고 콩당질을 하여 찬물을 한 모금 넘겼다. 참말로 망측한 상상이다. '감히' 군마마께 불측한 상상을 품다니. 그녀는 얼른 국밥 한 숟가락을 크게 떠서 입안에 구겨 넣듯이 밀어 넣었다.

참으로 딱 먹기 좋게 식은 따뜻함에 달금한 뼈 국물 맛과 밥알의 고소한 맛, 그리고 혜의 정성까지 입안에 전해졌다. 문득 눈길을 들어 그를 다시 살펴보니 연신 무명천으로 얼굴을 닦는 그 모습에 살짝 미안해지기까지 했다.

"저기요. 마……, 아니, 그것 좀 주십시오."

"무엇……, 아, 이 손수건?"

무명천으로 얼굴을 닦던 혜가 그것을 영지에게 넘기자 그녀는 그것을 시원한 물 한 사발에 담근 후 꼭 짜서 다시금 그에게 건네며 말했다.

"이것으로 닦으면 시원할 것입니다."

정말 아주 잠깐 동안 자신을 향해 시원한 물수건을 만들어 내민 영지를 빤히 바라보던 혜는 곧 그것을 받아 더운 열기로 붉어져버린 얼굴에 대었다. 서늘한 기운이 더운 기운을 서서히 잠재우기 시작했다. 그 찰나 주막 안에 바글거리는 사람들의 웅성거림이 모두 사라진 듯한 착각이 들어 그녀는 뽀얀 국물을 마구잡이로 입안에 떠 넣었다.

왜 갑자기 기분이 요상스러워지는 것인지 참말로 모를 일이었다. 어찌하여 왕자마마께서는 '고맙네 영소 작가!'라고 유쾌하게 받아치시지 않고 자신을 빤히 바라보셨는지, 그 눈빛도 그녀의 기분을 이상하게 만드는 이유 중의 하나이리라.

그때였다. 덥고 다정한 울림이 그녀의 귓바퀴를 애잔하게 건드렸다.

"고맙네."

언제였던가. 이제는 가물가물한 기억의 파편이 불쑥 혜의 머릿속에 솟아올랐다. 정확히 열 살. 자신이 왕자인 줄도 모르고 살았던 혜는 어머니의 죽음과 동시에 이복형님이셨던 당시 임금님의 부르심으로 왕자의 권리와 위엄을 되찾았다. 이후 산골도령 이혜는 월산군 마마 이혜가 되었고, 육 년이 흘러 어느 정도 장성한 후에 임금님이 짝을 지워준 어린 여아를 안해로 맞아들였다.

열여섯에 색시로 맞아들인 열셋의 어린 여아. 홀로 육 년이란 세월을 보낸 혜는 마치 평범한 반가의 사람들처럼 장인이 생기고, 장모가 생기고, 안해가 생겼다는 것이 참말로 좋았다. 내 사람, 내

편이라는 것이 얼마나 애틋했고 소중했던지. 어린 시절부터 홀로 긴 시간을 살아왔던 이에게 내 사람이라는 것은 그 생살을 깎아서라도 지키고 싶고 보살피고 싶은 존재였다. 그래서였을까? 새색시는 참말로 어린 누이같이 어여뻤고 귀여워서 바라보기만 해도 흐뭇함이 절로 솟아나곤 했다.

가만히 지켜보고 있노라면 그 하는 짓이 영락없는 꼬마둥이 같아서 얼마나 노심초사 귀애하였는지 모른다. 어른의 몸가짐을 따르려고 노력은 하였으나 아직은 덜 자란 몸. 어린 색시는 현이 지렁이를 쪼아 먹는 모습을 보고서 깜짝깜짝 놀라 울음을 터트리던 사람이었다.

꼬박꼬박 '서방님'이라는 말을 달고 살았던 누이 같던 색시. 하여 합방은 머나먼 날이 흐른 후에야 있을 법한 이야기였고, 대신 매일 밤 혜는 어린 누이 같은 안해에게 응큼한 손길 대신에 친절한 팔베개를 해주었다.

얼른 자라주어, 빨리 자라주어. 하여 우리 둘이 아들도 낳고 딸도 낳고 세상일일랑 쳐다보지도 말고 그저 조용히 행복하게만 살아봅시다. 어린 색시가 잠에 쏙 빠져들면 그 반듯한 가르마에 입술을 대고 간절한 소원을 얼마나 속삭였던가. 작고 여린 몸을 담뿍 끌어안으며 주문 같은 은애의 말을 쏟아내다 보면 불쑥불쑥 양물에 힘이 들어가, 깊은 밤 홀로 밖에 나가 냉수로 목욕을 하며 젊은 양기를 달래고 식혔던 나날도 있었다.

그렇게 어린 색시를 끔찍이 귀애하였던 혜가 열병에 죽을 듯이 시달린 적이 있었다. 칠 일을 꼬박 앓았던 것 같다. 열에 들떠 곧 죽을 것만 같았던 그때에, 그 곁을 한시도 떠나지 않고 작은 손으로 약을 먹여주고 물수건으로 몸을 닦아주던 여인이 어여쁘고 어린 색시였다. 그랬던 색시가 시집온 이듬해에 큰 역병에 걸려 몸져누웠다.

제발 살아주오, 제발 내 손을 놓지 마시오. 죽으면 아니 되오. 어린 색시가 죽는 그 시각까지 그 불덩이 같은 몸을 껴안고 찬 물수건으로 작은 몸에 핀 악한 열꽃을 식히면서 그는 계속 목 놓아 울었다.

하지만 그 애틋한 마음을 역귀가 시기라도 한 것일까? 외로움을 잊게 해주었고 웃음을 찾아주었던 어여쁘고 사랑스러운 어린 안해가 운명을 달리하자 혜는 또다시 마음의 문을 닫아버렸다.

"저기요……."

혜가 한참 동안 밥술도 뜨지 않은 채 멍하니 있자 영지는 조그마한 소리로 그를 불렀다. 그러나 무엇에라도 씐 양 얼굴 표정 하나 꿈쩍도 하지 않자 그녀는 숟가락으로 밥상을 두드렸다. 그 순간 혜의 얼굴에 씐 그늘이 삽시간에 사라지더니 이내 두 눈동자에 번뜩이는 눈빛이 돌아왔다.

"무슨 생각이라도 하셨습니까?"

"어, 아무것도……. 벌써 다 드셨는가?"

"예. 하도 배가 고파서. 그런데 저기……, 안 드십니까? 아직 절반이나 남았는데."

"안 먹기는. 이게 얼마짜리 국밥인데."

혜는 다시 피식 웃으며 국밥 사발을 두 손으로 들어 마치 물을 마시듯 술술 들이켰다.

"체하십니다!"

"이 정도로 체하긴. 자, 우리 슬근슬근 저자 구경 하면서 배 좀 꺼트리고 들어가세."

시장통은 나랏일 돌아가는 것과는 상관없다는 듯 소란함과 활달함이 가득했다. 배라도 꺼트릴 겸하여 슬근슬근 길을 걷던 혜는 문득 영지에게 궁금증을 꺼냈다.

"그런데 말이야, 영소 작가. 자네, 정확하게 병명이 무엇인가?"

"예?"

그녀가 다소 당황한 듯 놀란 반응을 보이자 그가 말을 이었다.

"아니. 내 의원도 아니고 방사 질환에 걸려본 적도 없어서 잘은 모르지만, 그 종류도 다양하고 병세의 특징도 각기 다르다 들었거든. 헌데 자네의 방사 질환은 어떤 병이기에 그리도 얼굴을 꽁꽁 둘러싸매 감추었는가, 좀 궁금하여서 말이야."

다소 진지해 보이는 그 물음에 영지는 요리조리 머리를 굴리며 어찌 대답해야 할지 몰라 손가락만 배배 꼬았다. 그러자 그가 다시 물었다.

"혹 방사 질환으로 인해 얼굴이 많이 상하였는가?"

"……아, 예. 이 몸이 어린 나이부터 심하게 방사질에 집착한 나머지 이 병을 얻었는데, 아, 그것을 고쳐야 할 때를 딱 놓쳐서 이리 고생을 좀 하고 있습니다. 무엇하러 얼굴을 이리도 꽁꽁 싸매었겠습니까? 다 연유가 있지요. 처음에는 입 주위부터 버석버석 무엇인가가 생기더니 삽시간에 온 얼굴에 퍼져버렸지 무업니까? 하여 지금은 요 얼굴이 상당히 끔찍하답니다. 만지면 바스라질 듯 각화까지 되고 심한 때에는 각화한 살갗 아래로 진물까지 흐르니……, 아마 월산군 마마께서 보시면 정이 똑 떨어지시어 기함을 하고 도망가실 것입니다."

술술술, 솔솔솔. 방사 질환의 '방' 자도 알지 못하는 영지는 자신의 얼굴을 가려야 하는 이유를 거침없이 지어내어 말했다. 그러자 마치 그 거짓말을 고스란히 다 믿는 듯 혜는 진지하게 고개를 끄덕이며 입을 열었다.

"참으로 안타깝군. 그 얼굴이 다 망가졌다니. 약은 잘 먹고 다니는 것인가?"

"아, 그러믄요. 의원이 하라는 대로 꼬박꼬박 약도 잘 먹고 하라는 대로 잘 하고 있지요. 그럼 무엇한답니까? 잘 낫지 않는 것을요."

"내 궁의 의원이라도 불러내어 보내줄까? 아무리 내가 못난이 왕자이지만 그 정도 힘은 있다네."

참으로 진지한 혜의 자세에 영지는 손사래를 치며 말했다.

"아이쿠. 되었습니다. 궁의 의원들께서는 궁 안의 사람들을 고치셔야지요. 절대로! 그런 일은 하지 마십시오. 아셨지요? 권력 남용입니다!"

마치 당부를 하듯 말하는 영지의 완고한 자세에 혜는 피식 웃으며 그녀의 손목을 덥석 잡았다.

"왜 그러십니까?"

"같이 어디 좀 잠깐만 들렀다 가지."

"어디를 말입니까?"

영지가 그의 손아귀에 잡힌 손을 빼내려 하였으나 그는 그녀의 물음에 대꾸도 하지 않은 채 작은 손을 쥔 자신의 손에 더욱 힘을 주며 어디론가 걸음을 옮겼다. 마치 어린 송아지에 막 코를 꿰어 힘껏 끌고 가는 농부마냥 혜는 황새 다리의 넓은 보폭으로 걸음을 옮겼고, 뱁새 다리인 영지는 마치 경보를 하는 듯 그대로 달달달 딸려갔다.

"아, 어디 가시는 건지 말씀 좀 해주셔야지요! 제가 무슨 코 꿰인 짐승도 아니고!"

"승질머리하곤. 자아, 다 왔네."

혜는 영지의 작은 손을 자유롭게 풀어주며 말했다.

"여기가 어딥니까?"

영지는 작은 목소리로 반문을 하며 눈앞에 펼쳐진 아름다운 색감의 천들을 뚫어지게 바라보았다. 참말로 곱디고운 천들이니. 예전의 어느 날, 양반의 지위일 적에 어머니께서 새 저고리를 지어주시겠노라 하시며 보여주셨던 색색의 어여쁜 비단 천들과 꼭 닮은 것들이었다.

"어디긴 어디겠어. 포목점이지."

"헌데 여긴 왜 오셨습니까?"

"영소 작가 얼굴을 돌돌 싸맨 천 말이야. 병자라면 더욱 더 깨끗하고 고운 천을 환부에 사용해야 할 것 아닌가. 환부에 둘러친 천도 자주자주 갈아주어야 병이 더 빨리 나을 것이고. 내 보기에 꽤 낡아 보여서 말이야, 신경이 쓰여. 보시오! 여기 주인양반 계시오?"

혜가 목소리를 가다듬고 큰 소리로 포목점의 주인을 찾자 정 많게 생긴 여인이 나와 그들을 반겼다.

"무엇을 찾으시옵니까? 곱디고운 비단부터 알뜰살뜰 광목천까지 없는 천이 없사오니, 자자, 어떤 것을 내어드릴까요?"

"환부에 댈 깨끗한 천을 구하고 있는데. 혹 그런 것들도 취급하오?"

"환부라 하오시면……, 의원들에게 납품하는 요것 말씀이시랍니까?"

포목점 주인은 반의 반 뼘 정도의 굵기로 촘촘하고 말끔하게 박음질을 한 흰 광목천을 담은 광주리를 가지고 나와서 그들에게 보여주었다. 그러자 혜가 만족한 듯 고개를 끄덕이며 영지에게 물었다.

"영소 작가, 이만하면 환부를 가리기에 적합하지 않은가?"

"무어, 예. 저 정도면 상당히……."

혜가 가리키는 광목천을 보고 다 기어들어 가는 목소리로 대답을 한 영지는 순간 설레고 기대되었던 마음이 한순간에 폭삭 가라앉는 것을 느꼈다. 마음속으로는 잠자리 날개처럼 가벼워 보이는 좋은 색감의 천들에 더 정이 가지만, 어쩌겠는가? 그것들은 여인들이 탐낼 만한 것. 사내로 위장하여 살아가는 영지의 처지에는 전혀 합당하지 않은 것이었기에 그녀는 속으로 아쉬운 마음을 삭이며 고개를 끄덕였다. 그런 마음을 전혀 알 길이 없는 혜는 만족스러운 미소를 지으며 말했다.

"주인! 그 광주리에 담긴 모든 천, 보자기에 잘 싸서 주오!"

아직은 해가 동동 걸려 있지만 이미 저녁참 시간이 조금 흐른 때였다. 저녁 시간에는 개인적인 볼일이 있다 하여 다행스럽게도 해가 남아 있는 시각에 집으로 향할 수 있게 된 영지의 두 손에는 광목천이 가득 쌓인 보자기 두 개가 각각 하나씩 들려 있었다.

이 손에 들린 것이 고운 비단이었다면 얼마나 좋을까. 그렇지만 이 선물도 생각하면 할수록 꽤나 마음에 들었기에 그녀의 입술 사이로 은근슬쩍 콧노래가 흘러나왔다. 누군가에게 선물이란 것을 받아본 적이 언제였는지 그 기억도 가물가물해진 지금. 자신을 걱정하는 마음이 가득 담긴 이 소소한 선물은 그녀에게 큰 위안이자 즐거움이 되었다.

그녀의 걸음이 마을 어귀까지 다다르자 동동 걸려 있던 주홍빛 해가 하늘 위로 산산이 조각나기 시작했다. 영지는 잠시간 주위를 살피더니 얼른 발걸음을 재촉하여 '귀신 나오는 집'이라고 불리는 폐가로 들어갔다. 아침에 집에서 나올 때는 여인의 복장을 하고 나왔으나 혜의 집필 장소로 가는 도중에 변복을 했었다. 이제 다시 집으로 가는 참이니 이곳에 감춰두었던 여인의 옷으로 갈아입어야 할 참이다.

"이쯤에 두었지?"

영지는 이 집에 살던 주인이 버리고 간 낡은 서랍에서 여인의 옷을 꺼내었다. 그리고 곧 땀내가 나는 누더기를 풀고는 사내의 복장을 훌훌 벗었다. 웃옷과 바지를 벗자 속바지와 가슴을 압박하여 감은 천 조각 위로 노을의 붉은 색감이 내려앉았다.

"적응이 안 돼. 항상 느끼는 거지만 정말 답답해."

가슴을 압박한 천 조각의 매듭을 풀자 툭 소리와 함께 천 조각이 바닥으로 떨어졌고 이내 부풀 대로 부푼 풍만하고 희뿌연 젖가슴이 터져 나왔다. 압박 때문에 붉은 자국이 남기는 하였으나 그 뽀얀 살결은 더없이 희고 고왔다. 마치 타락죽의 빛깔처럼 뽀얘서, 한입 베어 물면 고소한 맛마저 느껴질 것 같은 그런 가슴 결이었다.

영지는 긴 머리채를 잔뜩 비틀어 맨 상투도 몇 번의 가벼운 손놀림을 통해 풀어버렸다. 풀려버린 긴 머리채는 그 엉덩이까지 닿을 만큼 길고 보드라워 보였다. 야들야들 얇은 비단실마냥 가느다란 직모의 머리칼은 햇살의 부서짐을 받아 송아지 털 색깔처럼 진한 갈색을 띠었다.

그녀는 살짝 무릎을 꿇고 바닥에 앉아 풀린 머리칼을 세 갈래로 갈라 반듯하게 머리를 땋기 시작했다. 한 줄로 정갈하게 딴 머리타래는 뼈가 톡 튀어나온 날개 뼈 사이의 등골을 따라 바르게 내려왔다.

어여쁘고 참한 꽃과 같은 그 몸. 혼인을 하였다면 아마도 지아비 되는 분께 오죽이도 어여쁨을 많이 받았을 고운 몸뚱이였다. 영지는 그 몸에 다시 가슴싸개와 속치마를 입고 치마와 저고리를 덧입었다. 그 모양새를 가만히 훔쳐보던 햇살 조각들은 뽀얀 살결과 자태를 더 볼 수 없음이 못내 아쉬웠는지 붉은빛에서 곧 심술이 가득한 보랏빛으로 하늘을 물들이고 있었다.

햇살의 아쉬움을 아는지 모르는지 영지는 곧 옷가지와 광목천 보따리를 들고 잰걸음으로 부모님이 계신 집을 향해 걸어갔다. 오늘따라 그녀의 걸음걸이는 사뿐사뿐, 하늘하늘, 마치 한 마리의 고운 나비 날갯짓 같았다.

저녁참을 마친 영지는 뒷정리를 하고 나서 자신의 작은 방으로 들어왔다. 광목천 무더기 중 당장 쓸 만큼만 자르고 남은 것들은 반듯하게 개어 서랍에 넣으면서 문득 오늘 낮에 주막에서 보았던 땀이 송골송골 맺힌 혜의 얼굴과 낡은 손수건이 떠올라 영지는 서랍에 넣어두었던 새하얀 광목천을 꺼내어 잘라 촘촘히 꿰매진 실밥을 뜯어내기 시작했다.

"손수건이 꽤나 낡았던데……."

사실 혜가 가지고 다녔던 그 손수건은 손수건이라기보다는 그냥 엉성하게 자른 광목천을 접은 것일 뿐이었다. 특별한 자수가 놓인 것도, 그렇다고 해서 가장자리가 말끔하게 마감된 것도 아니었다.

"하나 만들어서 드려볼까?"

불현듯 떠오른 생각에 영지는 작은 촛불에 의지한 채로 벽에 기댄 채 반짇고리를 열었다. 본디 손재주가 좋아 그림을 그리지 않는 날이면 종종 부잣집 여인들에게서 바느질감을 받아 와 돈을 벌곤 했던 그녀의 얼굴 위로 촛불의 주홍 빛깔이 곱게 아른거렸다.

"음. 무엇을 수놓을까? 꽃? 아니면 거북이? 솔?"

이것저것 생각을 하던 영지는 이내 딸 혜가 가장 좋아할 것이 생각나서 배시시 웃음을 지었다.

"일단 가장자리에 마감을 먼저 쳐야겠지?"

이상하게도 신바람이 번듯번듯 나는 기분에 그녀는 자신의 뺨이 붉어진 것도 미처 느끼지 못했다. 천민으로 신분이 격하된 이후, 바느질이나 수를 놓는 일은 그야말로 먹고 살기 위한 생계방편의 한 가지일 뿐이었다. 하나도 즐겁지 않았고 하나도 기쁘지가 않았다. 그저 해야만 하는 일이었기에 오히려 손끝이 저려 오는 고통에도 묵묵히 바느질을 하곤 했을 뿐이었다. 하지만 지금의 이 작지만 귀찮을 법도 한 일은 하나도 힘들지가 않았다.

"예전에, 오라버니께도 철철이 만들어드리곤 했는데⋯⋯."

문득 돌아가신 오라버니가 생각이 나 그녀의 입가에는 쓸쓸한 미소가 걸렸다.

'그러고 보니 오라버니께서도 내게 그리 대해주셨어. 더운 국이 나오면 하인들에게 호통을 치시면서 국물을 후후 불어 어린 내가 먹기 좋게 식혀주셨지. 우리 영지, 우리 귀한 누이동생. 아무에게나 시집보내지 않겠다며 마치 아버지마냥 내게 늘 마음을 써주셨는데⋯⋯. 땅의 일을 등지고 먼저 하늘로 가버리신 오라버니? 이 누이는 대체 어떤 사람과 백년가약을 맺을 수 있을까요? 누가 저처럼 고된 처지의 사람을 어여삐 보아줄까요?'

영지는 허공에 대고 속엣말로 슬픈 투정을 흘려보냈다.

"아마도……."

투정인지, 슬픔인지, 혼잣말인지 모를 그 목소리에 촛불의 기운이 이리저리 흔들렸다.

"……그런 사내는 없을 것이어요."

'진정, 그런 사람은 없을 것입니다. 오라버니.'

까무룩 잠이 들었다 깨어 보니 벌써 새벽이 밝아 오고 있었다. 하절이라 그런지 해가 빨리 떴지만 아직 아침참을 준비하기에는 이른 시각이었다. 영지는 반쯤 수놓은 광목 손수건을 빤히 보다가 얼른 정신을 차리고 치마폭 위에 떨어진 바늘을 찾아 쥐었다. 그녀가 열심히 손을 놀릴수록 바늘이 들어가고 나오는 자리에 갈색과 검은빛이 멋지게 어우러져 생동감을 덧입기 시작했다.

"음. 그 영리한 요물을 닮은 건지 안 닮은 건지……."

지금 영지가 수를 놓는 것은 혜가 가장 아끼는 벗인 요물, 현이었다.

"좀 닮은 것 같기도 하고, 아닌 것 같기도 하고……. 에잇, 모르겠다. 주는 사람 마음이지, 무어."

하얀 천에 색실을 이리저리 통과시키며 혜가 이것을 받고 밝게 웃는 모습을 상상해보는 영지의 얼굴에는 흐뭇함이 곱게 퍼져 나갔다.

'그 뺨에 볼우물이 깊게 파이겠지?'

한 번쯤은 손가락을 쏙 넣어보고 싶은 충동이 일 만큼 사람의 시선을 사로잡는 볼우물을 생각하던 그녀는 기분이 좋아져서 헤실헤실 웃음을 흘렸다.

"좋아는 하실까?"

'그래도 왕자마마이신데, 비단 정도는 되는 것으로 만들어드려야 할까?'

이 생각 저 생각이 불쑥불쑥 솟아 영지는 저도 모르게 고개를 갸웃거렸다.

"설마 이렇게 말하시는 것이 아니야? 영소 작가! 내 자네더러 야한 그림을 그리라 하였지 누가 이딴 일을 하라고 하였어? 밤새 그 쓸데없는 짓을 하느라 눈까지 시뻘게지고 말이야! 오늘까지 표지를 완벽하게 완성하지 못하면 집에 가지 못하게 꽉 잡아둘 테니 그리 알게나! ……이렇게 타박이라도 하시면 어쩌지?"

혜의 말투 모사까지 하던 영지는 이내 자신의 꼴이 우습다는 듯이 맨방바닥을 이리 뒹굴 저리 뒹굴 하다가 이내 뒤통수를 한 대 맞은 사람처럼 얼굴 표정을 굳혀버리고야 말았다. 잊고 있었지만 잊지 말았어야 할 사실이 그 머릿속에 떠오른 것이다.

'맞아. 난 지금 윤영지가 아니라 영소 작가였지?'

생각해보니 혜에게 있어서 영지는 '방년 십칠 세의 사내, 영소 작가'일 뿐, 수놓는 일에 익숙한 여인이 아니었다.

"사내가 이렇게 수를 놓고 바느질을 하진 않잖아? 게다가 영소 작가는 방사질에 환장하여 병까지 얻은 자인걸?"

이 땅에 어느 사내가, 그것도 방사질에 환장한 사내가 이렇게 꼼꼼하게 바느질을 하고 수를 놓을 줄 알까?

거의 다 완성되어가는 현의 자수가 놓인 손수건을 바라보다가 이내 시무룩한 기운을 감출 수 없던 그녀는 수틀에서 힘없이 광목 손수건을 빼내었다.

"이건, 절대로 드릴 수가 없는 선물이잖아. 이걸 드린다면 분명히 나를……."

영지는 바늘꽂이에 바늘을 밀어 넣으며 중얼거리다가 입을 꾹 다물어버렸다.

'의심하지 않으신다 하여도 나의 마음을 오해하시어 나를 남색증에 도취된 사내로 여기실 것이 당연하지. 한낱 풋내 나는 사내놈의 괴상스러운 행동은 충분히 그분의 마음을 어지럽힐 만하니까.'

"그렇게 되면 난……. 나는……."

무슨 말이 입술을 타고 흐르려는 것인지, 영지는 그녀 스스로도 그 말끝의 향방을 몰라 그저 바닥에 떨어져버린 광목 손수건 위의 외다리 현만을 물끄러미 바라보았다. 방금 전까지만 해도 한창 기분이 좋았다가 한껏 마음이 가라앉아버린 지금. 그녀는 착잡하게 가라앉은 감정의 이유를 온전히 알 수가 없었다.

마음에 왜 이리도 아쉬운 감정이 가득 차는 것인지.

가슴에 왜 이리도 촉촉한 물기가 들이차는 것인지.

한숨에 왜 이리도 저릿한 기운이 녹아 있는 것인지.

한껏 가라앉은 감정의 이유를 온전히 알 수 없던 그날로부터 한 사흘쯤 흘렀을까. 무척이나 서운하기도 하고 무척이나 마음이

씁쓸한 것이 참으로 기이하고 황망하여 글방에 앉아 붓을 잡은 내 내 그녀의 손가락은 쉬이 움직여지지 않았다.

그런 영지를 한참 동안이나 면밀하게 관찰한 혜는 그녀의 손가락에 들린 붓을 살며시 잡아 빼며 입을 열었다.

"나가세. 아무래도 그림이 영 그려지지 않는 듯하니 영소 작가에게 꼭 필요한 것을 사러 가야겠어. 겸사겸사 바람도 쐬고 말이야."

"무엇을 사러 가신다는 것입니까?"

"그쪽의 작업, 아니지. 우리의 동업에 꼭 필요한 것을 사러 가는 것이니 어서 채비를 하고 나를 따라오게. 아마 영소 작가가 그 장관을 본다면 눈이 다 튀어나올 정도로 가슴이 울렁일 것이야. 어쩌면 그것들을 가지고 깊은 밤, 사적인 재미를 볼 수도 있겠군. 어서 가세. 응?"

결국 영지는 자리에서 일어나 삿갓을 푹 눌러쓴 후 혜를 따라나섰다. 걸음을 옮길 때마다 손등에 혜의 살갗이 얼핏 스쳐서일까. 묘하게 가슴이 울렁거리다 못해 얼굴에까지 붉은 기운이 올랐다가 내려가기를 반복했다. 그나마 다행스러운 일은, 체온을 잃고 헤매는 얼굴을 가릴 만큼 삿갓 챙이 넓다는 것이다.

"영소 작가. 다 왔어."

어느새 '다 왔다'라고 말하는 혜의 목소리에 그녀는 고개를 두리번거렸다. 그러나 발걸음이 멈춘 곳은 딱히 어떠한 물건을 파는 곳 같지는 않았다. 그저 허름한 집, 그 이상도 이하도 아니었기에 야무진 입술은 물음을 번져내었다.

"딱히 점포 같지는 않은데…….."

"아아. 관군들에게 발각이 되기라도 하면 큰일 나는 곳이니까 이렇게 계책을 쓴 것이지. 일종의 살아남기 위한 계략이고 사기랄까? 아무튼 지금부터는 내 손 꽉 잡아야 해. 그곳으로 들어가는 길은 어둡고 좁아서 처음 가보는 사람은 자칫하면 넘어질 수도 있거든. 그쪽은 뱁새 다리이니 더욱 위험할 것이야."

그리 말하던 혜는 벽처럼 생긴 나무판자를 쭉 밀었다. 그러자 사람 한 명이 겨우 들어갈 정도의 공간이 두 사람의 앞에 나타났다. 새까맣고 좁은 그 공간의 깊은 곳에서 은근한 사향 냄새와 나무 냄새가 몽롱한 기운을 타고 번져 흘렀다. 아무래도 이곳은 아는 사람들만이 은밀히 발걸음을 주는 장소로 느껴졌다. 문 같지도 않아 보였던 벽이 문이 되다니. 영지는 두근거리는 가슴을 억누르며 혜의 옷깃을 꽉 붙잡았다.

"아니. 옷깃 말고. 여기, 이 손을 붙잡으라고."

그리 말하던 혜는 먼저 그녀의 손목을 꽉 붙잡으며 조심스럽게 어둠을 향해 걸음을 옮겼다. 두 사람의 몸이 그 어둡고 캄캄한 곳으로 숨어들자 영지의 등골은 낯선 두려움으로 바르르 떨려 왔다.

"마마, 앞이 어두워 잘 보이지가 않습니다."

"나도 잘 안 보여. 그러나 몇 번 와본 감이 있으니 그저 영소 작가는 내 등만 보고, 무턱대고 손을 빼지 말고, 그저 나만 잘 따라오면 돼."

내 등만 보고 나만 잘 따라오면 된다니. 영지는 마치 아주 어릴 적 부모 몰래 유모와 함께 저자 구경을 하면서 보았던 인형극이 떠올라 얼굴을 붉혔다. 그때 잘생긴 사내 인형이 자태가 고운 여인 인형에게 그리 말했었지. 그대, 나만 믿고 나만 따라오면 된다고.

어린 마음에 그 말이 어찌나 설레던지. 그날 밤에 어린 영지는 밤잠을 이루지 못하고 밤새 이불 속에서 뒤척거려야만 했다.

'그때 그런 생각을 했었는데……. 정혼자와 혼례를 맺고 지아비를 맞아들인다면 나만의 지아비께서는 부디 그런 사람이었으면 좋겠다고……. 온전히 믿을 수 있고 한 점의 의심 없이 평생을 따라갈 수 있는 그런 사람이었으면 좋겠다고.'

영지는 자신의 손을 꼭 잡고 앞으로 향하는 혜의 자취를 따라 밟으며 어린 날의 순결했던 기억이 이루어질 수 없는 현실에 알싸한 아픔을 느꼈다. 그러나 그 아픔에 아랫입술을 깨물 무렵, 두 사람의 눈앞에 주홍빛을 머금은 밝음이 나타나자 영지는 얼른 고갯짓을 하며 과거의 마음을 떨쳐내고 입을 열었다.

"마마. 이곳은 정녕 어떤 곳입니까? 혹여 퇴폐하기 짝이 없는 그런……, 이상한 곳 아닙니까? 여러 명의 남녀들이 서로 가림도 없이 한 번에 성애를 나누는……."

언젠가 영락관의 삼패기생에게서 들은 적이 있는 이야기를 꺼내는 작은 목소리에 걸음을 멈춘 혜는 영지의 머리를 덮은 삿갓을 확 잡아 치우더니 스윽 얼굴을 가까이 하였다. 너무나도 가까운 눈 맞춤 때문인지 누더기 사이로 빼꼼한 그녀의 눈동자에 그의 모습이 오롯이 비쳤다.

"아무리 춘화쟁이라 해도 어찌 이리 음탕한 말을 아무렇게나 꺼낼 수 있는 것이지? 이토록 눈빛이 맑으면서……. 새까만 눈망울은 꼭 순한 송아지의 그것처럼 반들반들 투명한데 말이야. 영소 작가, 이상한 생각 말고 그저 나만 따라와. 아무리 내가 반편이 왕자이기로서니 그런 난잡한 곳에 그쪽을 데려가겠는가? 아니면 이곳에 영소 작가만 홀랑 두고 나 혼자 사라지기라도 하겠어? 뱁새는 황새만 따라오면 돼. 그저 나만 믿고 나만 따라오면 된다는 말이야."

주홍빛 불빛을 타고 흘러들어 오는 혜의 새하얀 미소에 영지의 심장 박동이 빨라지고 있었다. 양반의 신분을 잃고 천민이 된 이후로 세상은 그녀에게 가혹하고도 비참한 감정만 일깨워주었다. 그 누구도 믿을 수 없었고 그 누구도 쉽게 따라갈 수 없었던 세계 속에서 혜의 음성은 그녀에게 마치 빛과도 같은 새하얀 지표를 심어주고야 말았다.

영지의 가슴이 따라가야 할 지표는, 바로 혜의 음성이라는 것을.

"자, 가자고. 영소 작가가 보면 참으로 좋아할 것이야."

세상에……. 영지는 차마 뜬 눈을 도로 감고 싶을 만큼 밀려오는 부끄러움에 어쩔 줄을 몰랐다. 혜가 인도한 곳에 이르자 그녀의 눈앞에는 낯부끄러운 것들이 가득히 펼쳐져 있었다. 선반을 가득 메운 인형들은 모두 벌거벗은 나신의 모습이었다.

"어떤가? 어린 나이부터 방사 질환을 얻은 윤 방사 양반. 그쪽에게는 참으로 신천지가 아니야?"

손에 잡힌 인형을 그녀의 눈에 불쑥 들이밀던 혜는 참으로 천진해 보이는 웃음을 번져내며 말했다. 아아, 부끄럽고도 망측하여 눈을 둘 곳이 없었다. 진정 영지에게 이 세계는 그런 곳이었다.

"이곳은 어디란 말입니까?"

"이곳은 아주 은밀한 곳이지. 서역에서 몰래 들여온 인형들의 세상. 잘 보아. 이것들이 얼마나 사람을 닮았는지. 이 얼굴이며, 이 가슴이며, 이 음부의 깊은 모양새와 거짓 음모의 감촉까지 말이야. 고불고불한 것이 마치 진짜 사람의 그것 같지 않은가? 어디 한번 만져보겠는가?"

일부러 그녀를 놀리려는 듯 능글능글하고도 장난기가 진득이 묻어나는 그의 목소리에 영지의 눈매가 새치름하게 길어졌다.

"무, 무에 만진답니까? 진짜도 아닌 것을요. 저는 이딴 딱딱한 목각인형들보다 보들거리는 여인네의 살결이 훨씬 좋은 사내입니다!"

"여인의 것이 좋다 싶으면 이것들을 안 만지면 그만이지, 왜 그리도 민망할 정도로 화를 내시는가? 내 생각하기로 방사 질환을 앓는 그쪽이 밤의 춘정에 괴로워할 때마다 이 인형으로 달래도 무리가 없으리라 생각되는데……."

"마마!"

성질을 부리는 영지의 태도에 혜는 넓은 손바닥으로 그녀의 정수리를 슥슥 매만지더니 이내 웃음을 머금은 낮은 목소리로 말했다.

"장난이야, 장난. 그러니까 골내지 말고 어디 한번 잘 살펴보아. 영소 작가의 취향에 딱 맞는 남녀 한 쌍의 인형을 말이야. 요것들은 기이하여, 요 마디마디가 다 움직인다고. 사내 인형은 이렇게 양물까지 있으니, 삽화를 그릴 때 아쉬운 대로 써먹을 수 있지를 않겠는가? 이리 저리 체위를 맞추면서 그리면 보다 쉽게 그릴 것이 아니겠어."

혜의 말에 영지는 그제야 고개를 끄덕이면서 선반을 가득히 채운 벌거벗은 인형들을 향해 다시금 눈을 돌렸다. 그녀는 이런 인형들이 세상에 있다는 것이 놀랍고 신기하여 지금도 가슴이 벌렁거렸으나 그 마음을 들키지 않으려 인형을 고르는 일에 정신을 집중했다.

꽤나 집중하여 인형을 고르는 동업자를 유심히 살피던 혜의 눈 속에 문득 문득 아랫입술을 혀로 핥는 영지의 모습이 맺혔다가 사라지기를 반복하고 있었다. 불빛의 주홍빛이 내려앉은 그 입술은 평소의 빛깔보다 훨씬 진하고 선명해 보였다. 그녀가 아랫입술을 혀로 핥을 때마다 타액이 덧입혀진 자리는 맨들맨들하고도 투명한 빛을 머금었다.

혜는 귀퉁이에 놓인 의자에 앉아 선반에 팔을 얹고 영지를 가만히 관찰하기 시작했다. 누더기로 둘둘 말아놓긴 했지만 그것의 안쪽에 있을 얼굴선은 꽤나 가늘고 섬세할 것만 같았다. 볼록하게 튀어나온 이마와 그리 높지 않게 솟은 얍실한 콧날의 옆선이 그것을 증명해주고 있었다. 게다가 옆에서 보니 광목천 사이로 보이는 눈매를 따라 난 속눈썹이 참으로 촘촘하고 선명했다.

'사내놈의 옆선이 무에 저리도 얇더란 말이냐. 저 속눈썹은 어찌 저리도 가늘고 촘촘한지…….'

저도 모르게 마른침을 삼키던 혜는 살며시 의자를 옮겨 영지의 곁으로 조금 더 가까이 다가갔다. 이 인형, 저 인형들을 만지작거리며 찰나마다 파르르 떨리는 속눈썹이 주는 미묘한 아찔함에 그의 가슴에는 둥글고 작은 파문이 일기 시작했다. 작고 아담한 몸체와 무엇인가를 감추려는 듯 약간 구부정하게 앞으로 휜 등이 조금은 애처로워 보이기까지 해서 그는 한순간 고개를 설레설레 흔들었다.

'이혜. 정신 차려. 사내놈에게 애처로운 감정을 느낀다는 것이 말이 돼?'

하지만 그의 가슴에 시작된 그 미묘한 감정은 쉬이 그 불꽃을 꺼트리지 못했다. 오히려 야금야금 심지를 먹어가는 불꽃의 기운처럼 심장의 울림 속에 생긴 불꽃의 둥근 파문은 혈관이라는 심지를 타고 온몸에 더운 감정을 빠르게 번져내기 시작했다.

생각에 골몰하여 이리저리 사내 인형의 몸을 매만지는 영지의 길고 흰 손가락을 보며 혜는 다시금 메마른 침을 삼킬 수밖에 없었다. 입에 담기도 민망한 말이지만, 영소 작가라는 사람의 손가락이 사내 인형의 몸을 스르륵 훑을 때 혜는 한순간 그 길고 야들한 손가락이 자신의 몸을 훑어 내리는 것 같은 착각에 사로잡혀버렸다.

잘 깎은 어깨를 지나 옴폭 들어간 배꼽을 매만지는 흰 손길의 움직임을 계속 예의 주시하던 그는 그만 자신의 배꼽 주위에서 퍼지는 감질난 기운에 미묘하고도 작은 음성을 흘렸다. 종결에 그 가느다란 손가락이 사내 인형의 거짓 음모와 가슬거리는 그것들 사이에 볼록하게 솟은 성기 부위를 매만질 때에는 그 목구멍에서 억눌린 음성이 짧고도 굵게 새어 나왔다.

그 순간, 사내 인형의 몸체를 만지던 영지는 그 행동을 멈추고 고개를 돌려 혜를 바라보았다.

'……!'

송아지의 순결한 눈망울을 닮은 영지의 눈빛에 혜의 낯빛은 춘정에 들려 이불에 몹쓸 짓을 한 젊은 청춘인 듯 벌겋게 달아올랐다.

"마마?"

나쁜 짓을 하다가 들킨 사람처럼 벌게진 얼굴을 한 혜를 물끄러미 바라보던 영지는 이내 고개를 갸웃거리며 물음을 꺼냈다.

"왜 그러십니까? 얼굴이 조금 벌게지신 것 같습니다? 어디가 불편하십니까?"

연이어 쏟아지는 질문에도 그는 그 어떤 마땅한 대답을 찾아내지 못한 채 입매를 굳게 닫아버렸다. 이런 황망하고도 묘한 상상은 실로 처음이었기에 그조차도 당황스러움을 감출 수가 없었다. 만약 지금 무슨 대답이라도 두서없이 꺼내버린다면 아주 이상한 말을 하게 될지도 모를 일이었기에 지금으로서는 입을 닫고 있는 것이 상책 중의 상책이었다.

"갑자기 열이라도 나십니까? 하절에는 개도 고뿔에 걸리지 않는다던데……"

영지는 선반 위에 사내 인형을 도로 놓아두고는 천천히 그에게로 다가갔다.

'오, 오지 마.'

머릿속에는 묘한 울림소리가 가득한 그의 앞에 어느새 다다른 영지는 길고 고운 손가락을 살며시 펴서 넓고 반듯한 이마에 대보며 걱정스러운 듯 입을 열었다.

"마마. 미열이 있으신 것 같습니다."

"벼, 별것 아니야."

드디어 입 밖으로 터진 말소리에 안심하며 혜는 서둘러 고개를 돌렸다. 그러나 다시금 영지의 새까맣고 윤기 나는 눈망울이 그의 시선을 잠식했다. 그녀의 눈망울에 비친 자신의 모습과 대면한 혜는 그 모습이 마치 춘정에 눈을 뜬 어린 사내 같다는 생각이 들어 퍼뜩 눈을 꽉 감았다가 뜨며 입을 열었다.

"다, 다 골랐는가?"

"아직 다 고르지 못하였습니다. 맘에 드는 사내 인형은 골랐는데 아직 여인 인형은 고르지 못하였으니……. 하여 마마의 의중을 여쭈어보려고 합니다. 마마께서는 어떠한 느낌의 여인을 좋아하십니까?"

그 물음에 혜는 일말의 망설임도 없이 대답했다.

"눈매가 새치름하면서도 눈망울이 송아지처럼 맑고 눈빛이 생생하며 입술에는 윤기가 흐르는 이가 좋아. 아, 속눈썹은 짧으면서도 새까맣고 촘촘하며 재잘재잘 말대꾸도 잘하는 이가 좋지."

그의 음성을 가만히 듣고 있던 영지는 고개를 갸웃거리며 혼잣말처럼 중얼거렸다.

"그런 여인을 닮은 인형은 춘화를 그리는 데에는 전혀 도움이 되지 않을 것인데. 야하고 색기 넘치는 눈빛을 한 인형이 더 나을 텐데. 흐음."

영지는 다시금 인형이 가득 찬 곳으로 걸음을 옮기며 골똘한 생각에 잠겼다. 그런 그녀의 뒷모습을 물끄러미 바라보던 혜는 꾹 참았던 한숨을 단번에 뱉어내며 손바닥으로 가슴을 쓸어내렸다.

이 가늠할 수 없이 황망한 기분을 어떻게 설명하면 좋을까. 영지가 물었던 취향에 관한 대답은 모두 영소 작가를 두고 한 말이었음을 혜조차도 극명히 부정할 수가 없었기에 그의 입가에는 한숨만이 맴돌았다.

'이 어찌……. 아무리 여인을 보고도 양물이 서지 않는다 한들 마음속에 담은 여인상에 어쩌자고 저 뱁새 다리의 본질을 투영시켰을까? 아아, 미쳤구나. 미쳤어, 이혜. 미치지 않고서야 어떻게 그런 말을 내뱉을 수가 있단 말인가?'

고개를 가로저으며 큰 한숨을 짓던 혜는 영지의 옆모습을 또 다시 눈에 담기 시작했으나 자신이 그런 행동을 이미 시작했음조차 미처 알아채지 못하고 있었다.

五章. 혜의 사정과 영소 작가의 사정

솔의 시퍼런 서슬 위에 내려앉은 햇살은 그 몸체가 산산이 부서지며 빛의 파편을 만들어냈다. 그 파편 조각들이 공기에 따끔거리는 생채기를 만들어낼 무렵, 바위에 올라 산 틈 사이로 굉음을 울리며 쏟아져 내리는 폭포수를 무심한 눈빛으로 바라보고 있던 혜의 뒤편에 사람의 인기척이 느껴졌다. 도승지 허참성이었다.

"왕명을 출납해야 할 사람의 발걸음이 참으로 자유로우이. 그대는 나라에서 꼬박꼬박 받아먹는 녹을 당장이라도 토해놓아야 할 참이야."

뒤를 돌아본 혜가 입가에 옅은 미소를 띤 채 입을 열자 허참성도 씨익 웃으며 입을 열었다.

"받자올 왕명 대신에 세도 권력가 김익선이의 명을 출납하는 불쌍한 처지가 된 몸입니다. 하여 그 맘을 붙일 곳이 없어서 병환을 핑계 삼아 일찍 퇴궐을 하고 이렇게 마마를 찾아온 소신이니, 그리 매정하게 탓하지는 마옵소서."

허참성의 신통방통한 대꾸에 혜는 넌지시 웃다가 이내 표정을 굳히며 물었다.

"강화에 계신 나의 전하께서는 온전히 강녕하신가?"

"중전마마와 함께 계시지도 못하시고, 위리안치 당하시어 처참하게 찢긴 맘을 홀로 감내하고 계시니. 그나마 훗날에 대한 강력한 의지로 버텨내고 계신다 하시옵니다."

"흠⋯⋯."

혜는 깊은 한숨을 내쉬며 잠시간 아무 말도 하지 않았다. 올해로 그 연치가 열둘이 되신 폐위당한 주상전하는 혜에게 있어서는 단 한 분의 군주였다.

후궁의 몸에서 태어나 아무런 권력도 없던 혜는 지켜드리고 싶었으나 지켜드릴 수 없었던 군주를 떠올리며 입매를 굳혔다. 참으로 각별하게 마음이 쓰였던 형님의 아드님이자 사사로이는 혜의 조카였던 비운의 군주. 그는 지금 노원군으로 강등되어 강화에서 유배의 생을 살아가고 있었다.

"보시옵소서. 강화에 계신 전하께서 은밀하게 마마께 보내신 서찰입니다."

허참성은 혜에게 서찰을 내밀며 머리를 조아렸다. 받아든 서찰을 펴서 읽어보던 그는 이내 그 눈시울이 붉어지는 것을 도통 막을 재간이 없어 고개를 돌려 하염없이 폭포수를 바라보았다.

숙부. 숙부가 너무 보고 싶습니다.

임금이 된 후, 미행을 나갈 때마다 궁으로 돌아가기 전에 늘 뵈었던 숙부의 얼굴이 아른거려 오늘도 참으로 이 마음이 원통하고 비통합니다.

성군이 되실 것이라 늘 나를 독려해주던 숙부의 말씀은 힘없는 임금인 내게 큰 힘이 되었지요. 그때 받았던 그 독려를 이제는 받을 수도, 느낄 수도 없으니……. 이 비통함으로 인해 잠자리에 들어도 잠을 이룰 수가 없음입니다.

아아, 내 진정 보고 싶은 이는 나의 중전 다음으로 진정한 충신이자 핏줄인 숙부, 그대의 모습인데……. 내 이 질긴 목숨 줄이 살아 있는 동안 한 번이라도 숙부의 얼굴을 볼 수 있을까 염려가 되어 그 원한이 뼛속까지 사무치는 밤입니다.

이 얼마나 비통하고 원통한 일인가. 왕위 옹립 일 년 만에 임금의 자리에서 폐위되고 노원군으로 강등되어 강화로 추방된, 가슴 결이 저릴 만큼 보고 싶은 조카의 어린 모습이 눈앞에 아른거려 혜는 한동안 아무 말도 할 수가 없었다.

그렇게 얼마 동안이나 아무 말도 하지 않고 한자리에 못이 박힌 듯 서 있었을까. 그는 조카가 보낸 서찰을 찢어 폭포수 아래로 던지며 허참성에게 물었다.

"성균관 유생들과 학사들의 마음은 모두 도모하였는가?"

"그쪽은 심려치 마시옵소서. 김익선이가 변질하여 득세할 때부터 이 나라의 안위를 걱정하던 자들이옵니다. 이미 전하께서 노원군으로 강등되시어 유배 길을 떠나실 적에도 성균관에서 안타까운 목숨이 몇이나 죽어 나갔지 않습니까? 그들의 뜻은 그때나 지금이나 모두 한마음입니다. 게다가 김익선이가 이 나라의 권력을 틀어쥐자 가장 먼저 핍박한 곳이 성균관입니다. 그만큼 그에 대한 적개심이 큰 집단 또한 그곳이지요. 다만 앞으로도 시간은 필요할 것입니다. 몇 번의 피바람을 겪은 후로는 수괴의 칼날에 생이 베일까 두려워하는 유생들도 적지 않다고 들었습니다. 충성된 마음은 변함이 없으나 피바람에 휩싸이고 싶지 않은 인간적인 감정들 때문이겠지요."

허참성의 말에 혜는 고개를 끄덕이며 말을 이었다.

"거사에 한뜻으로 모인 인사들이 가진 군사들에 대한 육성은 어떠신가? ……그때, 지관사였던 홍문관 대제학 윤일의 가문이 풍비박산 난 것으로 시작하여 얼마나 많은 인재들이 그 무자비한 자들의 손에 젊고 총명한 생을 짓밟혔던가. 결과도 없이 사람만 죽어 나간 피바람으로 인해 나는 알 수가 있었네. 문(文)의 곧은 마음과 무(武)의 정신이 하나가 되어야만 대업이 이루어질 수 있다는 것을."

"한마음으로 모인 신들도 마마의 뜻을 모두 다 헤아리고 있습니다."

허참성이 말하자 혜가 고개를 끄덕였다.

"잠시간만 더 시간을 벌어보세. 그때까지 뜻이 모인 유생들은 아무 기척도 내지 않고 잠잠히 있으라 하시게. 제대로 준비도 되지 않은 상황에서 거사를 일으키려 한다면 먼젓번의 피바람처럼 결과가 없는 참담함만이 있을 뿐이야. 또한 대업에는 명분이 서야 하는 법. 권력세도가의 횡포에 대한 억눌림에 익숙해지어 침잠되어버린 백성들의 마음도 깨우쳐 한뜻으로 모아야만 그 명분이 설 것이니. 그들의 닫힌 마음도 열고 또한 우리에게 부족한 군사들을 모아 육성하려면 잠시간의 시간이 더 필요하네. 그럼, 도승지 영감. 군사들을 육성하는 데에는 얼마나 많은 군비가 부족한가?"

허참성은 혜의 물음에 그의 번뜩이는 눈을 바라보며 말했다.

"마마께서 대작 하나는 내셔야 그 돈이 충족될 것 같사옵니다. 아시다시피 이 거사에 한뜻을 바친 이들은 일생 동안 그들 나름대로 청렴과 청빈한 삶을 살아온 관리들이 아니옵니까? 그들이 수중에 있는 돈을 탈탈 털어 거사의 자금으로 내놓았으나 턱없이 부족한 것은 마마께서도 잘 아실 것이옵니다."

"그럴 테지. 그래서 나 또한 노름과 계집질과 술판에 빠져서 나라에서 내려준 집과 재물을 모두 탕진한 것처럼 풍문을 내고 뒤로는 그 모든 것들을 처분하여 거사에 내어놓은 것이 아닌가?"

혜가 비스듬하게 입꼬리를 올리며 말하자 허참성이 재빠르게 대꾸했다.

"그렇게 따지면 저도 무어, 말년에 시골에 내려가 초가 한 칸 꾸리고 살며 농사나 지으려 하였건만. 거사를 위해 모든 재산을 탈탈 털었기로, 지금으로서는 초가 한 칸 지을 여력도 없으니. 마마, 저야말로 말년에 비렁뱅이가 다 되었습니다."

허참성의 거침없는 대꾸에 혜는 얼굴에 서린 굳은 표정을 모두 풀어버렸다.

"그나저나 내 책이 대작으로 거듭나려면 그이의 공이 꼭 필요할 것인데. 나의 영소 작가께서는 춘풍처럼 뜨끈하게 몸을 달아오르게 할 그림을 얼마나 그리셨을까?"

꼭꼭 숨겨두어, 머릿결이 보일라.

머릿결이 나부끼면 댕기드린 꼬랑 머리 꽈악 잡아 올 테야.

마치 어린 놀이를 하는 아이들의 노랫말처럼 영지는 그 가슴
팍에 벌써 보름이 지나도록 전하지 못한 손수건을 꼭꼭 숨겨두었
다. 그 안타까운 마음을 알아채기라도 했는지 혜의 요물 현이 총
총총 다가와 고개를 갸웃거리더니 바싹 튀어 올라 그 가슴팍을 부
리로 가볍게 두어 번 쪼아대었다.

"으왓! 그, 그, 그, 그러지 말아 현아."

아직도 현이 파드득 날아오르기만 하면 등골에 오싹함이 솟는
영지는 얼른 가슴팍을 두 손으로 감추며 말했다. 다행히도 동업
작가인 월산군 마마는 부리는 종복 개동이에게 생존신고라도 하
셔야 한다며 잠시 글방을 비운 상황이었다.

"요 녀석. 너는 내가 무엇을 감추었는지 다 알아보는구나? 요
런 요물 같은 녀석."

영지가 작게 타박하자 현은 짧은 목 부리를 좌우로 푸드득 도
리질 치며 영지를 바라보았다. 마치 그 '요물'이라는 말이 맘에 안
든다는 눈치였다.

"흥! 그럼 요물이 아니고 무어야? 어쩐지……. 네 주인 왕자마
마께서 자리를 비우신다는데 그 어깨에 폴짝 앉아 따라가지 않던
모습이 이상하였어. 너, 이렇게 내 약점을 물어 나를 약 올리려고
하는 속셈이었지?"

그러자 현은 다시 짧은 목을 좌우로 저으며 킷킷킷 소리를 내
더니 사뿐히 영지의 어깨에 올라앉아 그 조그마한 머리통을 그녀

의 목덜미에 비볐다. 어쩐지 깊이 애정해달라는 귀염짓 같아 그만 실소가 터져 나왔다.

"그럼 요물이란 말은 취소. 대신에 요물 말고 영물은 어때? 너처럼 사람의 약점을 가지고 귀염짓을 부리는 녀석들에게는 딱이지 않아? 분명 너는 신동으로 태어났어야 하는데 하늘님이 약주 한잔 드시고 실수하시어 맹금으로 잘못 태어난 것일 테야."

영지는 따스한 털이 촘촘히 난 현의 머리통을 쓰다듬으며 중얼거렸다.

"그래. 이 품속에는 너를 꼭 닮은 맹금 한 마리가 살고 있지. 막판에 마음에 힘이 좌악 빠져서는 무어, 안타깝게도 다리 한쪽은 수놓지 못한 맹금이지만."

혼잣말에 은근한 안타까움과 서운함이 잔뜩 묻어나 글방의 더운 공기를 안타깝게 만들고 있었다.

"……영소."

'으음. 누가 자꾸 오라버니 이름을 부르는 것이지?'

영지는 꿈속에서 아득하게 밀려오는 어떤 소리에 살포시 귓문을 열었다. 참말로 슬프게도 그 누군가가 죽은 오라버니의 이름을 부르는 것이 들렸다. 분명히 꿈결일진대 진정 지독하기도 하여라.

그녀는 언뜻언뜻 미간을 찌푸리며 눈을 뜨려 애썼다. 하지만 눈가에 으깬 밥풀이라도 덕지덕지 발라져 있는 것인지 감긴 두 눈은 쉽게 뜨이지 않았다.

'감히 어떤 못된 녀석이 내 오라버니의 이름을 입에 함부로 올

리는 거야? 건방지게.'

눈이 떠지지 않아 속으로만 신음 소리를 흘리던 영지는 파르
르 떨리는 눈가에 힘을 주며 속으로 중얼거렸다. 촌각의 시각이
흐를수록 떠지지 않던 눈꺼풀이 겨우 벌어지며 올라갔다가 내려
가기를 반복했다. 그러고 보니 입가가 슬쩍 축축한 것이⋯⋯. 그
래, 이것은 분명 침이었다.

"윤 방사. 아니 이 사람이⋯⋯. 쯧."

"으으⋯⋯. 누구⋯⋯."

영지는 손바닥으로 축축한 입가를 비비듯 훔치며 눈을 두어
번 크게 떴다 감기를 반복했다. 그러다가 곧 잠결 속에 고이 놓아
두었던 정신머리가 번뜩 깨기 시작하자 그녀는 입가의 침을 닦다
말고 눈앞에서 인상을 찌푸린 채 서 있는 혜를 바라보며 이내 깜
짝 놀랐다.

"헛! 마마?"

깜짝 놀라 벌떡 일어선 그녀를 향해 혜가 슬쩍 허리를 굽히자
그 눈동자들의 높이가 서로 같아졌다. 그리고 곧이어 송아지처럼
순박한 눈동자 위에 밑그림을 그리다가 만 종이 몇 장이 바사삭
소리를 내며 나풀거렸다.

"윤 방사. 내가 나간 후로 여태껏 낮잠을 즐긴 건가?"

"헙! 아닙니다, 마마! 정말 진짜로 그림 그리기에 열중을 하다
가 깜빡 잠이 들었을 뿐입니다!"

영지가 손사래를 치며 변명을 늘어놓자 혜의 검은 눈썹이 슬
쩍 위로 치켜 올라갔다.

"그럼 이 원고는? 내 윤 방사 자네가 읽고 삽화를 넣을 만한 분량의 원고를 넘겨주고 갔었는데……. 이편은 마치 펴보지도 않은 듯 빳빳하기가 이루 말할 수 없으니. 쯧."

혜의 비꼬는 듯한 말투에 영지는 손사래를 내며 고개를 젓다가 문득 변명을 멈추고 그를 바라보았다. 멀쩡한 사람을 놔두고 윤 방사가 도대체 무슨 말인가?

"그런데……, 왜 저를 갑자기 '윤 방사'라고 칭하는 것입니까?"

'기분 나쁘게시리. 지가 멋대로 지어놓은 '영소 작가'라는 별칭 대신에 갑자기 웬 윤 방사?'

영지가 투덜거리며 묻자 혜는 느긋한 웃음을 띠고 뒷짐을 지며 말했다.

"깨워야 했으니까. 보아하니 영소 작가는 낮잠이 아니라 아주 숙면을 취한 것 같은데? 내 여기 당도한 지가 벌써 반 식경은 넘었는데 당도하여 보니 영소 작가는 아주 미세하게 코까지 골며 몽중에 빠져 있었지. 하여 처음에는 낮잠을 좀 즐기나 보다 했는데……. 가만히 놔둬보니 삽화의 밑그림 위에 침을 질질 쏟아내며 잠을 자는 것이 아니겠어? 그러니 어찌할까. 깨우는 수밖에. 삽화로 들어갈 귀한 그림이 침에 젖으면 아니 될 말이 아닌가?"

"제가 그랬습니까?"

"제가 그랬습니까, 라니. 하여 어쩔 수 없이 영소 작가를 부르며 깨우는데, 자면서 무슨 심한 꿈이라도 꾼 것인지 내가 영소 작가라고 그 이름을 입에 올릴 때마다 짜증이란 짜증은 다 내며 웃기지도 않는 잠덧을 하니. 하도 어이가 없어 자네의 성씨에 방사 질환의 방사를 붙여 윤 방사라 칭하며 깨웠지 무언가. 헌데 그리 부르자 신통이 방통하게도 벌떡 일어나서 제 변명질만 늘어놓으니, 자네는 영소 작가라는 점잖은 부름보다는 '윤 방사'라는 부름이 더 마음에 드는가 보이?"

혜가 씩 웃더니 다시금 허리를 쑥 구부려 영지의 얼굴에 자신의 얼굴을 가까이 대었다. 그러자 한순간 그녀는 제 가슴의 쿵쾅거림에 놀라 눈을 댕그랗게 떴다. 혜의 번뜩이는 눈동자 속에 누더기에 빙 둘러싸인 자신의 얼굴이 비쳐 보였다. 분명히 그 누더기 안에는 홍시처럼 붉게 물든 양 뺨이 꼭꼭 숨어 있을 것이다.

양 뺨이 뜨뜻하게 달아오름을 느끼던 그녀는 한순간 말캉한 자신의 입술에 거칠게 내려앉는 낯선 느낌에 두 눈을 더욱 더 크게 떴다. 그의 손가락이 그녀의 입술에 닿은 것이다.

"여기……."

혜는 영지의 입가에 자신의 더운 입김을 흘려보내며 옹이 진 엄지손가락을 분홍빛 입술에 새기려는 듯 꾸욱 눌렀다. 그 돌발적인 행동에 영지는 주먹을 꽉 쥐었다가 폈다. 끈끈한 땀이 손금 사이로 번져 나가듯 더운 열기가 심장을 타고 온몸에 번져 나갔다.

"마, 마마. 어, 어, 어찌……."

이 쿵쾅거리는 심장 소리를 어찌하면 좋을까? 부푼 가슴을 꽁꽁 동여맨 천을 뚫고 나올 듯 뛰어대는 소리가 혜의 귀에도 들릴까 염려가 된 그녀는 두 손으로 가슴께를 감싸며 한 발자국 뒷걸음질을 쳤다.

그러자 혜는 한 걸음 앞으로 다가오며 옹이 진 엄지손가락을 도톰한 입술에 문지르며 말했다.

"영소 작가."

"예?"

"……사내치고는 입술이 참 붉군."

"마마……."

설마 자신이 여인이라는 사실을 알아채기라도 한 것일까. 영지는 순간 마른침을 꼴깍 삼키며 도톰한 입술을 저도 모르게 살짝 벌렸다. 마치 벌어진 그 입술 사이로 밀어 넣으려는 듯 감질나게 왔다 갔다 하는 그의 손가락이 얄미워 하마터면 그녀는 벌어진 자신의 입술을 다물 뻔했다.

벌어진 입술 사이를 왔다 갔다 하던 혜의 손가락에서 짭짤한 기운이 느껴졌다. 그 순간 도톰하고 색감이 고운 입술을 매만지던 그는 고개를 돌려 영지의 귓가에 입술을 대며 더운 숨을 뱉어내었다. 얇은 천을 타고 넘어오는 숨결에 곧이어 감질나는 음성이 어우러졌다.

"헌데, 그 붉은 입술을 도드라져 보이게 만드는 그것은……, 혹 침이 굳어 허옇게 내려앉은 것인가?"

곧이어 키득거리며 웃는 혜의 웃음소리에 영지의 얼굴은 한순간 팍 일그러졌다. 마치 푹 썩어빠진 늙은 호박처럼.

"마마!"

"왜 그리 골질을 내시는가? 내 왕족의 피가 흐르는 지엄하고 귀한 손가락으로 그대의 입술에 굳은 침 가루를 다 떼어줬건만?"

148

"참으로 너무하십니다!"

"무엇이?"

'여인이란 사실이 들통 난 줄 알았단 말입니다! 그리고! 마마께서 그런 제게 시꺼먼 흑심이라도 있으신 줄, 한순간 착각하였단 말입니다!'

영지는 차마 입 밖으로 꺼내지 못한 말들을 꾹꾹 눌러 참으며 씩씩거렸다. 그의 장난질에 진심으로 마음이 두근거렸음을 차마 부인할 수 없었기에 더욱 더 골질이 났다. 혜의 옹이 진 손가락에서 느껴지는 가슬거림과 뜨뜻한 온기에 심장이 크게 동요하였다는 사실이 너무나도 부끄러워서 고개를 들 수조차 없었다.

분명 눈앞에서 웃고 있는 이 성질머리 고약스런 왕자마마께서는 장난질을 거신 참이신데, 그 장난질에 마음이 동요하고 입술이 바싹바싹 말랐음에 화도 나고 분하기도 했다. 그는 참말로 진심이 아니었을진대, 영지의 어리고 순한 마음은 사내에 대해 생전 처음 느껴보는 정체도 모를 미묘한 울림을 감지해버렸기에 정말로 눈물이 날 것만 같았다.

이 골질이 나고, 부끄럽기도 하고, 눈물이 날 것만 같은 느낌은 무엇이란 말인가?

영지는 가슴을 답답하게 옭죄는 것 같은 느낌에 두어 번 마른 침을 삼키다가 결국은 울음을 터트리고 말았다.

"이, 이보아. 영소 작가. 내 잘못했네. 장난이었어. 그만 울게나. 응?"

갑자기 눈물샘을 터트려버린 영지의 모습에 혜는 적지 않게 당황했다. 검은빛이 상당히 총명해 보이는 동업자의 눈동자를 보니 슬쩍 장난을 치고 싶은 심술이 솟았다. 그래서 그 마음이 시키는 대로 장난질을 걸었을 뿐이었는데 이리도 서럽게 눈물을 쏟아내다니.

눈물을 쏟는 그 모습을 바라보던 혜는 어쩐지 마음 한구석에 자꾸만 이상한 느낌이 겹쳐지는 것만 같아서 찝찝한 기분을 떨쳐 버리려 좌우로 고개를 흔들었다.

"미안해. 미안하네, 정말로. 영소 작가를 놀라게 했다면 진심으로 사죄할 것이니 울지는 말게. 응?"

"무, 무엇을 사죄한다는 말씀이십니까?"

영지가 손바닥으로 눈물을 닦아내며 그를 야리듯 바라보자 혜가 횡설수설하며 변명 같지도 않은 변명을 늘어놓기 시작했다.

"그러니까……. 나는 남색을 하는 자도 아니고, 그런 것에 흥미도 없고, 엇, 음……. 그러니까 내 영소 작가에게 불쾌감을 주어 미안하다고……."

"지금 그것도 변명이라고 하시는 것입니까? 어찌……, 사내가 사내에게 그런 장난을 치신단 말씀입니까?"

'그러니까, 나도 왜 그랬는지 잘 모르겠다는 말일세!'

한순간 튀어나오려는 절박한 말을 꾹 눌러 참은 그는 자신의 행동을 다시 한 번 되짚어보기 시작했다. 아무리 그래도 사내가 사내에게, 양물 달린 놈이 똑같이 양물 달린 놈에게 할 만한 장난은 절대로 아니었다. 게다가 아무리 망나니 왕자라고 소문이 났지만 그가 배운 예법과 예의가 엄연히 그 몸체에 배어 있을 터.

혜는 한순간 관자놀이를 꾹 누르며 도대체 자신이 왜 그런 짓을 했는지에 대해 생각을 해보고 또 해보았지만 답이 쉬이 찾아지지 않았다. 쉽게 답이 나오지 않는 갑갑한 기분은 일전, 음란한 목각인형을 취급하는 점포에서 영소 작가를 향해 느꼈던 것과 동질한 감각의 것이었다.

"그냥……."

"그냥, 뭐요!"

영지가 씩씩대며 소리치자 혜는 대답을 하려다 말고 입을 다물었다.

'……모르겠어, 영소 작가. 내가 도대체 그대에게 왜 그랬는지. 왜 자꾸만 이런 황망한 마음이 드는지.'

기분이 잔뜩 상한 영지는 혜가 준 원고를 싸서 글방을 나가버렸다. 원고의 내용에 맞는 삽화는 집에서 그려 오겠다는 말을 남긴 채.

혜는 대자리 위에 앉아 글을 몇 줄 적다 말고는 그대로 벌러덩 대자리 위에 누워버렸다. 바닥에 아무렇게나 나동그라진 기다란 지팡이로 작은 창을 밀듯이 열어보니 어느덧 날은 어둑어둑해져 있었다.

'어째서 그랬을까? 귀신에게 홀린 것 같은 이 기분은 도대체 무엇이란 말이지?'

아무리 생각을 해보아도 그는 자신이 왜 그랬는지에 대한 명확한 이유를 알 길이 없었다. 총명한 눈동자를 바라보고 있자니 장난을 치고 싶은 심술이 들기는 하였으나 그저, 그 입술에 묻은 침 가루를 떼어내려고 했던 본디의 의도는 순수했다.

헌데 막상 손끝에 느껴지던 영소 작가의 입술은 생각했던 것 이상으로 보드랍고 말캉했다. 마치 막 찜통에서 빼낸 포근거리는 떡살마냥 미끈했고 뜨겁기까지 하여 속으로는 놀라기까지 했다. 그래서 손가락을 떼기가 싫어졌을 뿐이고, 떼기가 싫어졌기에 꾹 눌러본 입술은 피가 몰렸는지 너무나도 붉게 보였던 것이다.

온 얼굴을 뒤덮은 흰 천 사이에 드러난 발간 입술은 솔직히 말 해서 한순간 어여쁘게 아니 보였다고 말할 수가 없을 만큼 고왔 다. 사내 주제에 그리도 고운 입술을 가지고 있음을 알아챈 순간 부터 그는 사실 그 입술에서 눈을 뗄 수가 없었다. 그래서 문지르 고 또 문질렀던 것이다. 그 느낌이 진심으로, 좋아서…….

'침 가루를 떼어내려 했다는 순수한 의도는 사실, 거짓말일지 도 모르지.'

혜는 속으로 머리가 아프다는 듯 신음 소리를 삼키며 두 눈을 감았다가 뜨며 골질이 난다는 듯 중얼거렸다.

"무슨 놈의 사내 입술이 그리도 어여쁘게 보였단 말인가? 참, 내가 단단히 헛것을 본 것이지."

끙 소리를 삼키던 그는 한숨을 길게 내쉬더니 이내 자리에서 벌떡 일어났다가 도로 눕기를 반복하며 한숨 같은 말을 쏟아냈다.

"근래에 하도 음탕한 생각을 많이 하여 그런 것이야. 허구한 날 그렇고 그런 생각만 하니 이 눈에 헛것이 썼던 것이지. 무에 방사 질환에 들린 사내의 입술이 고왔겠어? 색귀가 내 눈과 손의 감촉을 멀게 하여 그런 것이야. 아니 그렇겠어?"

자신의 행동을 납득시킬 만한 연유를 끝없이 생각해내던 혜는 결국 이성의 논리가 고갈된 말을 중얼거렸다.

"이 모든 것이 다 색귀가 씌어 그런 것이야. 아, 아니지? 직업병이야, 직업병. 그렇지 않고서야 어디 그런……."

혜는 별안간 자리에서 벌떡 일어서며 고개를 가로저었다. 그러고는 아까의 그 '횡설수설 같은 변명'을 떠올리며 무슨 생각이 들었는지 의관을 정제하고 등불을 들었다. 그러자 얌전히 있던 현이 파드득 날아올라 혜의 어깨에 앉았다.

"현아. 분명히 내 귀한 영소 작가님께서 단단히 난 뿔이 아직 풀리지 않았을 것이야?"

그러자 현이 대답처럼 킷킷 소리를 내었다. 영물의 대구에 혜는 무슨 생각이 들었는지 앉은뱅이책상 앞에 도로 앉아 쉴 틈 없이 짧은 서찰을 단번에 쓴 후 그것을 현의 발목에 매어주며 말했다.

"가자."

색귀 탓이라, 궁색한 변명밖에 늘어놓지 못하겠지만 어쩐지 자꾸만 급해지는 마음을 어찌할 길이 없어, 혜는 잰걸음으로 글방을 빠져나왔다. 지금 영소 작가를 만나러 가지 않으면 안 될 것만 같은 조급함이 그의 황새 같은 보폭을 더욱 크게 만들었다.

집으로 돌아온 영지는 부엌 구석에 쪼그려 앉아 오만상을 찌푸리고 있었다.

'뭐? 불쾌감을 주어 미안해? 이런 천하에 쓸개 빠진 인간 같으니!'

놀림과 조롱의 대상이 되었다는 생각이 자꾸만 들자 영지는 그릇을 닦다 말고는 짚불더미를 맨바닥으로 던져버렸다. 송진 묻은 나뭇가지 끝에 대롱대롱 매달린 불빛에 보이는 그녀의 얼굴에는 노여움이 가득했다.

'칠 장난과 치지 말아야 할 장난이 따로 있지.'

영지는 이를 바드득 갈며 물 한 사발을 그대로 들이켰다. 물이 몸속 길을 타고 내려가자 열기가 아주 조금은 가라앉는 것 같았지만 성에 차지는 않았다.

"으……. 못된 인간. 그런 못된 인간을 주려고 손수건까지 만든 내 경우는 또 무엇이야?"

그녀는 짤막한 한숨을 여러 번 내쉬다가 자리에서 일어나 부엌문가로 걸어 나갔다. 그런데 마당에서부터 부엌까지 번뜩이는 눈동자가 총총총 뛰어올라 그녀를 향해 다가오고 있었다.

"현?"

영지는 어느덧 자신의 앞까지 다가온 현을 뚫어지게 바라보다가 이내 몸을 구부렸다. 영물의 발목에는 작은 서찰 같은 것이 묶여 있었다.

"너의 그 못된 주인이 보낸 것이지?"

킷킷킷. 현이 내는 울음소리에 영지는 기가 차다는 듯 콧방귀를 뀌었다.

"그냥 가. 지금은 네 주인이 미워서 네 꼴도 보기 싫으니까."

영지가 냉랭한 걸음으로 부엌을 빠져나가려고 하자 현은 날갯짓을 하며 날아오를 태세를 갖추었다.

"지금 네 몹쓸 주인을 위해서 날개를 무서워하는 내게 협박이라도 하겠다는 거야?"

킷킷킷. 현이 내는 소리에 영지는 진심으로 머리가 아파 오는 것을 느꼈다.

"주인이나 요물이나 쌍으로 나를 갖고 논다, 이것이지?"

영지는 얄미운 눈초리로 현을 바라보며 발목에 매인 서찰을 풀어 읽어보았다. 지금은 송진불 아래에 드러나는 그의 반듯한 글씨마저 미워 보였다.

영소 작가가 어디에 거처하는지 알 도리가 없으니 현을 통하여 서찰을 보내는 바. 일전에 헤어졌던 마을 어귀에서 영소 작가를 기다리고 있겠소. 감히 일국의 종친을 오랫동안 길가에 세워둘 정도로 예법을 모르는 영소 작가는 아닐 터. 어서 나오시오.

진심으로 기가 똥이 차다. 영지는 도끼눈을 뜨고 현을 바라보며 입을 열었다.

"나와라 마라……, 지금 내게 명령을 하시겠다?"

영지는 입술을 꽉 깨물더니 이내 현에게 말했다.

"먼저 가보아. 망나니라도 왕자마마시니 그 명령에 불복할 수는 없을 터. 곧 갈 것이야."

재빨리 변복을 마친 영지는 언제나처럼 부모님의 방문을 열어 자리끼 대접 옆에 산으로 기도를 드리러 가겠다는 짧은 서찰을 남긴 후 집을 나섰다. 마을 어귀에 가까워질수록 노여움인지 무엇인지 모를 감정에 가슴이 뛰었다. 멀리 나무 아래에 등불을 든 혜의 모습이 어른거렸다. 영지는 날카로운 눈빛을 한 채로 씩씩거리며 그의 앞에 섰다.

"귀하신 분께서 이 누추한 곳까지 무슨 볼일이 있으시어 걸음을 하셨습니까?"

"음……, 사과를 하러 왔으니. 영소 작가, 부디 오해를 푸시오."

"지금 오해라 하셨습니까?"

"응."

혜가 콧잔등을 손가락으로 비비며 멋쩍은 듯 말하자 그녀는 어이가 없다는 듯 말을 이었다.

"단언컨대 저는 월산군 마마께서 그런 조롱거리로 저를 삼으셨음이 불쾌하옵고, 더욱이 같은 사내가 제게 그런 장난질을 쳤다는 것이 노여우며, 마마께서 남색을 하시는 듯 여겨지어 심히 고민이 되오니. 바라옵건대 개인의 성적인 취향은 자유이나, 마마의 남색 기질에 제가 동조하기를 바라지는 마십시오."

영지는 비스듬하게 입꼬리를 올려 혜를 한껏 비꼬며 생각했다.

'하긴. 남색에 취미가 있으시다면 여인에게 양물이 서지 않음은 어찌 생각해보면 당연할 터. 그러니 고자라고 소문이 날 수밖에.'

그러자 혜가 마치 절규를 하듯이 외쳤다.

"아닐세! 나는 남색에 전혀 취미가 없으니! 정말 그것만은 오해야."

"하오시면 아까 왜 제게……!"

영지가 빽 하니 성질 돋친 말을 내뱉자 그는 한숨을 가득 담은 목소리로 대답했다.

"그냥……, 귀여워서…….."

"제가 귀엽다는……, 지금 그런 말씀을 하셨습니까?"

"그러니까……. 정확히 말하면 한 번씩 장난을 칠 때 영소 작가 특유의 그 반응이 귀엽다는 것이야. 그리고 처음에는 정말로 허옇게 굳은 침 가루가 보기 민망하여 그것을 떼어주려고 한 것뿐이고…….."

차마 '그 입술의 느낌이 말캉하여 좋았고, 보드라워 보였고, 어여뻐 보였고, 고와 보였다'라든가 '색귀가 씌었다'라는 말은 죽어도 꺼내어서는 안 될 말이었기에 혜는 말끝을 얼버무리며 영지의 눈치를 살폈다. 음란한 인형을 보러 갔을 때부터 시작된 색귀의 장난질에 다시는 감정의 타래를 휘어잡히지 않으리라 다짐을 하면서.

"그, 그러니까 무어……. 사람이 장난을 쳐도 무덤덤하니 있어야 장난치고 싶은 마음도 없어지는 것인데 영소 작가 자네는 장난질에 대한 반응이 크니 내가 골려먹는 맛이 있어……. 어이쿠, 그러니까 그게 아니라…….."

또다시 횡설수설의 시작이다. 혜는 참으로 그답지 못하게 말도 안 되는 말만 갖다 붙이는 자신의 모습에 짜증까지 나기 시작했다. 이렇게 횡설수설 앞뒤가 맞지도 않는 변명을 늘어놓다 보면 저 총명한 영소 작가의 눈에서 섬광이라도 쏘아져 나올 것만 같아 그는 황급히 입을 꾹 다물었다.

"그러니까 그깟 장난질에 반응을 크게 한 제 잘못이라, 이 말씀이시지요 왕자마마?"

"아니, 아니. 그것이 아니라……."

혜는 영지의 싸늘한 눈빛에 속으로 움찔하면서 크게 숨을 들이쉬고 내쉬며 차분하게 말을 꺼냈다.

"그러니까……."

"……."

"내가 다 잘못했다고, 영소 작가."

혜가 낮고 진중한 목소리로 듣기 좋은 울림을 다시 한 번 쏟아내었다.

"다시는 그러지 않을 테니, 그만 화 좀 푸시오."

"……."

"내가 이렇게 비는데 아무 말도 하지 않을 참이오?"

혜가 슬쩍 영지의 눈치를 살피자 영지는 느긋하게 입을 열었다. 마치 왕자고 나발이고를 떠나서 이쪽이 '갑'이라는 듯.

"자존심 하나로 먹고사는 족속들이 사내이거늘. 제가 비록 체구가 작고 마마의 말씀대로 뱁새 다리이기까지는 하나 이 못나 뵈는 몸뚱이에도 자존심만은 큰 법. 저의 상처 입은 자존심은 어찌 보상해주실 것입니까?"

"어……, 그것이…….."

혜는 미처 자신이 생각지도 못한 부분까지 파고드는 영지의 예리한 물음에 제때 말을 꺼내지 못했다. 그러자 영지가 요물마냥 웃으며 입술을 열었다. 여전히 말캉해 보이는 그 입술을.

"이번 작업의 이윤 분배. 육 대 사에서 칠 대 삼으로 변경해주신다면 이번 일은 그냥 넘어가드리겠습니다. 물론, 칠이 저의 몫이 되겠지요."

진심으로 허를 찔린 혜는 영지의 눈동자에서 맹금의 날카로움을 보았다.

"일국의 왕자마마이신 월산군 마마. 마마께서 간과하신 것이 하나 있사온데, 마마께서 이 음란한 글판에서 최고로 잘나가는 음란소설 작가이시라면 저 또한 음란한 그림판에서는 최고로 잘나가는 자입니다."

"그래서?"

"아뢰옵기 부끄러우나 마마께서는 지금 반편이에, 술주정뱅이 취급을 당하시고 게다가 얼마 전에는 고자라는 소문까지 장안에 쭉 퍼졌었지요? 거기까지야 무어, 마마의 개인적인 사생활이고 엄밀히 말하자면 '양위증'은 질병이니 종친계에 큰 흠까지는 나지 않겠으나……."

영지는 숨을 살짝 고르며 이내 말을 이었다.

"월산군 마마께서 남색을 즐기신다는 소문까지 들린다면 상황은 달라질 터. 일찍이 왕가에서도 가끔씩 동성과의 애정을 즐기시는 분들이 계셨으나 그 말로는 대부분 비참하였지요. 제가 무슨 말을 하시는지 아시겠습니까?"

"전부 다 끝까지 말해보아."

"제 청을 받아주지 않으시면 잘나신 마마의 얼굴을 꼭 닮은 자들끼리 남색 하는 그림을 온 녹월 땅에 다 퍼트릴 것입니다. 제 그림을 찾는 사람들은 은근히 그 계층이 다양하고 두터우니, 제가 만약 그런 그림을 몇 장만 그린다면 그 필사본 또한 순식간에 만들어질 테고……. 그렇다면 마마께서는 참말로 녹월의 이름에 먹칠이 아니라 똥칠을 하시게 될 것이 자명합니다."

"……."

"그렇다면 무어, 김익선이가 시원하게 엿 한 방을 먹고 뒷목잡으며 쓰러지기 전에 어쩌면 이(李)가의 종친들이 먼저 뒷목을 잡고 쓰러질 수도 있는 것이 아니겠습니까? 그야말로 마마께서는 임금님의 핏줄을 타고난 희대의 이단아가 되는 것이지요."

영지의 말을 가만히 듣고 있던 혜는 이내 엷게 웃으며 입을 열었다.

"그러니까 영소 작가는 지금 나를 협박하는 것이로군?"

"협박이 아니라, 상처 입은 자존심에 정당한 치료비를 요구하는 것입니다."

영지가 싱긋 웃기까지 하자 혜는 은근히 기가 찼다. 역시나 이 뱁새 다리를 한 동업자는 그 하는 꼴이 아니 귀여울 수가 없었다.

"그래. 그러면 계약서를 새로 작성하면 되는가? 칠 대 삼. 딱 거기까지만일세."

"마마. 그럼 여기서 바로 다시 쓰도록 할까요? 종이와 붓과 먹은 이미 충분히 봇짐 안에 준비되어 있고 지장을 찍을 때 필요한 붉은 안료 또한 넉넉하옵니다."

"아니. 여기는 좀 그렇고. 내 영소 작가에게 진심을 담아 사과하는 의미로 보여줄 것이 있네. 하절의 더위에 이만한 곳이 없을 것인데……. 기대하게. 가지, 영소 작가."

혜는 영지의 손을 덥석 잡으며 어디론가 그녀를 데려갔다. 영지는 혜를 따라가면서 은근슬쩍 한숨을 내쉬었다. '갑'인 듯 의기양양하게 소리쳤지만 사실은 그 가슴 결이 발발발 떨리었다는 것은 아무도 모를 그녀 혼자만의 속내였다.

六章. 첫발을 들인 밀실(密室)에서

이름 모를 하절의 풀벌레들은 산속의 서늘한 밤공기와는 반대로 경쾌하고 낭랑한 소리를 뱉어내고 있었다. 낮에는 햇살을 받아 초록빛을 뽐내었을 법한 무성한 나무들은 어둠의 하늘빛을 받아 짙고 까만빛을 뿜어내고 있어서 그런지 음침한 기운은 사방에 그득했고, 어스름이 깃든 밤 구름은 얄밉게도 달빛까지 가려 혜가 들고 있는 등불만이 오직 밝게 빛나고 있었다.

은밀하게 춘화를 의뢰받고 그림을 그리러 다니는 일을 시작한 이후로 영지는 변복 차림을 한 채 밤중에 돌아다니는 날이 지극히 많아졌지만, 아직 이렇게 음침한 곳은 낯선지라 마음 한구석에 두려움이 스며드는 것을 막을 방도는 없었다.

마음에 스며드는 두려움의 크기가 점점 커지자 그녀는 저도 모르게 잡은 혜의 손을 더욱 꽉 붙잡았다. 그러자 그가 잠시 뒤를 돌아보더니 그녀를 잡아 끌어주며 낮은 목소리로 말했다.

"조심하게 영소 작가. 낮에야 모르겠지만 밤에는 발이 안 보여 미끄러질 수도 있고……, 산 뱀도 나타날 수 있으니."

"뱀이라고요?"

영지는 깜짝 놀라 자지러질 듯 큰 소리를 지르며 자유로웠던 한 손으로 혜의 도포 자락을 꾹 붙잡았다. 순간 잠잠하던 산새들이 영지의 날카로운 소리에 놀라서 푸드득 무리지어 날아올랐다.

"으왓!"

자신의 머리 위로도 검은 형상의 새 서너 마리가 날아가자 영지는 비명도 뭣도 아닌 소리를 내질렀다. 새 공포증. 엄밀히 말하면 '날개를 편 새에 대한 공포증'이랄까.

그 모습을 빤히 바라보던 혜는 손을 풀어 그녀의 손을 틀어쥐듯 도로 꽉 잡더니 슬쩍 웃었다.

"아. 맞아. 영소 작가는 뱀보다도 새에 대한 공포증이 있었지. 그러면 여기서는 그런 비명 따윈 지르지 말아. 곤히 잠든 저들을 깨웠다가는 저들이 깜짝 놀라 날아가면서 그 머리통 위에 새똥을 지릴 수도 있으니."

혜가 약을 올리듯 말하자 영지는 입술을 삐죽였다. 그래도 그의 도포 자락을 잡은 손을 놓을 맘은 없었다. 이곳은 그녀에게 있어서는 완전히 초입길이고, 무척 어둡기도 했으며 또한 새까지 많은 곳이었으니까.

'흥. 저놈의 못된 주둥이 같으니. 저리 잘난 모양을 타고 났으면 말도 어여쁘게 해야 할 것인데……. 언젠가는 현을 꼬여 내 편으로 만들어서는 그 부리로 제 주인 주둥이를 벌집 쑤신 듯 만들어놓으라 이를 테야.'

영지는 입술 한쪽을 씰룩거리며 그를 따라갔다. 도대체 그가 보여준다고 하는 것은 무엇이기에 이 밤에 이리도 어려운 발걸음을 재촉한단 말인가?

'따라나선 내 이 발바닥이 문제지.'

영지는 발바닥 탓을 무던히도 하면서 새똥에 참변을 당하는 상상, 뱀에 물리는 상상 등 온갖 상상을 다 하면서 걸음을 옮겼다.

세상에 이런 곳이 있었다니.

영지는 두 손으로 자신의 입에서 터져 나오는 감탄을 가리며 눈앞에 펼쳐진 아름다운 광경을 홀린 듯이 바라보았다. 호수라고 하기에는 약간 부족한 넓고 얕게 퍼진 물웅덩이. 그곳에 고고하게 쏟아지는 폭포수는 구름을 벗 삼은 반쪽짜리 달빛을 받아 맑고 흰 물방울의 향연을 뿜어내고 있었다. 세상의 온갖 것을 다 씻어 내릴 듯 쏟아지는 그 투명한 폭포수의 앞으로 수백 마리가 됨직한 반딧불이가 그 꽁무니에서 황금빛 불등을 만들어내고 있었다. 그 찬란한 황금빛 불등은 넓은 수면에 반사되어 그야말로 아찔한 장관이 따로 없었다.

태어나서 한 번도 보지 못했던 그 아름다운 장관에 영지는 황홀경에 취한 듯 입도 다물지 못하고 그 자리에 못이 박힌 것처럼 서 있었다. 그러자 그가 그녀의 주의를 환기시키려는 듯 말을 건넸다.

"참, 아름답지 않은가 영소 작가."

"……예, 참으로 아름다운 모습입니다."

"그래. 참으로 아름다운 절경이지."

'죽어서야 만날 수 있는 그 사람에게 못 보여준 것이 원통할 만

큼.'

혜는 잠시 옛사람을 떠올리며 쓰게 웃더니 이내 입가에 미소를 띠며 말했다.

"이것만으로 놀라기에는 아직 그 때가 이르지. 자, 이쪽으로."

영지는 그가 이끄는 대로 살며시 발걸음을 옮겼다. 이보다 더 아름다운 장관이 또 있을 수 있을까. 맘속으로 내심 기대를 하면서 말이다. 혜는 그런 그녀의 마음을 어느 정도 읽었다는 듯 말을 건넸다.

"이곳 장관보다도 더 놀랄 만한 장관이 무엇인지 궁금하지 않은가, 영소 작가?"

"궁금합니다, 마마."

"분명히 턱이 빠질 정도로 정신을 쏙 빼놓을 만한 곳인데. 영소 작가, 그곳이 그쪽의 마음에 쏙 들 만큼 기이하다면 그 이윤 분배 계약서 말이야. 육하고 절반, 삼하고 절반 어떤가? 물론 자네 몫이 육하고 절반이지. ……솔직히, 칠 대 삼은 좀 너무하네. 나도 내가 계획하고 벌어야 하는 예상 정도가 있는데 말이야."

그가 멋쩍게 웃으며 말하자 영지는 입술 끝을 씰룩거리다가 이내 슬쩍 웃었다. 저 능글맞은 왕자마마의 태도란……. 솔직히 지금의 이 멋들어진 장관을 본 순간 왕자마마의 버릇없는 농간에 대한 울분은 어느 정도는 상쇄된 상태였다. 화가 누그러든 그녀는 웃는 입술 끝에 장난 같은 말을 걸었다.

"앞으로 제게 보여주실 곳이 턱이 쏙 빠질 만큼 기이한 절경이라면 무어, 육하고 절반, 한번 고려는 해보도록 합지요."

"그래? 분명히 약조한 것이야?"

영지의 소매를 붙잡아 그 뱁새 보폭을 독려하던 혜는 희고 가지런한 잇새를 드러내며 싱긋 웃었다. 구름에 가렸던 달빛이 그 색을 찬연히 내뿜는 순간 달빛을 받은 그의 미소가 그녀의 마음을 또다시 두근거리게 만들었다.

아아, 어찌하여 저 천진한 아이처럼 웃는 미소만 보면 심장 한편이 덜컥거리는 것일까. 영지는 덜컥거리는 가슴 결을 한 손으로 짓누르듯이 매만지며 마른침을 삼켰다. 저 옴폭 팬 볼우물에 또다시 손가락을 담가보고 싶은 충동이 일었다. 서늘한 산의 밤공기였으나 천 안에 꽁꽁 감추어진 얼굴에서는 화톳불이라도 지펴진 듯 더운 열기가 일었다.

'윤영지. 너 이 몹쓸 것. 얼굴에 열은 왜 오르는 것인데? 네가 정녕히 미치지 않고서야……'

그녀는 차마 그 가슴 결에 새길 수 없는 뒷말을 꾹 참으며 걸음을 옮겼다. 딱 거기까지만 생각하리. 천민이 되어버린 주제에 감히 왕자마마께 그런 불충한 맘을 품을 수 있을까. 그것은 설령 반가의 규수라 할지라도 쉽게 품지는 못할 감정일지니. 영지는 자꾸만 자신의 가슴 결 사이사이에서 툭툭 올라오는 그 망측하고 불경한 여인네의 몹쓸 감정을 꾹꾹 밀어 넣으며 도리질 쳤다.

그녀가 자신의 감정을 애써 억누르는 사이, 두 사람은 폭포수의 바로 옆에까지 당도했다. 그는 앞으로 손을 내밀며 마치 마주 선 동업자를 성지 안으로 초대하는 듯 속삭였다.

"처음이오. 나의 밀실에 누군가가 그 걸음을 들인 것이."

그 말에 영지는 마치 자신이 '이 사내의 특별한 누군가'라도 된 것만 같은 기분이 들었다. 저도 모르게 그를 향해 내밀어진 손을 그가 가볍게 맞잡은 순간, 두 사람의 손길 사이로 황금빛 반딧불이 한 마리가 가두어졌다. 그래서였을까. 가볍게 맞물린 손가락은 뜨겁고 밝은 빛으로 번득거렸다.

"진심으로 환대하오. 나의 소중한 영소 작가."

폭포수 바로 뒤편에 감추어진 밀실이라 불린 동굴은 사람의 온기가 남아 있어 그 느낌이 이채로웠다. 현은 혜의 어깨 위에서 파드득 날아올라 익숙한 듯 동굴 위편의 틈 사이로 그 작은 몸을 밀어 넣었다.

영지는 현을 따라 올린 시선을 점점 아래로 옮기며 자연이 만든 경이로운 아름다움을 눈에 담기 시작했다. 위아래로 종유석이 아름답게 그 공간을 채우고 있었고 아름드리나무만 한 폭만큼의 물웅덩이 안에는 작은 고기들이 즐겁게 노닐고 있었다.

동굴 벽 사이사이에 수많은 권수의 서책들이 꽂혀 있는 천연의 책장은 사람의 손길이 닿은 책장과는 달리 기이하고 이색적인 분위기를 풍겼으며 밀실의 출입구를 자연스레 막은 폭포수는 은밀한 발처럼 두 사람의 모습을 꽁꽁 감추고 있었다.

그야말로 자연이 만들어준 천연의 밀실. 공간 사이사이를 동동 떠다니는 반딧불이의 금빛 꼬리만이 천연의 밀실을 듬성듬성 밝혀주었다.

"……이런 곳이 있을 수가 있습니까?"

영지가 띄엄띄엄 말을 잇자 혜는 그 손을 잡아 이끌어 보드랍게 무두질이 된 넓은 가죽 깔개에 그이를 앉히며 입을 열었다.

"내가 이 산에서 한낱 산골도령으로 살 때에……. 그래, 예닐곱 살쯤 먹은 무렵이었지. 그때에 어머니와 함께 약초를 캐다가 청설모에 눈길을 팔아 한번은 길을 잃은 적이 있었거든. 그때에 이리저리 헤매다가 우연하게 발견한 곳이 이 밀실이지. 나는 이 아름답고 은밀한 공간이 무척이나 맘에 들어 그때부터 십 년이 훨씬 넘는 지금까지도 종종 걸음을 하고 있다네."

혜는 동굴 한쪽 벽면에 쌓아둔 마른 장작에 등불의 불을 옮겨붙이며 말을 이었다. 장작에 불이 적당히 옮겨 붙자 서늘한 공간에 적당한 온기가 스며들었다. 알랑알랑 일렁이는 장작불의 발그레한 기운은 키가 큰 혜의 그림자에 까만색을 더욱 덧입혔다.

"특히나 지금 같은 하절이면 종종 와서 더위를 까맣게 잊곤 했지. 오히려 이렇게 장작불을 지펴야만 고뿔에 걸리지 않을 참이니……. 어떤가, 영소 작가. 참말로 기이한 곳이 아닌가?"

혜의 물음에 영지는 가만히 고개를 끄덕였다. 그러자 그는 그녀의 옆에 털썩 앉으며 말을 이었다.

"더운 날도 날이겠지만, 아무것도 생각지 않고 싶을 때 나는 이곳을 종종 찾았다네. 아픈 일도, 슬픈 일도, 힘겨운 일도……. 난 이곳에 발을 들이기 전에 그런 마음의 짐들은 모두 저 폭포수 밖에다 내려놓곤 하지."

혜는 주마등처럼 눈앞을 스쳐가는 일들을 떠올리다가 이내 개구진 아이처럼 웃으며 대뜸 긴 팔을 영지의 어깨에 둘렀다.

"왜 그러시는 것입니까?"

영지가 화들짝 놀라자 혜는 아무것도 아니라는 듯 시큰둥하게 대꾸했다.

"사내들끼리 어깨동무도 못 한다는가?"

"어깨동무요?"

"그래. 어깨동무. 의리와 벗의 정을 나눈 사이끼리 친밀하게 할 만한 행동을 무에 그리 화들짝 놀라시나? 그러지 말고, 자아. 이렇게 편하게 기대게. 여기 이렇게 기대기 좋도록 내가 얼마나 공을 들여 이 벽을 판판하게 다듬었는데."

혜는 뻣뻣한 영지의 몸을 두 팔로 끌어 잡아당기며 그 몸을 벽에 기대게 했다. 물론, 어깨동무라는 말로 영지의 어깨에 걸쳐진 단단한 팔은 빼지 않은 모양새라. 당황스럽게도 영지는 마치 혜의 어깻죽지에 머리를 기대고 그 더운 숨결을 느끼는 자세가 되어버렸다. 덕분에 그녀의 온몸에는 힘이 가득 들어가서 목뼈와 어깻죽지가 나무 장작처럼 경직되었다.

이걸 어쩌나. 이 일을 어찌하면 좋을까.

왕자마마의 단단한 팔은 슬쩍 힘을 빼고 머리를 기대기에 참으로 강인했다. 그 잘난 얼굴 아래에서 적당한 간격을 두고 움직이는 목울대의 느낌도 영지에게는 너무나 선명하게 다가왔다. 힘줄의 팔딱대는 느낌하며 더운 숨결에서 은근히 맡아지는 먹과 종이 냄새까지. 그 어느 하나 영지의 맘을 그냥 편히 내버려두는 것이 없었다.

오히려 그 모든 것들이 새처럼 여리고 작은 가슴팍을 옴짝달

싹 못하게 쥐어트는 것만 같아 영지는 저도 모르게 옅은 숨을 내뱉었다. 그러자 혜의 다른 쪽 손이 그녀의 오른쪽 관자놀이를 유연하게 매만지며 자신의 어깨 쪽으로 자연스럽게 이끌었다.

"힘 빼고. 편하게 기대어 가만히 눈을 감아보아. 분명히 영소 작가도 내려놓고 싶은 무언가가 있겠지. 그런 것이 없는 사람은 세상에 없을 터이니……."

나른하고 낮은 목소리에 그녀는 서서히 몸에 깃든 뻣뻣함을 풀어내었다. 천천히 혜의 어깻죽지에 머리를 기대니 그 힘줄의 움직임이 따스해서 절로 눈이 감겨졌다.

"머리 아픈 것도 잊고, 힘든 것도 잊고, 그리운 사람도 잊고……."

"……."

"눈을 감고 소리를 들어보아. 물 떨어지는 소리. 고기떼 움직이는 소리. 폭포수가 우레처럼 쏟아지는 소리. 그리고 마음이 말하는 소리를."

주문 같은 그 말에 영지는 순간 콧잔등이 시큰해지고 눈물이 핑 돌 것 같은 기분에 빠져들었다. 몸에 지독한 병이 든 부모님. 그 안타까운 삶의 무게를 온전히 지탱해야 하는 자신의 처지. 그리고 죽어서야 볼 수 있는 오라버니에 대한 절절한 그리움이 감은 눈앞을 스치듯이 지나고 사라졌다.

그러자 마음결에는 어느새 고요와 편안함이 몰려들었다. 혜의 목소리는 마치 술사의 주술이라도 깃든 듯 따뜻하고 보드라워 영지는 찰나에 모든 것을 다 내려놓고 그저 옆 사람의 온기에 맘을 기대었다. 그때 어디에선가 수줍음이 가득 깔린 고요한 울림이 그녀의 귓가에 시내처럼 흘러들었다.

푸른 새순처럼 작고 올망졸망한 마음의 울림을 애써 무시하려는 듯 영지는 혜의 겨드랑이 아래로 자꾸만 머리를 밀어 넣었다. 귓가로 흘러드는 간질간질한 속삭임은 듣고 싶지도 않고, 알고 싶지도 않은 맘속 깊은 곳의 울림이 분명했기에 그것을 거부하려는 그녀의 움직임은 더욱 깊어졌다. 하지만 울림소리는 정확하게 그녀의 귓가를 파고들었다.

'좋잖아.'

그 단순한 울림에도 그녀의 몸은 부르르 떨려 왔다.

'이 사람이 좋잖아.'

마음이 말하는 그 소리에 그녀의 미간에 생긴 옅은 주름은 마치 어떤 외침을 격렬하게 내뱉듯이 꿈틀거렸다. 아니라고. 그런 소리 하지 말라고. 계속 자신의 마음을 향해 그녀는 소리 없는 외침을 내었다. 그러자 또 다른 소리가 들려왔다.

'거짓말. 이 사람이 좋잖아. 이혜 마마가 좋잖아. 그 목소리도, 그 개구진 행동도, 웃을 때 쏙 들어가는 볼우물도, 그의 땀방울 하나까지라도 모두 다 좋잖아. 어느 샌가 좋아져버렸잖아. 자꾸만 같이 있고 싶고, 궁금하고……. 그러지 않고서야 아무리 돈이 궁하다 한들 이 야밤에 잠자는 시간까지도 쪼개가면서 매일같이 그를 위한 일을 할 수 있었겠어? 위험까지 수반된 일을?'

영지는 그 목소리에 입술을 꽉 깨물었다.

'못 전해줘서 속상하잖아. 그 손수건, 언젠가 기회가 되면 꼭 전해

드리고 싶어서 가슴 곁에 늘 품고 다니는 것이잖아?'

순간 손수건이 품어진 자리가 뜨거워졌다. 어떻게 이 뜨거움을 이해하려고 노력해야 할까. 그러나 영지는 뜨거움을 이해하려는 노력 따위가 필요 없음을 곧 깨달았다. 뜨거움은 곧 아픔으로 변해버렸기 때문에.

아픔이 피어난 자리에 눈물이 차올라 영지는 다문 입술에 힘을 주며 감정의 고조를 억눌렀다. 어스름하게 물기가 번진 감은 눈앞에 다시금 늙고 병든 부모와 죽은 오라비의 얼굴이 떠올라, 이미 온몸에 따스하게 퍼져 나간 혜의 온기가 물먹은 솜처럼 무겁게 다가왔다.

누군가를 마음에 품는다는 것은, 누군가에게 연심을 가지며 살아간다는 것은 그녀에게 있어 지나친 사치였다. 당장에 생을 연명하기 위해 음화 따위나 그리는 비루한 목숨에게 연심을 품는다는 것이 가당키나 할까.

'내가 없으면 아버지와 어머니는……. 이제 겨우 자리 잡게 된 이 삶은……. 그리고…….'

어찌 감히 귀하디귀하신 이분을 마음에 품을 수가 있을까. 어떻게 감히 오물이 낭자한 이 삶을 이분의 곁에 비벼대며 살 수 있을까.

영지는 저 깊은 곳에 눌러두었던 삶에 대한 환멸감이 솟아나자 절로 이가 악물리는 것을 느꼈다. 마음 깊은 곳에 고이 감춰둔 진심에 다가서면 다가설수록 자신에게 주어진 현실은 너무나도 미미했고 보잘 것이 없었다.

그 진심은 마치 너무나도 맑은 물 벽 같았고 거울 같기도 해서 그녀 자신이 그에 비해 얼마나 보잘것없고 초라한 존재인지를 잘 알려주었다. 그러나 더욱 참을 수 없는 것은, 닿을 수 없고 가질 수 없는 것을 소원하는 이 갈망이 언젠가 자신의 가슴에 큰 상처를 남기리라는 사실.

함께 있었음에 행복했던 오라버니를 잃은 슬픔과 아픔은 훗날 혜와 함께하는 시간의 종점에서도 느끼게 될 것이다. 사랑하는 사람을 떠나보내야 하는 아픔을 누구보다도 잘 알고 있는 영지에게 혜를 연모한다는 것은 연심을 가장한 아픔일 뿐이었다.

'더 이상 아프고 싶지 않잖아 영지야. 누군가와 비교당하며 비참함을 느끼고 싶지도 않고. 너의 진심은 그저 아픔이 될 뿐이야. 너도 잘 알고 있잖아. ……그만 아프자. 더 아플 일 따위 만들지 말자. 그냥 지금의 이 마음은, 춘정일 뿐이야. 새털처럼 가벼워서 어느 순간이 오면 훨훨 날아가버릴 봄의 마음.'

봄이 지나면 언제 그랬냐는 듯 곧 사라지고 없을 그런 소모적인 감정.

자신의 진심을 향해 정확하게 선을 긋고 결론을 내린 영지는 꼭 감은 눈을 천천히 뜨며 자리에서 일어나려 바닥을 짚은 팔에 힘을 주었다. 그러자 그가 그녀의 행동을 저지하며 느긋하게 입을 열었다.

"왜……."

영지는 그의 느긋하고 담백한 목소리에 휘말리지 않으려 오히려 급한 것이라도 생각이 난 듯 고조된 목소리를 내었다.

"……저, 저기! 그, 급한 용무가 생각이 났습니다."

"무엇이?"

"엇, 음……. 그, 그렇지요! 마마, 우리 그것을 써야 하잖습니까?"

"무엇……, 아, 계약서 말씀이신가?"

혜의 말에 영지는 진심으로 반가운 듯 고개를 끄덕였다. 그러자 그는 고개를 좌우로 저으며 별안간 그녀의 몸을 가죽깔개 위에 뉘었다.

"윽! 이, 이게 무슨 행동……!"

영지가 깜짝 놀라 몸을 바동바동하며 발버둥을 치자 그는 대수롭지 않다는 듯 말을 꺼냈다.

"자."

"예?"

"자라고."

"그게 무슨……."

영지가 눈을 깜빡이며 자꾸만 되묻자 혜는 한편에서 가죽 담요를 들고 되돌아와 작은 몸에 담요를 덮어주며 대답했다.

"사실 잠에 들 시각은 애초부터 지나지 않았던가. 갑자기 머리가 몽롱하고 나른한 기운이 몰려오는 것이 굉장히 피곤해. 이제는 눈을 좀 붙이고 싶단 말일세. 자네도 사람이니 슬슬 잠이 올 때도 되지 않았겠는가?"

그 말을 끝으로 혜는 영지의 바로 옆에 벌러덩 누웠다. 그러자 그녀는 반대로 몸을 일으켜 가죽 담요 바깥으로 도망치기 위해 애를 썼다. 그러나 혜는 다시금 그녀의 몸을 담요 안으로 끌어당기며 심드렁하게 말했다.

"한 벌밖에 없어. 깔개도, 담요도. 아무리 장작불을 피워놓았다 한들 어둠이 짙게 깔린 산의 공기는 추운 법. 그냥 자다가는 크게 고뿔이 걸릴 수 있으니 그냥 좀 누워서 자면 안 되겠는가?"

"하오나⋯⋯."

"감히 종친의 곁에서는 잠을 청할 수는 없다든가, 이 깊은 밤에 홀로 산길을 내려가겠다든가 하는 대답은 딱 사절일세. 종친은 곧 백성을 내 몸같이 사랑해야 하는 법이니. 이 곁, 가장 가까이에 있는 이 나라의 백성이 고뿔에 들도록 내버려둔다면 나는 종친의 직위를 내려놓아야 할 참이고. 영소 작가가 혼자 산길을 내려가다가 큰 참상이라도 당한다면 그것 또한 백성을 내 몸같이 사랑해야 할 종친의 직분에 평생토록 깊고 큰 멍에를 지우는 꼴이 될 것이니. 그대 나의 몸처럼 사랑하는 백성, 영소 작가. 부디 '하오나, 하지만, 어쩌고저쩌고' 하는 쫑알거림일랑은 그만두고 어서 잠이나 주무시지 않겠는가? 내 이렇게 부탁하오."

그 당돌하기도 하고 똑 부러지기도 하고 어디 하나 꼬집어낼 틈도 보이지 않는 일사천리 만사형통 같은 말에 영지는 더 이상 어떤 대꾸도 할 수가 없었다. 하지만 그녀가 아무런 대꾸를 할 수 없는 이유는 그것 말고도 따로 있었다.

그대 나의 몸처럼 사랑하는 백성이라니. 그 말이 얼마나 동업자의 가슴에 불길을 내고 있는지 그는 알고 있기나 할까.

「그대 나의 몸처럼 사랑하는 백성⋯⋯.」

큰일이다. 아무 말도 아닌 장난일진대 그 말 한 줄에 꾹꾹 밀어 눌러두고 선을 그어둔 진심이 또다시 미칠 듯이 울렁거려 왔다. 영지는 하는 수 없이 슬쩍 돌아누워 가죽 담요 깃을 꾹 붙잡으며 생각했다.

'어쩌자고 마마께서는 이런 말씀을 하시는 것인가.'

영지는 한숨을 쉬었다가 슬쩍 뒤척대기도 하며 갈피를 못 잡는 맘을 진정시키려고 안간힘을 썼다. 그때 낮은 목소리가 동굴의 울림을 타고 귓바퀴에 흘러들었다.

"계약서는 걱정하지 마오, 영소 작가. 내일 아침에 새로 써줄 터이니. 허면 그쪽이 육하고 절반, 내가 삼하고 절반하기로 하는 것이지?"

"……예. 마마."

영지의 다 기어들어 가는 목소리에 혜가 나지막이 웃었다.

"혹, 내가 예상하는 내 몫의 이상이 거둬들여진다면 내게 필요한 정도 빼고는 다시 영소 작가에게 드릴 터이니 그리 서운해하진 말고."

"되었습니다. 계약은 계약이니. 남은 돈으로는 떡을 사 드시든, 옷을 지어 입으시든 마음대로 하십시오."

영지는 맘 길을 추스르려는 듯 애써 낭랑하게 대꾸했다.

"하여튼 영소 작가 자네는 참 유쾌한 사람이야."

혜는 웃으며 말을 하다가 곧 잠을 얹어주려는 듯 영지의 눈가에 보드랍게 손을 얹었다. 촘촘한 누더기를 타고 넘어 전해지는 따뜻한 온기가 참말로 정겨워서 영지는 저도 모르게 눈꺼풀을 닫왔다.

"이제 푹 자게. 아침에 때가 되면 현이 깨워줄 것이니."

"아핫! 제발 그렇게 거칠게는……!"

씨실과 날실들만 겨우 남은 속곳은 그 끈과 함께 여인의 허리춤에
남아 있었다. 이제는 후궁의 몸이 된 홍심은 젊은 상선의 다부진 어
깻죽지에 이를 박으며 흥분의 소리를 질렀다. 임금의 여인. 그 은밀
한 꽃을 마치 자신의 꽃처럼 마음껏 농락하고 희롱하던 젊은 상선은
분홍빛 젖꼭지를 꼬집듯 비틀며 으르렁거렸다.

"이 젖꼭지를, 음부를, 이 살결을, 이 냄새를……, 모두 그 늙은 임금
에게 바치니 좋으셨습니까? 그 늙어 힘도 들어가지 않았을 육봉을
이 꽃 속에 머금으시니 기분이 좋으셨습니까?"

분명히 젊은 상선은 후궁 예비명부에 홍심의 이름을 올린 적이 없었
다. 하지만 간혹 임금의 씨를 잉태하기에 적절한 하급 양반 가문 출
신의 궁녀들은 대비의 명을 받아 후궁의 첩지를 받곤 하였는데, 홍
심도 그중의 하나였다.

어찌 되었든 후궁의 첩지를 받은 후 임금의 늙고 허연 씨앗을 그 몸
뚱이 깊숙한 곳에 받아들였던 몸. 홍심은 더 이상 젊은 상선과 정을
통하면 아니 될 위치에 올랐다. 그러나 그녀는 젊은 상선을 다시 찾
을 수밖에 없었다.

임금의 검버섯 핀 늙은 몸은 사내의 구실을 제대로 행하지 못했다.
홍심은 제 더운 입술로 축 처진 임금의 음낭과 버들가지처럼 가늘어
잘 서지도 않는 음경을 수천 번이나 빨아 올려 그 목구멍과 양 볼이

얼얼해질 정도로 용을 써댔다. 그리고 잠시간 겨우 선 그 힘없는 임금의 육봉을 제 꽃 속에 머금고 서너 번만의 박음질을 했을 뿐이다. 아니, 그저 담금질을 한 후에 맥없이 사정액을 흘려버린 이가 제 낭군이자 이 나라의 군주였을 뿐이었기에 그녀는 어느 순간부터 자신의 젊고 탱탱한 몸을 주체할 수 없게 되어버렸다.

"아니, 아니야. 전혀, 전혀 좋지 않았어, 관영아."

흐느끼듯 홍심은 처음으로 젊은 상선의 이름을 입에 머금었다. 한때나마 양반의 명맥을 유지하고 살던 홍심의 어린 시절, 그녀의 곁에는 콧대 높은 양반 가문의 핏줄이었으나 그 어미의 출신이 미천하여 한낱 서얼로서 손가락질 받을 수밖에 없었던 관영이 늘 그림자처럼 존재했다.

멋모르던 철부지 시절, 소꿉놀이를 하며 어울렸던 어린 관영을 떠올린 홍심은 눈물이 핑 돌았다. 그나마 서얼이었던 관영을 귀애하던 그의 부친은 종종 관영을 데리고 홍심의 집 사랑방을 드나들곤 했다. 그러면서 놀이 친구로, 오라버니로 홍심과 친분을 맺었던 그는 그녀에게 있어서 가장 소중한 기억의 조각에 새겨진 사람이었다.

"관영아. 관영 오라버니. 제발 다정하게 대해줘."

홍심은 관영의 몸에 매달리며 울듯이 말했다. 그러자 그 검은 음부 안쪽에 들어찼던 손가락 세 개가 쑥 하고 빠져나갔다. 그 날카로운 느낌에 홍심은 한순간 숨을 헉 하고 들이마셨고 관영은 자신의 손가락에 맺힌 홍심의 희뿌연 액을 느긋하게 혀로 핥으며 입을 열었다.

"자. 내 것도 핥아봐. 한껏 빨아 올려보라고."

관영은 홍심이 늙은 임금의 음낭과 음경을 빨아 올리던 모습을 떠올리며 독귀 같은 음성을 내뱉었다. 후사가 절실했던 늙은 임금은 중전이고 후궁이고 모두 그 길한 시각과 길한 체위를 점지 받아 합방했다. 하여 관영은 상선으로서 임금과 그 용체를 모시는 여인이 길한 시각에 길한 체위와 적당한 시간 동안 합방을 유지하는지를 면밀하게 살펴야만 했다.

관영은 홍심의 붉은 입술이 늙은 임금의 다 죽어가는 그것들을 빨아 올리는 모습을 떠올리며 마음속에 솟는 분함을 참을 수가 없었다. 마음 같아서는 당장이라도 그 합방실에 쳐들어가 늙은 임금과 홍심의 목을 둘 다 졸라버리고 싶었을 정도로 지난밤 그의 분함은 크고 깊었다.

언제나 내 것이라 생각했고, 언젠가는 내 여인이 될 수 있을 것이라 생각했다. 늙은 임금께서 궁 안의 젊은 나인들이 평생 임금만 보고 늙어가는 것을 안타깝게 여기어 조만간 날을 잡아 어린 나인들을 선발하여 다시금 집으로 돌려보낼 것이라고 했다. 그래서 더욱더 관영은 희망을 접지 않았다.

'너를 나인 방면부에 올리려 하였는데…….'

관영은 그렇게 방면된 홍심을 찾아 혼례를 올리려 했다. 비록 아이는 가질 수 없었으나 양자를 들여 오순도순 어여쁘게 일가를 꾸려 살고 싶었다. 헌데 홍심이 왕의 여인이 되어버렸으니. 관영은 하루가 다르게 광인처럼 변해가며 홍심을 붉은 핏줄이 선 눈으로 바라보게 되었다.

"빨아. 그리고 세워서 네 음부 깊숙한 곳에 담가봐."

그러자 홍심은 뜨겁고 붉은 입술로 관영의 음경을 목구멍까지 담았다. 그 잘린 음낭 자리가 많이 아프고 안타까워 홍심은 그곳을 하얀 손가락으로 어루만지며 과거의 기억을 떠올렸다.

가문이 몰락한 후 이 사람 저 사람들은 홍심을 종종 더러운 눈으로 바라보곤 했었다.

아직은 어린 홍심에게 '기녀가 되지 않으련, 동녀가 되지 않으련, 나이 많은 초시댁 첩으로 들어가지 않으련?' 그런 더러운 말을 해대던 사람들을 물리쳐주고 위로해준 이가 관영이었다. 그러나 부모의 원대로 궁의 나인이 되면서 홍심은 한동안 그를 잊고 살았다. 그가, 자신의 음낭을 스스로 거세한 후 내관이 되었다는 것은 전혀 알지도 못한 채.

"하아⋯⋯. 더, 더 세게⋯⋯."

관영은 고통스러운 쾌락을 느끼며 홍심의 머리타래를 비틀었다. 언젠가는 궁에서 이 아이를 빼내려 했던 그 마음이 이루어질 수 없는 원이 되고 종결에는 깊은 한으로 남아버렸다.

이룰 수 없는 그 맘이 비통할 만큼 진한 한으로 모아져 관영은 홍심의 뒤통수를 거세게 잡아 자신의 그곳에 박듯이 비볐다. 까칠한 음모가 홍심의 고운 얼굴에 사슬처럼 거칠게 내려앉았다. 순간 관영의 눈물이 툭 하고 그녀의 가르마 위로 떨어졌다.

아아, 이 일을 어찌하면 좋을까. 이 서러운 사람들을 어찌하면 좋을까.

깊은 밤, 하늘에 뜬 달빛이 순간 두 사람의 머리맡에 내려앉았다. 관영은 홍심의 뒤통수를 압박했던 손을 풀었다. 그러자 홍심이 고개를 들어 관영의 눈을 바라보았다.

눈과 눈이 마주친 순간. 눈물이 흐르는 그 눈동자들이 서로의 마음을 깊이 관통하듯 바라본 그 순간. 두 사람의 얼굴이 처음으로 온전히 보였다.

관영의 얼굴은 혜와 같았고, 홍심의 얼굴은 영지의 고운 얼굴과 같았다.

"⋯⋯!"

영지는 깜짝 놀라 아득한 꿈에서 깨어났다. 두 손으로 온몸을 만져보니 다행스럽게도 꿈속의 홍심처럼 발가벗은 상태는 아니었다. 그녀는 터져 나올 듯이 뛰어대는 가슴 결이 진정되지 않음을 느끼다가 이내 얼굴이 벌게져서는 바지춤에 손가락을 슬그머니 넣어 다리 사이를 만져보았다. 속곳 가까운 부위에서 끈끈한 액이 묻어나 손끝에 이슬처럼 맺혔다.

'망측하게!'

영지는 불온한 꿈을 꾼 것도 모자라 망측하게도 몸의 액까지 흘려버린 자신의 모습에 황당하고 경망스러운 마음을 감출 수가 없었다. 처음이었다. 이런 꿈을 꾸면서 몸을 덥혀버린 것은.

솔직히 더워진 여체에서 끈적한 것이 흐르는 것도 실제로는 처음 겪는 일이었다. 춘화를 그리면서 몇 번 접한 삼류 음서나, 혜가 준 '침방나인과 상선의 은밀한 접붙임'에서도 몸이 더워진 여인이 액을 흘려보낸다는 대목은 수도 없이 나오긴 했다. 그래도 그건 그냥 글로써 읽는 것이었을 뿐, 실제로 꿈을 통해 몸이 더워져 글 속의 여인네들처럼 액을 흘려보낸 것은 처음이다.

영지는 손바닥으로 뺨을 세차게 때리며 정신이 얼른 들기를 간절히 소원했다.

'한동안 안 꾸다가 왜 또 꿈속에 번뜩 나타난 것인지. 그놈의 침방나인과 상선의 은밀한 접붙임……'

영지는 옆에서 세상모르게 자고 있는 혜를 향해 얄미운 눈길을 쏘았다. 생각 같아서는 그의 코를 한번 꽉 쥐고 흔들고만 싶었다.

'왜 하필이면 관영의 얼굴이 마마의 얼굴이지? 게다가 홍심의 얼굴은 왜 내 얼굴이고! 아악!'

진심으로 절규하고 싶었다. 밀실 밖에 나가서 미친 사람처럼 소리라도 지르고 팔짝 뛰고 싶었다. 하지만 소리를 지르면 아직은 잠에 곤히 든 새들이 놀라 파다닥거릴 것이고 시커멓게 무리지어 날아가겠지. 영지는 고개를 가로저으며 슬금슬금 가죽 담요 바깥으로 손과 발을 하나씩 내었다. 이 자리에 계속 있다가는 정신이 어떻게 될 판이다.

'자. 조심조심. 마마가 깨지 않게……, 엇?'

영지는 최대한 기척을 내지 않게 조심하며 담요를 빠져나오려고 했다. 그러나 곧 혜의 품 안에 담뿍 들어가버리는 꼴이 되었다. 장작불이 거의 다 타서 한기가 느껴졌는지 그가 담요와 함께 그녀의 몸을 감아 자신의 품에 쏙 끌어안아버린 것이다.

'읍!'

빠져나가지도 못하게 돌돌 감아버린 그 솜씨에 영지는 이러지도 저러지도 못하고 겨우 숨만 쉴 수 있었다. 그 가슴팍에 본의 아니게 얼굴을 담그자 가죽 담요 냄새와 사내의 냄새가 절묘하게 어우러져 묘한 기분을 불러일으켰다. 게다가 은근히 맡아지는 먹 냄새와 말끔한 향냄새도 섞여 들어가 심장의 고동 소리는 더욱 거세졌다.

영지는 혜를 똑 닮은 관영이 자신을 똑 닮은 홍심의 음부에 손가락을 밀어 넣었다가 빼던 모습이 떠올라 치를 떨듯 머리를 가로저었다. 그 바람에 몇 가닥 누더기 사이로 빠져나온 그녀의 머리카락이 혜의 코끝을 간질였나 보다.

"으음…… 현아. 쉿. 가만히……."

혜는 마치 자신의 코끝을 간질이는 것을 현의 날개로 착각을 한 듯 말하며 현을 어루만지듯 그녀의 머리칼을 살살 어루만졌다. 진심으로 미치고 팔짝 뛸 노릇이었다. 이제 영지는 꿈속에서 보았던 그 모든 음탕한 장면들이 자꾸만 머릿속을 타고 튀어 오르는 데다가, 그 젊은 혜와 똑같이 생긴 젊은 상선, 관영이 떠올라서 자꾸만 몸이 더워졌다.

'에잇!'

이대로 있다가는 그녀 자신이 그에게 무슨 짓이라도 할까 봐 염려가 되는 상황이었다. 영지는 있는 힘껏 혜를 밀고는 재빨리 그 품을 빠져나왔다. 그러자 동굴 벽에 살짝 부딪힌 그는 인상을 쓰며 잠결에 무어라고 중얼거리다가 이내 조용히 몽중으로 다시금 빠져들었다.

참으로 아기처럼 순한 얼굴로 곤히도 잘 잔다고 생각하던 영지는 이불귀를 잡아당겨 혜의 몸에 반듯하게 덮어주고는 발처럼 쳐진 폭포수 바깥으로 빠져나왔다. 산의 새벽바람이 온몸에 닿자 꿈결 속에 뜨겁게 달아올랐던 몸이 조금은 식어가는 것만 같았다.

얼굴을 감싼 땀 젖은 천을 풀어 간단히 세수를 한 후 대충 옷 춤으로 얼굴을 닦은 그녀는 혹시라도 정체가 발각될까 염려하며 천의 끄트머리를 잡고 천천히 제 얼굴을 도로 감쌌다. 마치 혜에 대한 마음을 꽁꽁 감추기라도 하려는 듯 종결의 매듭을 짓는 그 손길이 꼼꼼하고 치열했다.

간만에 기분 좋은 잠을 잔 혜는 상쾌한 기분으로 눈을 떴다. 헌데 눈을 떠보니 참말로 오랜만에 바지춤이 볼록하게 솟은 것이 느껴졌다. 네 해 만인가, 다섯 해 만인가. 꼬마각시였던 안해가 죽은 후로 도통 여인을 보아도 힘이 들어가지 않았고, 하물며 잠을 자고 일어난 그 순간에도 힘이 들어가지 않던 양물에 바싹 힘이 들어가 있었다.

'무슨 일이지⋯⋯.'

진심으로 고개를 갸웃거리며 이 생각 저 생각을 하다가도 답이 나오지 않아 그는 그저 입술 끝만 씰룩였다. 의원은 혜의 몸에는 아무 문제가 없다고 했다. 마음에 깊은 병이 생겼다면 모를까 신체는 건장한 사내라는 것이다. 하여 한동안은 궁에서 지어준 약을 쓴 내가 나도록 먹지 않았던가. 그런데도 차도가 없어서 먹던 약도 끊고는 재가할 마음도, 자식을 보아야겠다는 마음도 접은 채로 살아오지 않았던가.

그런데 몇 년 만에 힘이 들어간 양물을 보니 기분이 새로웠다.

혼인을 다시 맺거나 자식을 보아야겠다는 마음이 드는 것은 절대 아니었다. 다만, 사내로서 살아가는 힘이 조금은 생겼달까.

자신감이 솟은 상쾌한 기분에 혜는 자리에서 일어나 가죽 담요를 포개어놓고 폭포수 바깥으로 나갔다. 그러자 폭포수 옆 바위에 걸터앉아 일찍 일어난 현과 함께 이야기를 나누는 영지의 모습이 눈에 들어왔다.

"……그러니까 말이야. 현아, 내가 정말로 그러려던 건 아니었어."

마치 속엣말을 터놓는 듯한 그 말투에 혜는 발소리를 죽이고 그녀의 곁으로 다가갔다.

"내가 미쳤지? 어디 꿀 꿈이 없어서 그런……."

혜가 자신에게 다가오는 것을 눈치 채지 못한 그녀는 현의 작은 머리통을 쓰다듬으며 중얼거렸다.

"……그런 맘은 큰일 날 맘이잖아?"

그 작은 목소리에 처량함마저 깃들었다.

"……그건, 안 되겠지?"

시무룩한 목소리를 뒤집을 정도로 크고 듣기 좋은 목소리가 산세의 폭을 타고 울렸다.

"무엇이 미친 일이고, 무엇이 큰일 날 일이고, 무엇이 안 된다는 것인가?"

그 목소리에 놀란 영지가 깜짝 놀라 뒤를 돌아보니 차가운 물에 세수라도 했는지 물방울이 토르르 흘러내리는 얼굴을 한 혜의 잘난 모습이 그녀를 바라보며 서 있었다. 영지는 그 모습을 눈에

닮다가 저도 모르게 천천히 뒷걸음질을 쳤다.

'윽. 지금 저 모습을 보는 건 정말로 위험하다고.'

"위험하오, 영소 작가."

'마마 얼굴을 보는 게 더 위험해요.'

영지는 속엣말을 중얼거리며 혜가 한 걸음 다가올수록 한 발짝 뒤로 물러섰다.

"위험하다니까!"

'왕자마마랑 같이 있는 게 더 위험하다니까요! 특히나 그런 물 맺힌 얼굴이란……'

영지는 도리질까지 치며 눈을 감았다. 그 모습에 영특한 맹금 현이 킷킷킷 소리를 빠르게 냈다. 하지만 자기만의 생각 속에 푹 빠져버린 영지는 미처 현이 내는 소리를 인식하지 못했다. 그러던 순간 뒷걸음질 친 곳에 발 디딜 자리가 없었다. 그야말로 허공이었다.

"으악!"

이대로 나는 폭포수 아래로 떨어져 절명하는구나.

'오라버니, 내가 그곳에 가면 아버지 어머니는 어찌 되는 것이어요?'

'아버지, 어머니. 오라버니의 불효에 이어 또다시 불효를 하는 저를 용서하지 마셔요.'

온갖 생각을 다 하던 영지는 눈을 꽉 감고 숨을 쉬지 않았다.

'이제 곧 물속으로 첨벙 빠져들겠구나. 마치 공양미 삼백 석의 심청이처럼.'

하지만 영지는 온몸의 구멍 속을 침범할 물의 습격 대신에 덥고 너른 가슴에 습격 받는 꼴이 되어 있었다. 마치 놀라기라도 한 듯 혜의 심장이 빠르게 뛰어대고 있었다.

"위험하다고 했지 않은가!"

혜는 그녀를 꼭 끌어안은 팔에 힘을 풀지 않은 채 노기가 깃든 음성으로 소리쳤다.

"저기……."

"다 필요 없고! 도대체 영소 작가는 그 영특한 머리를 어디에 쓰는 거요? 여기는 폭포. 폭포가 있다는 것은 절벽, 낭떠러지가 산재해 있다는 것. 고로 늘 조심해야 한다는 것을 모르는 것이오?"

"아니……. 알긴 아는데……."

그녀가 버벅거리며 제대로 된 변명을 하지 못하자 혜는 짧은 한숨을 쉬며 말했다.

"그대 나의 몸처럼 사랑하는 백성."

"……."

"부디 공양미 삼백 석의 심청이 흉내는 내지 마오."

혜는 빠르게 뛰어대는 자신의 심장을 타이르려는 듯 애써 부드럽게 말을 이었다.

"사랑하는 백성이 상하게 된다면 나는 평생에 그 멍에를 지고 살 것이니."

七章. 침범(侵犯)

혜는 가슴이 철렁 내려앉을 만큼 아찔했던 사흘 전의 그 상황을 떠올리며 긴 손가락으로 관자놀이를 꾹꾹 눌렀다. 문득 눈을 감으면 그 순간이 자꾸만 떠올라서 온 머리가 지끈거렸다.

그 사람이 그대로 폭포수 속에 몸이 삼켜졌다면……. 그것은 진정 상상만으로도 불경하고 끔찍한 일이 아닐 수 없었다. 혜는 집필을 하다 말고 벼루에 붓을 올려놓으며 혼잣말을 읊조렸다.

"다친 곳은 괜찮은 것인지……."

절벽에서 그대로 떨어질 뻔한 순간 혜가 영지를 품속에 낚아채면서 그 발목이 바윗덩이에 부딪힌 것인지 살짝 어긋나버렸다. 사흘 전의 이른 새벽. 퉁퉁 부은 발목의 고통을 애써 덤덤하게 참아내던 영소 작가를 마냥 지켜볼 수가 없었던 그는 뱁새같이 작은 몸뚱이를 업고 산을 내려왔다.

"의원에게 상한 곳은 보여주었겠지."

잘 아는 의원에게 곧바로 데려다 주겠노라고 어슴푸레한 새벽 내내 옥신각신하였지만 영지는 혜의 말을 듣지 않은 채 걸음을 절룩거리며 마을 입구로 들어섰다. 알아서 의원에게 찾아갈 것이니 걱정하지 말라는 당부의 말까지 남기며.

"어찌 그리 고집도 황소 똥고집인지! ……집까지 바래다 주겠
다는대도 그 호의를 거절해?"

혜는 못내 맘에 들지 않는다는 듯 불퉁한 표정을 감추지 못했
다. 귀한 동업자인 영소 작가를 기거하는 마을 어귀까지만 바래다
준 채 발걸음을 돌린 그 순간부터 사흘이 지난 지금까지 그의 가
슴은 이상하게도 뱁새 같은 사내, 영소 작가의 걱정으로 가득 차
버렸다.

"얼마나 쾌차하였는지 알아보려고 해도 정확히 그 집이 어디
인지 알 수가 없으니, 원."

'무에 이리도 사내놈 걱정을 하는 것이야. 쓸데없이…….'

혼잣말과 혼자 생각을 번갈아 하던 혜는 급기야 미치겠다는
듯이 대자리에서 벌떡 일어났다. 그 순간 그의 은밀한 저잣거리
글방의 쪽문이 조심스럽게 열렸다. 쪽문을 열고 들어선 이는 도승
지, 그이였다.

"기별도 없이 어인 일로 발걸음을 하셨는가?"

혜가 체증이라도 이는 듯 미간을 좁히며 묻자 허참성은 반색
을 하며 대꾸했다.

"오늘 이 시각에 이곳으로 저를 오라 하신 이는 월산군 마마이
시옵니다. 혹, 잊으셨습니까?"

허참성의 말에 혜는 무엇인가를 떠올리는 듯 인상을 더욱 찌
푸리다가 이내 그와 만나기로 한 약조를 떠올렸다. 고 조막만 한
뱁새 다리 사내놈 걱정에 골몰하느라 허참성과의 약조는 그만 깜

빡 잊어버리고 있었다.

"아, 미안하네. 요즘 골치가 좀 아픈 일이 있어서……. 그래, 일단은 그 앞에 앉으시게."

혜의 대답을 들은 허참성은 그의 안색을 살폈다. 살결이 까칠 해지고 눈 밑도 거뭇해진 것이 한 며칠 잠을 설친 사람 같았다.

"글이 풀리지 않으시옵니까?"

허참성이 진지하게 묻자 혜는 반색을 하다가 잠시 동안 생각을 하더니 이내 고개를 끄덕이며 말했다.

"어쨌든 글이 진도가 나가지 않은 것은 사실이지. 딱 중궁전과 김선익의 통정을 조사하던 다모 성수련이와 사헌부 감찰 권이현이가 묘한 감정을 느끼는 부분을 쓸 참인데……. 음, 이 감정을 어찌 풀어야 할지……."

혜는 풀리지 않는 글에 대해 주절거림을 늘어놓았다. 그러자 허참성은 껄껄 웃으며 장난스럽게 대꾸했다.

"마마께서 몇 년 동안 홀로 독수공방에 맘 둘 곳이 없으셔서 그 '묘한 감정'을 쓰시는 것이 힘에 부치시나 봅니다?"

"무에 그런……."

혜가 어이가 없다는 듯 헛웃음을 치며 말하자 허참성이 진지하게 말했다.

"무슨 글이든 작가의 경험은 곧 큰 이야깃거리가 되는 법. 가볍게든 진지하게든 인연을 만들어 자유연애라도 즐겨 보시옵소서. 요즘은 자유연애가 나름대로 유행인 세상 아니옵니까? 반가의 사람들도 은밀하게 만나 자유연애를 즐긴 후 혼담을 넣어 백년가약을 맺는 세상이랍니다."

"녹월 팔도에 머리에 든 것 없는 주정뱅이 반편이. 게다가 재산이랍시고는 고작 볼품없는 초가 한 칸과 텃밭뿐인 데다가 고자라고 소문까지 난 쓸데없는 사내를 어떤 넋이 나간 여인네가 좋다고 하겠는가?"

"옛말에, 짚신도 제 짝이 있다고 하였습니다."

허참성이 넌지시 웃으며 말하자 혜는 손사래를 치며 화제를 돌렸다.

"쓸데없는 말장난은 그만하고. 그래, 도승지 자네가 내게 긴히 할 말이 있다고 하였지 아마?"

"예."

"무슨 말인가?"

"먼젓번 피바람 때 말입니다."

허참성이 마른침을 삼키며 말을 이었다.

"그때 멸문의 화를 입은 것이나 다름이 없었던 지관사 윤일을 기억하시지요?"

"아무렴. 기억하다마다. 그때 윤일을 지키고자 하였던 아들이 천명을 달리하기까지 하였지."

혜가 고개를 끄덕이며 대답하자 허참성이 입을 열었다.

"그는 당시 김익선이에게 반기를 든 관료 중 유일하게 살아남았지요. 살면서 죽음보다 더한 고통을 천세토록 받게 하려는 김익선이의 교활하고 사악한 명 때문이었지만 말입니다."

허참성의 말에 혜가 깊은 한숨을 쉬었다.

"헌데 그때의 일을 이렇게 자세히 꺼내는 이유는 무엇인가?"

"전(前) 지관사 윤일은 '산 증인'입니다. 당시 지관사였던 윤일의 높은 인품과 학식은 뭇 백성들에게까지도 귀한 본이 되어 칭송을 받기까지 하였지요. 그가 간교한 김익선이의 명에 의해 반신을 못 쓰는 몸을 이끌고 천민과 대풍창 병자들이 모여 사는 마을로 거처를 옮길 적에 많은 백성들이 눈물을 짓고 통곡을 하기가 사흘 밤낮을 끊이지 않았으니. 제가 마마께 드리려는 말씀이 무엇인지 알아채셨습니까?"

허참성은 깊은 눈빛으로 혜를 응시하며 물었다. 그러자 그가 손가락으로 미간을 꾹꾹 누르며 어렵게 대답했다.

"혹……, 지금 우리의 대업에 윤일을 끌어들이기라도 하려는 것인가?"

"그가 우리의 일에 뜻을 보태준다면 성균관 유생과 학사들의 마음이 보다 단단하게 묶이는 것은 자명한 일이며, 대업이 무사히 성사가 될 때에 백성들에게도 큰 지지를 받을 수 있을 것입니다."

"하지만……."

"예."

"그와 그의 일가는 이미 모든 것을 잃고 나락으로 떨어지지 않았는가. 한 번의 고통이 그리도 컸는데 그런 가엾은 사람에게 또 한 번 고통의 길을 열어주고 싶지는 않네."

"거사는 반드시 성사될 것이옵니다. 우리는 분명 그 수괴를 처단할 것이고 강화에 계신 주상전하께 다시 용상을 찾아드릴 것이옵니다. 거사는 분명 성사될 것인데, 그것이 어찌 윤일에게 고통이 되신다 하십니까? 오히려 간교한 세 치 혀로 윤일에게 죽음보다 더한 고통을 안고 살아가라 말했던 김익선이의 명대로 세상 이치가 돌아가지 않음을 보여주는 것이니. 이번 대업의 길에 그는 분명 큰 힘이 되어줄 사람이옵니다."

"허면 은밀히 그를 찾아 우리의 뜻을 전하면 될 일이 아닌가?"

혜가 입을 열어 묻자 허참성은 깊은 한숨을 내쉬며 대답했다.

"그게게……. 여식이 한 명 있습니다."

"헌데?"

"윤일을 만나고자 그가 기거하는 곳을 은밀히 찾은 적이 몇 번 있었습니다. 헌데 윤일의 여식이 제 아비를 제발 그냥 이대로 살아갈 수 있게 놓아달라고 눈물로 통사정을 하는지라. 몸과 마음에 큰 병환을 입은 제 부모를 봉양코자 남의 집 바느질감을 얻어다가 바느질을 하며 생계를 이어가는 그 딸아이가 눈물로 저의 뜻을 막는 모습을 보고 있자니 이 마음이 너무나도 쓰라려서……. 차후에도 몇 번의 걸음을 더 하였으나 윤일을 보게 해달라는 그 청은 꺼내보지도 못하고 발걸음을 돌려야 했지요."

"음……. 나는 그 따님의 마음이 충분히 납득이 가는구먼. 제 귀한 오라비를 잃었던 그때의 참변이 만일 또다시 닥친다면……. 그것은 상상할 수 없는 지옥이 아니겠는가. 내가 그 처지였다면 나 또한 그런 대응을 했을 것이야. 오라비를 잃고 집안은 멸절을 하였네. 겨우 부지하는 그 부모의 목숨마저 또다시 위험에 처하는 것은 윤일의 따님에게 있어서 감히 생각할 수 없을 정도로 지독하고 비통한 일일 것일세."

혜가 입을 열자 허참성은 고개를 끄덕이면서도 뜻을 굽히지 않았다.

"하지만 윤일은 분명 잘 훈련된 군사 백 인의 몫보다 더 큰 힘이 되어줄 사람입니다. 김익선이의 권세를 피하여 몸을 사리는 숨은 관료들 중에서도 윤일의 뜻을 높이 샀던 이들이 많으니 꼭 윤일의 마음을 얻어내시옵소서."

"헛. 참. 지금 자네 선에서 안 되는 일을 네게 떠넘기는 것인가?"

혜가 헛웃음을 내뱉으며 말하자 허참성이 엷게 미소 지었다.

"윤일의 마음을 얻어내는 것은 어렵지 않으나, 윤일에게 가는 길을 눈물로써 가로막는 효심이 지극한 그 딸의 마음을 돌려달라 청하는 것이옵니다. 그 딸의 눈을 들여다보고 있노라면 그저 마음이 싸해져서 말문이 탁 막혀버리니. 월산군 마마, 제 말주변으로는 도저히 그 딸의 효심을 돌이킬 재간이 없습니다."

"현아. 이 마을은 분명 영소 작가가 기거하는 마을이렷다?"

도승지가 쥐여준 약도대로 걸음을 옮기다 보니 영소 작가가 산다는 마을 어귀까지 당도함에 혜는 놀라움을 감추지 못했다. 세상의 모든 인연들은 그 실타래가 복잡하게 얽혀 있다고 들었건만, 영소 작가와는 전혀 다른 일로 그가 사는 마을까지 오게 되다니. 혜는 킷킷 소리를 내는 현의 작은 머리통을 쓰다듬으며 중얼거렸다.

"이 길을 불편한 다리로 걸었을 영소 작가가 떠오르면 마음 한쪽이 싸한 것이, 꽤나 불편하고 어색하기 짝이 없어. 현아, 짐승인 너는 사람보다 예민하고 예리하다고 들었는데……. 내 이 마음이 말이다? 참말로 이상하고도 기이하지 않으냐? 혹…….”

'사내에게 춘정이라도 품은 사내처럼.'

혜는 현에게 혼잣말을 중얼거리다가 머릿속에 담지도 말아야 할 생각을 담아버린 자신에 놀라 걸음을 멈칫했다.

'춘정이라니. 이 무슨 해괴하고도 망측한……!'

또다시 골치가 아파 와 그는 짜증스러운 표정으로 입술 끝을 비틀어 올렸다.

“현아. 네 주인이 못 먹을 것이라도 먹어 실성을 한 모양이다. 내 또다시 이런 맘을 먹게 된다면 그 잘난 부리로 이 가슴팍의 살점을 다 쪼아 먹으련. 다시는 이딴 맘 따위 아예 담을 수도 없게.”

혜는 미물인 현에게 당부하듯 말했다. 그러자 현은 영물처럼 고개를 갸웃거리며 한순간 파드득 날아올라 그의 입술을 부리로 가볍게 쪼았다. 마치, 다시는 그런 말을 꺼내지도 말라는 듯.

“웃!”

입술에 예리하게 내려앉는 아픔에 혜는 손가락으로 입술을 비비면서 생각했다. 문득 언제였던가. 영소 작가를 처음 만났던 그 달빛 없는 어둠의 밤. 그의 말소리를 막아내느라 손바닥으로 입술을 막았을 적에 손에 닿았던 보드라움이 불현듯 떠올랐다. 그러고 보니 관군을 피해 하도 급히 도망치느라 그 얼굴을 둘둘 말았던 누더기가 바닥에 떨어졌기까지 했다. 덕분에 혜의 넓은 손바닥에 닿은 면적은 영소 작가 얼굴의 반 가까이나 되었다.

'분명 영소 작가는 살결이 각화가 되어 갈라지고 짓무르고 고름이 내려앉아 만신창이 같은 얼굴이라 하였단 말이야. 헌데 그때 손바닥에 닿았던 살결은……, 송아지 털을 쓰다듬을 때 느껴지는 감촉처럼 솜털이 보송하였고 보드라웠단 말이지?'

혜는 처음으로 영소 작가의 '누더기 안에 숨은 얼굴'에 대해 궁금증이 일어나기 시작했다. 그간 한 번도 궁금하지 않았던 본디의 얼굴이었다. 그저 방사 병으로 인해 얼굴이 몹쓸 형상으로 변했다 하여 그 말을 곧이곧대로 믿었다. 하지만 이제 와서 생각하니 무엇인가가 묘하게 어긋나 있음을 혜는 본능적으로 느끼고 있었다.

"현아. 내 갑자기 누더기 안에 감추어진 영소 작가의 얼굴이 보고 싶어졌다. 은밀히 네게 명하는 바이니. 그가 알아채지 못하게. 아주 우연한 기회를 틈타 내가 그의 얼굴을 가장 자연스럽게 확인할 수 있도록 하렷다?"

혜의 마음에 영소 작가에 대한 의심이 침범했다. 그는 처음으로 자신의 마음과 생각을 이리 몹쓸 것들로만 가득 채우는 영소 작가의 형상을 기필코 보아야겠다는 의지를 발현시켰다.

"그래. 어찌 보면 참으로 억울한 일이지 않으냐. 내 정신과 사상에 자꾸만 균열을 일으키는 그 사람의 형상조차 나는 제대로 알지를 못하니 말이다."

쓸쓸하고 비릿한 냄새가 온 마을 안의 밤공기를 뒤덮고 있었다. 아마도 병자들의 몸에 맺힌 고름이 썩는 냄새이리라. 혜는 등불을 든 채로 약도를 살피며 보폭을 좁혀 걸음을 느릿하게 했다.

도성 중심부에 기거하는 백성들의 삶도 빈곤하였지만, 이곳의 삶은 피폐하기 짝이 없었다. 몇몇 백성은 그 몸에서 나는 썩은 악취를 스스로 참지 못하고 길바닥에 나와 나동그라져 있었다.

이 꿈도 없고 미래도 없는 사람들이 이 나라 녹월의 백성들이라는 사실에 혜는 쓰린 가슴을 부여잡고 소리 없는 탄식을 내뱉었다. 그는 자신의 옷 춤 안에 있던 몇 닢을 그들의 손에 모두 쥐여준 후 다시 걸음을 옮겼다.

곧 멀리서 작은 불꽃이 일렁거리는 낡은 집 한 채가 눈에 들어왔다. 윤일이 기거한다는 바로 그곳이었다.

혜는 발소리를 죽이고 그 집 주위에 둘러쳐진 담 곁을 서성이며 그 댁을 살폈다. 자세히 보니 마당이라고 부르기도 초라한 그 공터의 한편에 송진 불을 세워두고 정화수를 떠놓으며 치성을 드리는 젊은 여인의 뒷모습이 눈에 들어왔다.

'효심이 깊다던 따님이신가.'

흰 빛의 치마와 저고리를 소박하게 차려입은 여인의 목덜미는 달빛을 받아 푸를 정도로 희게 빛나고 있었다. 반듯하게 땋은 댕기드린 머리타래는 까맣게 윤이 나고 있었고 그 어깨는 많이 야위었음을 나타내듯 연약해 보였다.

혜는 조심스럽게 초가 앞의 공터에 발을 들였다. 이미 윤일 내외는 잠에 든 것인지 방 안의 불은 꺼져 있었고 어떠한 말소리도 들리지 않았다. 그가 주위를 살피며 젊은 여인의 가까이에 다가섰을 때, 그 여인의 기도 소리가 그의 귓가에 스며들었다.

"부디 아버지께서 걸음을 다시 뗄 수 있게 도와주세요. 하늘님, 부디 제 어머니의 말을 되돌려주세요. 살아가면서 죽음보다 더한 고통을 맛보라 하였던 그 간악한 자의 말처럼 되지 않도록……. 제 소중한 이들의 생이 더 이상은 농락당하지 않도록 부디 가엾게 보아주세요. 그리고……."

"……."

"부디, 제 마음이 다른 길로 흐르지 않게 막아주시고, 지켜주세요. 혹여 진심이라 할지라도 끝까지 그 선을 넘지 않을 수 있도록 차라리 제 마음을 묶어주세요."

혜는 윤일의 딸이 드리는 기도를 묵묵히 듣고 있었다. 그 신앙처럼 깊은 기도를 중간에 막아서고 싶지 않았다. 밤공기에 부서지는 그 목소리가 참으로 간절하였기에.

어찌하여 그 작은 목소리에 이리도 마음이 짠하게 내려앉는 것일까. 혜는 문득 그 작은 어깨가 누군가와 참으로 닮았다는 생각을 해보았다. 그런 생각을 하던 찰나, 기도를 끝마친 여인이 정화수가 담긴 사발을 들고 몸을 돌렸다. 그리고 곧 여인의 얼굴이 새하얗다 못해 새파랗게 질리며 그 손에서 떨어져나간 사발이 깨지는 소리가 파편처럼 밤하늘에 꽂혀 들어갔다.

한순간 숨을 쉬는 법조차 잊어버린 것 같았다. 이 밤중에 이 사람이 어찌하여 이곳에 와 있는 것인가. 영지는 이제야말로 정녕 자신의 정체가 발각이 된 것은 아닐까 하는 생각에 바들바들 떨리는 마음을 진정시킬 수가 없었다. 발발발 떨리는 입술은 어떤 말부터 꺼내야 할지 깊이 망설이고 있었다.

"마, 마마. 월산군 마마."

천하에 둘도 없을 극악한 짓을 저질렀사옵니다. 감히 천민 주제에, 그것도 사내로 위장하여 마마를 속인 죄, 입이 열두 개라도 할 말이 없사옵니다.

온갖 말들이 머릿속을 뱅뱅 돌았으나 마치 목구멍에 커다란 씨앗이라도 걸린 것처럼 단 한 줄도 입 밖으로 흘러나오지 못했다. 영지는 결국 혜의 앞에 무릎을 꿇고 머리를 조아렸다.

눈앞의 여인이 자신을 향해 갑자기 머리를 조아리는 모습을 접한 혜는 그 본인도 당황스러워 어찌 말해야 할 바를 몰랐다. 그러다 문득 익숙한 기억이 머릿속에 떠올랐다. 일전에 영소 작가도 이리 머리를 조아리며 무릎을 꿇고 발발 떨지 않았던가. 그는 영소 작가의 생각을 지우려는 듯 고개를 흔들며 조심스럽게 입을 열었다.

"쉿. 떨지 말고 어서 일어나오."

"예?"

영지는 혜의 말에 눈을 동그랗게 뜨며 천천히 일어나 그를 마주했다.

"놀라게 하여 미안하오. 남의 가택에 도둑고양이처럼 숨어든 것은 나이니 오히려 내가 그대에게 엎드려 머리를 조아려야 할 것이오."

아직까지 상황 파악이 되지 않는지라 영지는 그저 혜가 하는 말들을 열심히 귀담아 들으려고 노력했다

"낭자가 바로 도승지가 말한 그 효녀가 맞는 듯한데……."

영지는 한순간 '도승지'라는 말에 표정을 묘하게 일그러트렸다. 도승지와 이 음서작가이신 월산군 마마는 무슨 관계인 것일까. 그가 왜 이 시각에 이곳에 찾아와 도승지의 이야기를 꺼내는 것일까.

영지는 짧은 순간 동안 생각을 굴리다가 이내 도승지와 혜에게 무엇인가 동질된 정점이 존재한다는 것을 파악했다.

"설마……."

영지는 갑자기 눈앞이 아득해지는 것을 느꼈다. 머릿속이 희뿌옇게 변질하며 마음이 불안증에 시달리듯 급하게 뛰어대기 시작했다.

"제 아버님을 찾아오신 것입니까?"

그러자 혜는 고개를 가로저으며 낮은 목소리로 대답했다.

"아니오. 오늘은 낭자, 그대의 마음을 얻기 위해 온 것이오."

그 목소리가 참으로 위험하게 느껴진 영지는 아랫입술을 꽉 깨물었다. 혜가 무슨 말을 꺼내려는지 지레짐작이 되어, 그 불안한 마음을 차마 감출 수가 없었다.

결국 그녀는 행여나 잠에 드신 부모님이 말소리에 깰까 염려가 되어 앞뒤 생각도 하지 않고 그의 소매 끝을 잡아 집 밖으로 이끌었다. 도승지나 혜가 꺼내는 말을 그 부친께서 듣기라도 한다면 부친의 결단이 어떨지는 불 보듯 뻔하였기에 지금은 지위 고하를 막론하고 그를 이 허름한 초가에서 최대한 멀리 내보내야만 했다.

혜를 이끌어내기 위한 걸음을 옮길 때마다 다친 발목이 시큰거렸지만 지금은 그 시큰거림보다 더 큰 위협과 아픔이 눈앞에 아귀를 벌리고 있는 것만 같아서 그녀의 걸음은 황새 다리의 그것보다도 빨랐다.

숨이 턱까지 차올라서 곧 죽을 것만 같았다. 마을 외곽에 있는 빨래터에는 깊은 밤이 가져다주는 고요함만이 가득했다. 마치 칼날이 발목에 붙어 있는 것 같은 통증이 영지의 걸음을 서서히 느리게 만들었다. 절대로 발목이 상한 것을 들키지 않으려 그녀는 이를 꽉 물었다.

"낭자. 어디가 불편하오? 얼굴에 식은땀이 가득하오."

달빛에 드러난 흰 이마에 맺힌 땀방울이 안쓰러워 혜는 영지를 보고 걱정이 깃든 말을 꺼냈다. 그러자 그녀는 그런 것일랑은 걱정하지 말라는 듯 그를 쏘아보며 입을 열었다.

"월산군 마마. 외람되오나 그런 걱정일랑은 모두 거두시고, 부디 이대로 아무 용건도 꺼내지 말아주십시오. 그 입술에서 흘러나오게 될 말 속에 얼마나 큰 위험이 시뻘건 아귀를 열고 있는 줄은 능히 짐작하오니, 제 부모님과 돌아가신 오라버니를 가엾고 안타깝게 여기는 마음이 머리카락 한 올 두께만큼이라도 있으시다면 부디 제 말에 귀를 기울여주십시오."

"낭자……."

"그렇다면 저도 오늘 마마를 못 본 것으로 해드릴 것입니다. 도승지 나리와 월산군 마마께서 무슨 꿍꿍이를 키워가고 있으시기에 자꾸만 제 아버지를 찾으시는 것인지……. 소녀는 차마 그 꿍꿍이속을 온전히 알기가 두렵습니다."

영지는 지금 이 순간에서야 과거에 혜가 했던 말을 온전히 이해할 수가 있었다. 그때, 혜는 계약서를 쓰면서 영소 작가를 가장한 영지에게 이런 말을 했었다.

비록 음서이기는 하나 백성들의 침잠된 마음을 깨워주고 싶다고.

김익선이의 횡포에 저항 한 번 못 해보고 그 악함에 순응해버리고야 마는 이들의 마음을 일깨워주고 싶다고.

그 말은 곧 이런 '꿍꿍이'를 계획했었기에 나올 수 있는 말이었음을 깨닫고 영지는 깊은 탄식을 흘리지 않을 수 없었다.

"저기, 낭자. 그렇게 감정만 급하게 앞세우지 말고 내 말도 들어보오."

"저더러 무슨 말을 들으란 말씀이십니까!"

영지는 두 해 동안 썩어 문드러질 대로 문드러져버린 마음을 토해내려는 듯 발악 같은 소리를 질렀다. 어떻게 찾은 평정의 날들인데, 그 평정을 이리도 무너트리려 하려는 것인지. 그녀는 정말로 미친 사람처럼 울부짖고 싶었다.

"대관절 그 신념이란 것이 얼마나 대단한 것이기에, 모든 것을 다 잃은 사람에게 그 말라비틀어진 내장과 마른 뼈까지 꺼내어 바치라는 것입니까! 권력과 왕위를 보전하기 위한 신념이 한 사람의 인생과 그를 사랑하는 범인들의 삶보다 더 귀한 것이랍니까!"

울부짖듯 썩은 속을 토해내는 영지를 보며 혜는 가슴이 아릿해짐을 느꼈다. 저 작고 가련한 어깨를 가진 젊다 못해 앳된 얼굴의 여인이 얼마나 속이 곪아 터졌으면 저리 말할까.

정말 이 여인의 말대로 강화에 유배당하신 전하께 옥좌를 되찾아드리기 위한 이들의 신념이 진정 한 사람의 삶보다 귀하고 가치 있는 것일까. 그 신념을 위해 그 망가져버린 삶마저 다 내어놓으라 요구할 권리가 자신에게는 얼마나 있을까. 혜는 숨조차 뱉지 못한 채 영지의 말을 곱씹고 또 곱씹었다.

"한동안 모든 것을 잃게 하고, 오라비까지 죽게 만든 아버지의 신념이 미웠습니다. 김익선이의 마음에 단도를 꽂는 꿈을 수백 수천 번 꾸면서도 이율배반적으로 아버지의 신념이 그 형체가 있다면 갈기갈기 찢어버리고 싶었습니다. 아들의 목숨, 그리고 가족의 평안보다도 나라의 안위를 먼저 걱정했던 아버지의 뜻이 이 마음팍에 오롯이 전해지지가 않아서 모든 것이 밉고도 끔찍했던 나날들을 저는 산송장처럼 버텨왔습니다."

영지는 마른 손으로 가슴팍을 치며 말을 이었다.

"도승지 나리께서 아버지와 독대하기를 제게 청하셨을 때……. 또다시 피바람이 불겠구나 싶었습니다. 그래서 저는 그분을 막을 수밖에 없었습니다. 아버지를 만나시려거든 이 망가진 삶을 정돈하고 이끌어 나가는 저를……. 제 머리를 납득시키고, 제 마음을 얻으시라 청하였지요. 하지만 저는 어떤 일이 있어도 제 마음을 도승지 나리께도, 마마께도 드리지 않을 것이옵니다. 납득하려고 노력하지도 않을 것이옵니다. 피바람에 망가져버린 이 삶의 굴레에 대해 곡진기정(曲盡其情) 하시는 분들께서 어찌 이 망가진 굴레마저 산산이 깨어버리려 하시는지……. 월산군 마마. 소녀가 어렵게 찾은 평화이옵니다. 간신히 쥐어짜낸 악으로 버텨낸 이 삶이 그 악몽 같던 사달의 그을음에서 겨우 벗어날 만하오니, 부디 다가오는 피바람에 이 처량한 삶마저 잃게 하지는 마옵소서."

영지는 간곡한 마음을 담아 혜를 바라보았다. 달빛이 담긴 그 눈매가 안타까워 혜는 깊은 한숨을 내쉬며 입을 열었다.

"한 가지만 물어도 되겠소, 낭자?"

"……."

"지금도……."

혜는 목구멍이 따끔거리듯 메는 것을 느끼며 어렵게 말을 이었다.

"……그대의 부친, 사악한 수괴로부터 나라와 어린 주상전하를 지키고자 하였던 지관사의 그 간곡한 충심과 신념이 그대의 마음에 당도하지 않았소?"

그의 짙은 눈빛은 영지의 마음을 꿰뚫을 듯 깊고 간절하게 다가왔다. 마치 눈빛이라는 것에 발이라도 달린 것처럼.

영지는 그의 질문에 자신의 마음이 침범당할 것 같아 일부러 간절한 시선을 피해버렸다. 하절의 바람이 습기처럼 눅눅함을 몰고 와 뺨에 물방울이 되어 내려앉았다.

"제가 그것에 대한 답변을 마마께 드려야 할 까닭이 없습니다."

"그대는 지금도 그대의 부친이 미운 것이로군."

"……!"

나지막한 혜의 목소리가 영지의 마음에 도끼날처럼 찍혀 왔다. 울컥 솟는 핏방울 자리에 선명한 도끼날의 자욱이 남았다.

"아버지가 밉다 말한 적 없습니다!"

"……그럼, 신념만 미운 것이다? 그 신념을 품은 이가 아버지이니 아버지가 미운 것은 당연한 일이 아닌가?"

혜의 비틀린 질문에 그녀는 대꾸를 하려다가 멈추더니 이내 비릿한 웃음을 지으며 말했다.

"마마의 잘난 혀로 제 마음을 뒤흔들려 하시는 속셈이 눈에 훤합니다."

"……."

"저는 용상이 뒤바뀌는 것도, 권력이라는 것이 누군가의 손에 넘어가는 것도……. 그 어느 하나에도 관심을 갖고 싶지 않은 사람입니다."

"낭자."

"제가 관심을 두는 것은 단 한 가지. 천민이 된 이 몸뚱이를 가지고 어떻게 하면 부모님을 정성껏 봉양하는가에 관한 것이니, 부디 오늘은 이만 돌아가주시고 다시는 이곳에 걸음을 하지 마시옵소서. 더불어 도승지 나리께도 이 간곡한 마음을 전하여주십시오."

영지는 진심으로 간곡하게 청을 하면서 뒤로 돌아섰다. 상한 발목이 욱신거려 한순간 주저앉을 뻔했으나 억지로 다리에 힘을 주고 서서 걸었다. 약간씩 발걸음이 엇나가는 것은 어쩔 수가 없었으나 그녀는 크게 개의치 않았다. 마침 습한 바람과 함께 하절의 장맛비가 시작이 된 듯, 한 방울 두 방울 장난처럼 내렸던 빗줄기가 삽시간에 굵게 내리쳐 마음에 상처 같은 빗금을 죽죽 내리긋고 있었다.

'하늘님. 부디 저이들을 멈추어주세요. 그들의 은밀한 계획이 수포로 돌아가게 된다면 또다시 도성 안에는 진한 피바람이 불 것이니. 부디……, 이 위태로운 평화에 시뻘건 수라아귀가 침범하는 것을 막아주세요.'

영지는 울음처럼 간곡한 말을 하늘에 쏟아냈다. 그런 그녀의 뒷모습을 가만히 보고 있던 혜는 그 무거운 발걸음이 묘하게 어긋남을 만들고 있다는 사실을 미처 알아채지 못했다.

신념이란 대체 무엇이관데 사람의 목숨보다도 중하다는 것일까. 사람 위에 사람 없고 사람 아래 사람 없다 하였는데. 그 사람보다도 더 중한 것이 신념이라면 사람은 한낱 무형의 존재인 신념이란 것의 꼭두각시가 아닐까.

좁은 방 안의 벽에 기댄 영지는 오라비를 죽음으로까지 내몬 아버지의 신념과, 그 아버지의 신념을 필요로 하는 도승지와 혜의 신념에 대해 곱씹고 또 곱씹었다.

'김익선이에게 복수하고 싶었어. 하지만 그보다도 아버지의 신념을 이해할 수가 없었지. 아버지가 김익선이의 횡포를 그저 모른 척만 하였어도 지금 우리 가족들이 이런 처참한 꼴이 되지는 않았을 거라고 늘 생각하였으니까.'

그녀는 입술을 꽉 깨물며 눈을 감았다. 그때 그녀를 부르는 윤일의 목소리가 들려왔다.

"아버지, 무엇이 불편하셔요?"

자리끼가 떨어졌나 싶어 얼른 부모가 잠든 방문을 열어 살핀 영지의 눈에는 어두운 방 벽에 상체를 기댄 채 앉아 있는 부친의 모습이 들어왔다.

"아버지. 자리를 갈아드릴까요?"

잠에 드셨던 아버지의 자리가 질어진 것인지 묻는 딸아이에게 윤일은 문밖의 비를 응시하며 입을 열었다.

"……비가 내리는구나."

"네. 장마가 시작된 것 같아요."

윤일의 목소리를 들은 영지는 고개를 끄덕이며 대답했다. 언제나 침잠되어 보였던 아버지의 눈이 오늘따라 유난히 빛을 내는 것은 그녀만의 착각일까.

"빗소리를 듣고 싶은데……. 가까이서 들을 수 있게 마루로 이 몸을 좀 내어줄 수 있겠니."

"네, 아버지."

영지는 장작처럼 말라버린 아버지의 몸을 부축해서 마루로 모셨다. 잠든 어머니의 꿈자리가 흉흉할까, 그녀는 살며시 방문을 닫고 아버지의 옆에 앉았다.

"발목이 상한 것 같았는데……."

"아, 이거……. 빨래터에서 살짝 삐끗한 것이어요."

아무렇지도 않은 듯 대답하자 윤일은 게즘거리는 눈을 몇 번 깜빡이더니 입을 열었다.

"오늘도 밤 손님이 이 누추한 곳에 찾아든 것이냐."

"예? 아……, 무어……."

그녀가 얼버무리며 대답하자 윤일은 차분하게 숨을 골랐다.

"이제는 이 땅에 없지만, 영소 그 아이와 너에게 꼭 남겨주고 싶었던 것이 있었단다."

빗물이 흙을 아프게 파고들었다.

"그것은 귀한 벼슬자리도, 많은 재물도 아닌⋯⋯."

윤일은 숨을 한 번 내쉬며 다시 말을 이었다.

"바람이 불어도 흔들리지 않는 곧고 강직한 정신이었단다."

아버지의 고백 같은 말에 영지는 고개를 돌려 제 아비의 눈을 바라보았다.

"영소와 영지. 너희가 곧고 강직한 정신만 마음에 정히 품고 살아간다면 어디에서 누군가를 만나 그 어떤 일을 맞이해도 슬기로운 길을 찾을 수 있다고 여겼지."

"아버지⋯⋯."

영지는 가만히 윤일의 말에 귀를 기울였다.

"영지 너는 분명 이 아비 때문에 네 오라비가 죽었다고 생각하며 나를 많이 원망하였을 것이다. 물론 가슴 한구석에서는 지금도 이 아비를 원망하고 있을 것이고."

상처 같은 말에 영지는 마른침을 삼켰다. 오늘따라 빗소리가 유난히 칼날의 부딪침처럼 아프게 겹쳤다.

"아비를 원망하지 말라는 것이 아니다. 아비가 늘 중요하게 생각했던 그 신념이 우리 일가를 이리 참담하게 만들었으니 어찌 아비가 원망스럽지 않겠느냐."

"⋯⋯."

"하지만 영지야. 이 마을, 폐위 당하신 전하께서 용상에 앉아 계실 적에는 이렇게까지 황폐하지는 않았단다. 어리셨던 전하셨 지만 마음까지 어리진 않으셨지. 백성들의 고충 하나하나까지 담 지는 못하였으나 그 신념만큼은 백성을 사랑하는 마음으로 가득 한 분이셨기에 나는, 우리는…… 언젠가는 만백성이 모두 살 만 한 웃음을 짓는 그날이 올 것이라고 믿었단다. 녹월의 뜻처럼 이 나라가 언젠가는 만백성에게 푸른 나무그늘 같은 편히 쉴 곳이 될 수 있기를 희망하였지. 그 간사한 수괴가 용상을 침범하기 전까지 는 말이다."

윤일은 자신의 하나 남은 피붙이의 손을 잡으며 말을 이었다.

"곧은 신념은 바로 그런 것이다. 당장은 아닐지 몰라도 누군가 에게도 희망이 되어주는 그 믿음의 바탕. 영지야, 이 아비는 너의 마음속에도 누군가에게 희망이 되어줄 만한 신념이 있다고 믿는 단다."

"아버지, 저는……."

그 말을 듣던 그녀는 고개를 가로저었다. 그러자 윤일이 미소 를 지으며 피붙이의 이마에 붙은 머리칼을 떼었다.

"사람보다 더 중한 것은 없는 법. 하지만 사람 중에서도 옳은 길을 가는 이들이 있고 옳지 못한 길을 가는 이들이 있지. 그것은 그들의 마음속에 있는 신념의 차이니라. 눈에 보이지도 만져지지 도, 그 가치를 매기기도 어려운 것이 그것이지만…… 옳은 신념 을 가진 이들이 많은 세상은 지금 당장은 아닐지라도 때가 되면 좋은 날을 만들어낼 것이다."

"……."

영지는 부친의 말에 더 이상 아무런 대답도 하지 못했다.

"오늘 밤, 이 누추한 곳에 찾아든 밤 손님의 신념은 어떠하더냐? 너는 슬기로운 아이이니 그 중심에 박힌 신념의 옳고 그름을 보았을 것이다."

그녀는 곧 혜의 얼굴을 떠올렸다. 지금은 세상 사람들에게 손가락질을 받는 사람. 그러나 그가 어찌하여 음서를 쓰는지에 대해 어렴풋이나마 눈치를 채버린 영지는 그의 마음이 어떤 심정인지를 느낄 수 있었다. 손가락질 당하는 얼굴 뒤에 그런 신념을 칼처럼 품고 살았음이 전해져서인지 영지는 한순간 자신의 마음결이 칼에 베인 듯 욱신거림을 느꼈다.

"그르지 않음을 보았습니다."

"그렇다면 다음에 혹여 옳은 신념을 지닌 밤 손님이 찾아오거든 그리 매정하게 내치지는 말거라. 최소한 이 집을 찾은 이에게 물에 말은 찬밥 한 덩이라도 내어주는 것이 옳지 않겠느냐."

"……."

"물론, 겸상은 이 아비가 할 것이다. 그럼, 아가. 아비는 이제 그만 들어가서 눈을 붙여야겠구나."

윤일은 버석거리는 손으로 피붙이의 손등을 두어 번 쓸어내린 후 부축을 받아 방 안으로 들어갔다. 부친의 잠자리를 보아드린 후 방으로 나와 문을 닫은 그녀의 눈앞에 한순간 망가진 삶의 굴레가 파편처럼 산산조각 나는 듯한 환영이 스쳤다. 그리고 곧 환영의 끝자락에서 혜, 그 사람의 얼굴이 떠올랐다.

한낱 핏줄을 잘 타고난 한량에 반편이 종친. 갖은 음해 속에서 음서 따위나 쓰며 생을 연명하는 줄로만 알았던 사내의 마음속에 감추어진 칼은 한없이 시퍼렇고 매서웠으며 또한 곧았다. 그것을 두 눈으로 똑똑히 확인한 그녀는 그의 모습에서 부친의 신념을 보았고 죽은 오라비의 정결함을 보았다.

하지만 여전히 부친의 신념과 동질한 정점을 가졌을 혜의 신념을 오롯이 이해할 수는 없었다. 다만 그의 삶에 대한 안쓰러움과 연민이 밀물처럼 밀려들어 와 그녀의 마음속을 촉촉하게 적셔만 갔다.

얼마나 힘들었을까. 그 냉랭하고 시린 칼날을 가슴에 감추고 아무것도 모르는 척, 아무것도 관심 없는 척 살아가며 손가락질 받는 것이 얼마나 아팠을까.

「편하게 기대어 가만히 눈을 감아보아. 분명히 영소 작가도 내려 놓고 싶은 무언가가 있겠지. 그런 것이 없는 사람은 세상에 없을 터이니…….」

며칠 전 자신을 향해 울려 퍼지던 혜의 속삭임이 떠올라 영지는 그만 쓰러지듯 주저앉아 치마폭 사이에 얼굴을 묻어버렸다. 그때, 그가 내려놓고 싶었던 것은 무엇이었을까? 혹, 그 사람도 그 순간만큼은 신념의 무게를 내려놓고 싶었던 것은 아니었을까.

오만 가지 생각에 머릿속이 복잡해져 오던 찰나 영지는 치마폭에 묻은 고개를 들고 무엇인가에 홀린 듯 자리에서 일어섰다. 그리고 신에 발을 꿰어 넣을 새도 없이 상한 발목에 힘을 주어 무작정 앞을 향해 내달렸다.

얇은 버선 안으로 철퍽거리는 진흙의 추적거림이 스며들었다. 아아, 하지만 지금은 그저 그 사람을 보고 싶은 감정만이 마음속에 가득하게 차올랐다. 내달리는 걸음이 빨라질 때마다 추적거리는 진흙덩어리들처럼 머릿속은 가늠할 수 없는 생각들로 엉망이 되어갔지만 영지는 그를 향해 내달려지는 이 마음을 멈출 방도를 찾을 수가 없었다.

이 엉망진창이 되어버린 마음이 그를 보면 가라앉을까. 눈물이 나서 눈앞이 희뿌연 것인지, 아니면 그 세를 더해가는 빗물 때문에 그런 것인지 도무지 알 수는 없었지만 몇 번의 깜빡거림 끝에 보이는 것은 그저 그의 희미한 뒷모습이었다.

'아아…….'

그의 뒷모습을 향해 손을 뻗던 영지는 그만 마음이 베인 듯 욱신거리는 것을 느꼈다. 물에 젖은 그의 어깨는 너무나도 무거워 보여, 할 수만 있다면 그 어깨를 안아주고 싶을 정도였다. 늘 당당했고 여유가 넘치고 익살스러웠던 도성 최고의 한량이 아니라 지금은 그저 진흙탕이 되어버린 세상 속에서 버거운 신념을 지고 살아가는 이 중의 하나였기에 영지는 점점 멀어지는 그의 뒷모습을 향해 손을 뻗었다가 이내 절망했다.

어떻게 감히 그를 향해 손을 뻗을 수 있을까. 그를 온전히 이해하지도 못하였고 그의 신념을 오롯이 안아줄 수도 없으면서 어떻게 그를 안아줄 수가 있을까.

그의 마음속에 품어진 큰 뜻을 감히 함께 나눌 용기가 없어, 영지는 그를 향해 뻗었던 손끝을 거둔 채로 멀어져만 가는 뒷모습

만을 처연히 두 눈에 담았다. 가슴 결에 숨겨진 현의 자리가 뜨겁
다 못해 숨이 턱 하니 막혀 왔고 상한 발목 자리는 부러질 듯 아팠
지만 지금은 그녀에게 그의 존재가 가장, 아팠다.

八章. 참상을 눈에 담고 마음속에 잠들어 있던 그것을 깨우다

참으로 오랜만에 영락관에 발을 두었다. 짙은 장맛비가 시작되고 세 번의 밤이 흐른 후, 영락관에서 영지를 향해 은밀하게 사람을 보내왔다. 통정대부가의 숙부인께서 영지의 그림을 원한다고 하였다.

"실로 오랜만에 뵈옵습니다."

영지는 도롱이를 걸친 자신의 머리 위에 기름종이로 만든 우모를 드리우는 소향을 향해 낮은 목소리를 전했다. 그러자 소향이 미소로 대답을 대신하였으나 어쩐지 그 얼굴에 걱정이 깃들어 있었다. 그리고 보니 영지가 영락관에 걸음을 할 때마다 그녀를 늘 맞이하던 그 아이, 꽃심이가 보이지 않았다.

"오늘은 그 꽃심이란 아이가 보이지 않습니다. 혹 몸이라도 아픈 것입니까?"

은밀한 방으로 들어가는 도중 영지가 소향에게 꽃심의 안부를 묻자 소향은 고개를 가로저었다.

"그저 묻지 말아주십시오. 그리고……, 오늘 밤, 이 장맛비를 뚫고 어떤 소리가 들려와도 절대로 귀를 열지 마십시오. 그저, 언

제나처럼 그림만 그리시면 됩니다."

무슨 일일까. 불현듯 마음에 불안한 동요가 일었지만 영지는 언제나 그랬듯이 깊고 은밀한 방으로 들어섰다. 방 안에는 이미 남녀 한 쌍이 나신으로 뒤엉켜 서로의 몸을 부둥켜안고 순접을 하고 있었다.

얇은 가리개를 넘어 들여다보이는 그 모습을 짧은 시간 동안 바라보던 영지는 이내 도롱이를 벗어 마루에 내어놓은 후 방문을 닫았다. 언제나처럼 종이와 안료들을 정돈하여 늘어놓았고, 붓끝으로 성애의 순간을 담아내었다.

그때였다. 영락관 전체에 울려 퍼지는 가늘고 새된 비명 소리가 모든 이들의 움직임을 정지시켰다. 곧 모든 이들의 움직임을 정지시킨 그 소리를 시작으로 끔찍한 비명 소리가 이어졌다 사라지기를 반복했다. 귀곡에서나 울릴 법한 이 끔찍한 소리는 도대체 무엇이란 말인가.

영지는 불안한 가슴을 이기지 못하고 결국 벼루 위에 붓을 내려놓았다. 그러자 흥이 깨진 가리개 안쪽의 여인이 사내의 몸을 밀어냈다. 사내도 역시 흥이 떨어진 듯 주섬주섬 바지를 주워 입었다.

"한 대 드릴까요? 그림쟁이 나리?"

삼패기생인 여인이 담뱃대에 불을 붙여 희뿌연 연기를 뿜어내며 말하자 영지는 고개를 가로저었다. 희뿌연 연기에 그녀의 마음은 더욱 갑갑해져 왔다.

"지금 저 비명 소리가 누구의 것인지 궁금하시지요?"

영지가 천천히 고개를 끄덕이자 삼패기생은 욕지기를 섞어가며 말을 이었다.

"저 육시랄 개 같은 인간, 아니 천벌을 받을 금수 버러지 같은 종자. 아무리 기생집의 여인은 돈만 가지면 누구나 꺾을 수 있는 길가의 꽃이라고 하지만……. 저 잡종 개만도 못한 영의정인지 개의정인지 하는 놈이 영락관의 기생도 아닌 몸종 꽃심이를 불러들였답니다."

"꽃심이라면……."

"나리께서도 얼굴은 보았을 것입니다. 늘 나리를 모시고 이곳까지 오던 그 어린 몸종 계집 말입니다."

"허면 영의정 김익선이가 지금 꽃심이를……."

"예. 지금 이 비명 소리는 어린 꽃심이가 질러대는 비명 소리입지요."

삼패기생은 속에서 천불이 나는 듯 처진 젖가슴 사이로 주먹질을 해대며 말을 이었다.

"저 금수새끼는 칠순잔치를 한 지도 여러 해가 넘었는데, 우리 꽃심이 나이는 올해로 몇 인 줄 아옵니까? 열한 살. 아직 어리디어린 계집아이란 말씀입니다. 아니, 세상에 못 꺾는 꽃은 없다 하였으나 칠순을 넘긴 노인이 열한 살 계집아이의 꽃을 탐하려 하다니요. 그 여물지도 않은 것을……. 참말로, 글 한 자 모르는 무지랭이에다가 몸이나 팔아 먹고사는 이년의 머리통으로도 도저히 이해가 가지 않습니다. 아니 그렇습니까 그림쟁이 나리?"

삼패기생의 말에 영지는 저도 모르게 몸을 부르르 떨었다. 열

살을 겨우 넘긴 어린 꽃심이가 지금쯤 어떤 고통을 겪고 있을지를 생각하니 눈앞이 깜깜해지고 마음이 암담해졌다. 칠순을 넘긴 그 버러지 같은 수괴의 몸 아래에서 짓눌리고 멍들어갈 그 아이. 영지는 저도 모르게 아랫입술을 바특이 깨물었다.

그러자 삼패기생이 말을 이었다.

"꽃심이 그것도 그렇지요. 우리가 다들 말렸답니다. 너무 어려서 절대로 받아들일 수 없다고. 게다가 그 금수의 성적 취향이 다분히 변태적이라……. 그런데도 그 어린것은 수침 방에 들겠답니다. 이 나라의 최고의 권력을 지닌 사내라면 늙은이든 설령 대풍창 환자이든 상관이 없다고 말하면서요. 그 권세의 눈곱만큼이라도 받아낼 수만 있다면 음부이든 후미이든 어디든 다 내어주겠답니다. 도대체 이 나라에 얼마나 망조가 들었으면 그 어린것의 입에서 그런 말이 다 나온답니까? 망조도 보통 망조가 든 것이 아니……."

그 순간이었다. 삼패기생이 말을 다 끝내기도 전에 장맛비가 쏟아지는 문밖으로 사람들의 긴박한 발소리가 들렸다.

"휴……. 일이 터진 것이지요. 어쨌든 죄송하게 되었습니다. 조금만 기다려보셔요, 나리. 이 담뱃불만 마저 피우고 다시 그림에 필요한 모습을 보여드릴 테니."

그러나 영지는 저도 모르게 그 자리에서 일어나 도롱이도 쓰지 않은 채 맨발로 사람들의 뒤를 쫓아갔다.

"나리! 가봤자 좋은 꼴 못 보십니다! 돌아오셔요!"

영지의 등 뒤로 삼패기생의 목소리가 들려왔지만 그 소리는 곧 장맛비 소리에 흔적도 없이 사라졌다.

단도가 있었다면 당장이라도 그 가슴팍에 찔러 넣고 수천 번 수만 번 칼날로 도려내어 목숨 줄이 끊어질 때까지 고통을 맛보게 하고 싶었다. 퉁퉁하고 흉하게 불어 인상을 찌푸리게 만들 법한 벌거벗은 몸뚱이의 김익선. 그런 그자의 손에는 후원까지 질질 끌려나와 온몸에 멍이 든 어린 꽃심이의 긴 머리채가 잡혀 있었다.

"이년아! 어서 눈을 뜨지 못할까! 내가 이 나라의 영의정이다! 내가 이 나라의 대광보국숭록대부이니라! 그깟 용상의 자리! 쥐도 새도 모르게 바꾸어버릴 수 있는 그 힘이! 이 손안에 있음이다, 이 말이다!"

장맛비를 타고 악취 같은 고함 소리가 영락관의 전체를 뒤덮었다.

"그런 이 귀하신 몸이! 네년의 천한 몸을 기꺼이 받아주겠다는데! 네 이년! 감히 정신을 잃어? 이년아, 이 천하디천한 계집년아! 어서 눈을 떠! 눈을 뜨란 말이다!"

김익선은 발가벗은 채 정신을 잃은 꽃심이의 등을 맨발로 후려 밟았다.

그 모습을 보던 영지는 결국 그의 앞으로 달려갔다. 그 순간, 황급히 달려 나온 영락관의 안주인인 행수 소향이 그녀의 손을 붙들었다.

"지금은 때가 아니니, 나서면 아니 되십니다. 제게 맡기십시오. 아씨."

소향은 잰걸음으로 다가가 김익선이의 앞에 서서 머리를 조아 렸다.

"오, 연 행수가 아니신가?"

김익선이는 더러운 얼굴에 갑자기 미소를 지으며 연 행수를 바라보았다. 그러자 연 행수도 예의 고운 미소를 흘리며 입을 열 었다.

"무엇 때문에 이리 화가 나시었답니까? 인자하시고 자비로우 신 영의정 대감마님께서요."

연 행수는 손에 든 비단 겉옷을 김익선의 몸에 둘러주며 웃었 다. 비록 소향의 손길은 분노를 참느라 바들바들 떨리고 있었으나 장맛비가 그것을 감추어주었다.

"아! 이 계집년 말일세. 요 맹랑한 것이 어느 순간부터 눈을 뜨 지 않는단 말씀이야? 내가 제 암퇘지같이 천한 몸을 어여삐 보아 주었으면 '아! 감사하옵니다!' 하고 내게 즐거움을 바쳐야 함이 옳 거늘! 에잇, 이 돼지 냄새 나는 천한 년 따위 내 다시는 품지 않을 것이야!"

영의정이 손에 틀어쥐었던 꽃심이의 힘없는 머리타래를 내동 댕이치자 후원의 돌바닥에 꽃심이의 작은 몸뚱이가 힘없이 나동 그라졌다.

"그러게 대감마님. 제가 이 아이는 기생 수업을 받은 적이 없 어 그 모양새나 방중술이 형편없을 것이라 말씀드렸지 않사옵니 까? 여기서 이렇게 불같은 노여움을 내지 마옵시고, 다른 방에 고 운 아이들을 준비시켜놓았으니 그리로 가시어요."

"에잇! 되었네! 오늘은 그냥 집으로 돌아가야겠어. 이 천한 년 때문에 재미고 뭐고 흥이 다 떨어져버렸지 무언가? 다음에 내가 흥이 올라오거들랑 영락관을 찾을 터이니, 그때에 좋은 계집들을 따로 채비해두게. 알겠는가, 연 행수?"

"여부가 있겠사옵니까?"

"아차차. 저 방에 이 계집년 궁둥짝만 한 얼음이 있네. 이년이 깨면 내어주게. 오늘밤 화대치고는 분에 넘치는 은총일 것이지? 하하핫!"

김익선이의 입에서 흐르는 돼지 분뇨 냄새를 뒤로한 채 소향은 얼른 부리는 종복들에게 명을 내렸다.

"자! 모두들 뭣 하고 서 있는 것이야! 얼른 영의정 대감마님을 정성껏 모시지 않고!"

"예, 행수어르신!"

자비로운 척 실컷 거드름을 떨던 김익선이가 사라진 후에야 소향은 발가벗겨진 채 정신을 차리지 못하는 꽃심이의 몸을 얼른 등에 업었다. 그러고선 남은 종복들에게 소리쳤다.

"얼른 의원을 부르거라! 어서!"

의원은 그 참혹한 환자의 모습에 놀라 혀를 내둘렀다. 꽃심의 입안과 후미에는 김익선이가 내뱉은 사정액과 날카로운 얼음조각이 그득하게 차올라 있었고 정신을 차리지 못하는 아이의 입과 후미에서 온갖 오물들이 피와 뒤섞여 토사물처럼 흘러나왔다.

"어떻습니까. 괜찮겠습니까?"

소향이 꽃심이의 이마를 매만지며 의원에게 묻자 그는 혀를 차며 입을 열었다.

"도대체 이 어린것을 이렇게 만든 이가 누구랍니까? 아무리 기생집이지만, 주인인 행수께서는 이 사달이 나도록 가만히 지켜 보고만 있으셨습니까?"

"……."

연 행수가 눈을 감으며 한숨을 내쉬자 의원이 입을 열었다.

"아니 된다 하셨겠지요. 허나 막을 방도 또한 없었겠지요."

"……이 어린것. 낫게만 해주시어요. 부탁드립니다. 의원님."

"내 힘쓸 만큼 힘써보기는 하겠으나. 참말로 어떻게 망하려고 이 나라가 이렇게 돌아가는지. 말세올시다."

의원의 아래에서 가르침을 받는 여제자 또한 꽃심이의 입과 후미에서 더러운 오물을 빼어내며 연신 혀를 찼다. 작은 몸이 울긋불긋한 멍으로 성한 곳이 없었고, 얼마나 맞았는지 얼굴은 행색을 알아볼 수 없을 정도로 흉하게 부어 있었다. 아마도 꽃심이가 받아들이지를 못하니 그 몸뚱이에 폭력을 쓴 것이리라.

한참 동안 병자의 몸을 살피던 의원은 종이에 무엇인가를 적어 소향에게 내밀었다.

"자. 내 약방에서 부리는 이에게 이것을 보이면 이대로 챙겨줄 것이니. 얼른 종복을 시켜 가져오도록 하시오."

의원은 소향에게 작은 쪽지를 내민 후 꽃심이의 몸을 닦아내기 시작했다. 아픔이 느껴지는지, 아니면 지독한 악몽에라도 시달리는지 꽃심이는 가냘픈 신음을 흘려내었다.

소향과 영지는 퍼뜩 정신을 차리고 방 바깥으로 나섰다. 행여 장맛비의 찬 기운이 꽃심이의 몸을 더 상하게 할까 염려한 소향은 방문을 잘 닫은 후 종복을 불러 말했다.

"얼른 의원님의 약방으로 가서 이것을 전하고 약을 받아 오게. 얼른!"

"죄송하지만 오늘은 그림을 그릴 수가 없겠습니다. 숙부인께 는 빠른 시일 내에 그림을 드릴 것이라 따로 일러주십시오."

영지는 소향과 함께 꽃심이가 수침을 들었던 방으로 와서 그 가련한 옷가지를 주섬주섬 챙기며 말했다. 얼마나 지옥 같았을까. 얼마나 죽고 싶었을까. 김익선이의 그릇된 욕망과 폭력의 자국이 방 안 곳곳에 남아 있어 그녀의 가슴은 숨도 쉬지 못할 고통으로 부풀어 올랐다.

내 삶과는 아무런 상관도 없던 꽃심이란 아이가 아니던가. 그 런데도 이 참상을 눈에 오롯이 담고 나니 마음이 터질 듯이 뛰어 대어 곧 숨까지 가빠져 왔다. 그때 문득 짚불 안에 묶인 커다란 얼음조각이 눈에 들어왔다.

「아차차. 저 방에 이 계집년 궁둥짝만 한 얼음이 있네. 이년이 깨 면 내어주게. 오늘밤 화대치고는 분에 넘치는 은총일 것이지? 하하 핫!」

불현듯 영지의 온몸에 살기가 차올라 그 눈빛이 희번덕거리기 시작했다. 주위를 살피던 그녀는 그 손에 장도와 비녀를 들고 와 서 커다란 얼음덩이를 미친 듯이 찔러대며 깨기 시작했다.

'이깟 얼음이 사람보다도 중하던가! 그렇게 사람을 다 죽여놓고선 이것이 은총과 같은 화대라고!'

마치 사정을 모르는 이가 보았다면 영지의 모습은 반 미친 사람의 광증과도 같아 보였을 것이다. 소향도 속으로 크게 놀라 그녀를 말리려 했지만 그 눈에 깃든 살의감에 그저 영지가 내뿜는 광기를 말없이 지켜보고만 있었다. 차갑고 날선 얼음조각들이 방 안 온 곳으로 튀었고, 비녀의 장식이 영지의 얇은 손바닥을 파고들어 핏방울을 일으켰다.

"아씨! 그만하십시오!"

영지의 손에서 핏줄기가 흐르자 소향은 그제야 그녀를 말리며 끌어안았다.

"놓아요! 분하고 원통한 마음에 이 살기를 참을 수가 없습니다!"

영지는 소향의 품에서 결국 아이처럼 엉엉 목 놓아 울어버렸다. 마음속에 치고 살았던 모든 장벽이 형체를 알 수 없을 정도로 무너져버리는 느낌이었다.

"……그 수괴의 손에 돌아가신 오라버니가 생각이 나서 그러시는 것입니까."

소향은 영지의 등을 토닥여주며 달래듯이 말했다.

"아니요. 아닙니다."

영지는 눈을 감고 흐느끼듯 대답했다.

"그런데 왜 이렇게 아이처럼 우십니까. 괜찮습니다. 아씨의 일이 아니지 않습니까. 어찌하여 이리 마음을 쓰시는 것이옵니까?"

"……미워서요."

"……?"

"나만, 내 식솔들만 연명붙이 할 수만 있다면, 이런…….."

영지는 가슴에 장을 지져내는 것처럼 뜨거운 말을 토해내는 중간 흐느끼고 또 흐느꼈다.

"이런 세상 따위, 이런 녹월의 현실 따위……, 다 필요 없는 것이라 여기며 상관하고 싶지도 않았던…….."

'이 내 마음이 밉고 추악해서요.'

권력의 중심이 온전치 못한 자에게 넘어가면 이 세상이 어찌되는지, 이미 몸소 느낀 적이 있었음에도 불구하고 그것을 외면하며 살아가려 했던 그 마음. 나를 둘러싼 좁은 세계만 행복할 수 있다면 그것이 살 만하고 평안한 삶이라 생각했던 그 마음이 너무나도 밉고 치가 떨려 와서 영지는 온몸의 기운이 다 빠져나갈 정도로 하늘을 향해 통곡했다.

장맛비가 잠시 소강상태를 보였다. 영지는 가늘어진 빗줄기를 보며 도롱이를 챙겨 입고 삿갓을 눌러썼다. 하룻밤 묵고 날이 밝은 후에 돌아갈 것을 권하는 소향의 청에도 그녀는 고개를 저었다.

"비가 오니 포도청 관군들도 그 상관 몰래 쉴 것이고. 오늘 밤은 빗소리나 들으면서 혼자 걸어볼까 합니다."

"그래도 위험할 텐데……."

"괜찮습니다. 지금은 여인이 아닌 사내이니. 조만간 은밀히 들러 숙부인께 보낼 그림을 드릴 것입니다. 밑그림은 다 그린 상태이니 채색만 하면 됩니다."

영지는 가볍게 고개를 숙여 인사를 하고는 영락관의 문을 나섰다. 비가 부슬부슬 내리는 밤은 쌀쌀한 한기가 깃들었다. 순간순간마다 후원의 돌바닥에 내동댕이쳐졌던 꽃심이의 모습이 떠올라 그녀는 고개를 가로저었다.

"아버지가 우려했던 세상은 바로 이런 세상이 아니었을까."

'그래서 목숨을 걸고 그들을 막으려 했던 것이었을까.'

영지는 혼잣말과 생각을 번갈아 하며 답답한 마음을 도닥이려 애썼다.

'그래서 도승지 나리도, 월산군 마마도, 그리고 그를 따르는 무리도……. 간악한 자의 권력 아래에서 신음하는 백성들의 신음 소리를 덜어주려고 피바람을 불사하는 것일까. 녹월의 참뜻을 지켜나가기 위해서…….'

영지는 혼자만의 생각에 잠겨 터덜터덜 걸음을 옮겼다. 그렇게 한참 동안 걸음을 옮기고 있는데 누군가가 자신의 어깨에 손바닥의 온기를 전하는 것이 느껴졌다.

'누구?'

"나요, 나. 동업자 이혜."

영지는 갈모 아래에서 자신을 향해 반가운 듯이 웃는 혜를 뚫어져라 바라보았다.

"마……, 마마께서 여기는 어인 일이십니까?"

"아. 저녁참을 늦게 먹고 일이 손에 잡히지 않아서 어슬렁어슬렁 빗소리나 들을까 하여 무작정 걷던 참이었거든. 그때 영락관에서 나오는 영소 작가를 보았지. 내게는 걸음도 하지 않더니, 무에, 영락관에는 그간 왕래하였던 모양인가?"

"급하게 그림을 찾는 이가 있어서⋯⋯."

"그래도 그렇지. 나는 이제나 저제나 영소 작가의 상한 발목이 나았나 걱정이 되어 목이 빠지게 기다리고 있었는데⋯⋯."

"그래서 그곳에서부터 여기까지 저를 따라온 것입니까?"

"응. 그나저나 그 상한 발은 어느 정도 나았나 보오?"

"예, 이제는 걸을 만합니다."

"그렇군. 다행일세."

혜는 그렇게 말하며 슬쩍 영지의 옆에 서서 그 보폭을 맞추어 걸었다. 그의 어깨에는 작은 머리통에 꼭 맞는 갈모를 쓴 채 킷킷대는 현이 있었다.

"그런데 어딜 가십니까?"

"아, 어차피 글도 잡히지 않으니. 내 영소 작가의 집이 어디인가 눈에 담아둘까 하고."

"그러실 필요 없습니다."

영지는 어지러운 마음을 애써 정리하며 대꾸했다. 조금은 능글스럽고 천연덕스럽기까지 한 이 왕자마마의 마음에 시퍼런 칼날이 감추어 있음을 알고 나니 그의 눈을 똑바로 쳐다볼 수가 없었다.

"저기. 영소 작가."

"예?"

"좀, 보고 싶었네."

"그게 무슨 말씀이십니까?"

"아니, 무어. 그냥……, 보고 싶었다고. 사람이 사람을 보고 싶어 하는 게 이상한 것인가?"

그러자 영지는 미간을 찡그리며 말했다.

"그런 말씀, 잘못 들으면 제가 오해할 수도 있는 말이 아니겠습니까?"

"무슨 오해?"

"거두절미하고. 방금 그 말씀은 자칫하면 마마께서 저를 좋아하고 계시는 것으로 오해할 수 있는 소지가 많습니다. 하오니 '보고 싶었다'라든가, '나의 사랑하는 백성'이라든가, '귀한 영소 작가'라든가 하는 말씀. 앞으로는 하지 말아주십시오."

곧은 신념을 받아들이기 두려운 마음과 비탄에 빠진 세상을 직면한 마음. 그런 두 개의 마음결이 진흙탕처럼 엉겨 붙어 일그러져버린 지금 영지는 일단 혜에 대한 자신의 마음에 선을 그어야겠다고 생각하며 조금 잰걸음으로 그를 앞서갔다. 그러나 곧 영지는 곧 자신을 쫓아온 그에 의해 여린 손목을 강하게 낚아채이고야 말았다.

"그 말인즉, 영소 작가는 내가 그쪽을 좋아하고 있다는 오해의 말로 내 말뜻을 받아들였다는 말이로군?"

"……!"

영지가 눈을 크게 뜨며 자신을 바라보자 혜는 잡은 손목을 더욱 힘주어 붙잡으며 말했다. 이상하게도 마음속에 뱅뱅 도는 이 말을 이 자리에서 꺼내지 않는다면 눈앞의 사람을 놓치게 될 것만 같은 이유 모를 불안감에 혜는 마른침을 한 번 삼킨 후 어렵게 입을 열었다.

"그 오해를 부른 말."

갑자기 밤비의 부슬거림이 하나도 귀에 들리지 않았다. 그저 둘 사이에는 고요와 적막만이 흐르고 있을 뿐이었으며 현마저도 숨을 죽이고 두 사람을 번갈아 바라보았다.

"사실인 것 같아."

영지는 혜의 눈에 비친 자신의 모습을 마주하고 호흡을 멈췄다.

"아니. 사실, 맞아."

그의 진실한 말이 굳게 채운 감정의 수문을 향해 강하고 깊게 밀려들어 왔다.

"얼굴도 알지 못하고, 그 출신이며 사는 곳이며……. 아무것도 알지 못하지만. 내 정신과 사상에 파도처럼 밀려들어 균열을 일으켜버린 그대 영소 작가를……."

"……그만!"

영지가 한쪽 손으로 귀를 막자 혜는 손에 들었던 등불을 진흙 바닥에 버리고 다른 손마저도 잡아채며 말했다.

"아무래도 나는 영소 작가가 사내라 할지라도, 좋아하고 있어."

수문을 억지로 채워 잠갔던 잠금쇠가 부서지고, 균열이 일어 깨진 수문 틈으로 흐르는 물의 세기가 걷잡을 수 없을 만큼 커져 혜에게로 흐르고 있었다.

거짓말이다. 이게 거짓말이 아니면 무엇이 거짓이란 말인가?

영지는 자신의 두 손을 낚아채며 힘 있는 눈으로 응시하는 혜의 눈빛이 두려워지기까지 했다.

"마마께 당하는 농이……, 하, 한두 번이 아니지요. 하지만 이번 농은 참으로 지나치십니다."

영지가 고개를 돌리며 떨듯이 말하자 혜가 답답하다는 듯 입을 열었다.

"농담, 아니라고. 영소 작가는 영특하면서 이 상황을 아직도 파악하기 힘드신가?"

"파악이 안 되는 것이 아니라!"

"그럼?"

"이해가 되질 않으니 그러는 것 아닙니까!"

영지가 소리치듯 말하자 혜가 그런 반응은 이미 염두에 두었다는 듯 말했다.

"그 얼굴 보지도 못한 와중에 이런 말이 가당치 않다는 말인가?"

"무슨! 사람에 대해 잘 알지도 못하면서 좋아하고 있다는 말을 그리 함부로 하시느냔 말입니다!"

영지가 혜의 마음을 밀어내듯 소리치자 그가 속삭이듯이 말했다.

"영소 작가의 논리로 따지면, 눈이 보이지 않는 맹인과 범인은 서로 상대방을 좋아하고 연모할 수조차 없다는 것으로 들리는군?

당사자들이 들었으면 자네, 그 지팡이로 몇 대는 호되게 맞았을 것이네."

"참으로 어처구니가 없습니다. 그건 그렇다 쳐도 마마께서는 사내이신대, 어찌 제게 그런 말씀을 이리도 쉽게 꺼내시는 것입니까? 제가 받을 충격은 상상도 해보지 않으셨답니까?"

침범하지 말아달라, 제발 그 말을 거둬달라. 영지는 혜의 눈을 바라보며 자신의 맘속으로 끊임없이 속삭였다. 그러자 그가 한숨을 쉬며 안타까운 음성을 흘려보냈다.

"……그래서 오늘까지 속만 끙끙 앓아왔던 것이 아닌가."

"……."

"도통 영소 작가를 볼 수 없으니 글도 손에 안 잡히고, 그 허연 누더기로 감아놓은 얼굴만 눈앞에 동동 떠다니고. 내가 글을 쓸 때 옆에서 들어주고, 꼬집어주고, 같이 의논을 해주는 영소 작가가 나는 진실로 보고 싶었다고. 삽화를 그리던 그쪽의 자리가 며칠 동안 비어 있으니 이 내 마음도 텅 빈 자리와 같아서……. 더워도 더운 줄 모르고 그저 설빙의 계절처럼 이 마음이 춥고 외로웠다고. 늘 혼자 쓰던 글방이 그리도 넓고, 아득할 만큼 외로운 곳이었다는 것을 나는 영소 작가가 없는 빈자리를 느끼고서야 처음 알았어."

그의 맘속 고백에 그녀는 아랫입술을 꾹 깨물었다. 눈앞의 이 사람은 어찌도 저리 맑고 진실한 눈으로 저런 말을 읊는 것인지. 마치 시구에 쓰인 미사여구처럼 달콤한 느낌에 영지는 온몸에 진저리가 날 만큼 마음이 아릿해지는 것을 느꼈다.

"그래도, 마마의 마음. 저는 받을 수가 없습니다."

"그쪽과 내가 둘 다 사내라서?"

"……"

"그래. 그렇겠지. 그래서 나는 그냥 여기까지만 하려고."

혜가 손에 틀어쥔 영지의 손목을 풀어주며 나지막이 속삭였다.

"내 마음이 영소 작가로 인해 균열이 일었다고는 하나, 그것이 영소 작가의 문제라고 밀어붙이며 이 마음을 받아달라 떼를 쓸 수도 없을 터. 그래서 그냥 오늘, 지금만……. 이렇게 한 번 안아보고 말려고."

혜는 살며시 그녀의 작은 어깨를 끌어안으며 한숨을 자아냈다. 갈모를 쓴 현은 마치 둘만의 시간을 만들어주려는 듯 공중 위로 파드득 날아올라 빗물세례를 받는 나뭇가지 위에 앉았다.

"미안하네. 내 다시는 이런 말, 꺼내지 않을 터이니. 내일부터는 글방에 다시 나오시게. 안 나오면 계약파기이고, 계약을 파기하면 파기 위약금으로 일천 냥을 물어내야 할 것이니."

억지로 꾸며낸 익살스러움이 배어난 목소리의 일면에는 애끓는 한숨이 진득하게 묻어 있었다.

"마지막으로 내 이야기 한 번만 들어보겠는가. 영소 작가가 미친 듯이 그립고 보고 싶어, 글 한 줄 써지지 않아 까무룩 잠이 들었는데 말이야. 꿈속에서 그쪽이 나왔다네. 헌데 그쪽의 얼굴은 여전히 보이지 않았으나 그 뒷모습은 곱게 댕기를 드린 천상 여인의 모습이어서 몽중임을 알면서도 얼마나 탁 트인 가슴으로 웃을 수 있었는지."

"……."

"밤의 달이 낮의 해와 함께하고 싶은 것처럼 그 꿈은 그저 내 헛된 열망을 반영한 것이었겠으나 딱 하루만이라도 좋으니 나는 영소 작가가 여인이었으면 좋겠어. 그래서 내 맘, 받아달라고 투정도 하고 싶고, 떼도 써봤으면 좋겠어."

"마마……."

"최소한 나의 사랑하는 귀한 백성의 맘을 얻을 수 있도록 노력이라도 해보았으면 좋겠어."

그의 아픈 고백에 그녀의 마음은 달뜬 듯 더워졌다. 지금 당장에라도 그를 향해 흐르는 이 마음을 내보여드리면 어떨까. 한쪽 다리가 없는 현의 모습이 수놓인 손수건을 건네드리면 어떨까. 온갖 생각이 머릿속을 어지럽혔지만 영지는 그저 눈을 감고 자신의 마음을 다스렸다.

'나는 거짓말을 하였어. 마마께서는 내가 사내인 줄 아시고도 저리 어려운 말씀을 꺼내셨는데……, 내 정체를 알게 되시면 관계의 시작점부터 거짓말을 해대고 그 거짓말이 드러날까 또다시 거짓말을 덧입힌 나에게 실망하시겠지. 아니, 분명 나라는 사람에게 실망하실 거야. 게다가…….'

혹여 그 실망스런 마음을 다 제쳐두고 서로에 대한 연심이 통하여 종결에는 서로가 맺어진다 하여도 마음속에 칼을 품고 사는 이 사람과 대놓고 연모의 정을 통하였다가 그 즐거움에서 헤어 나오지 못한다면. 그래서 병든 부모의 수발도 뒷전이 되고, 그림을 그리는 것도 뒷전이 되면 어렵게 얻은 삶도 다시 진창 속에 빠질 것이다.

특히나 그가 지금 도모하는 모종의 계략이 실패로 돌아가게 되면 그에게 맘을 모두 줘버린 영지는 살 희망을 잃을 것이 자명한 일. 반역을 꾀하는 이와 접붙임을 한 죄로 겨우 부지하고 있는 세 가족의 목숨 줄마저 위험하게 될 것은 당연지사였다. 또한 혜는 반역을 꾀한 중심에 서 있는 사람일지니 제일 먼저 수괴의 칼에 죽임을 당하게 될 것이다.

이미 사랑하는 사람들을 잃은 슬픔이 얼마나 지독한 것인지를 잘 아는 그녀는 마른침을 삼키며 고개를 가로저었다. 그러나 고개를 가로저으면 저을수록 그의 내음이 달큰한 고백과 뒤섞여 들어가, 영지의 마음은 쉬이 다스려지지 않았다.

九章. 마음의 우물 속에는 신념도 있고, 정인도 있고

　　여전히 비는 거세게 내리며 그 위용을 과시했다. 꽃심이가 처한 끔찍한 상황과, 혜의 고백은 영지의 마음을 일순간도 그저 잠잠히 놓아두질 않았다. 내일부터 당장 글방으로 나오라고 한 혜의 말을 들은 지 나흘이나 흘렀으나 그녀는 그곳에 걸음을 할 수가 없었다. 그의 얼굴을 보는 것도 용기가 나지 않았고, 어쩐지 도성 중심가에는 김익선이의 입에서 흐를 법한 썩은 권력의 냄새가 장마의 습기를 타고 그득히 퍼져 있을 것만 같아서 가까이 다가서기가 꺼려졌다.

　　"휴우……."

　　빗물이 떨어지는 처마 끝을 보며 다듬이질을 하던 영지의 입에서는 한숨이 마르지 않았다. 그러자 딸아이의 작은 등을 뒤에서 물끄러미 바라보던 윤일이 입을 열었다.

　　"아가, 영지야."

　　"예, 아버지."

　　"네 속에서 한숨이 마르지 않는 것이, 그 속에서 작은 전쟁이라도 일어난 듯하구나."

곁에서 낮잠에 든 안해의 세어버린 머리칼을 매만지는 지아비의 손끝에는 아직도 지어미에 대한 애정과 미안함이 가득했다.

영지는 마음속에서 지옥 같았던 며칠 전의 파편을 꺼내어 들여다보다 이내 고개를 가로저으며 또다시 답답한 한숨을 흘려보냈다.

"며칠 전에……, 지옥을 보았습니다."

"어떤 지옥을 보았느냐."

"아이가 그 나이에 가져야 할 어리고 순한 소망을 가지지 못하였습니다. 썩은 고름 냄새보다도 더한 더러운 권력을, 손아귀에 붙잡힌 아이의 침잠된 맘을 요괴처럼 갉아먹는 늙은 금수의 웃음소리도 들었습니다."

영지는 다듬이 방망이를 좁은 마루에 올려놓으며 처마 끝에서 떨어지는 빗방울을 물끄러미 바라보았다.

"사람이 있고, 맛난 음식이 있고, 흥이 있고, 하늘이 있고, 땅이 있는……. 누가 보아도 평범한 세상의 모습일 법하였건만, 그 중심에 옳지 못한 힘이 있으니 사람이 있어도 사람대접을 받지 못하고, 맛난 음식 냄새가 맡아져도 그 음식에 구미가 당기지 않았으며, 흥 소리가 들려도 어깨춤이 나지 않았고, 하늘과 땅은 눈앞에서 그 자취를 감추었습니다."

마치 넋두리와도 같은 말이 영지의 입술을 타고 서슴없이 흘러나와 혀끝에 파편처럼 박혀들었다.

"세상이 세상답지 못한 세상. 제 눈에는 마치 그 꼴이 지옥도의 그것처럼 징그럽고 끔찍하고 온몸의 뼛골과 치가 오싹하게 떨려 들어와 감히 두 눈을 뜰 수조차 없었습니다."

영지는 얼굴을 알아볼 수 없을 정도로 퉁퉁 부었던 꽃심의 얼굴이 떠올라 눈을 감았다. 그러자 윤일이 두 팔로 몸을 지탱하고 방을 기어 나와 영지의 마른 등을 어르듯이 만지며 입을 열었다.

"수라지옥 같은 작금의 참상을 그 눈에 담은 것이구나."

"……그 참상은, 오라버니께서 수괴에게 해를 당하셨을 때 느꼈던 그 끔찍함과는 또 다른 것이었습니다."

"…….."

"몇 해 전 우리 일가가 받았던 그 고통을 지금도 누군가가 받고 있고, 그 고통을 발판삼아서 누군가는 더러운 웃음을 짓고 활개를 치며 산다고 생각하니……. 이 세상을 덮어버린 끔찍한 아귀의 입 벌림이 언제 멈추어질까. 이 고역 같은 사슬은 언제 끊어질까. 사람이 사람으로서 당연히 소망을 가지고 살아갈 수 있는 세상이 도래할 수는 있을까. 그런 세상이 영영히 오지 않을 것만 같아서 그것이 치가 떨릴 만큼 끔찍하였습니다."

영지의 고백에 윤일은 눈꺼풀이 바르르 떨리도록 눈을 깊게 감았다. 아직까지도 수괴 김익선이의 행로를 막지 못했던 자신의 나약함이 가슴 깊은 곳에 멍에처럼 남아 있음이 느껴졌다.

"……세상을 바꾸고 싶은 것이더냐."

윤일의 물음에 영지는 한동안 쉬이 입을 열지 못하다 겨우 말끝을 꺼냈다.

"지금의 세상이 환멸스러울 정도이지만, 제가 이 세상을 바꾸기 위해 할 수 있는 일이 없습니다, 아버지."

"……."

"하루하루 살아가는 것에 바쁜 이 목숨이 세상을 어찌 바꾸겠습니까."

영지가 안타까운 미소를 지으며 다시 다듬이 방망이를 두 손에 들었다. 낭창낭창한 다듬이 소리가 습기를 타고 낮게 깔렸다.

"너의 마음과 너의 신념이 침잠되지만 않았다면, 세상을 바꿀 방도를 찾을 수 있지 않겠느냐."

다듬이질 소리가 찰나에 멈추었다.

"꼭 거창하게만 세상을 바꿀 수 있는 법은 아니다. 영지야, 이 아비는 꿈꿀 수 없는 세상, 소망을 품지 못하는 세상이 도래하는 것을 늘 염려하였단다. 그것이야말로 죽은 자들의 세상이 아니겠느냐."

"아버지……."

영지가 고개를 돌려 윤일의 눈을 물끄러미 바라보았다.

"아비의 신념을 이해해달라는 말이 아니다."

"……."

"하지만 이미 아비의 신념과 너의 신념은 동질한 무엇인가가 있지를 않느냐."

"무슨 말씀을 하시는 것인지 저는 이해하기가 어렵습니다."

영지가 조곤조곤히 묻자 윤일이 주름진 입가에 옅은 미소를 띠며 말했다.

"신념의 동질성은 있으나 신념을 풀어내는 그 방향성은 너와 내가 다를 수 있다는 것이다. 아가, 이 아비는 말이다. 살아도 산 목숨이 아니니라. 그 수괴의 말대로 이리 사는 삶이 모멸스럽고 고통스러워 참을 수 없을 때가 수도 없이 많단다."

"……."

"네 오라비 영소도 사무치게 보고 싶고……. 또 너에게……. 앞으로 살아갈 날이 많이 남은 내 귀한 딸에게 소망을 품을 수 있는 세상을 남겨줄 수 있게 힘쓰고 싶단다."

영지는 윤일의 눈에서 게즘게즘 차오르는 눈물을 보았다.

"아비의 길을 그저 지켜봐주었으면 좋겠구나."

"아버지!"

"그리고 영지 너도, 너의 신념대로 네가 할 수 있는 일을 찾았으면 한단다. 그것이 모래알처럼 작은 일일지라도. 아주 하찮아서 불면 날아가버릴 만큼의 그것이라도. 누군가에게 그 일이 작은 소망의 씨앗이 되는 일이라면 아비 또한 네가 걷는 길을 조용히 지켜볼 것이다."

마음 깊은 곳에서 솟아오르는 무엇인가가 울컥울컥 포효하여 영지는 그만 눈물이 날 것 같았다.

"네 눈에 담은 그 지옥. 더 이상 지옥의 자취가 넓어지지 않도록 노력해야 할 것이 아니냐. 마음이 침잠되지 않은 사람들 먼저……."

윤일의 말에 영지는 두 손바닥으로 눈가를 비비면서 울먹이는 목소리로 말했다.

"아버지를 찾는 이들이 다시 이곳에 도둑고양이처럼 숨어들면, 고양이에게 내어줄 생선은 없으니 그저 찬밥에 물을 말아 내어드릴 것입니다. 겸상은 지난번 말씀처럼 아버지께서 하실 것이지요?"

영지의 물음에 윤일은 고개를 끄덕였다. 어쩐지 곧 장맛비가 멈출 것처럼 어디에선가 온화한 바람이 불어오는 것 같았다.

장마가 멈추고 뜨거운 햇볕이 또다시 온 공기를 덥히고 있었다. 그야말로 무더위의 시작이었다. 영지는 언제나처럼 변복을 한 차림으로 저자를 걸었다. 곰곰이 생각해보니 어쩌면 혜의 책에 들어갈 삽화를 그리는 일이 이 비틀어진 세상을 조금이나마 바꿀 수 있을 것만 같다는 생각이 들었다. 지금 그가 쓰는 책은 다분히 일그러진 권력의 탐욕에 빠져버린 김익선이의 횡포에 초점을 맞추고 있지 않은가.

그리 생각하니 '돈 때문에 시작했던 일'이 어쩌면 '신념을 이룰 수 있는 일'이 될 수도 있을 것 같았다. 이런 생각 저런 생각을 하며 글방에 당도한 그녀는 큰 숨을 두어 번 내쉰 후에 조심스럽게 문을 두드렸다. 그러자 문 안쪽에서 와당탕 소리가 들리는 것 같더니 곧 나무문이 슬쩍 열렸다. 열린 문 사이로 영지를 반갑게 내려다보는 혜의 얼굴과 현의 머리통이 드러났다.

찰나 동안 문밖의 뱁새 다리를 지닌 사내를 물끄러미 바라보던 혜는 뺨에 볼우물을 만들며 해맑게 웃었다. 하절 볕의 새하얀 맑음이 그의 활짝 휜 눈가에 담겨 있었다. 보고 싶었다느니, 안 오는 줄 알고 두려워 걱정했었다느니. 그런 안타까운 말은 맘속 깊은 곳에 꾹꾹 눌러둔 채 그는 시원시원한 목소리로 영지를 맞이했다.

"그 뱁새 다리는 발바닥에 거북이를 다셨나? 굼벵이를 다셨나? 내가 다시 글방에 나오라고 한 지가 딱 닷새째야, 영소 작가."

"발목이 다 낫지도 않았는데 사방팔방을 발발거리고 돌아다녔더니 다시 아파 와서 말입니다."

"그러게! 누가 그렇게 상한 다리로 발발발 동네 똥강아지마냥 돌아다니라고 하였나? 조심하여야지. 젊을 때 잘못 관리하면 나중에 발목에 풍이 들지도 모르네."

혜는 영지의 손을 잡는 대신 푹 눌러쓴 삿갓을 들어 벗기며 말했다. 자연스럽게 말을 주고받지만 행여 영지가 부담을 느낄까, 으레 주고받았던 소소한 접촉도 의식적으로 피하는 눈치였다.

"자. 여기 시원한 냉 녹차 한 잔."

영지는 혜가 건넨 녹차를 받아 마시려다 그 위에 둥둥 뜬 얼음 조각에 눈길을 주며 아랫입술을 깨물었다. 얼음조각을 보니 꽃심이의 일이 떠올라서 갑자기 입안에 쓴 기운이 퍼져 나가는 것 같았다.

"왜. 냉 녹차 별로 안 좋아하는가? 시원하니 좋을 텐데……."

"……."

"싫어도 좀 마셔보아. 더위엔 얼음이 딱이지. 이거 완전 혜표 자연산 얼음이라고."

"예?"

"비가 많이 오니, 얼음 채취에 딱 좋을 정도로 날씨도 시원하고. 그래서 내 이 쓸개 빠진 정신 좀 차릴 겸하여 전에 갔던 밀실 있지? 거기를 좀 다녀왔다네. 그때 못 보여줬는데 말이야. 굴 안쪽으로 조금만 더 들어가면 조그마하게 얼음이 어는 곳이 있거든? 거기서 내가 직접 깨서 가져온 얼음이란 말일세. 그러니 '혜표 얼음'이 아닌가?"

"풋!"

그 말에 영지는 빵 하고 웃음보가 터져버렸다.

"왜 웃는가?"

"아니, 그냥……. 뭔가 말이 좀 묘하게 웃겨서……."

그의 말을 들으니 쓴 기운이 가득했던 마음 빛이 옅은 초록빛의 녹차처럼 상쾌하고 싱그러워졌다. 좋아하는 사람과 함께 있는 것은 이런 느낌일까. 마음을 무겁게 만들었던 짐이 잠시 사라지고, 그것이 사라진 자리에 유쾌하고 밝은 미소가 차오르는 것 같았다. 갑자기 맑아지는 기분에 영지는 냉 녹차를 한 모금 삼키고 입안에서 얼음조각을 오도독거리며 경쾌하게 깨물었다.

"시원하니, 기분 좋지?"

영지는 대답 대신에 고개를 끄덕였다. 김익선이의 얼음은 불쾌하고 욕설이 나올 정도로 끔찍했지만 혜표 자연산 얼음은 시원하고 맑고 기분까지 좋아졌다. 같은 것이라도 누구의 손을 거치느냐에 따라 다른 법. 영지는 또 한 번 마음속에 혼잣말을 담았다.

'권력도 이와 같은 것이겠지. 옳은 신념을 가진 자에게서 나는 것이냐, 아니면 그른 신념을 가진 자에게서 나는 것이냐에 따라 그것이 미치는 영향이 다른 것처럼.'

그저 바라보고만 있어도 좋았다. 그토록 넓게만 느껴지던 글방이 꽉 찬 것만 같아서 혜는 마냥 마음이 뿌듯했다. 비록 얼굴도 모르고 아는 것이라곤 그 이름뿐이지만, 어찌 되었든 그냥 좋았다. 마냥 함께 있으면 마음이 좋고 설레어 입가에 미소가 자꾸만 지어지는 이 기분은 분명, 사랑이리라.

'오지 않을까, 하여 얼마나 노심초사하였는지. 영소 작가는 곧 죽어도 모르겠지.'

혜는 서역에서 은밀하게 들여온 목각인형들을 이리저리 맞추어가며 성애 장면을 그리다가 한숨을 짓는 그녀의 모습을 엿보며 살며시 웃었다.

'딱 일곱 밤까지 채워서 기다려보고, 그래도 오지 않으면 그 마을 입구에서 일천 냥을 내어놓으라는 방을 들고 기다리려 하였는데.'

혜는 저도 모르게 흘러나오는 웃음을 참으며 자세를 고쳐 앉았다. 하지만 눈길은 자꾸만 영소 작가를 향했으니. 감은 누더기 사이로 보이는 입술에 눈독이 들었고, 그 맑은 눈동자에 마음독이 들었다. 그런데 그 오밀조밀한 입술이 움직이기 시작했다.

"마마. 도저히 안 되겠습니다."

"무엇이?"

"일전에 말씀드렸지 않습니까? 저는 방사 장면을 보아야만 그릴 수 있다고. 물론, 눈으로 보기만 하면이야 끝내주는 그림을 그릴 수 있습니다만."

"그럼 지금이라도 당장 영락관 행수에게 기별을 넣을까? 자네가 합방 장면을 좀 볼 수 있도록 손을 써달라고?"

"오늘은 되었습니다."

'영락관의 그이들도 맘에 진정을 찾을 시간이 있어야 하니까요.'

영지는 또다시 꽃심이를 떠올리며 눈을 감았다 떴다.

"마마. 합방 장면 말고, 또 다른 장면도 그려야 할 것이지요?"

"응. 자, 여기 한 열 장 정도 읽어보면 이런 장면이 있거든? 중궁전이 몰래 기방을 찾아 김선익이와 정분을 나눈단 말이지. 증거를 잡으려고 성수련이가 기녀처럼 꾸미는 모습이 있어. 우연히 그 모습을 권이현이가 보는데. 자, 여기서 중요한 덕목 하나! 성수련이가 가슴을 거의 보일락 말락 하는 그 모습일세. 그리고 덕목 둘! 그 모습에 얼이 빠져버린 권이현이의 표정. 상상하여 잘 그릴 수 있겠는가, 영소 작가?"

"당연하지요. 그 정도는 감칠나게 그릴 수 있습니다. 일단 원고부터 주십시오. 읽어보고 글의 분위기도 잘 살려서 채색해야 하니."

영지는 혜가 든 원고를 받아들었다. 그 순간 손가락에 짜릿거리는 느낌이 종이를 타고 흘렀다. 아, 눈이 마주친 것이다. 영지는 너무도 진실 된 눈동자로 자신을 바라보는 혜의 눈빛에 놀라 그만 딸꾹질이 튀어나왔다.

"읍! 딸꾹!"

딸꾹질을 할 때마다 녹차향이 입안을 맴돌았다.

'이게 웬 추태람.'

영지는 손으로 입을 막으며 딸꾹질을 멈추기 위해 이리저리

서성거렸다.

"아, 저, 딸꾹! 잠깐 책장에 있, 딸꾹! 는 책을 좀 보아도 되겠습, 읍! 니까?"

뭐라고 하는지. 대충 파악한 혜는 고개를 끄덕였다. 그러자 영지는 책장 사이사이를 돌아다니며 숨을 참기도 하고 주먹을 쥐어 가슴팍도 두드려보았다.

그러다가 그냥 아무 생각 없이 꺼내든 책을 주르륵 훑던 영지는 책의 귀퉁이에 써진 누군가의 생각을 읽었다.

책을 읽다 보면 가끔은 주인공들의 맘속 소리나 목소리가 정말로 들렸으면 좋겠다는 생각을 해본다. 아주 허황된 생각이고, 지금은 이것을 실현할 방법도 없는 줄 알지만, 누군가가 이 방법을 발명해낸다면 그것은 공전의 서적 탐독 기록을 갈아치울 최대 상품이 될 것이다. 이 기술을 가진 사람은 분명히 돈방석에 눌러 앉겠지.

이 책을 오래전에 읽었던 누군가가 낙서처럼 써놓은 글귀. 영지는 그 글귀를 곱씹고 생각하며 좋은 방법이 떠오를 것만 같은 생각이 들었다. 여전히 속에서 딸꾹질이 멈추지 않아 숨을 꾹 참고 있었지만 머릿속은 여러 가지 생각이 뱅글뱅글 뒤섞였다.

'으. 뭔가 이 낙서 비슷하게만이라도 따라간다면……'

그 순간이었다. 고개를 숙인 영지의 머리통 위에서 범이 포효하듯 우악스러운 소리가 들렸다. 그 바람에 숨을 참던 영지는 깜짝 놀라서 그대로 뒤로 나자빠져버렸다. 그러자 발이 완전히 꼬여서는 뒤에 있던 낡은 책장이 그 밀림을 감당하지 못하고 그녀의 머리 위로 기우뚱 쓰러지려 했다.

"으악!"

낡은 나무 책장과 책 더미들이 머리통 위로 무섭게 떨어지는 모습이 보여 영지는 꼼짝없이 '나 죽었구나' 생각하고 눈을 감았다. 와당탕거리는 소리가 귓가에 무섭게 들려왔다. 그런데도 어디하나 아픈 구석이 없었다. 그녀는 감았던 눈을 뜨고 주위를 살폈다. 그러자 한 팔로 쓰러지는 책장을 지탱하고 온몸으로 책 더미들을 막고 있는 혜의 모습이 보였다.

"마마?"

"……응."

"괜찮으십니까?"

"아니."

"비켜주십시오. 도와드리겠습니다."

그 순간이었다. 혜는 낡은 책장을 저 뒤로 힘껏 밀고는 그대로 영지의 위로 쓰러졌다. 영지의 주위로 책장들이 쭉 밀려 넘어지는 소리가 들렸다. 그러거나 말거나 혜는 영지의 몸 위에 쓰러져 꼼짝도 하지 않았다.

"마마! 정신을 차리십시오!"

영지가 깜짝 놀라 호들갑스럽게 소리치자 혜가 낮은 목소리로 말했다.

"나, 안 죽었어. 다만 어깨가 아파서 힘이 풀린 것뿐이야. 영소작가."

혜가 씩 웃으며 영지의 목덜미에 얼굴을 묻고 속삭였다.

"미안."

"……."

"갑자기 놀래면 딸꾹질이 멈출까 봐서."

"아……."

"그래도 딸꾹질은 제대로 멈췄군."

혜가 고개를 들면서 다시 한 번 씩 웃자 입술 모양이 버들가지처럼 너무나도 아름답게 휘었다. 영지는 저도 모르게 아름답게 휜 입가 옆에 오목하게 들어간 볼우물에 살며시 손가락을 대었다. 참, 한 번쯤은 대어보고 싶었던 볼우물. 그곳의 살결은 왕족답게 보드랍고 고왔다.

그러자 갑자기 혜의 표정과 눈빛이 서서히 서늘해지기 시작했다. 아니, 정확히 말하자면 그 얼굴에 웃음기가 걷히고 묘한 표정이 되었다는 것이 더 맞을 것이다. 영지는 자신의 행동에 깜짝 놀라 얼른 사라진 볼우물에서 손가락을 떼곤 입술만 옹알거렸다.

"어, 저……. 저……."

"영소 작가."

낮은 그의 목소리가 맹수의 낮은 으르렁 소리처럼 위험하게 들리는 것은 어떤 이유일까.

"아니. 너……."

영지의 눈동자가 불안함에 뱅글뱅글 움직였다.

"네가, 잘못한 거야."

그 말을 끝으로 혜의 입술이 영지의 입술에 아득하게 내려앉았다. 살며시 내려앉았으나 그 입술의 더움은 화톳불의 불꽃처럼 거칠고 뜨겁게 달아올랐다.

"우읍……."

혜는 누더기 사이에 조그맣게 솟은 그 발갛고 촉촉한 입술을 빨고 깨물다가 혀로 보드랍게 핥았다. 그 작은 범위가 너무나 아쉽다는 듯 그는 손가락으로 누더기 사이를 넓혀 벌렸다. 역시 입술 주위의 피부는 송아지 살결처럼 반들반들 고왔다.

"너……."

참아왔던 것을 억누르듯 입술을 비비는 동안 혜는 영지를 위협하듯 말했다. 그러다가도 친절하고 상냥하게 치열을 핥아주는 그 행동에 그녀는 온 정신이 귀신에게 먹혀버린 듯 아무 생각도 할 수가 없었다.

"너, 정말……."

"……."

"정체가 무엇이지?"

정신없이 혜의 입술을 받아들이던 영지는 그 말에 정신을 화들짝 차렸다. 그 찰나, 작고 조막만 한 손바닥이 저도 모르게 혜의 뺨으로 날아갔다.

찰싹. 그의 뺨이 오른편으로 돌아가고 그녀의 입에서는 더운 한숨이 흘러나왔다.

나쁜 놈. 개놈의 자식. 천하에 죽일 놈.

영지는 자신이 알고 있는 욕지기를 꾹꾹 속으로만 삼키면서 삿갓을 눌러쓰고 봇짐을 챙겨 화가 난 표정으로 혜의 글방을 빠져나와버렸다. 의기투합해서 좀 잘해보려고 했는데. 꼭 저 왕자마마라는 인간이 문제였다.

씩씩대며 걷던 영지는 불현듯 입술을 매만졌다. 말캉한 입술에는 아직도 뜨겁고 오묘했던 감촉이 남아 있었다.

입술과 입술의 접붙임이 이토록 보드랍고 살살 녹는 것이었던가. 마치 팥 앙금이 입안에 들어가면 사르르 녹는 것처럼 온몸이 녹아 들어갈 것만 같은 아주 몹쓸 기분이었다.

'이 미친 마마는 그렇다고 따라 나와 보지도 않아? 닷새 전에는 그냥 꼭 한 번 안아보기만 하고 끝낸다며! 천하에 둘도 없는 거짓말쟁이 같으니!'

영지는 이를 부득부득 갈며 걸음을 재촉했다.

"으악! 하필이면 왜! 왜!"

영지는 저자 한복판에서 미친 사람처럼 소리를 질렀다. 그러자 저자에 있는 사람들의 온 시선이 한 몸에 쏠렸다.

'왜……. 볼우물에 손은 댄 거냐고, 이 멍청한 윤영지야!'

엄밀히 말해서 활시위를 잡아당긴 건 영지였다. 하지만 정말 그건 실수였다. 왜 하필이면 그 볼우물이 그리도 만져보고 싶었을까. 마치 밀서를 은밀히 펼쳐본 것처럼 마음이 너무나도 두근대던 순간이라 그만 정신 줄을 놓아버렸나 보다. 영지는 미친 사람처럼 고개를 설레설레 흔들며 걸음을 재촉했다.

지금 이 순간 미치도록 필요한 건 얼음 한 조각이었다. 이 뜨겁게 달아오른 입술을 식히고 싶어 영지는 한순간 '혜표 자연산 얼음'을 떠올렸다.

'윽. 미쳤어. 혜표 얼음이라니. 월산군 마마가 깨 온 얼음을 떠올리다니!'

녹차향이 은은히 퍼졌던 입술의 부딪침은 타액과 함께 뒤섞여 은근한 향취를 만들어냈었다. 마치 온몸을 마비시키는 미약 같은 향취였다.

"아. 진짜. 산 넘어 산이네."

영지는 혼잣말을 연신 중얼거리며 씩씩대며 영락관으로 방향을 틀었다.

영락관의 문을 두드리며 서성거리는 영지를 알아본 삼패기생이 얼른 영지의 손을 잡아 이끌었다.

"나리! 이 대낮에 어인 일이셔요?"

"연 행수님을 좀 만나게 해주시오."

"먼젓번에 다 그리지 못한 그림 때문이셔요?"

"그렇다네. 내 완성본을 가지고 왔으니 행수님께 말씀드리면 알아들으실 걸세."

"여기 나무 아래에서 잠시만 기다리셔요."

영지는 커다란 나무 뒤편에 기대어 잠시 얼굴에 오른 열을 식혔다. 그런데 멀리 떨어진 후원에서 영지의 귀를 사로잡는 사내들의 말소리가 들렸다.

"어허! 자네. 정말 큰일 날 소리를 하는구먼!"

"아니래도! 이번에 중전마마께서 회임을 하셨는데. 그 씨가 영의정 대감의 씨라는구면. 이미 궐 안에는 암암리에 싹 퍼진 소문 이라고."

"영의정 대감과 중전마마께서는 사사로이는 서로 친척 관계가 아니던가? 헌데 전하의 씨 대신 숙부의 씨를 배었으니. 이일은 녹월의 근간을 뒤흔드는 일이 아닌가?"

"근간뿐이겠는가. 이가가 세운 녹월국이 김가의 녹월국으로 바뀔 수도 있는 것인데. 게다가 근친이 아니겠는가? 무어, 내 듣기로는 중전마마와 영의정 대감이 피를 나눈 친척 관계는 아니라고 하였지? 아마 어디 근본도 알 수 없는 계집아이를 조카딸로 들여온 것으로 아네만……."

"허어……. 참, 그것을 확인해볼 수도 없는 노릇이고."

"궐 안과 밖에서 은밀하게 통정질을 한다는구면. 다 알고 있는데 눈먼 전하께서만 모르고 계신다니……."

"아무튼, 자네. 그 입 조심하게. 어디 다른 데 가서는 절대 입밖으로 꺼내서는 아니 되네. 순식간에 황천길로 직행할 수도 있으니."

영지는 사내들의 대화를 듣고 속으로 깜짝 놀랐다. 지금 혜가 쓰는 글의 내용과 똑같은 내용이 현실에서 이루어지고 있었다니. 혜는 이미 오래전부터 그들에 대해 뒷조사를 하고 있었던 것이리라. 그들을 확실하게 무너트리기 위해서.

영지는 한 번 더 혜의 가슴에 감추어진 칼날의 날카로움에 몸을 떨었다.

그때였다. 삼패기생이 그녀에게 다가왔다.

"나리. 저를 따라오시지요. 행수님께서 기다리고 계십니다."

"그림은 다 완성이 된 것입니까?"

소향은 아무 일도 없었다는 듯이 평정심을 찾은 얼굴로 영지를 맞이했다.

"예. 한번 보시지요. 이번에는 분위기를 노골적으로 약간은 투박하게 채색해보았습니다. 숙부인께서는 날것 그대로의 느낌을 좋아하신다 들었습니다."

영지가 그림을 꺼내어 소향에게 내밀자 그녀는 그림을 받아들고 엷게 웃었다.

"마치 암, 수컷 짐승이 교미하는 것 같네요. 매우 노골적이고 거칠군요, 아씨."

칭찬인지 무엇인지 모를 그 말에 영지는 눈을 내리깔았다.

"한데 무슨 일이 있으셨습니까?"

"예?"

"얼굴이 너무 발갛습니다. 마치 약주라도 하신 얼굴처럼 말입니다."

"약주라니요. 당치도 않습니다."

"그럼……?"

소향이 캐듯이 묻자 영지는 손사래를 치며 대꾸했다.

"무, 무더위지 않습니까? 하도 더워서 그렇습니다."

영지는 속으로 '누더기를 괜히 풀었다'라고 생각하며 멋쩍게 웃었다.

"그렇습니까? 무어, 그럴 만도 하지요. 간단히 다과라도 드시고 가시겠습니까?"

"아닙니다. 오늘은 일찍 들어가볼까 합니다. 아, 가기 전에 이것……. 이것을 그 아이, 꽃심이에게 좀 전해주시겠습니까?"

"이것이 무엇인데……."

소향은 푸른빛 댕기에 묶여 반절로 접힌 종이를 펼치다가 이내 입매를 굳혔다. 펼쳐진 종이에는 열한 살의 어린 계집아이가 소망할 법한 그림이 그려져 있었다. 토끼풀을 엮어 만든 어여쁜 화관과 실반지를 낀 모습을 한 꽃심이의 환한 얼굴. 그리고 그 옆에는 꽃심이의 쾌유를 비는 짧지만 깊은 속내가 쓰여 있었다.

"아직, 많이 아프지요? 그 아이……."

그 물음에 소향은 고개를 끄덕였다.

"잘은 모르겠지만 그 아이가 이걸 보고 조금이라도 기운을 차렸으면 좋겠다는 생각이 들어서……."

영지가 부끄러운 듯 코끝을 비비며 자리에서 일어나자 소향도 자리에서 일어났다.

"꼭 전해주십시오. 비록 끔찍한 일을 겪었으나 그 일에 아이의 마음이 굴하지 않았으면 한답니다. 하루 빨리 몸이 완쾌되어 이 푸른 댕기 곱게 드리우고 그 아이가 자기 나이에 맞는 어여쁘고 푸른 꿈, 바른 소망을 가지고 자라기를 소원하는 마음에 그려본 것이니 이것이 부디 그 아이에게 작은 위로가 되었으면 좋겠습니다."

영지는 다시금 누더기로 얼굴을 돌돌 감싸며 말했다.

"꼭 전해드리겠습니다. 꽃심이가 보면 좋아할 것입니다."

"그랬으면 좋겠습니다. 하오면 다음에 또 뵙겠습니다. 꽃심이를 위해서도 하늘님께 기도 많이 드릴 것입니다. 행수님께서도 잘 신경 써주십시오."

아무 관계도 아닌 한낱 기생집의 몸종 계집아이에게 그리도 마음을 써주는 영지를 보며 소향은 마음 한구석이 울컥 치솟는 것을 느꼈다. 그녀가 집으로 돌아간 후에도 그 뒷모습을 한동안 빤히 바라보던 소향은 저도 모르게 그녀가 사라진 곳을 향해 큰절을 올렸다.

용상에 앉으신 늙은 임금은 홍심의 목을 졸랐다. 이미 주리를 틀릴 대로 틀린 홍심은 하지를 쓸 수 없을 정도로 만신창이가 되어 있었다.

"이런 천하의 몹쓸 연놈들을 보았나! 네 이년! 저 내관 놈과 정을 통하고도 살아남을 줄 알았더냐!"

늙은 임금은 자신의 옥체를 빨아 올리던 홍심의 더운 입술을 바라보며 노기를 참지 못했다. 늙은 임금이 목을 조를수록 붉은 혓바닥이 그녀의 입술 사이로 기어 나왔다.

"제발……. 제, 발……. 관영이를 살려주세요, 주상전하."

"무어라? 관영이? 지금 저 내관 놈의 이름을 부른 것이더냐! 네 이년! 죽어라! 죽어!"

늙은 임금은 결국 홍심의 몸을 바닥에 패대기치더니 스스로 몽둥이를 들어 그 몸을 패기 시작했다. 그러자 형틀에 묶인 관영이 미친 듯이 소리를 질렀다.

"아아아악! 전하! 제발! 제발 마마를 살려주십시오! 홍심이를 살려 주십시오, 전하!"

발악을 하듯 광인처럼 절규하는 관영을 보며 늙은 임금은 몽둥이를 들고 관영에게로 왔다.

"사정도 힘든 그깟 반쪽짜리 양물로 저년의 구멍을 얼마나 후벼 팠더란 말이냐? 좋았더냐? 감히, 임금의 꽃에 그 반쪽짜리를 담금질하다니. 그래! 그렇게 저년의 밑구멍을 네 것처럼 부리니 이 세상천지마저도 다 네 것 같았더냐!"

"예! 좋았습니다! 하지만 제가! 제가 전하보다 더 먼저였습니다! 마마께서 아주 어릴 적부터 제 맘속에는 마마, 아니 홍심이뿐이었습니다! 그런 분의 옥보를 품었으니 세상을 다 가진 사내처럼 좋았더란 말입니다!"

마지막이라는 듯 발악처럼 소리치는 관영을 보던 늙은 임금은 들고 있던 몽둥이로 관영의 머리를 내리꽂았다.

"아악!"

"관영아!"

홍심은 머리에 피를 흘리는 관영을 향해 피투성이가 된 몸으로 기어 왔다. 그녀가 지나간 자리에 붉은 피가 흙과 함께 피범벅이 되어 멍울이 졌다. 이미 만신창이가 된 몸으로 관영을 향해 벌레마냥 꿈틀대며 기어가는 그 모습을 보고 있자니 늙은 임금은 마음속에서 울컥 솟아오르는 무엇인가를 느꼈다.

저 연놈들. 아니, 저 가엾고 불쌍한 것들은 죽어서도 서로를 떠나지 못할 것이라는 사실을.

그 사실이 늙은 임금의 가슴에 칼날처럼 꽂혀 들어왔다. 저리도 서로를 사모하는데 내관과 후궁으로 만난 저이들이 갑자기 가엾게 느껴졌다. 하늘은 저 두 사람을 붉은 실로 서로 묶어주었는데 그 실을 자르고 자신이 홍심의 끈을 낚아챈 것만 같아서 두려움까지 일었다.

"여봐라! 저 두 연놈들을 끌어다 궁문 밖으로 내쳐라! 저것들은 오늘부로 이 세상 사람이 아니니. 저 고얀 놈에게 내려진 상선의 품계도 없애버리고 저 고얀 년에게 하사한 후궁의 품계도 그 위를 없게 하라!"

"예! 분부 받들겠나이다!"

곧 피투성이가 된 관영과 홍심의 몸뚱이는 길바닥의 개처럼 질질 끌려서 궁문 밖으로 내쳐졌다. 그들의 몸이 질질 끌려 나가는 모습을 보던 늙은 임금은 그 자리에서 주저앉아 눈물을 쏟아내었다. 그동안 자신을 성심성의껏 보필한 젊은 상선 관영과, 어여쁨을 주었던 후궁 홍심을 잃은 허탈감이 파도처럼 밀려왔다.

'그래. 너희 두 것들이 하늘이 맺은 인연이라면 그 목숨, 어떤 식으로든 부지하여 함께하겠지. 이것이 내가 너희 두 사람에게 베푸는 처음이자 마지막의 은혜니라.'

몇 년 후.

깨끗한 물이 흐르고 우거진 나무로 인해 사람의 발길이 들지 않는 깊은 산골. 관영이라는 사내와 홍심이라는 여인이 화전을 일구며 살아가고 있었다.

"여보! 저기 좀 보아요."

"응? 무얼?"

한쪽 다리가 불편한 홍심은 다리를 절며 걸어가 물가 옆에 놓인 바구니를 보았다. 한쪽 팔을 쓰지 못하는 관영은 묘한 표정을 지으며 바구니의 뚜껑을 열었다. 그 안에는 잘생긴 사내아이가 새근새근 잠들어 있었다.

"아기네요. 그것도 잘생긴 사내아이."

"누가 이런 아기를 이곳에 놓고 갔을까?"

"음. 삼신할머니?"

홍심이 웃으며 말하자 관영이 한쪽 팔로 사내아이를 번뜩 안아들었다. 그러자 사내아이의 우렁찬 울음소리가 산기슭에 울려 퍼졌다. 관영은 사내아이를 번뜩 안아든 채로 고개를 숙여 안해인 홍심의 입술에 입을 맞추었다. 입을 맞추는 두 사람의 머리 뒤편으로 붉은 석양이 물결처럼 내려앉고 있었다.

"……아."

영지는 잠에서 깨었다. 눈가가 촉촉한 것이 꿈을 꾸면서 울었나 보다. 그녀는 아끼고 아껴 읽었던 '침방나인과 상선의 은밀한 접붙임'이란 책을 베개 아래에서 빼냈다. 간밤에 끝까지 읽었더니 그 내용을 꿈으로 꾸었다. 그래도 나름대로 행복한 결말을 맞아서 다행이라는 생각이 들었다.

문득 홍심과 관영의 입 맞추는 장면이 떠오른 영지는 얼굴을 붉혔다. 끝까지, 관영의 얼굴은 혜였고 홍심의 얼굴은 자신이었기에 꿈을 꾸는 내내 그녀는 완벽하게 주인공들에게 몰입을 해버리고야 말았다. 그러니 이리도 눈물이 나올 수밖에.

영지는 마음속에 깃든 짠한 감정을 쓸어내리며 한숨을 쉬었다. 꿈속에서 혜를 꼭 닮은 관영이를 보니 불현듯 그가 너무나도 보고 싶어졌다. 그녀는 가슴 결에 고이 품고 다니던 손수건을 꺼내보며 중얼거렸다.

"보고 싶다."

영지는 손수건에 코끝을 살짝 대었다가 이내 그 귀퉁이에 입을 살짝 맞췄다. 전하지 못한 이 마음을 그 손수건에 대신 전하는 모습은 참으로 간절하고 애틋했다.

"며칠만 더 참았다가 가야지. 지금은 그 얼굴, 똑바로 못 볼 것 같으니까."

그 부끄럽고 농밀했던 입맞춤이 생각난 그녀는 도리질을 하며 자리에서 일어났다.

十章· 발각(發覺)

　　참으려고 애를 쓰면 쓸수록 더욱 참아지지 않는 마음속이 얄미워, 혜는 애꿎은 벼루에게 화풀이를 했다. 영소 작가에게 입맞춤을 한 날로부터 또다시 사흘이란 시간이 흘러버렸다.

　　'그이는 지금쯤 무엇을 하고 있을까. 아아, 이혜. 너는 진정 윤영소 중독증에라도 걸린 것인가?'

　　눈앞에 둥둥 떠다니는 영소 작가의 환상에 혜는 신경질적으로 벼루 끝에 고인 먹물 위에 붓을 내려놓았다. 그러자 사방에 먹물 방울이 튀어버렸고 그 모양새를 잠시간 가만히 들여다보던 혜는 이내 두 손바닥으로 얼굴을 가려버렸다. 손가락 사이로 흘러나오는 한숨 소리는 커졌다 줄어들 뿐, 도무지 사라질 기미가 보이지 않았다.

　　사랑도 심하면 병이 된다던가. 저, 사방에 튄 먹물 방울들로 별자리를 만들듯 졸졸졸 눈으로 따라 이어보니 고 쪼그마한 뱁새 녀석, 영소 작가의 형상이 맞춰졌다.

　　"윤영소. 윤영소. 윤영소!"

　　혜는 결국 대자리 위에 벌러덩 드러누웠다. 부처를 맘에 담은 이의 눈에는 부처만 보인다는 말이 있었던가. 맘속에 '영소 작가'를 담으니 천장에도 영소, 벽에도 영소, 시꺼먼 먹물에 동동 뜨는 환영도 영소 작가로 보여 그의 입에서는 결국 끙 하는 신음 소리가 흘러나왔다.

"내가 매여버린 북극성의 별자리는 너인가, 윤영소."

도대체 그 별 볼 일 없어 보이는 녀석이 무엇이라고 이렇게 사람 마음을 무던히도 끄는 것일까. 혜는 이리 뒤척 저리 뒤척 하다가 큰 소리도 내지 못하고 앓는 소리만 냈다. 제 주인이 어디가 몹시 아프기라도 한 듯 뒤척대자 맹금 현이 파다닥 날아들어 제 주인을 살피기 시작했다. 똘망해 보이는 눈동자에 비친 혜의 얼굴은 곧 어떻게라도 될 사람처럼 파리했다.

"현아."

현이 제 주인을 위로하듯 작은 머리통을 그의 손등에 비비자 혜가 말을 이었다.

"……내가 그 녀석 때문에 애간장이 다 들들 끓어, 곧 끊어질 것만 같구나."

하필이면 맘에 담은 그 녀석이 왜 사내 녀석인지. 이러지도 저러지도 못하는 혜의 심정을 안다는 듯 현이 울음 같은 소리를 냈다.

그날 늦은 오후. 혜의 글방을 찾아온 허참성의 눈에는 몇 날이나 먹지도 못한 듯 야윈 혜의 모습이 비쳤다.

"아니. 마마! 이게 무슨 몰골이십니까? 어찌하여 찾아뵈올 때마다 그 낯빛의 심각함이 그전보다 갑절은 넘어 보이는 것입니까?"

허참성이 근심 어린 말을 꺼내자 혜는 그 속을 풀어내지도 못한 채 그저 한숨만 내쉬었다. 어찌! 사내를 맘에 품어 그 애가 다 끊어질 듯 아프다고 말할 수 있겠는가. 들들 끓는 마음을 진정시키려는 요량으로 대자리에서 일어선 그의 몸이 한순간 휘청거렸다.

"마마!"

허참성이 놀라 그를 붙들려고 하자 혜는 나무 기둥을 잡으며 입을 열었다.

"아. 별일 아닐세. 내 하도 오래 앉아 있었더니 발바닥에 쥐라도 난 모양일세."

"어디가 편찮으신 것입니까?"

혜의 바싹 마른 입술을 본 허참성은 그에게 물이 담긴 사발을 내밀며 물었다.

"아닐세."

'마음'이 아프다는 말을 꺼낼 수 없어 혜는 고개를 저었다. 그러자 허참성이 조심스럽게 말을 꺼냈다.

"그냥 오늘은 쉬시겠습니까?"

"아……. 오늘이던가. 단(單)의 회동이 있는 날이."

혜는 허참성이 건넨 물 사발을 들이켠 후 물었다. 까맣게 잊고 있었다. 맘속에 가득히 새겨져버린 별자리 같은 녀석 때문에 중요한 회동마저 생각해내지 못하다니. 그는 고개를 저으며 빈 사발을 앉은뱅이책상에 내려두고 허참성을 바라보았다.

"가야지. 회동을 마친 후, 윤일에게 걸음하기로 하였지 않은 가?"

그는 정신을 차리려는 듯 손바닥으로 눈자위를 꾹꾹 누르더니 이내 의관을 정제하기 시작했다. 그 모습을 물끄러미 바라보는 허 참성의 얼굴이나 영물 현의 표정이나 둘 다 매한가지로 모시는 제 귀인에 대한 걱정이 가득했다.

영락관의 가장 은밀한 곳에는 작은 문이 하나 있었다. 쉬이 열 리지 않을 듯, 그 문을 걸어 잠그고 있던 자물쇠의 굵기는 매우 두 터웠으며 잠긴 모양새마저 꼼꼼하고 치열했다. 그 치열해 보이던 자물쇠가 육중한 철커덕 소리를 내며 열리자 사람들의 발길이 드 문드문 이어지기 시작했다. 여흥으로 화려하게 치장된 기생집과 는 어울리지 않게 소박하고 청빈해 보이는 모습을 한 사람들이 행 수 소향의 안내를 받아 작은 방으로 들어가고 있었다.

단(單). 청백리들만의 모임이 있었다면 그 모임의 모습이 마치 이와 같지 않았을까. 정사의 각 부분을 책임지는 관리들이 삼삼오 오 모였으나 그들은 서로 눈인사만 주고받으며 최대한 말을 삼갔 다.

먹구름이 가득 낀 듯, 모인 이들의 낯에는 시국에 대한 근심과 강화에 유배를 당하신 어린 주상전하에 대한 걱정으로 그늘이 가 득했다. 소향이 그들에게 마실 것을 권하자 가장 연로해 보이는 관리가 입을 열었다.

"강화에 계신 전하께서 위리안치 당하신 판에, 마실 것이 이 목구멍을 타고 넘어가는 것은 신하된 자로서 도저히 행할 수 없음이네."

그러자 어디에선가 그 말에 말대답이라도 하듯 시원시원한 목소리가 흘러나왔다. 이제 막 작은 방의 문지방을 넘어선 혜의 목소리였다.

"연 행수. 나는 얼음 동동 띄운 수정과 한 잔이 마시고 싶다네. 이곳에 모인 분들의 머릿수에 맞추어 수정과를 내오면 좋을 듯싶네."

심각한 분위기를 무마시키려는 그의 음성에 관리들은 하나같이 머리를 조아렸다. 그러자 소향도 얼굴에 미소를 띠며 눈인사를 하고 방을 나섰다. 그녀의 눈길이 잠시간 허참성에게 머물렀으나 그 시각은 아주 찰나의 순간일 뿐이었다.

"전 좌찬성 심헌 대감. 강화에 계신 전하를 위하는 충정은 지극히 아름다우나, 전하께서는 대감의 말씀을 들으셨다면 심히 통탄해하셨을 것입니다. 대업을 이루기 위한 바탕이 모두 다져지기도 전에 대감께서 목구멍에 마실 것 한 방울 넘기지 않으시어, 그 귀체가 쓰러지기라도 한다면 어쩐단 말씀이십니까? 부디, 강건한 몸체에서 강건한 충정도 나온다는 것을 잊지 마십시오."

혜가 심헌의 손을 잡고 말하자 연로한 퇴직 관리의 눈에는 부끄러움이 스쳤다.

"부디 이곳에 모인 귀한 이들께서도 대업이 이루어지는 그날까지 각자의 몸과 마음을 강건하게 해야 할 것입니다. 한 분이라도 쓰러지신다면 대업이 완성될 수 없음을 아셔야 할 것이니. 재차 말씀드리건대, 잘 먹고 잘 주무십시오."

단호하면서도 부드러운 혜의 말에 관리들은 고개를 끄덕였다.

"한성판윤 맹시성 대감. 근자에 김익선이의 권세는 어떠하오?"

"그 집 뒤편에 첩실을 위한 대형 인공연못과 별채를 만든다 하여 도성 안의 젊은 장정들을 짐승 잡아끌듯 모으고 있습니다. 게다가 그 수괴와 더불어 수괴의 무리들도 사병의 수를 꾸준하게 늘리고 있는 것으로 보입니다."

맹시성의 대답에 혜는 알겠다는 듯이 고개를 끄덕였다.

"병판께서는 제가 말씀드린 것처럼 아직까지는 김익선이의 비위를 잘 맞추고 계시겠지요?"

"수괴의 곁에서 눈속임을 하느라 속이 다 꺼멓게 타들어갈 지경입니다."

"압니다. 하지만 이 나라의 병권을 모두 장악하였다고 김익선이를 안심시켜야만 우리의 일이 더 안정적으로 진행이 될 것이니 조금만 참아주십시오. 병판의 움직임이 심상치 않다는 것을 눈치채면 그가 가만히 있지 않을 것입니다. 그렇지 않아도 김익선 일파의 사병들의 수가 도성 내에 배치된 군사들보다 더하니. 우리 쪽 사병들이 적은 수로도 그네들 사병들을 완벽하게 제압할 만큼 정예군사로 훈련될 때까지는 최대한 수괴의 눈을 멀게 해야 할 것입니다."

혜의 말에 병판이 고개를 끄덕였다.

"그렇다면 아직까지는 별문제가 없는 것으로 보이니. 모두 각자의 본분에 충실하게 임해주시기 바랍니다. 대업의 바탕이 확실히 다져질 때까지 그 숨을 죽이고 계셔야 할 것입니다."

"하온데 월산군 마마. 전 지관사였던 홍문관 대제학 윤일 대감은 만나보셨습니까?"

성균관 대사성 권문수가 말을 이었다.

"무릇 성균관의 모든 이들은 김익선이의 횡포에 이 나라의 국운을 걱정하고 있으나, 먼젓번 피바람으로 인해 앞으로 나서기를 두려워하는 이들도 더러 있습니다. 윤일 대감은 성균관에서나 백성들에게서나 칭송을 받던 분이오니 그가 이 대업에 동참을 하는 것만으로도 대업의 명분은 더욱 공고해질 것이며, 김익선이를 두려워하는 성균관의 인재들도 그 두려워하는 마음을 돌릴 것입니다."

권문수의 말에 혜는 한숨을 쉬었다. 때마침 소향이 들어와 시원한 수정과를 내어왔다. 혜는 달큼한 수정과를 한 모금 넘기며 입을 열었다.

"내 꼭 윤일 대감을 대업에 모실 것이니, 대사성께서는 성균관의 인재들이 마음을 돌리지 않도록 힘써주시게."

혜는 그리 말하며 윤일의 여식을 떠올렸다. 제 아버지를 닮아 선하지만 강직해 보이는 눈빛을 떠올리던 그는 불현듯 그녀의 얼굴 위에 영소 작가의 얼굴이 겹쳐지는 것을 느끼며 고개를 저었다.

"오늘은 윤일 대감을 만날 수 있을까, 심히 걱정이 됩니다."

윤일의 집으로 향하던 도중, 혜가 허참성을 바라보며 걱정스럽게 말을 꺼냈다.

"제 아비가 워낙에 강직하니 그 맘속도 강직할 것이나……. 고집스러운 성격 또한 매한가지일 것이니, 그 핏줄이 어디 가겠습니까?"

허참성도 고개를 설레설레 저으며 대답했다. 부디 오늘은 그 효심 깊은 윤일의 여식이 그 마음을 그들에게 내어주었으면 하는 깊은 바람이 눈가의 주름을 스치고 지나갔다.

"먼젓번에 하는 말을 들어보니 보통내기가 아닌 것 같던데……. 영특하고 맹랑하기가 참으로 하늘을 찌르더란 말입니다."

혜가 영지에 대해 말하자 허참성이 미소를 지으며 대답했다.

"그렇지요. 그래서 말입니다. 저는 윤일의 여식을 볼 때마다 사내였다면 아주 큰일을 하였을 것이라는 생각이 소록소록 들었답니다."

영지를 두고 이러니저러니 대화를 주고받던 두 사람의 걸음은 어느새 윤일의 식솔들이 기거하는 남루한 초가 앞에 당도했다. 좁은 마당에는 낡은 옷차림을 한 채 치성을 드리는 젊은 여인의 뒷모습이 보였다.

무엇을 위하여 저리도 기도를 할까. 혜는 살며시 걸음을 옮기며 생각했다. 그러자 사람의 기척을 느꼈는지 젊은 여인이 기도를 멈추고 뒤를 바라보았다. 젊은 여인을 빤히 바라보던 현은 혜의 어깨에서 날아올라 어디론가 날아갔다.

"훔쳐갈 것도 없는 집에 도둑고양이를 가장한 두 분께서 재차 걸음을 하셨으니. 대관절 이번에는 무엇을 훔치려고 이곳까지 걸음을 하셨습니까?"

젊은 여인이 나긋한 목소리로 묻자 혜가 대답했다.

"그대의 마음 먼저. 그리고 윤일 대감의 마음을 나중에 훔치려고 걸음 하였소만."

그러자 젊은 여인은 혜의 눈빛을 피하고 예를 다해 고개를 숙이며 입을 열었다.

"소녀가 먼젓번에 저지른 불충은 마마의 깊은 속내로 헤아려주시옵소서, 월산군 마마. 도승지 나리께서도 그간 강녕하셨지요?"

영지가 고개를 들며 도승지에게 묻자 그는 고개를 끄덕였다.

"지금 이 자리에서 저의 마음을 드릴 터이니, 저쪽 작은 방에서 이제나 저제나 밤 손님들이 오시기만을 애타게 기다리신 아버님을 만나보십시오."

영지는 그리 말하며 어머니가 있는 방 안으로 들어섰다. 방문을 닫고 누워 있는 어머니를 향해 그녀가 속삭이듯 말했다. 윤일의 안해는 가끔 정신이 오락가락하여 온전한 정신을 놓을 때가 종종 있었다.

오늘도 그러했다. 영지를 보자마자 '소'라는 말을 꺼내는 늙고 병든 여인. 모든 말을 다 잃었으나 영지의 모친은 '소'라는 말을 잃지 않았다. 장남인 영소를 정겹게 부르던 말. 영지를 영소로 착각할 때마다 그녀의 어머니는 '소'라는 짧은 말만 아둔하게 되풀이하며 그 얼굴을 슬프게 매만질 뿐이었다.

"어머니. 오라버니가 보고 싶으시지요?"

영지의 말을 알아듣는지 못 알아듣는지, 어머니는 그저 슬픈 표정으로 영지의 뺨에 자신의 얼굴을 비벼댔다.

"생각을 거듭할수록 말입니다."

영지는 모친의 마른 등을 토닥이며 혼잣말을 이었다.

"오라버니의 마음속에도 국운을 걱정하는 신념이 있었을 것이란 생각이 들었답니다."

"……"

"그 젊고 귀한 목숨이 지키고자 했던 소망을 품을 수 있는 녹월. 그 녹월을 저 또한 되찾고 싶고 지키고 싶어졌습니다, 어머니."

영지는 어미의 뺨에 얼굴을 부비며 말했다.

"오라버니의 죽음이 마냥 헛된 것으로 끝나지 않도록 아버지의 길을 지켜봐드릴 것이고, 저도 저 나름대로의 길을 갈 것이어요."

그러자 영지의 모친은 마치 그 마음을 다 안다는 듯 딸의 등을 토닥였다.

"그러니 어머니. 부디 아버지의 길, 그리고 저의 길을 지켜보아주세요."

"따님께서 참으로 그 부친의 성정을 쏙 빼닮았습니다."

허참성이 윤일에게 말하자 그는 그저 옅게 웃으며 미리 마련된 찬밥이 담긴 공기에 물을 부었다.

"두 분이 오실지, 한 분이 오실지 몰라서 매일 딸아이가 이 밥상에 밥공기를 두 그릇씩 챙겨놓았습니다. 이 누추한 곳까지 오시느라 고생하셨을 것이니 물에 말은 찬밥이라도 드시옵소서."

윤일의 말에 혜와 허참성은 숟가락으로 밥을 개어 입안에 넣었다.

"밥에서 어떤 맛이 느껴지십니까?"

윤일이 묻자 허참성은 가만히 그를 바라보기만 했다. 그러자 혜가 대답했다.

"이 댁 따님의 피와, 땀. 그리고 눈물 맛이 느껴집니다."

"그러십니까?"

"예."

그러자 윤일이 쓰게 웃으며 말을 이었다.

"뭇 백성들의 밥상에 오른 밥알에도 그들의 고혈과 눈물 맛이 배어 있을 것입니다. 고혈과 눈물은 백성들을 착취하는 수괴들의 밥알에도 고스란히 녹아 있겠지요. 허나 그 수괴 놈들은 찰진 밥알에서 제 구미를 당기는 단맛밖에는 느끼지 못할 것입니다."

윤일의 말에 혜와 허참성은 고개를 끄덕였다.

"강화에 계신 전하께서 세자이시던 때에 저는 그분의 글 선생이었지요. 언젠가 그분께서는 그 어린 연치임에도 불구하고 밥에서 백성들의 피 맛이 나고 눈물 맛이 난다고 하셨습니다."

윤일은 잠시간 오래전의 기억을 떠올렸다.

"밥상공론은 여기에서 각설하고. 제가 강화의 주상전하를 위해서 무엇을 도와드리면 되겠습니까?"

그 물음에 도승지가 대답했다.

"명분을 세워주십시오. 백성들의 마음까지 한데 모을 수 있는 그 명분. 단의 거사가 옳음을 입증하는 명분 말입니다. 또한 대감께서는 대업을 위해 마음을 모은 모든 이들에게 정신적인 스승과 지주의 역할을 해주시면 되십니다. 아직도 많은 유생들이 그 마음을 꺼내기 두려워하고 있습니다. 윤일 대감이시라면 두려움 앞에 막혀버린 그들의 마음을 온전히 어루만져주실 수 있을 것입니다."

그러자 윤일이 껄껄 웃으며 말했다.

"두 다리가 없어도 제가 할 수 있는 일이 있어서 다행입니다. 하온데, 제가 어떻게 이 몸뚱이를 이끌고 대업의 길에 참여할 수 있겠습니까?"

그 순간 때마침 밤 손님들의 훗입맛을 달래기 위해 차를 내온 영지가 방문을 열며 말했다.

"월산군 마마. 도승지 나리. 제게 낡은 손수레 한 대를 내어주십시오. 하오면……."

영지는 혜의 두 눈을 바르게 바라보며 말을 이었다.

"대업의 길에 동참이 필요할 때마다 제가 직접 아버님을 수레에 태워 그곳까지 모실 것입니다."

"하오나 낭자. 그것은 낭자가 감당하기에 힘든 일이 아니겠소. 내 따로 사람을 붙여……."

그러자 영지는 고개를 가로저으며 말했다.

"여인의 몸이라 아니 된다는 말씀은 하지 마옵소서. 소녀도 나라를 위해 보잘것없는 힘이라도 보태고 싶습니다. 오라버니가 살아계셨으면 당연히 오라버니께서 하셨을 일이나, 그분께서는 이 땅에 없으시니 그 일을 제가 하겠다는 것입니다. 설마, 계집이라 쓸모없다 여기시는 것은 아니시겠지요?"

그 당돌하고 맹랑한 말에 혜와 허참성은 둘 다 얼이 나간 듯 영지를 바라보았다.

"제 마음을 얻어 가셨으니 그 정도의 청은 들어주십시오."

영지가 머리를 조아려 다시 한 번 청하자 그 모습을 바라보던 윤일의 입가에 작은 미소가 드리워졌다.

혜가 품은 큰 뜻에 자신의 마음을 드렸고, 긴 고민 끝에 대업의 길에 동참까지 하리라 그의 면전에 대고 당당히 고하였다. 그런 지금, 혜에게 당장 필요한 이는 '춘화 그림쟁이 영소 작가'로 분한 자신일 것이다. 영지는 그리 생각하며 마른 아랫입술을 혀로 한 번 핥고는 글방의 문에 조심스럽게 손을 대며 시선을 발끝으로 돌렸다.

그의 대업에 동참하기로 마음먹은 이상, 두 탐색이 합심하여 도모한 작품은 무슨 일이 있어도 거사의 날 이전까지 세상에 탄생되어야 할 것이다. 어쩌면 영지가 생각한 이상으로 혜는 영소 작가로 분한 그림쟁이를 무척이나 필요로 할지도 모른다. 생각이 거기에까지 미치자 그녀는 그의 글방을 향해 바쁜 걸음을 옮겼다.

하지만 이 일을 어쩌면 좋을까. 새벽같이 눈을 떠서 진짓상을 보아드린 후 한 걸음으로 그의 글방을 찾기는 하였지만, 도저히 글방의 문을 열고 들어갈 자신이 없었다. 영소 작가로 분한 자신을 연심이 가득한 눈빛으로 바라볼 혜를 떠올리니 기껏 내었던 용기가 자꾸만 사그라지는 것이다.

한참 동안 고민을 하고 있을 그때, 어디에선가 반가운 소리가 들려왔다. 킷킷킷거리며 그녀를 반기는 존재는 영물, 현의 소리였다.

"현? 이 녀석, 어디 밤새 마실이라도 다녀온 거야?"

반가운 마음에 그녀는 발아래에서 자신을 내려다보는 현을 향해 손을 뻗었다. 그러자 현은 그녀의 얼굴을 향해 파드득 날아올라 그 얼굴을 감춘 누더기를 부리로 콕콕 쪼기 시작했다.

"너 이 녀석! 무, 무슨 짓이야!"

깜짝 놀란 영지가 현을 향해 조그마한 쇳소리를 내자 현은 그녀를 향해 날개를 더욱 활짝 펴며 그 얼굴을 감춘 누더기의 매듭을 풀어내려 하고 있었다.

"지금 날 원망하는 거야?"

영지는 필사적으로 두 얼굴을 가리며 현을 향해 물었다. 그러자 현은 그 물음을 알아들은 것인지 바닥에 얌전히 착지하며 킷킷소리를 내었다. 가만히 들여다보니 영물의 눈동자에는 서운함과 걱정스러움이 가득하여 영지는 그만 현을 향한 놀람을 내려놓고 쪼그려 앉아 물었다.

"그러고 보니 네 주인……. 안색이 어둡고 핏기가 없어 보였어. 하지만 현아, 나도 어쩔 수가 없었어. 네 주인이 품으신 대업에 동참을 하겠노라 마음을 드려놓고도 이틀이나 지난 후에 여기를 찾은 건……, 현이 너도 잘 알잖아. 나는 영소 작가를 사칭하고 다니지만 사실은 여인, 윤영지인걸. 윤일의 여식인 윤영지는 대업의 길에 맘을 보태어드렸지만, 사내로 분한 영소 작가는 사내로서의 감히 이 불경한 마음을 그분께 드릴 수가 없는걸⋯⋯."

영지는 저려 오는 마음께를 다잡으며 울적한 마음을 현의 정수리를 어루만졌다. 하지만 마음이 달래지지 않는 이유는 아마도, 이 연심을 전하지 못하는 상황에서 오는 아픔과 미련 때문일 것이다.

"그래도, 현아. 날 너무 미워하진 말아. 이렇게 다시 글방을 찾아왔고, 그분을 찾아왔잖아? 그러니까 너도 나를 조금만 더 이해해줘."

마음을 고백할 수 없는 나의 이 상황을. 이 연심, 드러낼 수도 없는 나의 이 아픔을.

영지는 그리 생각하며 헛기침을 두어 번 하고는 글방의 문을 두드렸다. 그러나 안에서는 아무런 기척이 들리지 않았다.

'아직 깨어나시지 않은 것일까?'

설마 그 이틀 사이 그의 신변에 무슨 일이 있어났을까? 영지는 문을 두드리는 동안 몹쓸 생각을 떠올리며 불안함에 온몸이 떨리는 것을 참을 수가 없었다. 그러자 현이 공중으로 날아올라 그녀가 맨 봇짐의 귀퉁이를 부리로 물고는 어느 쪽으론가 잡아당기기 시작했다.

'응?'

마치 그쪽이 아니라는 듯. 자꾸만 봇짐을 물고 잡아당기는 현을 보던 그녀는 문을 두드리던 것을 멈추고 입을 열었다.

"여기가 아니야? 그분께……, 혹시 무슨 일이라도 일어난 거야?"

끔찍한 상상이 밀려오자 영지는 재빨리 도리질을 치면서 현이 이끄는 곳으로 몸의 방향을 틀었다. 동이 막 튼 하늘 위로 높이 날아오른 현은 영지의 머리 위를 빙글빙글 돌더니 이내 자신을 따라오라는 듯 어디론가 날아가기 시작했다.

무슨 일이 일어났을까. 무슨 변고가 일어난 것일까. 난세 속에 대업을 품는다는 것은 곧 반역을 도모하는 것과 같았기에 위험은 그림자처럼 항상 그를 따라다녔을 것이다.

'아니야. 윤영지. 그런 생각 따위 품는 것조차 하지 마. 그분은 아무런 일도 없을 거야. 아무런 일도…….'

하지만 현을 따라가는 발걸음은 자꾸만 빨라졌고, 마음의 풍랑은 그 끝을 알 수 없을 만큼 휘몰아치고 있었다. 그것은 곧 혜라는 사람이 영지에게 있어 소중한 존재 이상의 무엇으로 그 가슴속에 깊이 자리매김해버렸음을 나타내는 반증과도 같았고, 그를 향해 걸음을 내딛는 내내 그녀는 그것을 너무나도 정확히 깨달아버렸다.

땀범벅이 되어버린 온몸을 서늘하게 만드는 한기가 존재하는 곳에 다다르자 영지는 그만 온몸의 맥이 탁 풀려버리는 것을 느꼈다. 현이 이끈 그곳은 그의 밀실이 있는 산의 어귀, 아마도 그는 지금 이 산에 있으리라.

"여기에……, 계신 거야?"

영지의 물음에도 현은 별다른 울음소리를 내지 않은 채 이 나무, 저 나무를 날아 이동하며 그녀를 인도했다. 하지만 그마저도 안심이 되어버린 그녀는 그만 손바닥으로 눈가를 비비며 안도의 울음을 터트리고야 말았다. 이곳까지 오는 데 얼마나 수도 없는 상상이 그녀의 가슴을 짓눌러왔는지. 현이 아무리 영물이라 할지라도 그녀의 가슴속 사정까지는 진정 모를 것이다.

어렴풋이 기억에 남은 산길을 현의 인도를 받아 오르면서도 떨리는 가슴은 쉬이 진정이 되지 않았다. 반역이 드러나지 않았음에 안도가 되었지만 이제는 그가 괜찮은지, 어디 아프지는 않은지에 대한 걱정이 자꾸만 피어올라 그녀의 마음을 조급하게 만들었다.

"아얏! 아아…….."

마음이 너무나도 조급한 나머지 움푹 솟은 돌부리에 걸려 넘어졌지만 영지는 재빨리 자리에서 일어났다. 무릎 부위에서 피가 솟은 것인지 얇은 바지 위로 핏물이 번지고 손바닥에도 생채기가 맺혔지만 지금은 이것보다도 그가 더 먼저였고, 그의 모습을 눈안에 담고 싶은 바람이 먼저였다. 그런 마음이 간절해서였을까. 곧 그녀의 눈앞에 밀실을 가린 폭포수가 빗살처럼 드리워졌다.

저 폭포수를 지나가면 그 사람, 내가 사랑하는 그 사람이 있을 것이다.

저 밀실 안에 들어서면 그 사람, 그의 숨소리를 곧 들을 수 있을 것이다.

그 염원처럼 간절한 마음에 영지는 무릎이 깨진 것도 잊은 채바위 위를 달려가 밀실 안으로 들어섰다. 여름의 눈부신 햇빛을 받아 빗살처럼 부서지는 폭포수는 곧 그녀의 몸을 집어삼키곤 세상의 모든 짐을 내려놓을 수 있는 곳으로 그녀를 인도했다.

"마마!"

그의 형체를 찾기 위해 뛰어 들어간 밀실. 그 곳에서 사랑하는 사내를 목 놓아 불러보았지만 대답 대신 들려오는 것은 그녀의 쇳소리가 담긴 메아리뿐이었다. 이곳에조차 그가 없다는 사실을 깨달았을 때 영지는 그만 다리에 힘이 풀려 주저앉고 말았다.

"……없어. 없다고. 설마 그 사이에 나쁜 일이……, 몹쓸 일이 생긴 건……. 그런 건 아닐 거야. 그렇지?"

힘이 빠져 주저앉은 몸뚱이 앞에 날아와 자신도 도무지 영문을 모르겠다는 눈빛으로 그녀를 바라보던 현은 사뿐히 뛰어올라 그녀의 무릎 사이에 자리 잡았다. 그런 영물을 품에 꼭 안은 그녀는 혜를 향한 자신의 마음이 생각했던 것 이상으로 깊고도 진했음을 깨달으며 보드레한 깃털 위로 굵은 눈물방울을 흘렸다.

"기방에 가신 걸까? 차라리 그랬으면……."

무슨 생각이 들었는지 현을 품에 안은 그녀는 한 손으로 눈물을 훔치며 자리에서 일어섰다. 안개처럼 답답하게 꼬여 들어가는 그를 향한 걱정에 이대로 가만히 있을 수만은 없었다.

그가 만약 역모의 주동자로 발각이 되어 끌려 들어간 거라면. 그래서 글방에도 없고 밀실에도 그 자취를 찾을 수 없는 거라면. 흉악한 생각들 속에서 그녀는 올라왔던 산길을 되돌아 내려가 그가 갈 만한 온 곳을 뒤지기 시작했다.

하지만 그는, 그 어디에도 자취를 남기지 않았다. 기방에 찾아가 노니는 기생들을 붙잡고 그의 자취를 물어도 한동안 기방에는 걸음을 아니하셨다는 말만 들었을 뿐이다. 하여 다시 글방으로 갔지만 닫힌 문은 안에서 잠근 것처럼 열리지 않았고 하물며 국밥집까지 찾아 다녔지만 그는, 어디에도 없었다.

"진짜로……. 진짜로 마마께 나쁜 일이 생기면……. 어쩌지. 어떻게 해. 나 아직, 좋아한다는 말도 못 했는데……."

이 마음, 보여드리지도 못하였는데.

이 못난이 손수건도 전하지 못했는데 그를 잃는다면, 그가 내게서 사라진다면…….

온몸이 땀에 푹 절은 채 온갖 못된 생각들을 떠올리던 그녀의 울먹거림 위로 굵은 소나기가 내리기 시작했다. 서산 너머에는 벌써 하루해가 지려는 듯 붉은 하늘빛이 걸려 있어 그녀의 몸 위로 떨어지는 빗물은 마치 하늘이 솟아내는 피눈물 같았다.

아주 불길한 기분. 온몸을 휘감는 두려움과 불안감에 영지는 결국 품안에 끌어안았던 현의 깃털에 얼굴을 부비며 눈을 감으며 안타까운 음성을 내었다.

"현아……. 정말, 모르겠어? 마마께서 어디로 가셨을지, 짐작되는 곳은 정녕 없는 거야?"

그때, 품안에 꼭 안긴 현이 앓는 것 같은 소리를 내며 파드득 날아올라 닳아진 짚신을 신은 발 앞에 착지했다.

한참동안 그 뺨으로 그녀의 발등을 비벼대던 현은 무슨 생각이라도 난 듯 날개를 펼쳐 주홍빛 하늘 위로 날아올랐다가 다시금 착지하여 종종 걸음을 반복했다. 아마도 빗방울에 날개가 젖어 날아오르기가 어려운 것 같았다. 그 모습은 마치 가장 비밀스러운 최후의 종착점을 향해 인도하는 선지자의 형상 같아, 어느 샌가 영지는 무엇에라도 홀린 사람처럼 현을 따라 무작정 걷고 또 걸었다.

빗물이 처마 끝을 타고 떨어지는 저녁 무렵. 어느새 보랏빛으로 변해버린 하늘은 여전히 눈물 같은 빗물을 토해내며 다가올 밤을 준비하고 있었다. 혼자 있고 싶어 하나 있던 종복마저 멀리 심부름을 보내버린 혜는 쓸쓸하고 외로운 마음을 홀로 감추며 마루에 앉아 내리긋는 빗물을 물끄러미 바라보았다.

"나흘째인가, 닷새째인가. 그 녀석……. 보고 싶군."

영소 작가의 얼굴을 못 본 지가 마치 백 년은 흐른 것 같다는 생각에 혜는 피식 웃으며 긴 한숨을 내쉬었다. 기다리면 다시 올까, 그 뱁새다리 녀석이 사는 마을 어귀에 가서 진을 치고 기다리면 만날 수 있을까. 온갖 생각에 사로잡힌 며칠이었지만, 그는 결국 그 어디에도 있을 수가 없었다. 글방에도, 밀실에도, 그 어디에도 영소 작가의 자취가 남아 있어 결국 그는 연모하는 이의 자취 속에서 도망쳐버렸다.

하지만 그 자취를 피해 도망친 자신의 초가에서조차 그는 영지의 자취를 찾아버렸다. 윤영소라는 이는 이미 그의 마음 깊숙한 곳에 자리를 잡아버렸기 때문에.

'끈질긴 녀석. 나를 꼭 붙어 따라 다니는 꼴이 꼭 귀신이 따로 없으니…….'

귀신같이 징그럽고, 징그러운 만큼 보고 싶고 함께 하고픈 이.

긴 한숨소리와 함께 눈을 감아버린 그는 귓가에 번져드는 빗소리를 들으며 울적한 마음을 달래려 했다. 하지만 귓가에 스미는 빗소리마저 뱁새다리 녀석의 걸음소리처럼 들려 그는 결국 가느다란 실눈을 뜨며 실소했다. 멀리, 안개처럼 가늘어진 빗줄기 사이로 영소 작가를 많이 닮은 이의 형상이 환영처럼 둥실거렸다.

"영소 작……, 아아, 아니지. 영소 작가가 나를 찾을 일이 없지. 이곳을 알 리도 없고."

환영 같이 쓰디 쓴 환상에 입매를 굳힌 혜는 버석거리는 손바닥으로 핏기 없는 얼굴을 쓸어내리며 생각했다.

'그 희롱에 기분이 아니 상할 사내는 없을 것이니. 후……. 내가 미친 짓을 하였지. 영소 작가도 미치지 않고서야 나를 다시 찾지는 않을 것이야. 나 같은 놈의 면을 다시는 마주하고 싶지 않겠지. 나란 놈이 얼마나 징그럽겠는가.'

그러나 혜의 안타까움과는 반대로 그립고 익숙한 발걸음 소리가 그의 귓가에 빗물처럼 또다시 스며들었다. 설마 하는 생각과 함께 고개를 들고 발걸음 소리의 주인을 찾던 그는 눈 안에 들어오는 환각 같은 모습에 그만 숨을 죽여버렸다.

"네가……. 왜 여기에……."

하지만 혜는 더 이상 어떤 말도 꺼낼 수가 없었다. 안개같이 부슬거리는 빗물을 헤치고 자신을 향해 천천히 걸어오던 영지의 걸음이 빨라져 이내 그를 향해 달려오고 있었기 때문이다.

털썩. 비 냄새와 땀 내음이 진하게 어우러진 작은 몸이 그의 품안에 담뿍 안겨왔다.

선이 가늘고 작은 꼬질꼬질한 몸뚱이가 달려와 두 팔을 벌려 자신을 끌어안았을 때, 혜는 몸속의 심장이 덜컥 내려앉음을 느끼며 어찌 해야 할 지 갈피를 잡지 못한 채 그저 영지의 숨결만을 느꼈다.

"……다행, 다행입니다."

이렇게, 무탈하게 있어주셔서.

가쁘게 몰아쉬는 숨소리 너머로 작은 몸뚱이가 내뱉는 영문 모를 말에 혜는 퍼뜩 정신을 차리려 애를 썼다. 이대로 더 있다가는 단단한 팔을 들어 그 작은 숨결을 힘주어 안아버릴 지도 모를 일이었다.

결국 다른 곳으로 정신을 주려 시선을 옮기던 그는 곧 발간 핏물이 얼룩진 그녀의 작은 무릎을 발견했다.

"……미쳤는가?"

그녀를 두 팔로 밀어내며 타박하듯 말을 꺼낸 그는 걱정스런 음성을 이어 나갔다.

"갑자기 나타나서는 영문도 알 수 없는 말을 늘어놓다니. 꼴은 완전히 거지 중에도 상거지를 하고선."

영지는 혜의 물음에 아무런 대답도 할 수가 없었다. 그의 물음에 고개를 끄덕이고 싶은 충동마저 일어 그저 입만 꾹 다물고 있을 뿐이었다. 정말로, 미친 것이 맞았으니까.

여전히 그녀가 숨을 가쁘게 몰아쉬며 아무런 대꾸도 하지 않자 혜는 핏물이 배어나온 바지를 무릎까지 끌어 올려 다친 부위를 살피기 시작했다. 잔뜩 피범벅이 된 무릎은 **뼈**가 톡 튀어나와 있어 더욱 앙상하고 애처로워 보였다.

"무엇이 그리 급하다고 다 큰 사내가 무릎에 피칠갑이나 하고 돌아다니는 것이야?"

"⋯⋯."

"급히 산을 오르기라도 한 것이야? 혹여 글방에 갔다가 내가 보이질 않으니 여기저기 찾으러 다니다가 이렇게 나타난 것은 아닐 테고⋯⋯."

자신이 해놓은 질문에 머쓱함을 느낀 그는 쓴 웃음을 엷게 지으며 품안에 넣고 다니던 낡은 손수건을 꺼내어 무릎에 고인 피를 닦아내었다.

영지는 그의 손길이 살갗 위를 스칠 때마다 미묘한 신음소리를 흘리며 물끄러미 그를 바라보다가 천천히 입을 열었다.

"얼굴에 핏기가 많이 사라지셨습니다. 혹, 저 때문입니까?"

"⋯⋯영소 작가를 희롱한 죄가 커서 말이야. 하늘의 진노를 받을까 염려하여서 그런 것이야."

목구멍이 꽉 메어 오는 기분에 혜는 낮게 가라앉은 음성으로 대답했다. 왜 이렇게 속의 온몸의 혈관이 다 끊어질 것처럼 아프단 말인가. 역시 이 감정은 '사랑'이 아니고서는 설명할 수가 없는 감정이었다.

"제가 누구인지, 어떤 사람인지, 어떻게 생긴 얼굴인지⋯⋯. 저에 대해서 하나도 제대로 알지 못하시면서 어째서 저를 마음에 품으신 것입니까?"

"영소 작가. 이렇게 불쑥 찾아들어서는 도대체 내게 왜 그런 물음들만 던지시는가? 그날의 희롱은 내가 잘못하였어. 내가 미친놈일세. 지난 닷새 동안 나는 계속 그 생각만 하였어. 내가 미친놈이라고. 그러니 사내인 자네를 욕보인 것이겠지. 나, 반성 많이 하였어. 그러니 나를 구석으로 모는 물음은 그만하게나. 영소 작가의 그 물음이 내게 얼마나 상처가 되는지 아는가? 나라고 사내가 이리 좋아질 줄 과거에 미처 생각이나 하고 살았겠어? ……수라지옥은 나 혼자만 가면 될 것이네. 내 자네에게 사내끼리 이 손같이 맞잡고 지옥으로 들어가자고 구질구질하게 물고 늘어지지는 않을 것이야."

혜는 영지의 상처 자리를 깨끗이 닦은 후 바지 자락을 다시금 내려주며 말을 이었다.

"사람이 사람을 마음에 품는다는 것이 누군가를 이토록 곤혹스럽게 하는 일이 될 것이라고는 미처 알지 못하였어. 그래, 나는 영소 작가에 대해서 아는 것이 별로 없어. 그림쟁이라는 것. 내가 온전히 아는 것은 그것뿐이지. 그런데 나는 영소 작가라는 사내. 어리디어린 그림쟁이 사내놈이 글방에 찾아들면 마음이 둥둥 뜬 듯 밝아지고, 시간이 되어 집으로 돌아간다고 하면 서운해져. 마음이 텅 빈 듯 서운하고 섭섭했어. 때때로 삽화를 어떻게 그리면 좋을까 골몰하는 모습을 훔쳐보는 것이 즐거웠고 괜한 장난질에 바르르 떠는 모습도 좋았어. 그래. 나는 너라는 사람과 함께하는 그 시간이 소중했고 즐겁고 또한 애틋하다는 것을 느꼈어. 네가 누구인지 알 수 없고, 너의 생김도 본 적 없고, 게다가 너는 사내이기까지 했지만 나는……. 나는 너로 인해서 마음이 설레었고 마음이 아팠고, 또한 절망의 바닥까지 내려앉았지. 이 정도면 영소 작가가 가진 의문에 명답이 되겠는가?"

입에서 쓴 내가 나도록 깊이 어두워져버린 마음을 달랠 길이 없어 혜는 영지의 두 손을 꼭 한 번 힘주어 잡은 후 뒤돌아섰다. 그러자 그녀는 마치 무엇에라도 홀린 듯 그의 옷깃을 부여잡으며 중얼거리듯 말했다.

"……광인의 병이란 때론 옮기도 하는 모양입니다."

영문을 알 수 없는 말을 조곤조곤 읊조리는 영지의 음성에 혜의 온 신경이 그녀를 향해 모아졌다.

"제발 그대로 있어주십시오. 제게도 번져버린 마마의 광증이 무섭고 버거워 견딜 수가 없습니다."

"영소 작가. 도대체 무슨 말을 하는 것인가."

"저도 제가 지금 무슨 말을 지껄이는지 잘 알지 못합니다. 다만 분명한 것은……."

영지는 옷깃을 잡았던 손에 힘을 풀고 얼굴을 모두 가려왔던 누더기의 매듭으로 손을 가져다 대며 말을 이었다.

"저 또한, 미쳤다는 것."

사락 소리와 함께 그녀를 숨겨왔던 모든 것이 떨어져나가고 온갖 고민과 고심이 뒤범벅이 된 맑은 얼굴에 부슬거리는 빗물의 촉촉함이 온연히 닿았다.

천 조각이 바닥에 떨어지는 소리에 혜는 천천히 고개를 뒤로 돌렸다. 그의 눈이 자신의 맨얼굴에 온전히 닿는 순간, 그녀는 온몸의 솜털이 바짝 곤두서는 것을 느끼면서도 그의 눈동자를 피하지 않았다. 깊은 적막이 오랜 시간 동안 두 사람을 에워쌀수록 공기마저 곧 끊어질 악기의 줄처럼 팽팽하게 부풀어 올랐다.

"너······. 너는······."

그러나 탁하게 갈라진 혜의 목소리에 영지는 그만 시선을 아래로 떨구고야 말았다. 저도 모르게 흐르는 굵은 눈물이 쉴 새 없이 흘러나와 한동안 그녀는 그렇게 죄인처럼 서 있었다.

十一章. 마음의 앞면에는 마음이 일고, 그 뒷면에서는 연모가 부풀다

똘망똘망한 맹금의 눈망울이 어찌할 바를 모르겠다는 듯 안절부절 못하고 굴러다녔다. 현은 결국 제 주인의 얼굴 앞에서 날개를 활짝 펼쳐 보였다. 마치 그 모양새란 무엇이 그리도 답답한 것이냐고, 마음을 어지럽게 만들었던 영소 작가에 대한 궁금증이 바둑판의 반듯한 네모꼴처럼 정돈되었지 않았냐고, 맹금 주제에 제 주인에게 꼭꼭 따지는 형상 같았다.

"왜 이렇게 화가 났냐고 지금 나를 질책이라도 하는 것이야?"

혜가 현을 향해 팔을 뻗자 맹금의 발톱이 제 주인의 팔을 좌악 파고들었다. 자신이 던진 물음에 대꾸라도 하는 것 같아 그는 현의 둥근 머리통을 보드랍게 쓰다듬으며 중얼거리듯 말했다.

"내가 분명히 말을 했었지."

제 주인의 중얼거림을 알아듣는 듯, 현은 머리통을 좌우로 갸웃거렸다.

"영소 작가 그쪽이 사내이니, 내 이 마음을 받아달라 떼를 쓸 수가 없다고. 그러니 그냥 한번 끌어안아보겠다고."

혜는 영소 작가, 아니 영지에게 처음으로 마음을 정확히 내어

보였던 날을 떠올리며 쓰게 웃었다.

"여인이었으면 좋겠다고……. 내가 그때 그런 말도 꺼냈었지."

그의 말에 현은 점점 더 고개를 갸웃거렸다. 마치 이 맹금이 사람의 말을 알고 있었다면 속으로 이런 말을 하고 있었을 것이다. 그래서 그 마음을 주었던 사내가 결국은 여인이었으니 무어, 다 잘된 일이 아닌 것이겠어요, 라고.

혜는 자꾸만 고개를 갸웃거리는 현의 눈을 지그시 바라보았다. 맹금의 눈동자에 비친 자신의 눈에는 영지에 대한 미움이 가득했다.

아니, 정확히 말하면 미움을 덧입은 당혹스러움과 서운함일지도 모른다.

"그런데! 그 당돌한 영소 작가는……, 그런 내 속엣말을 다 듣고도! ……끝까지 자신이 여인임을 드러내지 않았지."

누더기 속에 감추어졌던 영지의 얼굴을 떠올리던 그는 주먹을 꽉 쥐었다. 남의 타는 속을 모르는 것도 아니면서 어찌 그리도 자연스러운 거짓말을 쭉 해댈 수 있었을까. 사내에 대한 애끓는 속을 끊어낼 길이 없어 한숨과 한탄이 뒤섞인 고백을 듣고도 그토록 묵묵하게 성별을 감쪽같이 속였다니!

혜는 자신의 마음을 그녀에게 한없이 농락당한 것만 같아서 맘속에 솟는 분을 어렵게 억누르며 사흘 전, 집에서의 그날을 떠올렸다.

눈과 눈이 마주친 그 순간. 혜도, 영지도 둘 다 모두 할 말을 잃었다. 그저 고요한 적막 속에서 서로의 가슴이 쿵쾅대는 소리만이 가득했을 뿐이었다.

「너……. 너는…….」

혜는 바닥에 떨어진 누더기를 집어 들며 배신감에 떨려 오는 마음을 감출 수가 없었다. 그의 손가락이 배신감에 떨려 오는 것을 느낀 영지는 더 이상 그를 바라볼 수가 없어 그저 발끝에 시선을 둘 뿐이었다.

이 순간, 더 이상 어떤 말을 꺼내야 할지 그 맥락을 찾지 못하던 영지는 노여움이 가득한 그의 굳은 얼굴로 다시금 시선을 돌렸다.

혜는 굳은 얼굴로 그녀의 앞에 다가와 별안간 손에 쥐고 있던 누더기로 말간 얼굴을 거칠게 감싸기 시작했다.

「윽!」

갑작스런 행동에 영지가 당황한 듯 버둥거렸지만 혜는 마지막 매듭까지 짓고서 가만히 영지를 바라보았다. 누더기 사이로 보였던 영소 작가의 눈은 영지의 눈과 꼭 닮아 있었다.

그러자 이번에는 그녀의 등을 우악스럽게 잡아 자신의 몸으로 밀착시키더니 불벼락이 땅에 내리꽂히는 것처럼 말랑한 입술에 거칠게 입을 맞추었다.

「우읍! 읍!」

품 안에서 영지의 몸뚱이가 바동바동대었으나 혜는 상관없다는 듯 더 몸을 밀착시켜 송아지 털만큼이나 보드라운 입술을 마음껏 맛보았다. 마치, 제 것인 듯. 더 정확히 말하자면 제 것인 입술에 벌을 주듯.

뜨겁고 아릿한 기운이 인을 치듯 그녀의 입술을 감쌌다. 빨아들였다가 혀로 살살 핥았다가 종결에는 너무나도 아프게 입술을 깨물어 버리는 그의 농락에 온몸의 솜털들이 다 쭈뼛쭈뼛 설 정도의 고통이 밀려왔다. 영지가 아프다는 듯 몸서리를 치자 혜는 잠시 그 입술을 놓아주었다. 아랫입술에 붉은 핏자국이 얇게 번져 나갔다.

「마마! 처음부터 거짓말을 하려던 것은 아니었……!」

영지는 혜에게 변명 아닌 변명을 꺼내었지만 곧 피가 번진 아랫입술을 격하게 빨아들이는 그의 행동에 어떤 말도 이을 수가 없었다. 벌어진 상처 사이로 혜의 끈적끈적하고 뜨거운 타액이 촘촘히 스며드는 것 같았다.

영지는 그 거칠고 두려운 느낌에 그만 바닥에 주저앉아버렸다.

「그대는 나를 농락하는 것이 즐겁기라도 하였나? 나라는 사람은 그대에게 목각인형처럼 장난질이나 치는 존재였던 것이야? 어떻게! 그대가 어찌 내게 그럴 수가 있는가! 내 마음이 그토록 어지러웠음을 그대가 모르는 바도 아니었을진대…….」

혜는 노여움에 찬 숨소리를 거칠게 뱉어내며 질책과 서운함과 그간의 마음고생에 따른 분함을 모두 담은 눈으로 영지를 내려다보며 말했다.

「영소 작가! 아니!」

혜는 꽉 문 잇새 사이로 목구멍에 돌덩이처럼 박힌 말을 끄집어내었다.

「윤영지…….」

「…….」

「그대는 사람 마음을 가지고 놀았던 것이 그리도 즐거웠나? 수라지옥 한가운데 빠진 것처럼 그 어떤 길도, 그 어떤 답도 찾지 못한 채 냉가슴 속앓이만 하던 내 모습이 얼마나 우스웠을 것인가! 광증에 걸렸노라, 그대로 인해 광인이 되었노라. 애간장이 다 녹아내릴 듯 힘겨워했던 내 모습이 그대에게는 아무렇지도 않게 보였던가!」

혜는 무릎을 굽혀 앉아 물기가 그렁거리는 영지의 눈동자와 눈을 맞추며 다시금 입을 열었다.

「나를!」

혜에게서 쏟아지는 노여움이 그녀의 가슴에 서릿발처럼 차갑고 아프게 박혀들었다.

「내 감정을 들었다 놓았다, 그대의 손바닥 안에서 쥐락펴락하는 것이 그리도 좋았었냐고!」

아니라고.

전혀, 즐겁지도. 전혀 좋지도 않았다고.

단 한 번도 마마의 감정을 쥐락펴락하려 한 적도 없었다고.

영지는 그렇게 말하고 싶었지만, 그저 하염없이 솟아나는 눈물 때문에 아무런 말도 하지 못했다.

"참으로 독하고, 지독한……."

혜는 현의 머리통을 쓰다듬으며 마지막으로 보았던 영지의 얼굴을 떠올리곤 잠시간 눈을 감았다. 누더기 안에 감추어졌던 얼굴은 마치 햇빛을 자주 보지 못한 사람처럼 희뜩하게 야위어 있었다.

마치 새하얀 목화송이의 솜 덩어리처럼 하얀 얼굴. 그 얼굴빛과 대비가 되는 듯 긴 눈매 안에 둥글게 자리 잡은 눈동자는 언제나 그랬듯 윤기 나는 먹물처럼 까맸다. 놀람과 두려움이 가득 차 바들바들 떨고 있던 그녀의 눈망울이 떠오르자 그의 입술에선 긴 한숨이 흘러나왔다.

'떨긴 왜 떨어! 그 독하디 독한 배포로 거짓말을 밥 먹듯이 해 놓고선!'

빼어나게 아름답진 않았지만 영특하고 단정했던 모습을 잊으려는 듯 혜는 고개를 좌우로 저었다.

그러다가 문득 영지가 그림을 그리는 데 열중했던 앉은뱅이책상 쪽에 눈이 갔다. 그림을 그리다가 가끔 풀리지 않는지 버릇처럼 엄지를 깨물던 그녀의 모습이 또다시 그의 눈앞에 환상처럼 아른거렸다.

"하아……."

혜는 한숨을 내쉬며 눈두덩을 꾹꾹 눌렀다. 그 밉디미운 독한 것이 눈앞에 떠올라 사라지지를 않았다. 꽁꽁 숨겨왔던 얼굴을 그녀 스스로 꺼내 보였던 그날. 너무나 화가 난 나머지 꽉 깨물어 터져버린 입술 사이에서 느껴졌던 짭짤한 피 맛이 아직도 입안에 남아 있는 것 같아 그는 인상을 쓰며 다시금 눈을 감았다.

'뭘 잘했다고 눈물은 터트려!'

짜증이 솟고, 뒤끝이 찝찝하고, 마음이 개운치 않게 울렁거리는 기분은 과히 썩은 과육을 썩은 줄 모르고 왈칵 베어 문 그런 느낌과도 같아서 그는 현의 부리를 가볍게 손가락으로 건드리며 중얼거렸다.

"그 못된 녀석을 만나보아야겠어!"

같은 시각. 이 문을 열고 들어가야 하나, 말아야 하나. 영지는 혜의 글방으로 통하는 문에 손바닥을 대었다 떼기를 연신 반복했다. 삽화를 쭉 그려야 하나. 아니면 일천 냥이라는 어마어마한 위약금을 물어내고 삽화 그리는 일을 그만두어야 하나. 그런 걱정보다도 더 앞서는 걱정은 혜의 얼굴을 어찌 보고 어디서부터 말을 끄집어내야 할까에 대한 것이었다.

사흘 밤낮 동안 골머리가 썩을 정도로 이 같은 고민에 푹 절어서 지낸 영지였건만 그래도 답을 찾지 못한 그녀는 도저히 그의 얼굴을 똑바로 볼 자신이 없어 딱지가 내려앉은 입술만 꽉 깨물었다. 그가 불같이 화를 냈던 그날에 얻은 상처가 도로 벌어져 은근한 피 맛이 느껴졌다.

'쥐락펴락하려고 그랬던 건 아니었는데…….'

영지는 손등으로 입술의 벌어진 상처에서 흐르는 피를 슥 닦으며 중얼거렸다.

"정말……. 말할 수가 없었는걸."

몸을 파는 기녀의 일 대신에 얻은 춘화작가의 길을 가기 위해서 남장은 어쩔 수 없는 선택이었다. 또한 이 녹월 땅을 널리 뒤덮은 통념상 감히 여인의 몸으로 남장을 선택할 수밖에 없었던 변을 타인에게 구구절절하게 늘어놓기도 쉽지 않은 일이었다.

누군가의 동정을 받는 것도, 누군가의 삶에 끼어드는 것도 원치 않았다. 그저 서로 필요한 것을 얻기 위해 협조하는 것, 그 이

상과 이하의 어떠한 일들이 생기는 것도 싫었다. 이혜라는 이름을 지닌 사내를 보면 이상하게도 가슴이 울렁거리곤 하던 연유를 깨닫기 전까지만 해도.

"그래서, 말할 수가 없었다고……."

감히 천민이 된 몸으로 어찌 일국의 군마마께 마음을 전할 수가 있었을까. 게다가 마음이 울렁거리는 이유를 깨달은 후에는, 그동안 그를 속이고 기만한 것이 되어버린 이 처지가 더욱 두려워 사내가 아닌 것을 더욱 더 털어놓을 수 없었다. 그의 안타깝고 더운 고백을 들으면서도 절대로 자신의 본질을 끄집어낼 수 없다고 생각했다.

모든 것을 털어놓는다면 그가 얼마나 영지라는 여인에게 실망을 할까. 영소 작가라는 이를 사내로 알고 애끓는 마음을 전할 길이 없어 안절부절못하던 그의 마음이 얼마나 무너져 내릴까. 그런 고민들 사이에서 끝까지 사내로 남을 것임을 늘 마음속에 간직해 왔지만, 그날은 정말 온 마음이 그를 향해 열려 있었음에 더 이상 어떠한 속임도 지속하고 싶지 않았었다.

'있는 그대로 온전히 그분의 마음을 받아들이고 싶었던 마음. 그 마음을 힘겹게 억누르던 나도……. 그분을 볼 때마다 정말 마음이 아팠는걸. 늘. 항상.'

영지는 한숨 같은 속엣말을 맘속에 꾹꾹 눌러 담으며 문에 댄 손바닥에 힘을 꾹 주었다.

그때였다. 글방의 문이 우악스럽게 열리더니 급하게 삿갓을 눌러쓰며 바깥으로 나오던 그와 그녀의 눈이 딱 마주쳤다.

"……!"

"영소 작…….."

참말로 기가 막히게도, 여느 때와 동일하게 누더기를 돌돌 말은 채 눈앞에서 우물쭈물하는 영지의 모습에 혜의 맘에는 다시금 노여움이 일어났다. 결국 그는 고약스런 심정이 그대로 나타나는 손길로 여린 손목을 아프게 잡아끌더니 문이 떨어져 나갈 정도로 쾅 소리가 나게 닫았다.

글방 안쪽으로 확 당겨지듯 들어선 영지의 몸이 한순간 크게 휘청거렸지만 그는 개의치 않았고 오히려 한쪽 입술 끝을 비틀며 말했다. 비틀린 입술과 뺨이 만나는 정점에 파인 볼우물에는 고약한 성정이 경련처럼 일었다.

괘씸한 자를 보았을 때에나 일어나는 경련이 혜의 얼굴 전면에 퍼져 나가는 것을 눈에 담은 영지는 한쪽으로 고개를 돌려버렸다. 그녀가 생각한 것 이상으로 그의 맘속에는 여전히 분기가 가득 차 있었다.

"이깟 쓸데없는 변장질이 아직도 내게 통한다고 보는가!"

혜는 신경질적인 손길로 삿갓을 벗어던지며 소리쳤다. 하늘 천(天)부터 어조사 야(也)까지 모든 것이 명명백백하게 밝혀진 마당에 저 누더기로 둘둘 감싼 모습은 대체 무어란 말인가. 그는 그녀의 앞으로 다가가며 헛웃음을 내었다. 그가 한 발씩 가까워질수록 뼈가 앙상한 등에는 소름이 돋아났다.

"영소 작가."

낮고 습하게 깔리는 혜의 목소리에 오감이 다 곤두서는 것 같아 영지는 눈을 꼭 감았다가 떴다. 그의 기다란 손가락이 누더기 사이를 파고들어 그녀의 턱 끝을 가볍게 감싸자 단단한 굳은살이 보드라운 턱에 인이 쳐지듯 스며들었다.

"아니지. 돌아가신 제 오라비를 사칭하여 사람의 마음을 무자비하게 능멸한, 겁도 없는 여인. 윤영지."

오라비를 사칭하였다는 말은 아귀의 잇자국과도 같은 선명한 상흔을 그녀의 가슴 결에 만들어내었다. 마음결의 상처를 독한 아귀가 질기게 물어뜯을 때마다, 상처에 소금을 치듯 저릿한 아픔이 밀려와 그녀의 눈가에 눈물이 맺혔다.

"하! 울어? ……운다?"

혜는 마음 한구석이 아련하게 아릿해짐을 느끼면서도 비틀린 입술 끝에서 배배 꼬인 말투를 거두지 못했다. 마치, 온전히 비틀리기로 옹골지게 작정한 사람처럼.

"그동안 내 앞에서 거짓말을 밥 먹듯이 하던 그 배짱은 다 어디에 놓고 온 것인가! 이것이 바로 계집들의 본능이라던가? 막다른 길에 다다르면 그깟 눈물 몇 방울로 모든 것을 무마하려고 하는 그 빈대 같은 꼴이 그대가 가진 본질이었어?"

혜는 영지가 치열하게 매었을 천의 매듭을 찢어내듯 풀며 말했다. 시뻘건 과일의 껍질을 과도로 깎을 때마다 그 과육에 생채기가 생기듯, 우악스럽게 벗겨지는 천들의 자취가 얼굴 위를 지나갈 때마다 붉은 자욱이 남았다. 그것은 곧 가족이 아닌 다른 사내에게 처음으로 받았던 소중한 선물이 영지의 얼굴과 마음에 아픔을 남기는 형국이었다.

"아니에요. 아닙니다!"

영지는 울먹이는 목소리로 자신의 마음을 소리쳤다. 그러자 그는 그녀의 목 언저리에 남은 천 조각의 양끝을 두 손으로 감아잡으며 말했다.

"내 마음에 어떤 사달이 났는지, 그대는 내 이 썩어 문드러진 속을 헤아려볼 맘도 없겠지만."

"……."

"눈물 따위로 변명하지 마, 영소 작가."

혜는 마치 범이 포효하듯 매서운 눈으로 물기가 고인 눈동자를 바라보며 말을 이었다.

"그 눈물 말이야. 나라의 안위를 걱정하는 척하는 간신배들이 오장육부를 쥐어짜내며 겨우 만들어내는 눈물처럼 더럽게 느껴져서……."

"……."

"지금 당장이라도 이 끈으로 그 가늘디가는 목을 졸라버리고 싶으니까."

술 한 모금을 목구멍으로 넘길 때마다 입안에 독주라도 담은 듯 쓰디썼다. 술을 넘기면 넘길수록 눈물이 가득했던 영지의 상기된 얼굴이 떠올라서 마음이 조여 오듯 답답해졌다.

「그동안 내 앞에서 거짓말을 밥 먹듯이 했던 그 배짱은 다 어디에 놓고 온 것인가! 이것이 바로 계집들의 본능이라던가? 막다른 길에 다다르면 그깟 눈물 몇 방울로 모든 것을 무마하려고 하는 그 빈대 같은 꼴이, 그대가 가진 본질이었어?」

영지를 몰아붙이며 꺼냈던 말까지 연이어 생각나자 혜는 그만 탁 소리가 날 정도로 술잔을 내려놓았다. 그렇게까지 험한 말을 하려고 했던 것은 아니었다. 독하디독한 데다가 못되기까지 한 녀석, 아니, 여인이라는 생각이 들어 괴로웠지만 듣고 정말로 싶은 말은 따로 있어서 영지를 찾아가려 한 것이었다.

헌데 뜻밖에 찾아온 그녀와 마주치게 되자 겨우 눌러두었던 화기가 한순간에 쇳물이 끓어오르듯 뜨겁게 솟구쳤다.

"빈대라니. 계집들의 본능이라니. 그 반듯한 영소 작가가……. 윤일 대감의 여식이 그럴 리가 없다는 것은 내가 더 잘 알고 있음인데……."

이미 뱉어버린 말은 도로 주워 담기가 어렵다는 것을 알고 있는 그는 쓴 술을 다시 목구멍으로 넘겼다. 술을 넘기면 넘길수록 정신이 또렷해지는 것이, 아른거리는 한 여인의 얼굴이 사라지지 않고 더욱 선명하게 보였다.

그때였다. 조용히 술 방의 문이 열리더니 영락관의 주인인 소향이 들어섰다.

"독한 술만 넘기시면 큰 탈이 나시옵니다. 여기 이 안주거리라도 함께 드시지요."

소향이 술상 위에 안주가 담긴 그릇을 내려놓으며 말했다. 그러자 혜는 잔을 내려놓으며 물었다.

"연 행수는 알고 있었겠지?"

혜의 물음에 소향은 엷은 미소를 띠며 고개를 끄덕였다.

"지금 웃는 것인가?"

"어찌 되었든, 제가 바랐던 대로 되어가는 듯하니 저로서는 웃음이 나올 수밖에요."

"무어라?"

혜는 짙은 눈썹을 비스듬하게 치켜 올리며 소향을 바라보았다. 그러자 그녀의 고운 입에서는 기함할 만한 말이 툭툭 쏟아져 나왔다.

"참으로 단아하였지요? 그 누더기 속에 꽁꽁 감추어졌던 말간 얼굴 말입니다."

"지금 무슨 말을 하고 싶은 것인데?"

영지를 소개시켜준 영락관의 주인에게 볼멘소리라도 할 참이었는데 소향의 입에서는 생각지도 못했던 말이 흘러나오니 그는 슬슬 올라오던 술기운이 찬물이라도 맞은 듯 확 내려가는 것 같았다.

"크게 어여쁜 얼굴은 아니지만 보면 볼수록 가치가 있는 귀상의 얼굴입니다. 두고 보십시오. 한 번 볼 때 다르고 두 번 볼 때 다르고, 세 번 볼 때 또 다른 느낌이 들 것이니 말입니다."

"나더러 지금 그 거짓으로 똘똘 뭉친 영소 작가의 면상을 거듭 보라는 말인가?"

그러자 소향이 시원한 물이 담긴 사발을 혜의 앞에 내려놓으며 말했다.

"한 잔 쭉 들이켜십시오."

"왜."

"속 좀 차리시라는 뜻입니다."

"하!"

소향의 말에 혜는 어안이 벙벙해졌다. 언제나 여장부라 생각해왔던 영락관의 주인이었지만 이 해괴한 말과 행동을 이전에는 결코 본 적이 없었다.

"자네. 지금 나를 놀리시는가?"

"어찌 저 같은 천한 것이 일국의 종친을 놀릴 수 있겠습니까? 그랬다간 당장에 이년의 목이 시퍼런 칼날을 맞아 흙바닥을 뒹굴 것인데……."

"허면 도대체 왜 그런 짓을 한 것이며, 지금 내게 늘어놓는 그 가당치도 않은 말들은 무엇인가?"

혜의 물음에 소향은 다소곳한 품위를 잃지 않은 채 붉은 입술을 열었다.

"왼편 눈으로 주위를 살펴보니 그 눈에 딱 들어차는 정갈한 처자가 한 명 있었습니다. 헌데 이런저런 연유로 아직 제 짝을 만나기는커녕, 짝을 찾을 생각조차 하지 않고 있었지요."

"그래서?"

"그런데 말입니다. 그 안타까운 처자를 살피려다 문득 오른편 눈으로 슬쩍 주위를 곁눈질을 해보니, 이번에는 그 눈에 딱 들어차는 헌헌장부 한 명이 있지를 않겠습니까? 헌데 그 장부도 이런저런 연유로 제 짝을 만나기는커녕, 세월을 흘려보내며 좋은 호시절을 홀로 보내고 있으니. 왼편의 눈과 오른편의 눈은 서로 생각하였지요. 각자의 눈에 들어온 탐스런 꽃송이들을 서로 맺어주자고 말입니다. 하여, 제 이 몹쓸 두 눈의 가장 친한 벗인 입술이 말입니다. 마마와 그 아씨께 농간을 조금 부렸습니다."

소향의 말에 혜는 혀를 내두를 수밖에 없었다. 무에 저런 못된 중신쟁이가 다 있단 말인가? 꽉 막힌 것 같은 가슴에 그는 결국 눈앞에 놓인 물 사발을 들어 숨도 안 쉬고 들이켰다.

"그나저나 마마께서도 참 눈치가 없으십니다. 아무리 제가 사내라고 소개했다 한들, 억지로 사내 흉내를 내려는 어색한 목소리며 작은 체구며 붓을 쥔 뽀얀 손등까지. 모든 것이 사내가 아니라 여인임을 가리키고 있지 않았습니까? ……저는 무어, 단 며칠 만에 우리 춘화작가님의 성별이 딱하니 밝혀질 것이라 믿고 있었는데 마마께서는 여인에 대해서 아둔하신 것인지 어쩐 것인지. 그걸 곧이곧대로 받아들이시고……."

"……."

"제 깜냥 속으로는 말입니다. 도대체 시간이 얼마나 더 흘러야 그 고운 아씨가 사내가 아니라 여인임이 밝혀질 것인지 늘 조마조마하고 궁금하였답니다, 마마."

소향이 슬쩍 웃으며 말하자 혜는 그만 온몸의 기운이 주욱 빠져나가는 기분을 느꼈다. 그런 그를 바라보던 소향은 진지하고 고요한 목소리로 물었다.

"다투셨습니까?"

"……아니."

"그럼요?"

혜는 소향의 말에 영소 작가, 아니, 영지의 모습을 떠올렸다.

사흘 전 그녀가 모든 것을 스스로 내어 보인 그날, 집에서도 울렸고 오늘 글방에서도 울렸다.

"……울렸어."

'……그것도, 연이어 두 번씩이나.'

한숨 같은 그 말이 무겁게 내려앉자 소향이 조금은 그를 타박하듯 물었다.

"왜 사내로 변복을 하며 지냈는지. 그 사정의 귀퉁이라도 여쭈어는 보셨습니까?"

"아니."

"그럼, 아씨께서 우는 모습을 보고 있자니 그 속이 조금은 시원해지셨답니까?"

'전혀.'

소향의 물음에 혜는 신음처럼 어지럽게 들들 끓어오르는 말을 속 안으로 꾸역꾸역 밀어 넣으며 한숨을 푹 내쉬었다.

독주의 내음이 공기 중에 흩어져 내리며 안타까운 그 속을 절절히 대변했다. 그런 모습을 물끄러미 바라보고 있던 소향은 마치 누이의 다정한 격려와도 같은 말을 풀어내었다.

"월산군 마마. 좋은 게 좋은 것이지, 라는 말. 들어는 보셨지요?"

소향의 눈동자에는 뜨거운 피가 들들 끓는 새파란 청춘 시절의 왕자 이혜가 매끄럽게 비쳤다.

"그 말이 괜히 생긴 것이 아니라는 것 정도는 마마보다 조금 더 세상을 살아본 제가 장담을 하는 바이니. 가끔은 말입니다. 다

부지게 앞뒤 모두 잘라내어버린 후 작금의 일만 생각하고, 작금의 일을 더 소중하게 여겨도 되는 법이랍니다."

"……."

"그분, 영지 아씨께 애틋한 마음이 생기셨지요? 서슬이 시퍼런 청춘의 피가 구들장 아랫목마냥 절절 끓어서 애가 타시지요?"

소향의 다정한 물음에 혜는 고개를 끄덕였다. 애가 타다 못해 아주 까맣게 그을려 재만 남을 지경이었다.

"그럼 그분께 생긴 애틋한 마음만 떠올리시고, 애틋한 마음만 소중하게 생각하십시오. 마마, 제가 여인이라 여인의 맘을 잘 아는데 말입니다?"

"……응."

"마마께서 영지 아씨를 몇 번이나 울렸는지 이년이 잘은 모르겠지만……. 여인이란 말입니다. 울리는 것보다는 사랑을 주고, 귀애함을 주어야만 더 곱게 피어날 수 있는 법이랍니다. 저를 보십시오. 사랑도 못 받고 귀애함도 못 받으니, 이날에 이르러서는 요 모양으로 뒷방 퇴기 신세가 되지 않았습니까?"

"무에 그런……. 도승지 그 양반이 들으면 못내 서운해할 것이야."

소향이 빙긋 웃으며 말하자 혜는 도승지를 떠올리며 입을 열었다.

"연정과 연담을 주고받는 데에도 다 때가 있는 법입니다. 좋은 청춘, 어여쁜 호시절을 괜히 솥단지에 콩 볶듯이 들들 볶지 마시고 그저, 좋은 이에게 나는 그대가 좋아 죽겠다, 표현하시어요. 이래저래 앞뒤 다 재고 생각하시다간 저와 그 못난둥이 양반 팔자처럼 되실 수도 있음입니다."

혜는 둥근 물 사발을 바라보며 영지의 뽀얀 얼굴을 떠올렸다. 문득 누더기로 감추지 않은 맨얼굴이 도로록 환하게 웃는다면 어떤 모양새일까, 하는 궁금증이 들었다. 그러고 보니 그 맨얼굴로는 경계의 표정이나 미안함 또는 눈물짓는 표정밖에는 보지 못하였다.

"연 행수는 그 사람의 웃는 모습을 본 적이 있던가?"

혜의 말에 소향은 고개를 가로저었다.

"아마 아씨의 가족 외에는 웃는 모습을 본 사람이 정녕 없을 것입니다. 그 피바람 이후로, 웃을 일이 없었을 테니까요."

소향의 말에 혜의 가슴이 싸하게 내려앉았다. 웃을 일이 없었을 그 사람의 눈에서 눈물을 쏙 뺀 것이 못내 후회스러워 마음이 욱신거려 왔다.

마음에 밀려오는 썰물의 짭짤한 소금기가 그의 가슴을 후회라는 백색 소금으로 절절하게 절여놓았다.

"그러니, 그분. 울리지 마시고 웃게 해주시어요, 마마. 아씨의 귀상에 웃음까지 내려앉는다면 얼마나 곱고 어여쁠지……."

그 순간, 혜는 바특 정신을 차리고 자리에서 일어섰다. 두 번이나 울린 그 사람에게 지금 당장 이 미안하고 안쓰러운 후회의 마음을 내어 보이지 않는다면 혜의 가슴은 곧 소금에 절여진 마른 포마냥 버석하게 메말라 뒤틀릴 것이다.

"연 행수. 이만 가보아야겠네."

혜의 목소리에는 갈급하고 다급한 심정이 켜켜이 묻어났다.

달빛이 오늘따라 유난히 시리고 푸르게 빛나는 것 같았다. 이
래저래 잠에 들 수 없었던 영지는 빨래터에 나와 편평한 댓돌 위
에 앉았다. 그녀는 개울물에 비치는 제 표정을 바라보다가 툭 떨
어지는 눈물방울에 놀라 손바닥으로 눈가를 비볐다.

'주책없게, 윤영지. 무에, 사내 때문에 눈물까지 흘리누?'

속엣말로 자신을 자책하던 그녀는 가만히 가슴팍에 묻고 다녔
던 손수건을 꺼내어 바라보았다. 한쪽 다리가 미처 수놓아지지 못
한 현의 모습에 맘이 욱신거리는 것은 무엇일까. 전하였음에도 받
아들여지지 않은 마음 때문일까.

영지는 도리질을 치며 손수건을 다시 품속에 넣었다. 발처럼
드리워진 수양버들의 이파리 냄새가 더운 하절의 밤공기에 눈물
처럼 번졌다.

"후……."

땅이 꺼지고 하늘이 쪼개질 듯한 한숨이 자꾸만 되풀이되어
속이 갑갑하게 타올랐다. 개울물을 한 손 가득 받아서 얼굴에 끼
얹은 그녀는 자리에서 일어나 뒤로 돌아섰다. 그 순간 자신의 앞
을 가로막는 검은 그림자가 아른거렸다. 속눈썹에 맺혀 시야를 가
린 물방울을 비벼 닦자 검은 그림자의 주인이 눈앞에 선명하게 들
어왔다. 이혜, 그 사람이었다.

'하도 정신을 쏟아서 지금 허깨비라도 보는 거야?'

다시금 눈을 비비고 눈앞의 허깨비를 바라보아도 허깨비의 꼴

은 딸 이혜 마마로 보여, 영지는 저도 모르게 뒷걸음질을 쳤다. 아른거리는 버들잎 사이로 뒷짐을 진 채로 빤히 자신을 내려다보는 허깨비의 얼굴에는 뻣뻣한 긴장감 대신 상기된 유연함이 가득했다.

"……찾아다녔어."

은근한 술 향과 벚꽃 가루의 향긋한 향이 밤바람에 곰실곰실 더해졌다.

"그대가 어디에 있을까. 치성을 드리는 작은 뒷모습도 보이지 않고, 그대의 방 앞 디딤돌 위에 작은 발을 감쌀 법한 짚신도 보이지 않고. 그래서 그대의 자취가 이곳에는 있으려나 싶어 급한 걸음으로 왔다오."

혜의 말 울림에 묻어나는 조급하고 애틋한 숨결은 영지의 가슴 결을 파르르 떨리는 실잠자리의 날갯짓처럼 파닥거리게 만들었다. 가슴속에 고이 품은 현의 자리에 맥이 뛰고 피가 용솟음쳤다.

나를 왜 찾으시었나, 하는 물음이 가슴속에 옹달샘 샘솟듯 퐁퐁퐁 샘솟았으나 영지는 고개를 한쪽으로 돌리며 그의 곁을 지나치려 했다. 그러자 그가 다급한 듯 그녀의 손목을 붙잡았다. 손바닥에서 전해지는 더운 온기가 그녀의 손목에 화인이라도 입힐 것만 같았다. 뜨겁고 아린 그 감정은 여인의 눈동자에 또다시 눈물이 왈칵 차오르게 만들었다.

이놈의 눈물샘이 상하기라도 한 것일까. 어째서 이렇게까지 덤덤한 듯 마음을 포장하지 못하고, 어린 노루새끼의 바들거림마냥 감정이 속절없이 무너지는 것일까. 영지의 눈에서 물기를 본 혜는 마음 언저리가 저릿해지는 것을 느꼈다.

"이번에는 울리려고 온 것이 아니야. 이보아, 영소 작가. 아니, 영지 낭자."

그러자 영지는 손등으로 눈물을 훔치며 말을 꺼냈다.

"왕가의 피를 이어받으신 군마마께 감히 생각지도 못할 큰 불경을 저질렀으니 이 목을 조르시든 이 빈대 같은 계집에게 형벌을 내리시든, 어느 것이든 달게 받겠습니다. 계집의 몸으로 사내인 척 위장하여 동업의 서까지 썼으나, 역시 그것 또한 시작부터 잘못된 것. 위약금 일천 냥을 물으라 하시면 어떤 일을 해서든 물어드릴 것이니 다만 부탁드리는 바, 늙으신 부모의 목숨은 해하지 마옵시고, 제 목숨을 거두지 않을 요량이시면 제게 일천 냥을 만들 시간을 조금만 주십시오."

마치 혜를 만나면 이 말을 해야 할 것이라 미리 준비라도 하여 외운 것처럼 영지는 그의 눈을 외면한 채 자신의 할 말만을 마치고는 그 자리를 벗어나려 했다. 그러자 혜는 가느다란 팔목을 놓아주지 않으려는 듯 더욱 힘을 주어 붙잡으며 입을 열었다.

"누가 그대에게 벌을 내린다고 하였나? 내가 고약한 고리대업자마냥 지금 그대에게 일천 냥의 위약금을 받겠다고 찾아온 줄 아는가? 영소 작가는 그대에 대한 내 마음! 처음부터 끝까지 해당하는 내 그 절절한 마음을 온전히 다 알고 있음에도 그런 말이 나오는가?"

"그럼 저더러 어쩌란 말씀이십니까? 저 역시 순간의 감정에 휩싸인 것은 맞으나 제 깜냥에는 큰 결심을 하고 저의 본모습을 마마께 드러낸 것입니다. 그런 저를 향해 노기를 내신 것은 월산군 마마이셨습니다. 물론 저 또한 잘 알고 있습니다. 마마께서 노기를 보이셨다 한들 제가 마마의 노기를 꾸짖을 권리는 한 톨도 없다는 것을요. 감히 불경스러운 거짓으로 일국의 왕자이신 월산군 마마를 속였으니 이 불충하고 사악한 계집이 마마께 무에 변명을 할 여지가 있겠습니까?"

영지가 혜의 눈을 바라보며 반듯한 목소리로 속엣말을 꺼내자 그의 가슴은 저리다 못해 선득선득해졌다. 그녀의 말은 마치 우리의 인연을 단칼에 베어 끝내버리자는 말과도 같았다. 형벌이든 위약금이든 어떠한 형태로든 종결을 짓자는 뜻이다.

"이 인연, 베어버리자는 것인가?"

"시작이 비뚤어졌으니 더 이상하게 얽혀 들어가기 전에 끝내버리자는 것입니다."

"허면 내가 도모하는 대업과 그대 아비인 윤일 대감의 합심도 여기에서 망가트리자는 말이야?"

"그것과 이것은 별개가 아니겠습니까. 저의 못난 거짓말로 아버지의 신념이 망가지는 것은 있어서는 아니 될 일이니. 혹, 그 대업으로 인해 아버지를 모시는 저와 월산군 마마께서 마주친다 하여도 서로 아무 일도 없었던 사이처럼 지내면 될 일이 아닙니까?"

영지의 조곤조곤한 대답에 혜는 이를 악물었다.

"아무 일도 없었던 사이? 그게 그렇게 말처럼 쉬운 것이었던가? 그대도 나로 인해 미쳤다면서! 그대가……! 그대가 내 마음을 알고, 그대도 나를 싫어하지는 않잖아?"

혜는 영지의 입술에 가볍게 입을 맞추며 낮은 목소리로 말을 이었다. 말캉한 입술이 가볍게 마주쳤다 떨어지자 한숨 같은 아쉬움이 서로의 가슴에 그을음처럼 남았다.

"내가 이 입술의 온기를 알고, 그대도 나의 체온을 알면서……."

"……."

"내가 그대의 맑은 눈빛을 알고, 그대도 그대를 바라보는 나의 시선을 알면서……."

덜컥이는 마음을 그대로 녹여내듯 혜의 목울대는 울음처럼 엷게 떨렸다. 그는 손아귀에 잡아 가두었던 그녀의 팔목을 풀어주며 속삭이듯 말했다.

"이런 칼날 같은 그대야. 어찌 그대는 이 더운 체온과 맑은 눈빛을 하고선 어찌하여 내게 그런 서늘한 말을 하는가."

혜의 음성에 영지는 가슴이 뭉근하게 가라앉는 것을 느꼈다. 심장이 뻐근하게 아파 왔고, 사내의 악력에서 자유로워진 팔이 불현듯 서러워졌다. 결국 수천 번을 닦아내어도 소용없는 눈물방울은 또다시 샘의 가장자리를 박차고 올라와 엷은 살갗 위로 흘러내렸다. 혜는 자신의 옹이 박인 엄지손가락을 들어 그녀의 눈물을 닦아주며 작은 몸을 채 온전히 끌어안지도 못한 채 몸을 숙여 안타까운 음성을 흘려보냈다.

"그대에게 벌을 주면 그 천 배의 고통이 내 마음속에 인이 쳐질 것이고, 일천 냥으로 이 인연을 끝낸다면 나는 내 평생에 가슴을 치며 후회를 할 것이 자명하니. 그래, 내가 다 잘못하였어. 원래 더 은애하고 더 좋아하는 쪽이 약자라는 말도 있지 않은가. 내가 그대에게 약자인 사람이라서 나는 그대를 보지 못하면 여기, 이 마음이 이상하게도 어떻게 될 것만 같아. 그러니 이 인연을 베어내겠다느니, 더 얽혀 들어가지 못하도록 끝내겠다느니, 아무 일도 없었던 사이처럼 지내자느니……. 그런 서슬 퍼런 말은 부디 내게 꺼내지 말아주어."

안타까운 바람이 마음을 스치고 사라졌다. 영지는 혜의 먹 향과 버들이파리의 청량함이 왜 이리도 서럽게만 느껴지는지 그 답을 찾을 수가 없었다.

"당장 좋아해달라고 하지도 않을 것이고, 당장 내 은애하는 이가 되어달라 청하지도 않을 것이니. 그대는 그냥 언제나 그랬던 것처럼 나와 함께 글방에서 있어주기만 해주어."

"……."

"그대는 그냥 여태껏 그대가 해왔던 대로, 그대의 자리에만 있어. 단단히 박힌 못처럼. 깊이 뿌리내린 억센 풀처럼. 그냥 그대로 있어만 주면 그대가 내게 마음을 온전히 열어 우리가 절절히 사모하는 이들이 되도록 내가 노력할 것이니."

세상에 태어나서 그 어떠한 말보다도 달콤한 사내의 연심 고백에 영지는 그만 눈을 감아버렸다. 두 사람을 비추는 달빛이 이토록 부끄러웠던 적이 또 있었던가. 어찌하여 시퍼런 달빛을 받으면서도 얼굴에 열기가 오르는 것인지.

지금 이 순간에는 버들잎의 살랑거리는 소리도, 개울물의 졸졸거리는 소리도. 그 어떤 소리도 들리지 않았다. 다만 귓가에 내려앉는 소리는 혜의 음성, 그뿐이었다.

"독주 같은 그대야. 제발 독하디독한 말은 부디 거두어주고, 내 말 한 번만 들어주어. 그대가 내게 일말의 미안함이라도 가진다면, 제발 그것을 꼬투리라도 삼아서 그저 이 인연, 여기서 끊어내지만 말아주어."

아아. 이 일을 어찌하면 좋을까. 어차피 끝이 뻔히 보이는 관계가 아니던가. 대업이 잘되어 운이 좋게 양반의 신분을 되찾았다 하더라도, 이미 한 번 혼담이 들어왔다 깨진 처지에다 비천한 일로 목숨을 연명하던 여인이 왕자의 곁붙이가 될 수는 없을 터. 그것이 녹월이란 나라가 가진 엄격한 규율이었다.

헌데 영지는 그 똘똘한 머릿속의 생각과는 달리 이 사내의 절절한 청을 밀어낼 마음의 용단이 내려지지가 않았다. 그저 저 고백을 내는 입술에 용기를 내어 입을 맞추고 싶고, 그 옹이 진 손을 잡지는 못할망정 그의 도포 자락이라도 붙들며 작은 소리를 내어 고백하고 싶었다.

알았다고.

마마의 뜻대로 하겠다고.

사실, 나도 마마의 마음과 이미 같은 마음이라고.

언제부터였는지 모르겠지만, 불경스럽게도 나도 당신을 이미 마음에 품어왔다고.

하지만 영지는 차마 그런 말은 입 밖으로 뻥긋하지도 못한 채 나름의 큰 용단을 내려 그저 혜의 도포 자락만 슬쩍 쥘 뿐이었다.

그러자 그가 그녀의 작은 몸짓을 알아채곤 맑은 눈망울을 지그시 들여다보았다.

서로의 눈망울 속에 서로의 눈부처가 고이 담겨 정인들의 애틋함을 번져내고 있었다. 여인의 눈부처가 초승달처럼 곱게 휘어지자 사내의 눈부처는 그제야 제대로 된 숨결을 바듯이 내뱉을 수 있게 되었다.

十二章. 서슬 퍼런 칼날은 무디게, 쓴 내 가득 품은 독주는 연하게

「그러니까! 어찌하였든, 계약이 끝날 때까지만 함께 일하는 겁니다, 마마.」

누더기를 풀어버린 얼굴을 모두 가릴 정도로 삿갓을 푹 눌러 쓴 채 글방에 나타난 영지가 혜를 보자마자 처음으로 꺼낸 말이었다. 그는 주욱 벌려진 목각인형의 다리들을 이리저리 겹치고 빼어내기를 반복하는 그녀를 물끄러미 바라보다가 이내 입가에 미소를 걸었다. 저 민망한 목각인형들을 이리저리 끼워 맞추는 그 하얀 얼굴에 자못 비장한 결의까지 차 있어, 그것을 구경하는 것은 상당히 즐거운 일이었다.

합방 장면을 그리기 어려워하는 그녀를 위해 서국에서 은밀히 들여온 합방 공부용 목각인형을 사러갔던 날. 그 목각인형을 보고 눈이 동그래졌던 그녀의 얼굴이 떠올라 그의 입가에서 흘러나온 미소의 크기가 자꾸만 커져갔다.

색기(色氣)가 넘치는 인형의 표정이며 그 정밀하게 표현된 은밀한 신체부위까지 무엇 하나 사람과 다르지 아니한 점이 없었다. 그런 인형들을 가지고 이리저리 다양한 체위를 만들어보는 영지

의 모습이 귀엽기도 하고 우습기도 하던 혜는 문득, 입가에 걸린 미소를 싹 다 지워버렸고 미소가 지워진 얼굴 위로 곧이어 심술보란 놈이 슬슬 솟아나기 시작했다.

'저, 저! 영소 작가는 무에 저런 요사스런 합방체위를 다 알고 있단 말인가!'

그러고 보니 영지는 합방 장면을 보지 않고서는 그림을 그릴 수 없다고 하였다. 그런 사람이 녹월 팔도를 주름잡는 춘화작가가 되었다는 것은 합방 장면을 보고 그림을 그렸다는 말과도 같았다.

그동안은 연모의 정을 품어버린 영소 작가가 사내가 아니라 여인이었다는 것에 정신을 쏟아 다른 것에는 신경을 쓸 여유가 없었던 그였지만, 이제 영소 작가의 실체가 윤영지라는 여인임을 알아버린 이상 그녀를 둘러싼 다른 것들에 대해 하나둘 눈길이 가는 것이다.

'그러니까, 저 똘망똘망하게 빛나는 맑은 눈동자에다가 벌거벗은 사내들의 몸을 담았단 말이지?'

심술보가 점점 커져 볼우물이 씰룩씰룩 골질을 부리며 파여나갔다.

'그것도, 한두 명이 아니라 꽤 많은 사내들의 몸을 보았을 것이야?'

사실 혜는 이제껏 한 명의 여인도 품어보지 못한 동정남이었다. 혼인이야 한 번 하였지만 그때 맞아들인 안해는 너무 어린 여아였고 미처 품어보지도 못하고 저세상으로 떠나보냈으니. 이후로 도통 양물이 서지 않아 자의 반, 타의 반으로 약관이 갓 넘는 팔팔한 청춘 시절임에도 여인의 몸속을 정확히 알지 못하는 것이다.

무어, 이 병을 고치고자 기녀 몇 명과 춘정의 밤을 보내려 시도는 하였지만 모든 시도는 그저 수포로 돌아가기가 일쑤였다. 그러니 혜의 머릿속에 있는 방사체위는 몇 가지로 국한되어 있을 수밖에 없었다.

그런데 저 맑은 눈빛을 지닌 남장 여인은 목각인형을 만지작거리며 들어보지도 못한 체위를 이모저모 익숙하게 만들어내고 있었으니. 그의 맘속에는 얼굴도 모르는 사내들에 대한 묘한 미움이 서서히 뿌리를 내리는 중이었다.

"아, 이게 아니었는데……. 이 모양이 아니라, 이런 모양새였던가? 전에 보았던 것이……."

'무어라? 전에 보았던 것? 저 사람이 진짜!'

"아, 맞다. 이 모양새였지? 그때 참, 놀랐었는데 말이야."

영지는 자신이 맞추어놓은 목각인형들의 방사체위 모양이 꽤나 마음에 든다는 듯 중얼거리더니, 곧 흡족한 미소를 지으며 종이 위에 밑그림을 그리기 시작했다. 그러자 불퉁불퉁 심술보가 커진 혜는 붓을 내려놓고는 그녀의 곁으로 다가갔다. 그녀의 곁에 가까이 다가가자, 꽁꽁 상투를 튼 고운 머릿결에서 좋은 향이 흘러나와 절로 그의 마음을 울렁거리게 만들었다.

"영소 작가는 다양한 방사체위를 다 알고 있어서 참말로 기가 막히게 좋겠소?"

티끌 한 점의 거짓도 없는, 순수한 불퉁거림이 혜의 입술을 비집고 흘러나왔다. 그러나 그녀는 그에게 눈길도 주지 않은 채 꽤나 심드렁하게 대꾸했다.

"기가 막히게 좋은지 어떤지는 잘 모르겠습니다만 어쨌든 눈이 튀어나올 만큼의 징글징글한 삽화를 그려드리기로 약조를 하였으니, 제가 알고 있는 모든 방사의 자세들을 구현해보려 노력하는 것입니다."

도통 혜에게 눈길 한 번 주지 않고 묵묵히 밑그림만 그리는 그 가느다란 손가락이 유난히도 얄미운 찰나였다. 긴 눈매를 타고 촘촘하게 솟은 속눈썹 아래 자리 잡았을 눈동자가 자신을 보아주지 않음이 참으로 혜의 마음을 답답하게 만들었다.

그래, 어느 책에선가 보았다. 여인의 과거사는 알려고도 하지 말고 묻지도 말라고.

'하지만 이것 하나만큼은 무척 궁금한데······.'

그는 잠시간 주저하다가 살며시 물음을 꺼냈다.

"저기······."

"무엇이 궁금하기라도 하신 것입니까?"

여전히 그녀는 혜의 눈에 뾰족하니 올라온 자신의 상투 끝만 보여줄 뿐이었다.

"그······, 방사 장면 말이야. 많이 보았는가?"

"적게 보았다고는 할 수 없지요. 제가 그간 판 그림이 몇 점인데······."

"그래?"

그녀의 입술에서 대수롭지 않은 음성으로 흘러나온 대답을 들은 그는 잠시간 고민에 빠졌다.

"좋았던가?"

"무엇이요?"

"음……. 그것이……."

혜는 코끝을 두어 번쯤 비비적거리다가 고민스런 물음의 정확한 좌표를 털어놓았다.

"몸."

"그것이 무슨 말씀이십니까?"

날벼락 같은 혜의 물음에 영지는 순간 고개를 딱 들고 그의 눈을 마주 보았다. 그의 잔 물음에 심드렁하게 대응하던 영지였으나, 그 얼굴은 전혀 심드렁한 기색을 찾아볼 수 없었다. 오히려 잘 익은 홍시 알마냥 발가죽죽하니 더운 열기를 솔솔 풍기고 있었다.

"그러니까, 무어, 먹고사는 업 때문이니 사내놈들의 벗은 몸을 어쩔 수 없이 보았을 터. 그것은 어찌저찌 여차저차하여 내 장부답게 시원시원하니! 정말 아무렇지도 않게! 그냥 확 넘길 수 있는데! ……그 사내놈들의 벗은 몸 말이야. 보기 좋았었냐고 묻는 것이지, 무어."

순식간에 혜의 수려한 얼굴이 영지의 낯빛마냥 붉어져버렸다. 갓 지은 밥에서 훌훌 솟는 허연 김이 눈앞에 있는 사내의 머리 위에서도 훌훌 솟는 것만 같아서 그녀는 그만 웃음을 터트려 버리고야 말았다.

뭐랄까. 눈앞의 왕자마마가 순식간에 귀여운 어린 짐승새끼 같다는 생각이 들었다.

"왜 웃는 것인가!"

웃음을 터트려버린 영지를 보며 버럭질을 내던 그는 그만 자신의 입을 꾹 틀어막아버리고 싶었다. 이미 붉어질 대로 붉어진 얼굴에는 '도대체 내가 저 물음을 왜 저이에게 내었는가.'라는 후회의 말이 빼곡하게 들어차고만 있었다.

"도대체 그것을 제게 왜 물으시는 것입니까?"

영지의 조곤조곤한 물음에 혜는 마땅한 대답을 찾지 못하고 입을 꾹 다물었다. 고약한 심보가 쏙 들어간 볼우물에 가득히 담겨 있었다. 그러자 그녀는 마음결에서 솟는 아이 같은 맘을 주체하지 못하고 장난질 같은 말을 슬쩍 흘렸다.

"사내의 벗은 몸을 보기 좋았느냐고 물으신다면…… 솔직히 몇몇의 몸들은 꽤나 단단해서 안정감이 있어 보이긴 했습니다. 무어, 여인으로서의 눈이 아니라 그림쟁이의 안목으로 볼 때 참말로 멋스러운 몸집이긴 하였습니다."

"좋았다는 말이로군?"

"몇몇 사내의 몸들은요."

영지가 눈꼬리를 활짝 아래로 내리며 웃었다. 그러자 그는 그녀의 웃는 모습이 슬쩍 얄밉다가도 이내 맘속이 더워짐을 느꼈다. 환하게 웃는 맨얼굴은 실로 처음 보는 것 같았다. 예의 지어주는 미소가 아니라 정말로 맘속에서 자연스럽게 우러나와 지어지는 그런 웃음을.

눈앞의 여인이 짓는 깨끗한 웃음은 밤하늘을 수놓는 은하수처럼 반짝였고, 새파란 하늘을 초록으로 수놓는 솔의 향처럼 싱그럽고 맑았다. 그 어여쁜 모습에 그는 작게 한숨을 내쉬며 말했다. 어쨌든 할 말은 해야겠다.

"앞으로는 그놈들의 몸. 눈에 담지 말았으면 좋겠어."

"그럼 저는 이 동업이 끝나면 무엇으로 먹고 살라는 말씀이십니까?"

"흥. 여기 제 눈앞에 단단한 몸집을 가진 사내가 있는데, 다른 사내놈들의 몸은 무에 볼 일이 있겠는가?"

혜의 말에 영지는 콧방귀를 뀌며 대답했다.

"저는 사내의 몸을 단독으로 그리진 않습니다. 그거, 돈이 안 되는 일이거든요. 제가 그리는 것은 방사의 생생함을 담은 춘화. 음, 월산군 마마께서 다른 기녀의 몸을 품는 모습이라도 제게 보여주실 수 있으시다면 저야 상관은 없지요. 물론, 제 앞에서 다른 여인네의 몸을 품는 모습을 온전히 보여주실 수 있을 만큼의 용단을 내릴 판단력만 있으시다면요."

영지가 은근히 아니 된다 못을 박듯 돌려 말하자 혜는 슬쩍 그녀의 곁자리에 가까이 다가와 앉으며 말했다.

"그러니까 그 말인즉, 다른 여인의 몸은 품지 말라는 말이지?"

"품지 말라 말씀드린 적은 없습니다."

"흥, 거짓말."

"좋을 대로 생각하십시오. 헌데, 마마께서 지니신 몸체가 얼마나 단단한지는 모르겠습니다. 허구한 날 글방에 틀어박혀 글만 쓰시는 분의 몸체가 다부져봤자 얼마나 다부지겠습니까?"

그녀의 종알종알한 말 놀림에 그는 속으로 혀를 내두르다가 이내 고민에 빠졌다. 그러고 보니 근래에 영소 작가에 대한 연심 때문에 음식을 제대로 넘기지 못하는 날이 많았고 그러다 보니 단 단했던 몸이 조금은 빠질 수밖에 없었다.

게다가 글에 골몰할 때에는 검술을 연마하는 시간이 적어지니 다부진 몸이 조금은 더 물러진 것 같기도 했다. 그래도, 아직 몸 여기저기 붙은 근육은 꽤나 단단하고 보기 좋다는 생각을 흘깃 꺼 내보며 혜는 스스로를 애써 위안했다.

"정말, 다부지십니까?"

"궁금하면 만져보아도 좋고."

'무어, 좀 빠지긴 했지만.'

혜는 뒤엣말을 속 안으로 쏙 감추며 영지의 손을 덥석 잡아 자 신의 가슴팍에 갖다 대었다. 그러자 그녀가 화들짝 놀라며 손을 떼려 했다.

"지금 무엇을 하자는 것이십니까?"

"누가 무엇을 하자고 하였어? 그냥 만져보라고. 내 몸, 얼마나 단단한지."

마치 의원이 병든 이의 몸을 이곳저곳 누르며 진찰이라도 하 듯, 혜는 영지의 손을 붙잡고 자신의 가슴팍이며 다부진 배며 어 깨까지 만질 수 있게 인도했다. 그러자 영지는 손끝에 느껴지는 그의 단단한 몸체가 주는 기분에 아랫배가 뭉근하게 뭉치는 것만 같은 착각을 느꼈다.

"그만 놓아주십시오, 마마."

소금을 단단히 친 지렁이가 미친 듯이 꿈틀대는 것처럼 손가

락 끝이 곰질거려 죽을 것만 같았다. 그렇지 않아도 후텁지근한
하절의 열기가 한순간 배 이상이 된 것만 같아 등줄기에 땀방울들
이 솟아났다. 하지만 혜는 영지의 손을 놓아주기는커녕 작은 손을
더 꽉 붙들며 말했다.

"놓아주기 싫어."

"마마……."

"이 맑은 눈에 사내놈들의 몸을 담고, 그 모습을 이 손끝으로
그려내었다는 것이, 솔직히 화가 나."

혜는 다른 한 손으로 영지의 눈두덩을 안타깝게 매만지며 말
을 이었다.

"나는 그대가……. 나의 영소 작가, 윤영지가……. 나만 눈에
담고, 나만을 그 손끝으로 만져내는 사람이었으면 좋겠어."

"다른 사내의 몸을 만진 적은 없습니다."

그녀가 고개를 돌리며 작은 목소리로 말하자 그가 씩 웃으며
말했다. 심통이 가득했던 볼우물에 한 여인에 대한 연모의 정이
도로록 차고 들어와 넘쳤다.

"알아."

"아시면서 그런 말씀은 왜……."

"모르겠어?"

"…….."

"지금 나의 사랑하는 백성, 영소 작가를……."

영지의 맑은 눈이 한순간 혜와 맞닥뜨리자, 그의 눈가에 개구
진 반달이 스며들었다.

"내 사람으로 만들고 싶어, 그 열릴 듯 말 듯한 안타까운 맘결에 대고 열렬히 꼬시는 중이잖아."

은근한 목소리로 말하던 사내는 여인의 하얀 이마에 입을 맞추기 시작하자 반듯한 입매에서 전해지는 더운 열기가 배꽃 같은 하얀 이마를 필두로 하여 서서히 그 자리를 옮겨갔다. 버선 모양의 작은 콧날에 입술을 댄 그가 맨들거리는 콧날을 은근슬쩍 핥으며 어루만지자 청량하고 단정한 벚꽃 가루의 향기가 코끝에 잔향처럼 남았다가 곧 영지의 도톰하고 붉은 입술에 격랑처럼 번져갔다.

"으음……."

꼴깍. 타액과 타액이 거미줄처럼 이어져 서로의 입안으로 흘러들어 갔다. 가지런한 치아가 마치 격랑이 바위에 부딪치듯 날카롭게 엉겨들자 뱀의 똬리처럼 혀가 뒤섞이며 더운 입김이 공기 중으로 스멀스멀 번져 나갔다. 조금은 숨이 찰 법도 하건만 혜는 영지의 잡은 손을 더욱 꽉 붙잡았고, 그녀도 자유로웠던 손을 들어 혜의 목을 감싸 안았다. 은애하고 연모한다는 말을 속 시원히 꺼내지는 못하였지만 입맞춤을 통해서라도 그 연모의 감정을 전달하고 싶어, 뽀얀 손끝에는 안타까운 힘이 들어갔다.

그녀의 가빠지는 숨소리를 감지한 그는 아쉬운 마음을 뒤로한 채 입 안쪽 보드라운 볼 살을 달곰하게 맛보던 행동을 멈추었다. 그의 반듯한 이마와 그녀의 둥근 이마가 한 치의 간결한 틈새도 찾아볼 수 없이 마주 닿자 두 사람의 더운 입김이 한데 모여 묘한 뜨거움을 불러일으켰다.

"영소 작가."

바람결에 꺾이어 살랑살랑 날갯짓하듯 흩날리는 나뭇잎처럼, 혜의 음성 또한 살랑살랑 흩날리다가 어느 순간 영지의 마음에 가만히 떨어졌다.

"이리 더운 입맞춤을 받아주면서⋯⋯."

"⋯⋯."

"어찌하여 그대는 내게 그대의 맘속에서 솟는 말을 꺼내어 들려주지 않는가. 들려줄 듯하면서도 입안에서만 굴리는 그 말이 나는 너무나도 듣고 싶은데⋯⋯."

연모하는 이에게 '사랑한다는 말'도 아닌 그저 '좋아한다는 말'이 듣고 싶은 사내, 이혜는 마주 닿은 이마를 비비며 안타까운 숨을 흘려보냈다. 그 안타까운 숨결에 영지는 혜의 눈을 바라보며 입술을 꾹 닫았다.

'좋아한다는 그 말. 꺼내버리면⋯⋯, 걷잡을 수 없이 마마께 빠져들 것 같아서요. 매순간마다 다부지게 다잡는 이 맘. 어느 순간 속절없이 무너져버릴까, 그것이 두려워서요.'

여인의 윤기 나는 눈을 가만히 들여다보던 혜는 마음이 시큰하게 에여 오는 기분에 그녀의 등을 보드랍게 끌어안았다. 그녀의 마음 깊은 곳에 깃든 칼날 같은 아픔과 독주처럼 쓰디쓴 기억의 아픔이 그 반들거리는 눈동자 속에 고이 비쳐 보였기에 애틋하고 짠한 감정을 도무지 주체할 수가 없었다.

하루아침에 모든 것을 다 잃고 나락으로 떨어져 내렸던 이 여인의 고된 삶. 어떻게 걸어왔는지 미처 그 길의 방향을 모두 가늠할 수는 없었지만 분명, 청천벽력같이 독하게 펼쳐진 삶의 길 첫 머리에서 윤영지라는 여인은 마음에 칼날을 품고 쓰디쓴 독주의 피눈물을 샘물처럼 속절없이 쏟아내었을 것이다.

그저 말랑거리는 가슴만 가지고 살아왔을 양반가의 귀한 영애가 나락 같은 삶을 버텨내기 위해서 그 말랑거렸던 가슴을 얼마나 처절하리만치 독하게 굳혀내었을까. 아마도 그 가슴은 갈라지고 말라 두터워져버린 고목나무의 껍질같이 각화되어버렸을 것이다.

혜는 문득 오래전 안해로 맞아들였던 어린 여아의 순진무구했던 눈망울과, 어렸지만 백성들을 마음에 품었던 어린 조카군주의 강직했던 눈동자를 떠올렸다. 세상에 수많은 모든 이들은 그 각각의 마음이 있어, 모두의 눈망울이 저마다 그 깊이와 색이 다르다 하였던가. 지금 눈앞에 있는 여인의 눈은 그저, 아픔과 두려움을 다시 겪을까 염려하여 모든 것을 밀어내고자 하는 것 같았다.

"칼날에 돋친 시퍼런 서슬, 조금은 무디게 해도 좋을 것인데……."

영지라는 여인에 대한 감정이 점점 더 깊어질수록 마음을 비추는 그녀의 눈에 깃든 감정의 조각들이 혜의 가슴에는 참으로 서럽게 다가왔다.

"독주 같은 피눈물이 치솟는 그 맘속의 샘, 이제는 맑은 물만 솟아내면 좋을 것인데……."

혜는 다정한 손길로 사랑하는 여인의 뒤통수를 매만지며 속삭였다.

"그리 못 하겠다면, 그 칼날, 그 독주, 모두 내게 전해주면 좋을 것인데……. 그대의 눈에 비친 그 마음이 너무나도 모질어서, 순간순간마다 이 내 마음이 갈피를 잡지 못할 정도로 아프거든."

상처에 바르는 고약처럼, 각화된 가슴 위로 뭉근하게 발리는 혜의 음성에 그녀의 마음은 심하게 두근거렸다. 마치 마음속에서 수천 개의 칼날과 독주 방울들이 전쟁이라도 치르는 것처럼 감정의 실타래는 격렬하고 치열하게 고목나무 껍질처럼 굳어버린 마음 문의 틈새를 두드렸다. 이 마르고 각화된 마음의 창살 안에서 빠져나가고 싶다는 것처럼.

위로를 해주는 것 같은……. 이해의 손길을 내미는 것 같은……. 정겹고 따스하면서도 또한 아픔이 곳곳에 스며든 그의 음성에 영지는 왈칵 솟는 뜨거움을 참지 못하고 사내의 목을 끌어안으며 속삭이듯 고백했다.

"훗날의 상황이란 것이, 계획한 대로 기약한 대로 흘러가지 않는다는 것을 저는 잘 알고 있습니다."

불꽃에 기름을 치듯 치솟는 뜨거움에 입안이 순식간에 메말라왔다.

"하오니 훗날을 기약해달란 말도, 그 곁자리를 제게 영원히 내어달란 약조도 원하지 않겠습니다."

영지의 음성에 혜는 그녀의 작은 어깨를 붙잡으며 눈을 맞추었다.

"다만, 마마께서 작금에 품으신 그 맘을 소중하게 여기신다면……."

"……."

"저도, 이 찰나. 제가 마마께 품은 이 불경한 맘을 소중하게 여기겠습니다."

"영소 작가."

영지를 부르는 그 목소리에 묻어나는 떨림을 도저히 감출 길이 없어, 혜는 손안에 붙잡은 동그랗고 마른 어깨를 더욱 힘주어 잡았다.

"마마께서 제게 품으신 그 마음이 모두 다 타버려 재가 될 때까지. 제가 마마께 품은 이 불경한 마음 또한 모두 다 타버려 재가 되어 흔적 없이 사라질 때까지. 훗날에 대해 아무것도 원치 않고 대신, 지금 이 순간을 가장 소중하게 여길 수만 있다면……. 그 말, 들려드리겠습니다."

새하얀 소금밭에 홀로 떨어트려진 힘없는 미물의 애잔한 움직임처럼 영지의 목소리는 애달프고, 아프고, 안타깝게 흩어졌다.

"좋아합니다. 저도, 마마를."

세상에서 이토록 열렬한 고백이 또 있을까. 사내에게 이토록 열렬한 고백을 쏟아부었던 여인이 이 녹월 땅의 전후에 또 있기나 할까. 혜는 두 밤 전 영지에게 들었던 그 말을 떠올리며 미소를 지었다.

영지라는 존재는 쥐면 바스러질 듯 한없이 연약한 모래알 같아 보이다가도, 또 어느 순간에는 지글지글한 불꽃가마에서 그 몸을 단단하게 제련한 강철 같아 보이기도 하여 혜는 매순간마다 그녀에게 느끼는 감정의 다채로움에 경이로움마저 느꼈다.

곁눈질을 하여보니 적나라한 삽화들에 살갗의 빛을 입히느라 진땀을 뻘뻘 흘리는 영지의 모습에 눈에 들어왔다. 딱히 정신이 쏙 빠질 정도로 아름답고 어여쁘다, 라고 보일 부분은 찾기 어려운데 이상하게도 윤영지란 여인은 사람의 맘을 이끄는 단정한 힘이 있었다.

깨끗하게 윤이 나는 반질한 눈동자와 돌돌 말아 상투를 틀어 올린 머리 아래로 흐트러진 잔 머리칼들이 하절의 더운 볕을 받아 반짝하니 빛났다. 어찌 저리도 살결이 흴까. 저 목덜미에 손바닥을 비벼보고 싶다는 생각이 들어 혜는 얼른 얼음을 띄운 물을 한 모금 넘겼다.

사내라면 당연히 좋아하는 여인을 곁에 두고 엉큼한 생각을 할 수 있겠지만 혜는 마음이 가는 대로 영지를 범하고 싶지 않았다. 훗날을 기약해달라고 하지 않겠다는 그 고백의 말이 가슴에 걸려, 저 여인에게 훗날을 기약해줄 수 있을 만큼의 세상이 펼쳐질 때까지 그저 소중하고 또 사려 깊은 가슴으로 대해주고 싶었다.

그러나 몸과 마음의 이율배반이 이토록 큰 것이었던가. 흰 목덜미가 눈에 들어온 순간부터 바지춤 아래의 그것이 자꾸만 단단하게 오르는 것이다.

넉넉한 바지춤이니 표시야 나지 않겠지만 혜는 당황한 손길로 앉은뱅이책상을 배 바로 앞까지 드르륵 끌어당겼다. 그 울림에 영지는 채색을 하다 말고 혜를 바라보며 물었다.

"글이 잘 안 써지십니까? 아까부터 안절부절못하시는 것 같아서 드리는 말씀입니다."

"아무것도 아니야. 그냥, 음……. 옳거니! 요 양반다리를 계속하고 있으니 다리가 좀 저려서……. 이래저래 더워서 끈적끈적하기도 하고……."

혜가 곤란한 낯빛으로 말하자 영지가 고개를 끄덕이며 말했다.

"그럼 잠시 나가서 바람이라도 쐬고 올까요? 사실, 저도 아까부터 다리가 좀 저리는 것이……. 채색을 하면서도, 인물들의 방사 각도가 썩 마음에 들어차지가 않아 머리를 좀 식히고 싶거든요."

"그럴까?"

'밖에 나가서 다른 것에 눈을 돌리면 이 못된 몸뚱이가 조금은 가라앉겠지.'

혜는 혹여 영지가 바지춤이 솟은 것을 볼세라 그녀가 등을 돌렸을 때 얼른 일어나 모시 겉옷을 걸쳤다. 녹월 땅의 복식은 참으로 복스러운 것이라. 사방 간에 여유가 있는 모양새이니 사내의 달은 몸도 단번에 감추는 희한함이 있어, 그는 안도의 한숨을 쉬며 현을 불렀다.

"현아, 너도 가자."

그러나 책장의 위쪽에 앉아 있던 현은 꿈쩍도 하지 않고 제 주인을 물끄러미 바라보다가 몸을 휙 돌렸다. 마치, 둘이서 오붓하고 고즈넉한 시간을 넉넉하게 즐기라는 듯.

"정말 가지 않으련?"

삿갓을 눌러쓰던 영지가 현에게 재차 묻자 현은 그녀의 앞에 가볍게 착지하여 머리를 좌우로 흔들더니 다시 새침한 날갯짓으로 책장의 저 높은 곳을 향해 날아가버렸다.

그 모습을 보던 혜는 속으로 현에게 고마운 마음을 감출 수 없었다.

'영특한 녀석. 토라질까 예의상 물은 것인데…….'

혜는 속으로 저 영특한 녀석에게 살이 통통하게 오른 생쥐 한 마리라도 잡아주어야겠다 생각하며 슬쩍 영지의 손을 잡았다. 서로가 서로에게 마음을 온전히 열어젖힌 후, 처음으로 함께 하는 작은 나들이에 그는 괜스레 마음이 설레었다.

"밖에 나가서도 손을 잡으면 우리 두 사람, 이상한 이들로 오해받습니다. 그만 놓아주십시오."

그토록 열렬한 고백까지 한 마당에, 딱딱하기는.

그러나 그 불퉁한 속사정 가운데도 손안에 감겨드는 여인의 보드라움이 좋아서 혜는 볼우물을 확 파며 대꾸했다.

"그러니까, 여기서만 이렇게 잡아보는 것이지. 다 큰 사내 두 놈들이 손을 잡고 걸을 수는 없으니."

혜의 능청스러운 대꾸에 영지는 입술을 삐죽이며 시선을 돌렸다. 무어, 그의 말이 맞는 것 같아서 말대꾸를 하기가 난감했지만 아쉬운 마음이 아주 조금 드는 것은 참을 수 없었다.

혜는 그녀의 삐죽거리는 입술을 보면서 문득 무슨 생각이 들었는지 허리를 확 굽혀 그 말캉해 보이는 입술에 자신의 볼우물

자리를 들이대었다.

"무, 무엇 하시는 것이십니까?"

"언젠가 서국에서 들여온 책에서 읽은 것인데. 서국의 남녀들은 시도 때도 없이 볼이며 이마에 입술을 맞춘다더군. 그래서 나도 한번 시도해보는 것이지."

"무에 그런 부끄러운 짓을……."

영지가 얼굴을 붉히며 말하자 그가 엉큼한 속내를 다시 한 번 드러냈다.

"녹월 팔도를 그림 몇 장으로 녹여버린 춘화작가님이 할 말씀은 아닌 것으로 보이는데?"

"무어라고요?"

영지가 작은 골질을 부리는 그 틈에 혜는 얼른 그 골질을 부리는 입술에 자신의 뺨을 가져다 대고는 바로 떼었다. 입술이 닿은 볼우물에 보드라운 샘이 가득 남았다.

"나는 적극적인 그대의 모습이 가장 좋아."

"윽! 마마!"

"그러니 다음에는 그대가 먼저 자발적으로 이 볼에 입을 맞추어주면 좋겠어."

휜칠하고 수려한 혜의 얼굴에서 싱그러운 미소가 비단포목의 긴 자락처럼 주르륵 풀어졌다. 그 미소에 영지는 입술을 꾹 닫고는 저도 모르게 뺨을 붉혀버렸다. 그의 싱그러운 미소가 지금 이 순간만큼은 온전히 자기의 것인 것만 같아 마음에 뿌듯함이 차곡차곡히 차올랐다.

"자, 그럼 이 답답한 글방을 벗어나보도록 할까? 나의 사랑하는 백성, 영소 작가님."

저자의 상시장은 시국과는 상관없이 먹고살려는 이들의 발걸음으로 인산인해를 이루었다. 영지는 품 안에서 엽전 몇 푼을 꺼내어 손바닥에 놓고 수를 세었다.

"무엇하게?"

"장에 나온 김에 종이와 안료를 사서 들어갈까 합니다. 쓰던 것이 간당간당하거든요."

그 대답에 혜는 조금은 불퉁하게 물었다.

"밖에까지 나와서도 일 생각이신가?"

"그럼요? 일하다가 잠시 머리를 식히러 나온 것이니 일에 대한 생각을 계속 염두에 둘 수밖에요."

칫. 영지의 대답에 그는 괜스레 서운한 감정을 마음속에 꾹꾹 눌러 담으며 말했다.

"일은 조금 미뤄두고, 지금은 다른 생각을 해도 되잖아?"

"무슨 생각을요?"

"내 생각."

"예?"

"정확히 말하자면 나와 즐겁게 시간을 보낼 궁리."

혜는 은근한 눈빛을 그녀에게 보내며 말했다. 그러자 그녀는 기가 차다는 듯 코웃음을 치며 대답했다.

"농땡이꾼."

"응?"

"농땡이만 치려 하시니 농땡이꾼이 아니십니까? 저랑 즐겁게 놀 궁리만 하시면 언제 글을 쓰시려고요? 마마께서도 앉으나 서나, 자나 깨나 글 생각을 하셔야 글이 진도가 팍팍 나갈 것이 아닙니까?"

오목조목 따지는 영지의 모습에 혜는 정말 이곳이 장터길만 아니라면 그냥 그 콧방울을 살짝 깨물어버리고 싶다는 생각을 품으며 대꾸했다.

"그럼, 글 때문이라고 한다면 나와 즐거운 시간을 보내줄 터인가? 음, 곧 쓸 내용. 감찰 권이현이와 다모 성수련이가 예기치 않게 장터에서 둘만의 시간을 보내는 내용이 있거든. 거기에서부터 두 사람이 서로에 대한 마음을 정확히 확인하게 되지."

"정말입니까?"

"나중에 원고를 보고 직접 확인하면 될 일이 아닌가? 그러니 지금부터 나는 감찰 권이현이처럼, 그대 영소 작가는 다모 성수련이가 된 것처럼 즐거운 시간을 보내보자고. 무어, 이만하면 업(業)의 연장선상으로 보아도 되겠지?"

영지는 얼이 빠진 듯 혜의 옆모습을 물끄러미 바라보다가 이내 새침하게 눈을 흘기며 말했다.

"나중에 원고 속에 요 내용 없으면 저 그대로 계약서 물리고 글방에 나오지 않을 겁니다?"

"작가는 글 가지고 장난질 따위는 하지 않는 법이지. 영소 작가나 장터의 이곳저곳을 눈에 잘 담아두어. 재미난 기억도 만들고……. 잘 보아두고 기억해야 삽화에도 삽화가인 그대의 마음과 추억이 녹아들어 읽는 이들의 마음에도 고스란히 묻어날 테니."

기방에 잠입을 하기 위해 기녀의 복장을 입은 성수련이에게 한눈에 반한 감찰 권이현이의 마음이 이러할까. 혜는 현재 집필 중인 글의 남자 주인공인 권이현이를 떠올리며 마치 그 자신이 글 속의 주인공이 된 듯 설레는 마음으로 영지의 행적을 좇았다.

삿갓 챙 너머로 산나물이며 은빛 생선을 보던 그녀의 시선이 문득 노리개와 꽃신들이 즐비하게 늘어선 방물장수의 좌판으로 옮겨갔다.

"가볼까?"

"아니요. 그냥, 옛날 생각이 나서 한번 보았습니다."

아주 어리던 그때에 몰래 어머니의 명경함을 열어 꽃분을 발라보던 아련한 추억이 떠올라 영지는 고개를 저으며 걸음을 옮겼다. 그러자 혜는 그녀의 옷깃을 잡아끌어 방물장수의 좌판으로 갔다.

"안 간다니까요?"

"누가 무엇 하자고 그랬어? 성수련이라면 저 방물장수의 좌판을 그냥 넘기지는 못하였을 것이야. 잊었는가? 그대는 오늘 영소 작가가 아니라 성수련이 팔자래도?"

혜의 구구절절이 옳은 말에 영지는 하는 수 없이 좌판 앞으로 걸음을 옮겼다.

"무엇을 보시러 오셨답니까? 삿갓쟁이 도련님들?"

방물장수의 말끝에는 정겨움이 가득 묻어났다.

"음, 그냥……. 한번 보기나 하려고요."

"그러셔요, 도련님들. 눈으로 보는 것은 닳지도 않으니 이 해가 다 떨어지도록 보셔도 좋답니다."

아이고나. 그저 한번 보기나 한다는 그녀는 이것저것을 꽤나 오랫동안 살펴보았다. 꽃신과 각종 노리개며 곱디고운 댕기까지. 무엇 하나 어여쁘지 않은 것이 없었으나 영지의 눈을 가장 사로잡은 것은 영롱한 초록빛의 아름다움을 가득 담은 가락지였다.

"맘에 드는가?"

"아니요. 전혀요."

그러나 그 말과는 다르게 영지의 시선은 계속 그것에 머물렀다. 그러자 혜는 슬쩍 한 발자국 뒤로 물러나 방물장수와 시선을 맞추며 손가락으로 그것을 가리켰다. 물론, 앞의 키 작은 뱁새 다리 삿갓 도련님께서는 알아채지 못하도록 눈짓을 주면서 말이다.

"그만 가도록 합시다. 마……, 아니, 혀, 형님."

영지는 가락지에 머물렀던 시선을 거두며 혜의 옷깃을 잡아끌었다. 그 순간 개떡같이 말해도 찰떡같이 알아들은 방물장수는 슬쩍 혜의 손안에 가락지를 넣어두고선 그 손에 미리 들어 있던 엽전 냥을 거머쥐었다. 엽전이 사라진 손바닥에 대신 남은 초록빛 가락지가 그의 마음을 뿌듯하게 만들었다.

'조금 이따가, 나중에 전해주어야지. 심금을 울리는 연서와 함께.'

아주 좋은 선물은 아니었으나 서로의 마음을 확인한 후 처음 건넬 선물을 손에 쥔 혜는 가벼운 발걸음으로 그녀의 보폭을 맞추

며 걸었다. 그러나 여인의 물품을 오랜만에 눈에 취한 그녀는 맘
속에 솟는 서운함에 슬쩍 비틀린 목소리를 꺼내며 말했다.

"마마. 이제 안료나 사러 가는 게 좋겠습니다."

옛 생각을 괜히 떠올렸다 싶은 게 슬쩍 심통이 솟은 영지는 혜
를 바라보며 말했다.

"말투에 약이 바싹 올랐는걸?"

혜는 손바닥 안에서 둥글고 매끈한 가락지를 굴리며 물었다.

"하나 사줄까?"

"왜요?"

"왜긴. 나, 이미 그대를 지고지순하게 연모하는 사내이니 연모
하는 여인에게 사내가 되어 가락지 선물 하나도 못 할까?"

"저는 마마께 그저 빈대 같은 계집이 되고 싶지는 않습니다."

영지는 얼마 전 그가 자신의 속을 후벼 팔 때 썼던 말을 인용하
여 애써 심드렁하게 받아쳤다.

"그 못된 말을 이제껏 맘속에 푹 담아두었나?"

"담아두다 못해 젓갈처럼 푹 절여두었지요."

"내가 다 잘못했다고 싹싹 빌지 않았나. 그런 쓸데없는 것은
좀 잊고 살아도 좋은데……."

혜가 쓴 입맛을 다시자 그녀가 그런 그를 바라보며 말했다.

"저는 똘똘하니 가슴에 한처럼 남은 그 말을 잊기가 쉽지 않을
것입니다. 아, 다 왔습니다. 여기저기 다 써보아도 이 집 안료만큼
색이 천연에 가깝게 나오는 집은 없었습니다. 무어, 사주시려거든
안료나 사주시든지요. 선물의 의미보다는 동업하는 자에 대한 일

종의 격려의 의미를 가득히 담아서 말입니다."

"그럴까?"

"기왕이면 가장 비싸고 좋은 것으로요."

혜가 고개를 끄덕이자 영지는 큰 소리로 문방사우를 파는 점포의 주인을 불렀다. 그러자 연신 부채질을 하며 비지땀을 흘리는 노인 한 명이 느릿하게 걸어 나왔다.

"안료 좀 보여주십시오. 때깔에 윤이 자르르하니, 가장 발색이 잘 되는 것으로요."

"비쌀 것인데?"

"일단은 보여주십시오. 어르신."

영지의 말에 점포의 주인은 비단보자기로 싼 안료들을 꺼내며 말을 늘어놓았다.

"요 뇌록(磊綠)과 반주홍(礬朱紅)은 녹월 땅에서 구할 수 있어 그나마 저렴한 편인데, 당주홍(唐朱紅)은 중원에서 들여온 것이라 좀 비싸. 삼록(三綠)도 그렇고. 심중청(深重靑)도 원석이 왜(倭)에서 구해지는 것이니 비싼 줄은 알지?"

"예. 호분(胡粉)도 필요하니 마저 보여주십시오."

그녀의 말을 들은 노인은 목을 쭉 빼서 삿갓 안에 드러난 영지의 얼굴을 가만히 들여다보며 물었다.

"혹, 거적으로 얼굴을 둘둘 말고 다니던 그 그림쟁이인가?"

"예?"

"목소리가 어쩐지 비슷해서 말이야. 그러나 저러나, 자네는 사내야? 계집이야? 무에 그리 얼굴선이 곱누?"

"당연히 사, 사내지요!"

깜짝 놀란 영지가 손사래를 치며 발끈하자 노인은 씩 웃으며 툴툴거렸다.

"무어, 계집이 아니라면 말고. 그럼, 이것들을 다 챙겨줄까?"

"예. 있는 대로 챙겨주십시오."

"있는 대로 다 주려고 해도 얼마 없어."

노인은 물건들을 쌀 넓은 보자기를 찾기 위해 점포 안으로 들어갔다. 그러자 혜가 영지에게 물었다.

"타국에서 들여온 물건이니 꽤 비쌀 것 같은데……."

"부담되시면 제가 사겠습니다. 고작 춘화로 치부되는 그림이지만 그래도 제 맘에 차는 그림을 그리고 싶어 안료는 가장 좋은 것으로 쓰자는 것이 제 원칙입니다."

영지의 말에 혜는 고개를 저으며 대답했다.

"그대에게 내가 못 사줄 것이 무엇인가?"

'그대가 원하는 것이라면 무엇이든 다 해주고 싶은 맘뿐이거늘.'

둘이서 사이좋게 하나씩 안료를 담은 보자기를 든 삿갓쟁이 사내들의 발걸음이 참으로 가볍고 경쾌했다. 마른 식거리를 파는 곳에서 얻은 깐 호박씨를 오물거리는 영지의 양 볼이 귀염져 보여 혜의 입가에도 흡족한 미소가 번졌다.

"드셔보시겠습니까? 껍질이 까져 있어서 바로 드시기 좋습니다."

영지가 호박씨 열 알 정도를 건네자 혜는 냉큼 허리를 굽혀 입
으로 받아먹었다. 아니, 정확히 말하자면 그녀의 손바닥을 핥아
먹었단 말이 맞을 것이다.

"으왓! 무슨 짓이십니까?"

다행히 삿갓에 가려 그가 영지의 손바닥을 핥는 것을 다른 사
람들이 보지 못하였을 것이나 그녀는 지레 깜짝 놀라 주먹을 꽉
쥐었다.

"손바닥이 짭짤하니 호박씨에 간기가 되어 있어 더 맛깔나
군."

씩 웃는 그 입술이 어찌 저렇게 얄미울까. 영지는 주먹을 쥔
손을 펴서 옷 춤에 손바닥을 문지르며 생각했다.

'군마마만 아니라면 한 번 콕 꼬집어주었을 텐데.'

차마, 임금님의 피가 흐르는 귀한 용체에 어찌 흠을 낼 수가
있을까. 영지는 남은 호박씨를 입안에 싹 털어 넣으며 혜를 야리
듯 바라보았다. 그때에 장터의 한복판에서 신명나는 사당패의 놀
이마당이 이루어지고 있었다.

"영소 작가. 저기 사람들이 많이 모여 있는데, 우리 한번 구경
하고 갈까?"

"이제 저는 머리가 맑아졌는데요?"

"그래? 난 아직 권이현이에 푹 젖어 있어서 말이야. 가자, 내
사랑하는 백성, 성수련이."

그가 짓궂게 말하며 그녀의 손목을 잡아끌었다. 우스꽝스럽게
분장을 한 사당패의 말이며 몸짓 하나하나에 사람들이 욕지기를

내뱉기도 하고 손가락질도 하다가 까르르 웃음을 터트리기도 했다.

"그때에! 응애응애 어린 아기씨 한 명이 제 어미의 비릿한 피 냄새를 맡고 세상에 나셨는데! 아, 이 어린 아기씨, 아직 제 어미 양숫물도 채 못 닦았으나! 자신을 바라보는 시선이 어쩐지 이상스럽고 요상스럽다 생각하였는데?"

"내 얼굴에 진득하게 묻은 양숫물을 닦는 저 궁인의 표정은 왜 저리도 썩었는가? 속닥속닥 수군수군. 어린 아기씨 귀를 쫑긋 세워 저이들의 말을 한번 들어봄세! 속닥속닥 쑥덕쑥덕. 아! 무어라? 아이고 이 아주머니야! 나는 갓 태어나서 저들의 숙덕거림이 도통 들리지가 않아! 저들이 무어라고 하는 것인지 크게 크게 말 좀 해주어!"

어린 사내아기씨의 탈을 쓴 놀이꾼이 관중들에게 징그러운 배냇짓을 하며 소리치자 관중들 사이에서 엉덩이가 펑퍼짐하게 퍼진 중년의 여인이 크게 소리쳤다.

"아 이놈아! 네가 이가의 핏줄인지, 김가의 핏줄인지. 궁인들이 네 씨가 궁금하여 속닥거리는 것이 아니야?"

여인의 목소리에 놀이꾼은 손에 든 부채를 촤 펴며 이야기를 다시 이끌었다.

"에엥? 임금님이 사시는 궁에서 태어났으니, 나는 당연히 이가의 원자아기씨가 아닌가? 헌데, 김가는 또 무슨 말이온지요? 내 어미는 일국의 국모이신데, 내가 이가가 아니라 김가일 수도 있다는 말씀은! 내 어미가 김가 놈의 씨앗을 가득 품은 양물과 통정질이라도 하였다는 겝니까?"

그러자 관중들이 또다시 웃음을 터트리며 삿대질을 해댔다.

"그래 이놈아! 네 어미가 김가 놈의 양물을 고 구멍 안에 담금질하였더란다!"

"어흐흑 어흐흑. 응애 응애. 도대체 내 아비일 수도 있는 김가 놈의 존함은 또 무엇이랍니까? 어흐흑, 어흐흑. 응애 응애. 하늘님도 무심하시지. 내 아비란 분께서는 나를 제 아들이라 알아보지도 못하시고! 김가 놈의 얼굴은 볼 수도 없으니. 보시오 여러분들! 당신네들은 김가 놈의 이름 석 자를 알고나 계신답니까?"

놀이꾼의 말에 또다시 관중들 사이에서 고함이 터져 나왔다.

"하하핫! 저 멍청한 원자 놈을 보았나! 그 김가 놈의 이름! 김익선이란다! 김익선이!"

"무엇이요? 김익선이요? 응애 응애 꼴깍 꼴깍. 김익선이가 누구인가? 내가 만약에 김익선이의 아들놈이라면! 나는 이 나라의 원자가 될 수 없음이니. 아이고, 내 얼른 두 걸음으로 내달려 김가 놈의 입을 틀어막아야 할 것인데! 불행이도 나는 아직 기어 다닐 수도 없는 작은 핏덩이. 아이고! 나를 보시는 그네들! 내 이 사정이 불쌍하거든 이 주머니에 엽전 푼돈 좀 던져 넣어주시구려!"

놀이꾼은 미리 준비해둔 주머니를 탁 하니 열어 관중들이 던진 돈푼을 주워 담았다. 김익선이와 중전의 통정질을 풍자하는 내용이니 주머니 사정이 각박한 관중들의 주머니도 척척 열렸다.

그때였다. 멀리서 창칼을 든 자들이 떼를 지어 달려오는 것이 보였다.

"네 이놈들! 누가 감히 이 나라의 국모이신 중전마마와 영의정 대감을 욕보이는 것이냐! 에라이! 죽어라! 네놈들!"

창칼을 든 사내들을 본 사당패들과 관중들은 재빨리 흩어졌다. 혜도 급하게 영지의 손을 잡고 안전한 곳으로 몸을 피했다. 몸을 피하면서 보니 사당패들 중 미처 피하지 못한 두 사람이 포박을 당한 채 끌려가고 있었다. 영지는 혜의 손에 이끌려 몸을 피하면서도 포박을 당한 채로 몰매를 맞는 놀이꾼의 처참한 모습을 눈안에 담으며 몇 년 전 그날, 피바람이 진득하게 불었던 악몽의 시간이 떠올라 그만 아랫입술을 억세게 깨물었다.

다행히 창칼을 든 사내들을 보자마자 바로 피하였기에 혜와 영지는 무탈했다. 그러나 손에 각각 든 안료를 담은 보자기가 왜 이리도 무겁게만 느껴지는 것일까.

영지는 작은 목소리로 혜를 불렀다.

"저기, 월산군 마마."

"응."

"포박당한 놀이꾼들 말입니다. 어떻게 될까요?"

"죽을 것이야."

"죽어요?"

"국모와 영의정에 관해 못된 이야기를 지어내었으니, 죽임을 당하는 것이 당연하지. 아까 그들을 잡아간 무장들. 한성부의 군관들이 아니야. 김익선이의 사병들이지."

"군관들도 아니고 사병들이 어찌 백성들을 잡아 가둔단 말입니까?"

"그것이 작금, 이 나라의 현실이니까."

혜는 가라앉은 음성으로 말을 이었다.

"무섭지?"

"무엇이 말씀입니까?"

"나와 그대가 하는 일도, 발각이 되면 죽음을 면치 못할 일이 아닌가."

"……."

혜의 말에 영지는 잠시간 생각을 정리하고선 대답했다.

"발각이 되기 전에, 대업을 성공적으로 이루시면 되실 일이옵니다."

"대업이 수포로 돌아가면?"

"그렇다면, 이 나라에는 더 이상 하늘의 뜻이 머물지 않는다는 말이 되겠지요. 하늘에게 버림받은 땅에서 목숨을 연명한다 한들 그것이 사람이 사는 모습이겠습니까?"

영지는 작지만 힘 있는 목소리로 혜에게 물음을 던지며 성큼 성큼 앞으로 걸어가 길가에 핀 들꽃을 몇 송이 꺾어서 그에게 내밀었다.

"받으십시오."

"사내는 이런 선물에 흥미가 없어."

혜가 헛웃음을 지으며 말하자 그녀는 다시 한 번 들꽃송이를 그에게 쑥 들이밀며 말했다.

"이 땅의 허드레 땅 구석에 핀 들꽃마저도 지켜주시는 분이 되십시오. 강화에 계신 전하께 권좌를 되찾아드리고 나면, 돌아오신 전하께서 이 녹월 땅의 들꽃마저도 귀하게 여기는 성군이 되실 수 있게 보필하십시오."

"영소 작가……."

"제 말. 절대로 잊으셔서는 아니 될 것입니다. 이 꽃, 책 사이에 끼워서 곱게 말려두십시오. 그래서 언제든, 마음이 흐트러지려 하는 날에 말린 꽃을 보고 제 말을 떠올리십시오. 월산군 마마."

순간 혜는 눈가에 눈물이 왈칵 솟는 것을 애써 참으며 영지를 물끄러미 바라보았다. 코끝에 전해지는 들꽃의 자잘하고 연약한 향내가 그의 마음속에 깊이 파고들었다.

十三章. 동상이몽(同床異夢) 중의 첫정

　참으로 보면 볼수록 영지는 사람을 끌어당기는 오묘한 맛이
있었다. 사람을 당장에라도 휘어잡을 만큼 어여쁘진 않아도 단정
하고 바른 몸가짐에서는 은은하고 멋스러운 향이 나는 듯했다. 혜
는 문득 글을 쓰다 말고 곁의 여인을 물끄러미 바라보며 미소 지
었다. 저 단정한 몸가짐을 가진 이의 마음속에는 붉고 흰 연꽃 같
은 충정까지 살아 있음을 알게 되니 혜는 그녀를 더욱 깊이 사랑
하고 은애하게 되었다.

　이토록 정갈한 몸가짐 안에 바른 정신을 지닌 여인은 세상 중
에 이이뿐일 것이라. 혜는 그리 생각하며 앉은뱅이책상의 귀퉁이
에 놓았던 얼음을 동동 띄워둔 물 사발을 들었다. 헌데 날이 하도
더워서 그런 것인지 이미 사발 안에 띄웠던 얼음은 형체를 찾아볼
수가 없었다. 그는 하는 수 없이 그저 맹물만 입안에 털어 넣은 후
사발을 내려놓았다. 그 움직임에 영지가 눈을 들어 가느다란 눈썹
을 파르르 떨며 말했다.

　"자꾸 그렇게 움직이시려거든 책상을 가지고 제자리로 돌아가
십시오. 마마께서 자꾸만 움직이시니 채색이 밑그림을 넘어 번지

지 않습니까."

영지의 말에 혜는 미안하다는 듯 웃었다. 그나저나 이혜라는 사내는 윤영지라는 여인이 얼마나 좋으면 이럴까. 혜는 요 며칠 내내 작업 도중 계속 영지를 곁눈질로 바라보다가 결국 자신의 앉은뱅이책상을 번쩍 들어서 그녀의 책상에 마주 놓고 그 앞에 터줏대감마냥 자리를 잡아버렸다. 졸지에 그녀는 혜의 얼굴을 마주 보며 그림을 그려야 하는 상황이 되었으니. 이거 무어, 글방의 주인에게 객식구가 이래라 저래라 할 말이 없어 불편하기가 바늘방석 같았다.

"원래의 자리로 쫓아내려고?"

"마마께서 엄연히 저의 작업을 방해하고 계시니 그렇지요."

"흠. 하지만 원래 내 자리로 가면 나는 영소 작가를 끊임없이 곁눈질을 할 것이니. 종결에는 사팔뜨기가 되고 말 텐데?"

글방 주인이 싱긋 웃으며 말하자 객식구는 그저 고개를 설레설레 젓다가 푹 숙였다. 영지는 진심으로 그가 좀 제자리로 가주었으면 하는 마음이 간절했다. 조금만 고개를 올리거나 눈꺼풀을 들어 올려도 눈 속에 저 잘난 이의 얼굴이 들어와 마음이 동요되었다.

집중하여 채색을 하고 있노라면 먹 향을 닮은 그의 숨결이 흠칫흠칫 뺨을 간질여서 맘속까지 그 간지러움이 타고 번져드는 것이다. 이러니 정신이 도통 집중이 되지 않아 채색한 곳에 여러 번 겹칠을 하다가 아까 전에는 하마터면 종이에 구멍을 내어버릴 뻔했다. 이런 그녀의 맘을 전혀 모르겠다는 듯, 그저 면상 앞에서 싱글벙글인 저 잘난 군마마님의 얼굴이 때로는 얄미워서 애가 탈 지경이었다.

매순간마다 진심으로 깨닫건대, 저 잘난 이의 수려한 외모는 작업에 있어서 독이다. 독!

"헌데 말이야, 영소 작가."

"예."

"그대는 덥지도 않은가? 난 지금 말이야. 온몸이 땀 때문에 끈적거려서 집중이 되지 않거든. 밀실에서 가져온 얼음도 다 녹아버려서 이제 미적지근한 물밖에 마실 수가 없는데……. 영소 작가만 괜찮으면 우리, 밀실에 한번 갔다 오면 좋겠어."

"그려야 될 삽화가 산더미처럼 쌓여 있습니다. 처음의 말씀과는 다르게, 세 쪽당 한 편의 삽화를 요구하신 마마의 말씀대로 해드리려면 팔이 닳아지도록 그림을 그려도 마마께서 원하시는 기한을 맞추기가 어렵습니다."

"하지만 글을 쓰는 내가 이 무더위에 몸이 불쾌하여 글을 쓰지 못하면 그대도 삽화를 그릴 수가 없지 않은가……. 아! 그래. 그럼 이건 어떤가? 우리, 필요한 물건을 다 챙겨서 밀실로 가는 것이야. 그곳은 시원 서늘하니 우리가 작업을 하기에는 딱 좋지 않은가?"

"하지만……. 마마께서야 거기서 며칠 계서도 문제가 없으시겠지만 저는 모시는 부모님이 계시기에 해가 지면 산을 내려와야 하는데……. 낮은 몰라도 밤은 조금 무섭습니다."

집에 계신 부모님을 떠올린 영지는 고개를 저으며 난색을 표했다. 그러자 혜가 붓을 쥔 손등을 은근슬쩍 매만지며 말했다.

"산을 내려올 때 내가 이 손 꼭 잡아주고 그대가 집까지 안전하게 들어가는지 살펴보아줄게. 혹여 뱀이랑 시꺼먼 새가 나타난다면 내 그것들도 다 쫓아내어줄 것이니. 그대, 영소 작가. 그대는 아무런 걱정일랑 하지 말고 이 헌헌장부만 믿어보아."

헌헌장부의 말 놀림에 혹해버린 영지는 결국 고개를 끄덕이고야 말았고, 바리바리 짐을 싸서 등에 봇짐을 진 두 명의 삿갓쟁이 도련님들은 결국 잰걸음으로 밀실이 숨어 있는 산길을 오르게 되었다. 아무리 산속은 서늘하다고는 하나 워낙에 습한 기운이 많은 계절이어서일까. 몸의 온 구멍에서 땀이 솟아나는지라 끈끈한 기운들이 몸뚱이를 가득 에워싸고 있었다.

"월산군 마마. 차라리 글방에 있는 것이 나을 뻔하였어요. 푹푹 쩌서 죽겠습니다."

날개를 활짝 편 새라도 날아들까, 그녀는 둘밖에 없는 산속임에도 불구하고 삿갓을 푹 눌러쓴 채로 불만스러운 말을 꺼냈다.

"여기는 우리 둘 말고는 아무도 없으니 그 삿갓, 등 뒤로 걸쳐두어. 그렇게 삿갓을 푹 눌러쓰니 훈김이 빠져나가겠어?"

"하지만 여기는 산속이 아닙니까? 산에는 날아다니는 새가 많을 것이니. 죽어도 이 삿갓, 안 벗을랍니다."

"흥. 얼마 전에 무릎이 달팍 까져가지고선 집까지 찾아왔을 적에는 삿갓이고 나발이고 아무것도 없던데?"

"그거야……. 그땐 마마께 무슨 변고가 일어났나 싶어서 하도 급하게 오느라 삿갓이 떨어진 줄도 몰랐던 것이고……. 지, 지금은 그때와 상황이 다르지 않습니까?"

영지가 고집스럽게 말하자 혜는 대뜸 그녀의 삿갓 챙을 잡더니 재빠르게 등 뒤로 넘겼다.

"무슨 짓입니까?"

벌겋게 익은 얼굴로 영지는 고함을 치듯 물었다. 그러자 혜가 벌건 얼굴에 맺힌 땀방울을 손바닥으로 다정스레 닦아주며 말했다.

"고래고래 소리만 치지 않는다면 날개를 편 새가 그대의 코앞까지 날아들 일은 없을 터. 밀실 가까이까지 다 왔으니 괜히 산짐승들 놀라게 큰 소리 치지 말고, 저 앞으로 펼쳐진 밀실의 전경을 한번 보아. 우리 둘이 마음을 주고받았으니 지금 보는 광경은 예전과는 또 다른 경이로움으로 그대의 맘속에 찾아들 것이야."

혜는 영지의 손을 힘주어 잡아 위쪽으로 끌어올린 후 휘청거리는 그 작은 몸을 바르게 잡아주었다. 그러자 그녀의 눈 속에는 시퍼런 안료보다도 더 파랗게 빛나는 작은 물웅덩이가 들어왔다.

푸른 비단을 물속에 담금질한 듯. 파랑과 초록의 안료를 절묘하게 섞어 물속에 풀어놓은 듯. 저 하늘의 감당할 수 없는 빛깔을 물속에 꽁꽁 숨겨놓은 듯. 물웅덩이의 빛깔은 폭포 아래에서 떨어지는 하얗고 투명한 물방울들과 함께 어우러져 주술 같은 마력을 뿜어냈다.

"어떤가. 내 이곳을 참 많이 드나들었지만 영소 작가의 마음을 얻은 후 처음 보는 이 광경은 그 어떤 때보다 아름답다고 생각되는데."

혜가 영지의 삿갓 끝에 걸린 끈을 슥 풀어 바위에 걸쳐놓은 후 그녀의 등 뒤로 다가가 가볍고 은근하게 마른 허리를 끌어안으며 속삭이자 분홍빛의 입술에서도 황홀감에 찬 음성이 흘러나왔다.

"참 아름답습니다. 그림쟁이인 저로서는 저런 본연의 푸른 빛깔을 내지 못하는 것이 너무너무 아쉬울 만큼……."

영지는 혼령에게 넋이라도 홀린 것 같은 표정으로 말을 하다가 입술을 닫았다. 귓가를 간질이는 혜의 숨결이 잔잔하지만 뜨거운 기운을 뱉어내고 있었기 때문에 더 이상 말을 이을 수가 없었다.

"아주 오래전……. 이 풍경을 처음으로 함께 나누고 싶었던 이가 있었어. 하지만 너무 어려서 데리고 올 수가 없었지. 그런데, 영소 작가. 그것 아는가?"

"무엇을요?"

"이 풍경을 처음으로 보여주고 싶었던 사람의 얼굴이 지금은 떠오르지가 않는다는 것을……. 그저, 아주 어릴 적부터 이 풍경을 보여주고 싶었던 이는 영소 작가, 오직 그대뿐이었던 것 같은 기분이 들어."

"그런 말씀 마십시오. 돌아가신 군부인 마님께서 하늘에서 들으시면 섭섭해하실 것이옵니다."

그의 고백에 백 번 천 번 가슴이 떨리는 찰나에도 영지는 떨리는 마음을 들키지 않으려 애썼다. 그러자 혜가 그녀의 목덜미에 입술을 묻으며 속삭였다.

"이 풍경을……. 누군가에게 보여줄 수 있어서 다행이야."

"······."

"그리고, 그 누군가가······. 영소 작가, 그대여서 다행이야."

폭포수로 완벽하게 가려진 밀실로 들어가기 전. 영지는 낡은
장포를 벗고 편평한 바위에 걸터앉았다. 푸른 물빛의 아찔함에 아
쉬움이 남아 백색의 바짓단 아래로 드러난 작고 흰 맨발을 살짝
담그자 얼음조각만큼이나 청량하고 차갑고 자르르한 느낌이 발가
락을 타고 머리끝까지 전해졌다.

"시원한가?"

"예. 이렇게 잠시만 있어볼까 합니다. 이렇게 발만 담그고 있
어도 무더위가 싹 가시는 것 같습니다."

영지가 기분 좋은 듯 발그레한 미소를 지으며 말하자 혜는 그
발그레한 미소를 놀리기라도 하려는 듯, 갑자기 긴 장포를 벗고
그 단단한 상체를 가리고 있던 웃옷마저 벗어던졌다.

"무, 무엇 하시는 것이십니까?"

"무엇을 하긴. 물가에 왔으니 멱이라도 감아야 할 것이 아니겠
어?"

그 말을 끝으로 혜의 날렵한 몸뚱이가 푸른 물빛 속으로 빠져
들었다. 첨벙 하는 물소리와 함께 단단해 보이는 사내의 상체가
하얀 물방울과 어우러져 영지의 낯빛을 놀리듯 물 안팎을 드나들
었다. 그 모습에 깜짝 놀란 그녀는 재빨리 두 손으로 제 눈을 가렸
다.

어찌 이런 일이. 감히 군마마의 벗은 몸을 눈에 담다니. 천하

에 이런 불경한 일이 또 어디 있을까? 손바닥으로 제 눈을 가리며 영지는 잔뜩 긴장을 한 제 가슴을 나무라듯 속엣말을 했다.

'제발……. 네 이 발칙한 마음아. 좀 가만히 있어보아! 요 맘보자기야. 정녕 미쳤누? 왕자마마도 사내야. 사내 몸, 한두 번 본 것도 아니잖아?'

하지만 아무리 제 맘에 삿대질을 해보아도 손바닥으로 하늘을 가릴 수 없듯, 손바닥으로 상반을 벗은 채 유유히 물속을 헤엄치는 사내의 몸을 모두 가릴 수는 없었다. 슬금슬금 벌어지는 손가락 틈으로 사내, 혜의 벌어진 어깨가 영지의 눈 속으로 흘러들어 왔다.

벌어진 어깨의 늠름한 선을 따라 목선으로 시선이 옮겨지자 물에 젖은 새까만 머리카락 몇 가닥이 목 언저리에 가느다란 먹물이 번진 것처럼 붙어 있었다. 날렵하고 단단해 보이는 얼굴선과 잘생긴 콧날 위에 내려앉은 햇볕의 반짝임은 눈이 부시다 못해 하얗게 빛이 났다.

그러다 문득, 그의 검미 아래에 맹금의 빛을 내는 검고 영민해 보이는 눈동자와 영지의 눈이 섬광처럼 마주쳤다.

순간 그의 검은 눈이 더 깊고 진하게 흐려지는 것처럼 보인 연유는 무엇이었을까. 그러나 그녀는 그 연유를 생각해내기도 전에 다시 손가락을 모아 그와의 눈 맞춤을 피해버렸다. 심장이 벌컥거려서 병이라도 난 것 같아 영지는 얼른 물 안에 담갔던 발을 꺼냈다.

그때였다. 옹이 가득 박인 두터운 손바닥이 여리고 작은 그녀의 발을 붙잡고 물속으로 단번에 끌어당겼다.

"으왓!"

시퍼런 물결이 비단처럼 영지의 몸을 감싸 안았다. 온몸에 소름이 바르르 솟을 정도로 차가운 물 안에서 영지의 몸에 체온을 나누어주는 존재는 오직 하나, 혜뿐이었다.

"마마! 살려주십시오! 저는 멱을 감지 못합니다. 어푸! 헤엄을 칠 줄 모른단 말입니다!"

한때 양반 댁의 귀한 영애였던 그녀는 실로 단 한 번도 물속에서 멱을 감아본 적이 없었다.

"호들갑스럽긴. 자. 천천히 발을 디뎌보아. 영소 작가의 발아래에 딛기 좋은 돌덩이가 있을 것이니."

번진 물방울처럼 반짝반짝 빛이 나는 미소를 짓던 그는 영지의 허리를 바특이 움켜쥐었다. 그 손길에 그녀는 살짝 다리를 뻗어 물 아래에 발바닥을 디뎠다. 역시나 그의 말대로 디디기 좋은 큰 돌이 발아래 밟혔다.

"어때? 내 말이 맞지?"

혜가 그 파인 뺨 안에 어린 사내아이 같은 천진함을 담아내자 영지는 그에게 매서운 눈총을 쏘며 말했다.

"어디 새총이라도 있으면 고 입, 한 대 딱 맞혀주고 싶습니다!"

영지가 자신의 허리를 움켜쥔 그의 손을 풀려고 두 손으로 사내의 억센 손가락을 벌리며 이리저리 몸을 움직였다. 그러자 그녀의 가슴께에서 푸른 물이 출렁거렸다.

"그냥 발만 담그면 재미없잖아. 이렇게 온몸을 물에 담그고 있으면 얼마나 시원한데. 무더위에는 멱을 감는 게 제일이야."

"알았으니 이 손이나 놓아주십시오."

"안 돼."

"왜요!"

영지가 빽 하니 소리를 지르자 혜가 한 손을 풀어 그녀의 흰 이마에 붙어 있는 젖은 머리칼을 귀 뒤로 넘기며 다정하지만 익살스러운 음성을 흘렸다.

"감히 젊은 종친의 몸을 함부로 훔쳐본 죄. 그 죗값, 받아야 하지 않겠어?"

"제, 제가 언제요!"

"맹랑하고 깜찍하게⋯⋯. 그런 뜨끈한 눈동자를 요리조리 굴리며 내 모습을 보았단 말이지? 차라리 대놓고 볼 것이지 무엇하러 그리 벌어진 손가락 틈으로 도둑고양이마냥 훔쳐보는가? 하여, 나는 나의 사랑하는 백성인 그대에게 일국의 젊고 강건한 종친으로서 지엄하고 위엄 있는 벌을 내려야겠어."

혜는 잘생긴 입술 끝을 씩 올리더니 영지의 콧방울을 슬쩍 깨물었다. 그러자 그녀가 손사래를 치며 소리쳤다.

"아, 안 보았어요! 안 보았습니다, 마마!"

"그래? 그럼 지금 제대로 보든가."

혜는 손사래를 치던 그녀의 손목을 한 손에 가둔 후 유리알보다도 맑은 눈을 마주하며 농담과도 같은 말을 내뱉었다.

"여기 이 목선도 보고, 이 쇄골도 보고. 그대가 일전에 만져보았던 단단한 가슴팍도 눈에 담아보아."

정녕 이놈의 몹쓸 종친께서는 여인의 정신을 말려 죽이기라도 하실 작정이신가? 영지는 아랫입술을 슬쩍 깨물면서도 그의 주문 같은 말대로 천천히 시선을 옮겼다. 참으로 보기 좋은 기골에 장부다운 단단함이 멋스럽게 어우러져 있어 어느 여인이 보아도 마음이 동할 만한 아름다운 몸이었다.

그녀는 더욱더 시선을 옮겨 그의 아름다운 몸을 눈에 가득히 담았다. 그러자 사랑하는 여인의 시선을 느긋하게 느끼던 혜의 표정이 점점 굳어져만 갔다. 자신의 몸을 훑는 그녀의 눈빛은 무더위의 햇살보다도 더 따갑고 강렬했다.

"영소 작가."

"……."

"아니, 윤영지."

혜의 입술에서 흘러나오는 자신의 이름에 영지는 등골이 자르르해지는 느낌을 받았다.

"그대는 무슨 힘을 가지고 있는 것이지?"

느긋하였으나 그 이면에는 조급함이 깔린 낮은 물음에 영지는 두 눈을 깜빡였다. 새까만 속눈썹에 맺힌 물방울에 눈동자가 시리도록 차가웠다.

"나를 절절 끓게 만드는 그 눈동자. 그 맑디맑은 눈동자 위로 그대의 뜨거운 마음이 비쳐 보이는 것을 나는 어떻게 받아들여야 할까."

혜는 자신이 무슨 말을 하는지도 미처 알지 못한 채 마음에서 흘러나오는 언어들을 자연스럽게 내뱉었다. 그 물 흐르듯이 자연스러운 언어와 함께 그녀의 허리를 움켜쥐었던 그의 손이 점점 위쪽으로 올라왔다. 잔뜩 틀어 상투를 올린 그녀의 머리타래 사이에서 풀어져 나온 검은 머리칼이 하얀 목덜미에 수초처럼 붙어 있었다.

느릿한 손길로 하얀 목덜미에 붙은 머리칼을 떼어내던 혜는 드글드글 끓는 눈빛으로 투명한 살결과 옷섶 안에서 은근하게 숨바꼭질하는 쇄골을 바라보았다. 저 저고리를 풀어헤치고 매만지면 어떤 감촉이 느껴질까. 그는 중지와 검지를 세워 그녀의 야윈 턱부터 꽃줄기처럼 긴 목과 붓대처럼 딱딱하고 가느다란 쇄골 뼈를 주욱 훑었다. 그러자 영지가 부르르 몸서리를 치며 두려운 듯 속삭였다.

"손목. 풀……어, 주십시오."

보랏빛으로 변해가는 말캉한 입술이 안타까워, 혜는 그녀의 입술을 마치 젖을 빠는 핏덩이마냥 빨아댔다. 그러자 보랏빛의 입술이 다시 붉게 돌아오며 더운 한숨을 뱉어냈다. 그는 그녀의 더운 한숨을 온전히 느끼더니 서서히 벌어진 옷섶 안으로 길고 수려한 손가락을 밀어 넣었다. 마치 물 지렁이가 몸 안에 기어들어가 비비듯 그의 손가락이 그녀의 가슴께를 매만졌다.

"아앗……. 마마, 그……, 만……."

영지가 눈을 가늘게 뜨며 혜를 바라보자 그는 가슴께를 지분거리던 손가락을 멈추고 그녀의 귓가에다 장난 같은 속삭임을 쏟아내었다.

"죗값은 이쯤에서 다 받은 것으로."

혜의 간질한 속삭임에 영지는 퍼뜩 정신을 차렸다. 그러자 그가 별안간 그녀의 손목을 풀더니 둔부 아래를 껴안아 어깨에 들쳐 메며 말했다.

"이제 그만 물 밖으로 나가지. 더 있다가는 영소 작가의 입술이 시퍼렇게 상하겠어."

하마터면 큰일을 치를 뻔했다. 편평하고 넓은 바위에 드러누운 혜는 햇볕 아래 말리고 있는 영지의 옷가지들을 곁눈질로 훔쳐 보며 한숨 같은 신음을 삼켰다. 그녀가 내뱉던 새소리 같은 흐느낌에 겨우 정신을 차릴 수가 있었다. 아마 그녀의 흐느낌을 듣지 못했다면 부풀어 있을 뽀얀 가슴을 동여맨 매듭을 풀어 그 젖무덤을 제 것처럼 주무르고 빨아들였을지 모른다. 혜는 바지춤 안쪽이 묵직해지는 것을 느끼며 눈자위를 꾹꾹 눌렀다.

'소중하게 여겨주려 했는데……. 나란 놈도 별수 없는 사내로군.'

영지가 걱정하는 모든 것이 마무리가 될 때까지 혜는 그 어여쁘고 작은 몸뚱이를 범하지 않으려고 마음을 먹었다. 그저 가벼운 장난과 입맞춤까지로 선을 그어두었는데, 자꾸만 그 선을 넘어서려는 동물적인 감각에 입맛까지 써졌다.

단순히 물장난 한번 즐기다가 골탕 한번 먹인 후에 밖으로 내보내주려 했건만. 자신의 몸을 바라보는 영지의 더운 시선에 몸이 동하고 마음이 동하였다는 것을 그는 인정할 수밖에 없었다.

"그래. 그 녀석, 영소 작가는……, 그때에도 내 몸을 동하게 했었지."

　사내로 알고 그냥 그 옆에 드러누워 잠을 자고 일어났던 날 아침. 양물을 뭉근하게 만들었던 것도 영소 작가가 태초부터 지니고 있었을 여인의 힘이었으리라. 혜는 결국 두 손바닥으로 얼굴을 가리며 이러지도 저러지도 못하는 맘과 몸을 달랬다.

　그때였다. 손바닥 위로 미지근한 물줄기가 한두 방울씩 떨어지더니 이내 투둑 소리와 함께 그의 몸을 젖게 만들었다. 때 아닌 여우비가 시작된 모양이었다.

　'이런. 영소 작가의 옷. 아직 다 마르지도 않았는데…….'

　혜는 영지가 벗어둔 옷가지들을 주워들고 밀실을 향해 뛰었다.

　한편, 가죽 담요를 벌거벗은 맨몸에 둘둘 감은 채 혜가 피워준 장작불 앞에서 차가워진 몸을 녹이던 영지는 담요 안에 천천히 스며드는 온기에 몸을 바르르 떨었다. 물에 홀딱 젖은 긴 머리타래는 끝부터 서서히 말라가고 있었다. 그녀는 가죽 담요의 버석거리는 마른 피복이 마치 제 사내의 손에 박인 굳은살과 비슷하다고 생각하며 새빨간 불꽃을 바라보았다.

　뿌리칠 수 있었다. 욕지기라도 내뱉었으면 그는 분명 그녀의 몸에 손 하나 까딱대지 못했을 사람이었다. 때때로 장난과 농담을 던지는 사내였지만 일국의 왕자, 종친이라는 신분인 그를 영지가 어려워하지 않도록 그가 때로는 일부러 농을 던졌다는 것도 알고 있었다. 그만큼 그는 영지를 중히 여기고 사랑했다.

　그런 그의 욕정을 고스란히 느끼고도 그 손길을 적극적으로

354

밀어내지 않은 것은, 아니, 밀어내지 못한 것은 영지 자신이었다. 자신의 턱 선과 목덜미를 훑었던 그의 느긋한 시선. 그리고 가슴을 칭칭 동여맨 천 사이로 볼록이 솟아오른 뽀얀 젖가슴을 지분거리던 그의 손길. 그 모든 것을 영지는 사실 오감으로 느끼며 즐겁게 여기고야 말았다.

눈앞의 이 사내를 동하게 만드는 사람이 오로지 자신이라는 사실에 한순간 우월감마저 가졌다는 것을 혜라는 사내는 곧 죽어도 모를 것이다. 영지는 불꽃을 향해 깊은 한숨을 쉬며 모은 무릎 사이로 고개를 숙였다가 폭포수 사이의 쪽 틈에서 느껴지는 사람의 인기척에 고개를 들었다. 혜, 그 사람이었다.

"……밖에, 갑자기 비가 내려서."

그는 헛기침을 하면서 장작불 앞에 아직 덜 마른 그녀의 옷가지들을 펼쳐놓았다. 그가 가슴을 동여매는 천과 손바닥만 한 속곳을 늘어트리자 제 주인의 얼굴에 붉은 기운이 몰렸다.

"말라가던 중이었는데 비에 젖었어. 불 앞에 놓아두면 곧 마를 거야."

혜는 그리 말하며 영지와 멀리 떨어진 곳으로 걸어가 바닥에 털썩 주저앉았다. 밀실 안은 하절의 더위와는 상관없이 고뿔이 걸릴 만큼 서늘한 곳이었기에 영지는 슬쩍 혜의 몸이 상할까 염려가 되었다.

"월산군 마마. 춥지 않으십니까?"

"괜찮아."

그러나 그 말끝에 혜는 기침을 두어 번 달았다. 괜찮긴 무엇이 괜찮겠어. 차가운 물속에 있다가 나와서는 비까지 맞고, 저리 웃옷을 벗은 상태로 쫄딱 젖어 있는걸.

영지는 다시 한 번 혜를 향해 말을 건넸다.

"괜찮지 않으신 것 같은데……. 이쪽으로 오셔서 불이라도 좀 쬐십시오. 젖은 몸을 한 자에게 이 동굴은 참으로 추운 곳입니다."

동굴 벽을 타고 영지의 말소리가 두어 번 더 울림소리로 번져 나갔다. 그런 말 울림에 혜는 그녀의 얼굴을 물끄러미 바라보았다. 불꽃의 색을 덧입은 그 발그레한 얼굴은 평소보다도 훨씬 어여뺐다. 둥글고 넓은 이마도 예쁘고, 맑고 까만 눈동자도 예쁘고, 말캉해 보이는 입술도 예뻐 보였다.

"안 가."

혜는 영지의 모습을 눈에 담지 않으려 급기야 등을 돌리며 앉았다. 그러자 그녀의 옹알거림이 그의 귓가를 쟁쟁거리며 파고들었다.

"진짜 이러시깁니까!"

"내가 무엇을 어찌하였다고?"

"그냥 와서 불이나 좀 쬐라는 청을 어찌 그리 매몰차게 물리치십니까?"

"영소 작가는 지금 그것을 몰라서 묻는 것인가?"

조금은 신경질적인 대답이 동굴 안을 가득 채웠다. 혜는 울컥 솟는 마음을 가라앉히며 낮은 목소리로 말했다.

"예뻐서……. 그대, 영소 작가가 자꾸만 예뻐 보여서, 못 가. 안 가는 게 아니라 못 가는 거야."

'내가 그대를 몸 가는 대로 범할지도 모르니까.'

혜는 몸속을 뻐근하게 죄어 오는 그 말을 눌러 참으며 한숨을 쉬다가 한숨결의 끝에 다시금 기침 소리를 달았다. 그러자 그녀는 대뜸 아닌 밤중에 홍두깨 같은 소리를 그의 귓가에 늘어놓기 시작했다.

"그러니까 제가 예뻐서, 제 곁에 오면 저를 어떻게 하게 될까 봐서……. 그래서 못 오시는 것입니까?"

"응."

"그럼, 피차간에 같은 처지가 아니겠습니까? 저 또한 마마가 예쁩니다."

"무어라?"

"아. 마마께서는 사내이시니 예쁘다는 표현보다는 수려하다는 표현이 더 낫겠네요."

혜는 영지의 우습지도 않은 말에 귀를 기울였다.

"저도 자꾸만 군마마의 기골이 수려해 보여서 사실은 마마 곁에 가까이 가지를 못하겠습니다. 마마를 곁에 가까이 두기도 무섭습니다. 제가 마마를 어떻게 하게 될까 봐서요."

영지의 당돌하고 맹랑한 말에 혜의 검은 눈썹이 지그시 올라갔다.

"그런 제가 마마께 이리 오시기를 청하는 것입니다. 여인이라서 무에, 하늘님께서 태초부터 주신 본능이 없답니까? 그런 본능, 꾹 참고서 마마께 이리 오셔서 불을 쬐시라 청하는 것이니……. 피장파장에 피차일반이라는 말입니다. 그러니 딴 말씀 마시고 이리 오셔서 서로 간에 본능은 참고 젖은 몸이나 말리는 것이 좋을 것입니다."

그녀의 말을 가만히 듣고 있던 그는 한순간 웃음을 터트리고야 말았다. 무에 이런 여인이 세상에 다 있단 말인가? 모르긴 몰라도 녹월 땅에 이런 말을 하는 여인은 진정 없을 것이다.

"제 말이 우습습니까?"

"아니."

"그런데 왜 웃으십니까?"

"좋아서."

"예?"

"녹월 땅에서 여인에게 이토록 열렬하게 구애받고 고백 받는 사람은 나, 이혜밖에 없을 것이니 내가 참으로 이 묘한 기분을 어찌해야 할지를 모르겠어."

"제가 언제 구애를 하였다고 그러십니까? 무어, 고백은 되겠습니다만……."

영지는 부러 콧잔등을 찡그리며 말했다. 하지만 혜의 눈에는 그 모습마저도 예쁘고 사랑스러웠다. 결국 그가 마음에 들끓는 징글징글한 연모의 감정을 참지 못하고 성큼성큼 영지의 앞으로 다가서자 크고 검은 그림자가 그녀의 몸을 일순간에 뒤덮었다.

"그대가 나 아닌 다른 사내에게 이토록 열렬히 고백하는 것은 생각만 하여도 끔찍한 일이야."

혜는 무릎을 굽혀 영지와 눈높이를 맞추며 말했다. 그의 몸에서 번진 사내의 냄새와 비 냄새, 물 냄새가 묘하게 어우러져 영지의 마음을 옭죄어 왔다. 옭죄어진 자리에 피가 몰려 터질 것 같은 연심은 오로지 그를 향해서만 끓어올랐다.

"사내와 여인 간에 서로를 원하는 본능은 혼인이라는 굴레 안에서만 정당하게 용인될 수 있는 일."

혜의 말이 영지의 마음 틈으로 물처럼 흘러들어 갔다.

"그대와 내가 서로를 원하는 본능. 그것이 이루어지려면 혼인을 해야 할 터. 허나 아직은 우리 둘 앞에 놓인 큰일이 남아 있으니……."

영지는 나지막하지만 믿음직한 그의 음성을 귀를 기울였다. 그가 한 마디 한 마디를 입 밖으로 꺼낼 때마다 온몸에 흐르는 피가 어디로든 역류되어 튕겨질 것만 같았다.

"그 일이 끝나면, 그대 나와 혼인해주오."

영지는 '혼인'이라는 말에 웃을 수도 울 수도 없었다. 다만 그의 청에 아무런 대답도 하지 않고 한쪽으로 시선을 내릴 뿐이었다. 그녀가 사뿐히 시선을 내리는 것을 승낙의 뜻으로 받아들이고선 씩 웃은 혜는 천천히 고개를 숙여 보드랍고 말캉한 입술에 가볍게 입을 맞춘 후 떨림이 섞인 말을 이었다.

"하지만 그 혼인의 날이 되기까지, 내가 그대에게 가지는 이 태초의 본능은 참지 못할 것 같아."

"하, 하오나……, 제가 전해 듣기로 마마께서는 양위증……."

그의 달콤한 목소리에 진득하게 홀려버린 영지는 찰나에 머릿속을 스치는 물음을 떠올리며 저도 모르게 부끄러운 말을 입에 담아버렸다. 그러자 순간 멈칫하던 혜는 엷은 웃음기를 머금으며 재빨리 대답했다.

"그대는 내 병을 고친 단 하나의 여인. 아무에게도 동하지 않던 이 몸이 오직 그대만으로 인해 사내의 제 본성을 찾게 되었어. 귀애하는 그대야, 그대를 보고 있으면 이 몸이 동하는 것을 참을 수 없으니. 내 병증에 대해서는 그대가 직접 확인해보면 되지 않겠는가? 장래에 지아비가 될 몸은 오직 그대 앞에서만큼은 강건하오. 자, 이리로……."

그의 더운 고백 속에서 영지는 마음은 터질 듯 뜀박질을 하면서도 묘하게 쓰려 오는 아픔을 인정하지 않을 수 없었다. 그는 그녀에게 훗날의 혼인을 청하나 영지에게 녹월국의 왕자 이혜와의 혼인은 절대로 성립될 수가 없는 것이었다.

반가의 사람들끼리 혼인을 맺을 때에도 얼마나 많은 조건들을 따진 후에야 혼담을 청하던가. 하물며 종친의 혼인은 그 도와 규율이 더욱 엄격할 터. 혜 또한 그것을 모르는 이가 아닐 텐데…….

하지만 영지는 그의 눈망울 속에서 다시 한 번 자신을 중히 여기고 아끼는 연심을 읽을 수 있었다. 어쩌면 지금 이 순간이야말로 생에서 온전한 사랑을 할 수 있는 단 한 번의 기회일지도 모른다. 대업이 수포로 돌아가면 천민으로서 그 생을 끝내야 할 것이며, 대업이 이루어져 양반의 신분을 찾아도 제대로 된 사람과 혼인을 하기는 어려울 것이다. 그럴 바에야 평생 부모님을 봉양하며 사는 편이 나을 것이니, 이러나저러나 그녀의 생에 이런 사랑은 다시 찾아오지 않을 것이 분명했다.

'어차피 이런 사랑, 다시 겪지 못할 것이다. 연모하는 이 마음도 이분과 맺는 것이 처음이자 끝일 것이다. 그렇다면……, 잡자. 다 보여주자. 보여줄 수 있는 것은 다 끄집어서 태워버리자. 이 사람을 소중히 여기는 이 마음. 한 톨의 아쉬움도 남지 않을 만큼, 활활 태워 없어질 만큼 이 순간, 사랑하자.'

영지는 자신을 바라보는 눈에 진심을 담은 혜를 응시하다가 몸에 꽁꽁 둘러친 가죽 담요를 벗어버리고선 그의 품에 뛰어들듯이 안겼다.

참으로 희고 탐스러운 몸뚱이였다. 혜는 가죽 담요의 보드라운 면 위에 영지의 몸을 뉘며 그렇게 생각했다. 상투를 꽁꽁 틀었던 긴 머리타래는 그 아름다운 머릿결을 자랑이라도 하듯 담요 위에 흐트러져 있었고, 작은 체구에 비해 크고 탐스럽게 부푼 가슴은 손가락으로 힘주어 잡으면 터질 듯이 팽창해 있었다.

그는 묵직하게 올라서는 그것을 가리는 바지를 벗어버리고 벗은 몸으로 그녀를 바라보았다. 단단하고 딱딱하게 팽창한 옥경을 힐끔 쳐다본 그녀는 마른침을 삼키며 그의 눈을 향해 시선을 옮겼다.

그 눈. 그 눈에는 진심이 있었기에 바라보고 있으면 마음이 좋았다. 두려움과 설렘, 그리고 앞으로 다가올 아픔까지도 다 참을 수 있을 만큼 좋아서 영지는 두 팔을 들어 그의 벗은 몸을 매만지며 속삭임의 음성을 전했다.

"마마께서는 저를 범하는 것이 아닙니다."

"……."

"우리 둘이서 그저 서로를 마음과 본능이 시키는 대로 탐할 뿐이니……."

'마마께서 저의 훗날에 대해서까지 기약하실 필요는 없습니다.'

영지는 뒤엣말을 가슴속으로만 말하며 그를 끌어안고 먼저 입을 맞추었다. 그의 입술이며 볼록 튀어나온 목울대며 넓고 단단한 가슴팍까지. 그녀는 춘화를 그리면서 기녀가 상대 사내에게 했던 것을 짚어가며 진심을 다해 입을 맞추었다. 하지만 너무 긴장해서였을까? 영지의 딱딱한 입맞춤에 혜는 엷은 웃음을 흘리더니 그녀의 몸을 다시 담요에 뉘었다.

"몸을 유연하게 하는 것은 그대보다 내가 훨씬 잘할 수 있는데."

혜는 영지의 눈가에 자잘하게 입을 맞추다가 곧 그녀의 입술에 자신의 입술을 겹쳤다. 잔뜩 용솟음치는 그의 옥경이 그녀의 검고 윤기 나는 숲을 망가트릴 것처럼 비벼대며 사내의 뜨거운 욕정을 여인의 몸뚱이에 전했다.

겹쳐진 입술 사이로 타액과 타액이 여울목의 소용돌이처럼 빠르게 합쳐지며 서로의 목구멍으로 흘러들었다. 목구멍을 넘어서는 그 소리가 동굴 벽을 타고 은밀한 울림이 되어 퍼져 나갔다. 이미 서로의 입속을 속속들이 알고 있는 정인들은 그 볼 안의 보드라움과 혀 살 위로 오돌토돌 오른 비늘까지도 벗겨 먹을 것처럼 칭칭 휘어 감았다가 풀어주었다.

"하아……."

잠시간 입술이 떼어지자 영지의 입술에서 더운 한숨이 쏟아져 내렸다. 여우비가 그쳤는지도 모를 만큼 밀실을 지켜주는 폭포수가 두 사람의 입속에서 흐르는 숨소리를 모두 집어삼켰다. 하지만 어찌 서로를 향한 밀어까지 폭포수가 집어삼킬 수 있을까. 혜는 영지의 귓가에 대고 자신의 진심을 토로하며 손안에 가득 차고도 남는 희뿌연 젖가슴을 터트릴 듯 주물러대었다.

"그대, 영소 작가를…… 영지, 그대를…… 깊이 연모해."

곰살곰살 듣기 좋은 그 울림소리에 맞추어 가슴을 주무르는 그의 손길에 율이 따라붙었다. 터트릴 듯 주물러대기도 하다가 손바닥으로 젖꼭지를 공 굴리듯 비비는 그의 손길 탓인지 그녀는 자꾸만 등이 잔뜩 휜 풀잎의 모양마냥 휠 것 같은 충동에 사로잡혔다.

"아아……. 월산군 마마……."

영지가 그를 부르자 그는 도톰한 귓불을 깨물며 속삭였다.

"아니. 내 이름을 불러보아. 이혜. 그것이 내 이름이야."

그러자 영지의 목울대에서 정인의 이름이 수줍게 흘러나왔다.

"이혜……. 혜……."

곧 숨이 넘어갈 듯 헐떡거리는 그녀의 음성을 들은 혜는 자신의 옥경에 힘이 잔뜩 들어가 끊어질 듯 긴장이 되는 느낌에 급한 한숨을 내쉬었다. 뒤이어 약간은 성급하기도 한 그의 손이 영지의 숲속을 헤치고 숲 사이에 길게 난 흙길을 패어낼 듯 매만졌다.

지금은 그저 첫정이라 볼록하게 윤이 나는 자갈을 매만져줄 여유도 없었고, 그 흙길에서 피어나는 여체의 싱그럽고 짭짤한 기운이나 은근한 내음도 느긋하게 즐길 마음이 부족했다. 그저 어서 이 긴장된 몸을 이 여인의 몸에 깊이 담금질하였으면. 그저 어서 빨리 하나가 되었으면 하는 것이 혜의 솔직한 심정이었다.

영지는 그의 거칠고 투박한 손길이 주는 생채기 같은 느낌에 상체를 일으켜 그의 목을 끌어안았다. 그녀의 좁은 동굴을 찾아내려 열심히 지분거리는 손길이었으나 그 정점을 쉬이 찾아내지 못하는 혜의 서투름에 슬쩍 골질이 나면서도 한편으로는 마음에 행복감이 솟아났다.

이 서투름은 곧, 그도 이 정사가 처음이라는 것을 뜻했다.

처음.

모든 것이 서툴고 익숙하지 않지만, 그저 불꽃같은 순수함으로 서로를 대하는 이 찰나가 온전히 그 두 사람의 것이 된 것만 같아서 영지는 속으로 빙긋이 웃었다. 그리고 살며시 그의 가운뎃손가락을 잡아서 자신만이 알 수 있는 그곳으로 이끌었다.

"이곳……. 여기로……."

영지는 단 한 번도 누군가에게 보여준 적 없고, 단 한 번도 누군가에게 열어본 적 없는 은밀한 음부를 스스로 벌려 그의 손이 침범하는 것을 도왔다. 지극히 색정적으로 몸을 달아오르게 만드는 그곳의 생김에 혜의 가슴은 미친 듯이 달음박질을 하는 사람의 그것보다도 더 급박하게 뛰었다.

"아흣!"

손톱 반 마디만이 침범했음에도 영지의 입술에선 신음 소리가 흘러나왔다. 인두로 지지면 이런 느낌일까. 천천히 혜의 가운뎃손가락이 그녀의 문을 억지로 열며 들이차자 그녀의 벽면에 화인이 새겨졌다. 영지가 아랫입술을 꽉 깨물며 고통을 참자 혜는 너무 미안하여 어찌할 바를 몰랐다. 하지만 여기서 멈출 생각은 티끌만큼도 없었다.

"미안해, 영소 작가. 미안해, 영지……."

혜는 영지의 어깨를 단단히 쥐며 가운뎃손가락을 한순간에 쑥 밀어 넣었다. 그러자 움찔거리는 내부의 살결들이 침입의 존재를 비틀듯 움켜 감쌌다.

"하아……. 하아……."

영지가 헐떡거리며 두 다리를 비틀듯 오므리자 혜는 천천히 손가락을 움직이면서 자신이 나아가야 할 길을 내고 넓히기 시작했다. 영지는 아팠지만, 처음은 모두 그런 것이라고 달거리를 시작할 때부터 어머니께 들었던 말을 떠올리며 이를 악물었다. 그러자 혜는 그녀의 머리를 끌어안고 몸을 포개며 미안하다고, 진심으로 은애한다고, 은밀한 사랑의 언어를 속삭이고 또 속삭였다.

그러더니 이내 그 몸속에서 손가락을 꺼내고 대신 그녀의 희고 가느다란 발목을 움켜쥐어 넓게 벌렸다. 방금 전 빠져나간 손가락에 발간 기운이 옅게 묻어났다. 혜는 눈에 드러난 작고 둥근 정점에 옥근을 맞추고 서서히 밀어 넣었다.

영지도 혜도, 둘 다 첫정을 주고받는 찰나라 그런지 엄청난 고통이 서로의 몸에 동일하게 찾아들었다. 찢어지고, 또한 끊어질 것만 같은 아픔에 두 사람은 이를 악물며 천천히 한 몸뚱이로 이어지기 시작했다.

"아핫!"

"읔!"

고통의 외침이 밀실 안에 그득하게 퍼져 나가며 새빨간 핏줄기가 가죽 담요에 둥근 꽃을 피워냈다. 서로의 몸뚱이가 고통에 어느 정도 적응되자 혜는 온통 땀범벅이가 되어버린 영지의 이마를 매만지며 천천히 하체를 움직였다.

그가 움직일 때마다 영지의 얼굴에는 고통이 번졌으나 그 고통에 지지 않으려는 듯 그녀는 그의 어깨에 더욱 더 깊이 매달렸다. 그가 주는 느낌에 최대한 집중하고 온몸의 신경을 모았다. 그러자 큰 아픔 뒤에 조그맣게 찾아드는 노곤하고 뭉근한 기운을 어렴풋이 감지할 수 있었다.

혜의 단단한 엉덩이가 영지의 몸뚱이를 밀어붙일 때마다 그녀와 그의 입에서는 생전 처음 뱉어보는 쇳소리들이 흘러나왔다. 지독히도 큰 아픔 뒤에 아직은 그 깊이를 잘 알 수 없는 몽롱한 감각들이 얼기설기 표면 위로 그 존재를 드러내었다.

수차례, 영겁과도 같은 긴 시간이 흐른 것 같았다. 영지의 쇳소리를 받아먹기라도 하듯, 혜는 입맞춤으로 그 소리를 집어삼키며 그녀의 음부에 자신의 수풀을 따가울 정도로 비벼댔다. 그러자 어느 순간 머릿속을 날카롭게 치는 느낌에, 그는 저도 모르게 몸을 빼어 영지의 배 위로 파정했다.

축 늘어진 영지의 뼈가 비치는 갈비 아래로 사정액이 흐르고 배꼽 안쪽으로 씨앗들이 뭉쳐 모였다. 비릿하기도 하고 향기롭기도 한 씨앗들의 냄새가 밀실 안을 가득 채워 나갔다.

혜는 축 늘어진 영지의 옆에 쓰러지듯 누워 그녀의 야위고 작은 몸뚱이를 꽉 끌어안고 속삭였다.

"영소 작가. 다음번엔 잘할게."

뭐랄까. 막 풋정에 눈을 뜬 소년 같은 말 울림에 영지는 까무룩 눈을 감으면서 빙긋이 미소 지었다.

"윤영지. 이다음엔 기대해도 좋아. 나는 영특해서, 하나를 알면 열을 터득하거든."

혜는 땀에 젖은 영지의 긴 머리타래를 손가락에 휘었다 풀기를 반복하며 작은 어깨에 입을 맞추었다.

十四章. 불붙은 화포의 심지처럼

영지는 지금 집중에 집중을 더하여 기생과 사내의 부대낌을 바라보고 있었다. 그러다가 문득 이틀 전에 나누었던 동업자와의 대화를 떠올렸다.

「이보아, 영소 작가. 이런 체위 말이야. 어떤가? 참 자극적이지 않아?」

사적인 정은 배제하고 공적인 일에 대해 의논을 하던 찰나. 영지의 책상 위에 널브러진 목각 체위 인형들을 매만지던 혜는 여인 인형의 형상을 바르게 선 사내 인형의 팔뚝에 얹은 후 그 길고 둥글게 뚫린 음부 모양 안쪽에 나무로 깎은 육봉을 끼워 넣으며 말했다. 그러자 영지는 고개를 갸웃거리며 대답했다.

「이렇게 보아도 좀, 자극적인 것 같은데……. 이 체위, 지속 가능하겠습니까? 물론 시도야 가능하겠지만……. 읽는 사람들이 고개를 갸웃거릴 것 같아서 말입니다. 뻥튀기를 너무 심하게 쳤다고…….」

남들이 보면 무에 저런 대화를 나누는가, 하였을 테지만 영지는 진심으로 혜가 목각인형들로 만들어낸 체위가 가능할지 의아했다. 그러자 혜도 씩 웃으며 대답했다.

「글쎄. 시도야 가능하겠지만. 나도 해본 적이 없어서…….」

은근슬쩍 영지의 손목을 매만지며 더운 눈빛을 보내던 혜는 연이어 말을 꺼냈다.

「그래서 말인데……. 우리, 이 체위 한번 해볼까? 파정까지 가능한지…….」

그러자 영지는 혜의 말을 단번에 자르며, 그 자른 말꼬리를 우득우득 씹듯이 말했다.

「아직, 아픕니다.」

영지의 말을 들은 혜는 쑥스럽고 머쓱한 듯 코끝을 비비적대며 대꾸했다.

「그러니까, 누가 지금 하자고 하였나. 다 나으면…….」

그러면서도 혜는 영지를 향한 열꽃 같은 감정을 숨기지 않은 채 고개를 돌려 그 말캉한 입술에 가볍게 입을 맞추며 속삭였다.

「이틀 후에 영락관으로 또 그림을 그리러 간다고 하였지? 그것도, 벌건 대낮부터 그 일을 하겠다고 하였어?」

「먼젓번 그림을 받아 가신 분께서 다른 일감을 주셨습니다. 선물용이라 하시어 결과물을 빨리 내어주기를 바라고 계십니다. 하여 원래대로라면 밤에만 걸음 하는데, 이번에는 낮부터 가서 그려야 할 것 같습니다. 마마의 글에 필요한 삽화를 그리는 일도 함께 겸하고 있는 와중이니 시간도 촉박하고요.」

「그대의 본업이 그것이니 내가 가지 말라 떼를 쓸 수는 없으나 딱 한 가지만 약조해주어.」

「무엇을요?」

영지의 물음에 혜가 그도 말하기 우세스러운 듯 낯빛에 말간 부끄러움을 담아내며 말했다. 정인의 부끄러움이 눈에 훤히 보여, 영지는 한순간 당혹스럽기까지 했다.

「그곳의 사내가 여인의 입에서 교성을 끌어내는 기술. 나의 그것과 비교하지 말 것.」

'비교하지 말라니⋯⋯.'

영지는 사흘 전에 보았던 혜의 당혹스럽고 난감해하는 얼굴을 떠올리며 저도 모르게 살포시 입가에 미소를 머금었다. 참말로 월산군 마마는 여러 개의 얼굴을 가진 다채로운 이였다. 녹월의 왕자이면서, 뭇 사람들에게는 철딱서니 없이 술질이나 하는 꼴값 못하는 인사였고, 양위증 병자에다가, 야하디야한 글로서 생계를 유지하는 이였다.

그러나 그 이면으로는 곧은 마음을 바탕으로 강직한 충정으로 나라를 바로 세우고자 하였으며 가슴에는 순정을 품고 사는 이였다. 게다가 그는 한 번씩 무척이나 귀여운 말과 행동을 상대의 가슴에 불똥처럼 톡톡 튀겨내는 마력을 지닌 사내였으니. 영지는 자신의 정인이 되어버린 사내가 또 어떤 얼굴을 품고 보여주지 않는 것인지, 일약 더없는 궁금증을 가지게 되었다.

정인인 혜에 대한 생각에 실실 웃음을 흘릴 뻔한 영지는 저도 모르게 붓을 쥔 손에 힘을 풀었다. 아차, 싶은 순간에 먹물이 묻은 붓이 아무렇게나 굴러가서 절반 정도 밑그림을 그린 종이에 검은 난장질을 잔뜩 해버렸다.

"아…….."

이런 난감할 데가 있나. 영지는 난장판이 되어버린 밑그림을 물끄러미 바라보며 한숨을 쉬었다. 아무래도 다시 그려야 할 것 같았다.

영지가 한숨을 들이 내쉬며 붓끝을 벼루 위에 올려놓자 사내와 육욕을 즐기던 삼패기생이 입을 열었다.

"그림쟁이 나리. 무엇이 잘못된 것입니까?"

"내 실수로 밑그림이 다 망가졌는데…….."

"하오면, 처음부터 다시 보여드려야 하옵니까?"

"그것이……. 아마도…….."

영지가 미안한 듯 말꼬리를 흘리자 삼패기생은 별문제 없다는 듯 상대편 사내의 몸을 가볍게 밀어내었다. 그러자 이미 절반쯤 파정을 해버린 사내가 몸을 떼어냈다.

"저기……. 미안하네."

"미안해하실 것 없으십니다, 나리. 행수님께서 나리의 말씀이라면 무엇이든 거절하지 말고 들어주라 하셨으니까요. 저 또한 이것을 업으로 삼아 산 입에 거미줄을 치지 않으니 얼른 그림 그릴 준비를 다시 하시어요."

삼패기생은 그리 말하며 자신의 음부 속으로 손가락을 집어넣어 무엇인가를 끄집어냈다. 그러자 누르스름한 빛깔을 띤 창호지가 음부 바깥으로 밀려나왔다. 남근 모양으로 구겨진 창호지의 안쪽에서는 방금 전 육욕을 탐하던 사내가 파정한 흰 물결이 그득하게 차올라 한 방울씩 말간 자국을 번져내며 이불 위로 떨어지고 있었다.

"그것이……, 무엇인가?"

영지는 생전 처음 보는 것에 놀라 발발 떠는 가슴을 애써 억누르며 삼패기생에게 물었다. 그러자 기생은 무에 이런 것을 보고 그렇게나 눈을 동그랗게 뜨냐는 눈치를 주며 붉은 입술을 열어 말했다.

"이년의 업은 이년과 몸을 섞은 사내들이 파정의 낙을 즐길 때까지 육봉을 쥐어틀어야 하는 것이온데 파정을 할 때 이년의 몸속에 들어가는 사내들의 씨들이 전부 수태가 된다면 그야말로 큰일이 아니겠습니까? 괜히 이년의 천한 신분, 태중의 아이에게 물려줄 맘 또한 추호도 없으니 이리 수태를 막고자 함이지요."

"그, 그런 방법도 있었는가? 나는 달의 주기를 피하는 방법만 있는 줄 알았네."

영지가 더듬거리며 말하자 삼패기생은 사정액에 흠뻑 젖은 창호지를 구겨 윗목으로 던진 후 벗은 몸으로 일어나 방구석에 있는 작은 서랍을 열며 영지를 바라보았다.

"그림쟁이 나리?"

"응?"

"나리께서도 사내이시니 방사를 즐기실 테지요?"

"어……, 그, 그게 무슨……."

"행수기녀님께서 몸져누운 꽃심이에게 푸른 댕기와 그림을 전해주시던 모습을 옆에서 보았습니다. 어여쁘고 순진한 모습의 꽃심이가 그려진 그림. 그것, 꽃심이가 빨리 쾌차하여 그 그림처럼 어여쁘게 살라는 의미로 나리께서 그려주신 거라면서요. 하여 솔직히 이년, 그림쟁이 나리의 마음 씀씀이에 탄복을 하였답니다. 그래서 말입니다. 이년이 무에 크게 드릴 것이 없어, 그저 사내이신 그림쟁이 나리께 꼭 필요한 것들을 몇 가지 챙겨서 감사함의 선물로 드릴까 합니다."

삼패기생은 그리 말하며 작은 나무함을 들고 영지의 앞에 와서 앉았다. 벌거벗은 몸이나 수치심을 모르는 듯, 그녀의 몸짓은 자유로웠다.

"그게 무엇인가?"

"이게 무엇이냐 하면 말이지요? 여인의 수태를 막아주는 물건들입니다. 수태를 막아주는 것에는 다양한 것이 있으나, 약물은 까딱하면 목숨까지 위험해질 수 있어서 웬만한 때가 아니고는 잘 사용하지 않지요. 대신에 이리 곱고 보드랍게 만든 창호지와 비단 천, 혹은 실 뭉치를 사용한답니다."

"어떻게 사용한다는가?"

영지는 그녀의 말에 솔깃해하며 두 귀를 막은 누더기를 벌렸다. 사실, 혜와 첫정을 통한 후 며칠 동안 수태에 대한 고민을 했다. 다행스럽게도 곧이어 월경이 시작되었기에 수태에 대한 고민을 접을 수 있었으나 차후에 또다시 정을 통하게 될 것만 같아서 내심 불안한 차였다.

"이것은 여인들만이 쓰는 것인데 이따 방사를 다시 보여드릴 때도 사용할 것이니 잘 보시면 아실 테지만, 이렇게 손가락에 창호지나 비단 천을 감아서 음부 안으로 살살 집어넣는 것입니다. 그 후에 방사를 치르면 방사의 막판에 사내들이 파정을 하더라도 몸속으로 씨앗들이 들어가는 것을 막을 수 있는 것입니다. 혹은 이 실 뭉치를 음부 안으로 집어넣는 것인데 이 또한 파정의 액이 몸속으로 흐르는 것을 막을 수가 있지요. 뺄 때에는 이렇게 음부 바깥으로 나온 실 꼬리를 살살 잡아당기면 되는 것이고요. 자아, 가지고 가셨다가 나리께서 어여쁨을 주시는 분께 잘 말씀드리고 사용하셔요. 물론, 수태를 원치 않을 때에만 쓰시는 것입니다?"

삼패기생은 수태를 막는 도구들이 든 나무함을 영지의 앞으로 밀며 붉은 미소를 지었다. 영지도 예의 감사함의 눈인사를 하였지만 사실은 한 번도 들어보지 못한 피임의 방법에 온 몸뚱이가 다 뜨거워지는 것 같았다. 아니, 달아올랐다는 말이 더 옳을 것이다.

나무함에 든 창호지나 비단 천을 자신의 몸속에 밀어 넣는 상상을 하자 첫정을 통했던 날에 보았던 혜의 옥근이 떠올라 발끝이 저릿해져 왔다. 검고 융성한 숲 사이에 두툼하고 곧게 솟았던 그의 양물은 모든 것을 다 꿰뚫고 찢어버릴 것처럼 강인해 보였다. 마치, 전장에 나간 장수가 든 창과도 같다는 생각에 영지는 고개를 저으며 봇짐 안에 나무함을 넣은 후 기생에게 말했다.

"저기, 미안한데. 내가 보고 싶은 체위가 하나 있어. 사내가 곧게 서서 여인의 몸을 두 팔로 안아든 후 그대로 서서 합방을 하는 것인데……. 그것이 가능하겠는가?"

"어머? 그 체위, 한 번도 안 해보셨답니까? 하긴. 비썩 마르신 그림쟁이 나리께는 불가능한 자세일지도 모르겠습니다."

기생이 영지를 놀리듯 말하자 영지는 서진으로 종이를 바르게 펴는 척하며 다시 물었다.

"그래서, 자네와 저 상대 사내는 그것이 가능해?"

"그럼요. 그것이 얼마나 몸을 달아오르게 하는데……. 그 체위를 원하시면 보여드리지요."

사면으로 바르게 자른 비단을 손가락에 익숙하게 감싼 기생은 자신의 음부 안으로 비단을 감은 손가락을 집어넣은 후, 손가락만 살살 빼어냈다. 그러자 상대 사내가 그녀의 몸을 들어 안아 벽으로 밀착시키더니 이내 음경을 여인의 깊숙한 곳으로 밀어 넣기 시작했다. 사내의 탄탄한 엉덩이가 벌어진 사이로 여인의 음부에 꽂힌 비단 천이 바실바실 움직이자 영지는 저도 모르게 흑 하고 숨을 들이켰다.

이런 음탕하고 색정적인 장면이 또 있을까. 영지는 붓끝에 먹물을 묻혀 정신을 집중시킨 후 다시금 밑그림을 그리기 시작했다. 여인의 젖꼭지가 떨어져 나갈 듯 빨아대는 사내의 몸짓. 그리고 사내의 팔에 안긴 채 둔부를 벌려 육봉을 맞아들이는 여인의 교성이 어지럽게 어울려 영지의 속을 울렁거리게 만들었다.

여인과 사내의 교합이 만들어내는 질펀한 소리가 만드는 율을 타고 영지의 붓끝이 거칠게 움직였다. 하절의 볕에 붉은빛으로 그을린 구릿빛의 살갗과 농염하게 달아오른 희뿌연 육체에 채색을 할 때마다 영지는 자신의 아랫부분이 벌름거리는 것을 느꼈다.

월경 혈이 나오느라 아랫부분이 움찔거리는 것인지, 아니면 어떠한 무엇을 받아들이고 싶기에 그런 것인지 잘은 모르겠으나 자꾸만 혜의 얼굴이 떠올라 마음이 타들어가는 듯 더웠다. 마치 화포의 심지에 불을 댕긴 것마냥 뜨거운 무엇인가가 마냥 혈관을 타고 움직이는 듯했다. 그리고 종결에는 크고 뜨거운 울림을 맛보았으면, 하는 바람까지 들어 영지는 정신을 차리려는 듯 일부러 눈을 끔벅거렸다.

불현듯 혜의 단단하고 뜨거운 팔과, 그 입술에서 흐르는 자신의 이름이 듣고 싶다는 욕망이 영지의 가슴을 촘촘하게 수놓았다.

같은 시각. 혜는 오늘 한정된 분량의 글 집필을 모두 마쳤지만 대자리 위에서 일어나지를 않았다. 고민이고 걱정이었다. 솔직히 첫정을 나눌 때 자신의 기량은 무척이나 부족했을 것이다. 사내들의 능수능란한 방사의 기교를 두 눈에 똑똑히 담으며 살아온 영지에게 혜의 기교는 마음에 들지 않았을 것인데 그런 그녀가 영락관으로 그림을 그리러 간다는 것이 도통 마음에 들지 않는 그였다.

"그렇다고 영락관에서 춘화 그리는 일을 그만두라고 할 수도 없고."

그런 말을 하고 싶은 마음이야 굴뚝같지만, 뭐랄까······. 사내의 자존심과 왕자의 체통에 어울리지 않는 말 같기도 하고, 여인에게 떼를 쓰는 꼴 같아서 죽어도 그 말은 꺼낼 수가 없었다.

그곳의 사내와 비교하지 말아달라는 당부의 말은 왜 했을까. 영지에게 마음을 준 그때부터 한 번씩 이렇게 사내답지 못한 말을 할 때가 있어, 후회 막심할 때가 한두 번이 아니었다.

"춘화작가라는 사람이 그리 상상력이 없어서야! 어째서 상상만으로는 그릴 수가 없는 것인데!"

결국엔 골질을 내버리는 녹월의 왕자, 월산군 이혜. 종결에는 신경질적인 손길로 의관을 정제하고 허리춤에는 술통을 달았다. 날이 밝은 날에 도성내곽을 돌아다닐 때에는 삿갓을 눌러쓴 비렁뱅이 꼴을 하든, 의관을 정제하되 허리춤에 술통을 차든 본연의 바른 모습으로 돌아다닐 생각은 추호도 없었다.

"그래도 명색이 영락관에 찾아드는 왕자인데, 이 정도의 의관은 정제해줘야지."

사실은 영락관으로 가서 영지를 만나고 싶다는 생각과 '나 이렇게 잘나고 멋진 사내야.'라고 으스대고 싶은 마음이 한가득이었다.

그래서 지금 이 시각, 오늘은 만나기로 약조하지도 않은 어여쁜 정인을 눈에 담아볼까. 그 풋풋한 첫정의 감정을 가득 담은 혜는 말끔한 도포를 입고 영락관으로 걸음을 하는 것이다.

"영락관에서 진을 치고 있으면 일을 마치고 나오는 영소 작가를 볼 수 있겠지."

녹월의 왕자, 월산군 이혜는 역시나 말술배기 꽃 타령질이다!

허리춤에 술통을 차고 음탕한 노랫말을 불러대며 영락관이 있는 쪽으로 걸음을 옮기는 그의 모습을 보면서 사람들은 여느 때와 다름없이 손가락질을 했다. 한동안 저 못난 꼴을 보지 않아, 그래도 녹월의 왕자마마인 저이께서 정신을 차리셨는가? 하였으나 다시 술통을 허리춤에 찬 채로 꽃을 꺾으러 가는 그의 모습을 보며 백성들은 혀를 찼다.

"아! 양물도 서지 않으면서 영락관에는 무엇하러 걸음 하누?"

사람들의 수군거림이 들리거나 말거나, 영락관에 있는 정인을 찾아 떠나는 사내의 걸음은 그저 애가 타는 만큼 빨라질 뿐이었다. 잰걸음으로 영락관의 문턱을 넘은 혜는 이리저리 고개를 갸웃거리며 영지가 있을 만한 곳을 찾았다.

그를 맞으러 나온 영락관의 꽃들에게는 오늘은 그저 영락관의 연못에 있는 잉어 구경이나 하러 왔다 둘러대며 물리곤 기방의 깊은 곳을 향해 걸음을 옮기는 그의 발끝에는 영지를 보고 싶은 설렘이 가득했다. 마치 달빛과 순접을 하는 여리고 부끄러운 밤 풀잎들이 그 뒷면에는 뜨거운 액액 같은 이슬방울을 감추고 있는 것처럼 정인을 찾는 혜의 눈빛에는 맑고 순수하지만 그만큼 뜨거운 애정이 가득 감추어져 있었다.

'분명히 가장 깊은 곳. 가장 은밀한 곳에서 그림을 그리고 있을 것인데…….'

어디에 있을까. 어디에서 어떤 사내의 몸을 화폭에 담아내고 있을까. 부디 그 사내의 몸과 능수능란한 기교에 혹하면 아니 될 터인데.

혜는 이 생각 저 생각을 하면서 염불 같은 연못의 잉어보다는 잿밥 같은 영지를 찾아 이곳저곳을 두루 훑었다. 그때였다. 반듯한 돌이 깔린 길 위에서 여기저기를 둘러보던 그의 어깨가 누군가의 몸에 부딪쳤다. 그리고 곧, 간사한 금수의 버러지 같은 음성이 혜의 귓속을 더럽혔다.

"아니, 이게 누구십니까? 월산군 마마가 아니시옵니까?"

"아……. 영의정 대감. 그간 안녕하셨습니까?"

혜는 눈살이 찌푸려지는 것을 억누르고 김익선에게 예의 한량 같은 미소를 지으며 응대했다. 벌건 대낮부터 이제 막 화초머리를 올렸을 법한 어린 기녀들을 양액 아래에 끼우며 거드름을 피우는 김익선이에게서는 일말의 양심도, 또한 왕족에 대한 예의도, 사람에 대한 인정도 찾아볼 수 없었다.

"하핫! 당연히 안녕한 나날들이 아니겠습니까? 녹월 땅에 곧 귀하신 원자아기씨께서 탄생하실 것이니. 원자아기씨의 탄생이야말로 녹월의 태평성대에 화룡정점을 찍는 일이 아니겠습니까? 이토록 모든 일이 순조롭게만 흘러가니. 이 충신, 그저 매일이 안녕하고 또 안녕하지요. 아니 그렇습니까? 월산군 마마."

더럽고 구역질이 나는 그 입술로 녹월의 태평성대를 논하다니. 중전의 수태가 김가의 씨로 이루어진 줄, 하늘이 알고 땅이 알고 이미 알 만한 사람들은 모두가 다 알거늘. 혜는 가슴속에 피어나는 천불을 연신 꾹꾹 내리누르며 맞장구를 쳤다.

"그렇지요, 영의정 대감. 중전마마의 회임만큼 큰 나라의 경사는 또 없을 것입니다. 이러한 모든 경사 또한 충신이신 영의정 대감께서 힘을 써주신 바가 아니겠습니까? 중전마마의 간택에 모든 충정을 다 쏟아부으셨다고 하니……. 하하하, 그나저나 이 사람은 사사롭게는 곧 아버지의 지위를 얻으실 이 나라의 지존께 부러움이 들어 말입니다? 아침부터 술타령, 징하게 하다가 오후가 되니 퍼뜩 드는 생각이 기방에 핀 어느 꽃을 통해서라도 후사를 좀 볼까 하여, 이곳 영락관에 꽃을 꺾으러 온 참입니다."

"기녀를 통해서 후사를 보실 참이시라……. 쯧쯧. 그 무에 아니 될 말씀을 하십니까. 저만 믿으십시오, 월산군 마마. 제가 어디서 참한 규수 하나 점찍어 올릴 테니. 어디, 감히 왕손을 이 미천한 계집년들의 자궁에서 보신답니까? 적어도 양반의 서녀나 중인의 딸 정도는 되어야 군부인 마마의 반열에 오를 수 있는 것이지요! 하하핫!"

이런 발칙하고 고얀 것이 있나. 서녀나 중인의 딸이라니. 그 말은 누가 들어도 왕족인 월산군에게는 참담하고 모욕적인 발언이었다. 그러나 혜는 마음속에 솟는 울분을 꾹 참고 웃는 낯으로 김익선을 대했다.

"그렇지요. 영의정 대감의 말씀이 모두 다 맞습니다. 어찌나 영의정 대감의 말씀은 어디 하나 버릴 데가 없는지……. 대감 같은 인재가 이 나라에 있어, 아무 힘 없는 이 사람은 그저 마음이 든든합니다."

"월산군 마마도 참, 별말씀을 다 하십니다. 하오면 저는 이만 가보도록 하겠습니다. 해야 할 일들이 가득하여……."

"예, 살펴 가세요. 영의정 대감."

갑자기 뜨겁게 내리쬐는 햇볕이 폐부에 가득 차올라 곧 터질 것만 같았다. 영의정의 걸음 소리가 멀어질수록 혜는 이를 악물었다. 금수 같은 종자와 말을 섞었다는 것, 그것만으로도 온몸에 버러지가 스멀스멀 기어 다니는 느낌이 들어 진저리가 났다.

'영소 작가. 그대는 어디 있는 것이야! 미치도록 그대가 보고

싶군.'

김익선이를 담은 그 두 눈마저 오염된 것만 같아 혜는 자신의 눈에 영지의 맑고 단정한 모습을 담고 싶었다. 그녀의 모습을 담는다면, 그 맑고 온화한 목소리를 듣는다면, 이 더럽고 참담한 심정을 모두 다 지워낼 수 있을 것만 같았다. 영지는 혜에게 있어서 그런 사람이었다.

세상의 모든 더러움을 다 씻어내어주고, 마음에 화평 같은 안식을 주는 사람.

"이만하면 되었습니다. 고생이 많으셨습니다."

영지의 주문대로 체위를 수차례 바꾸어가며 방사를 펼친 두 남녀는 그대로 이부자리에 드러누웠다. 미처 몸에 묻은 땀이며 서로의 은근한 체액들을 정리할 힘도 없이 눕는 그들을 보며 영지는 그들과 자신을 분리한 투명하게 비치는 발을 꼼꼼히 여며주었다. 오늘따라 그들에게 이렇게 해달라 저렇게 해달라 요청한 부분이 많았다. 사실은 혜의 삽화에 참고할 만한 체위들을 따로 밑그림 해두느라 그런 것이다.

영지는 얼른 밑그림이 그려진 삽화들을 둘둘 말아 봇짐 안에 밀어 넣으며 말했다.

"그럼, 쉬십시오."

영지는 방문을 닫고 나와 짚신을 꿰어 신으며 생각했다.

'연 행수께 얼른 전해주고, 마마를 만나러 가야겠어.'

혜를 만나러 간다는 것은 삽화에 참고할 만한 체위들을 그려

왔다 자랑을 할 이유도 있었지만 그보다 더 큰 이유는 그저 '혜를 보고 싶다'는 마음 때문이었다. 빨리 그에게 가려는 마음을 따르듯 작은 발걸음은 평소보다 빠르고 경쾌했다.

그때였다. 어디선가 나타난 두 손이 영지의 입을 막고 그 팔을 잡아당기고 있었다. 깜짝 놀라 눈을 감고 소리를 지르려던 영지는 문득 누더기 사이로 벌어진 입술에 닿은 손바닥의 느낌이 어딘지 모르게 익숙하다는 느낌을 받았다. 용기를 내어 꾹 감은 눈을 떠보니 그림을 그리는 내내 보고 싶었던 얼굴, 혜의 모습이 보였다.

'마마? 마마께서 이 시각, 이곳에 어찌?'

영지가 크게 놀란 눈으로 혜를 바라보자 그는 그저 아무 말도 하지 않은 채 영지의 팔을 잡은 채로 어디론가 이끌었다. 그곳은 폐창고로 가장한 단(單)의 회동에 사용되는 전각이었다.

영락관의 가장 깊은 곳. 행수기녀인 소향을 제외하고선 아무도 발길을 들이지 않는 그곳의 주위에는 무성하게 자란 풀과 가지가 꺾일 것처럼 잎을 흐드러지게 피워낸 버드나무가 융성히 자리 잡아 마치 귀의 가(家)같은 느낌이 들었다. 그 안으로 들어서자 햇볕이 장히 찌는 하절임에도 불구하고 푸른 잎이 주는 서늘한 기운이 가득했다.

아무도 두 사람을 보지 않고, 아무에게도 들키지 않는 전각의 뒤편까지 다다르자 혜는 영지의 입을 풀어주더니 급박한 몸놀림으로 그녀의 입술에 자신의 입술을 포갰다.

"읍! 우읍……."

왜 이렇게 뜨겁고 격렬할까. 아니, 왜 이렇게 조급하게 서두르는 걸까. 영지는 자신의 입술을 빨아들일 듯 휘어 삼키는 강렬하고 뜨거운 감촉에 등골이 솟는 것을 느꼈다. 등에 닿는 영락관의 돌담이 그녀의 등에 싸한 감촉을 매겼다.

그의 치아가 영지의 혀 살을 잘근잘근 씹다가 이내 부드럽게 말아 올렸다. 온 입안의 구석구석에 내 것이라는 인을 치듯 치열하게 훑는 그의 입술에 갇힌 영지의 입술에서 한숨 같은 의문이 솟아올랐다.

'무슨 일이 있었던 걸까.'

입술을 나누는 그 순간, 영지는 혜의 걱정을 하며 손을 들어 그의 등을 어루만졌다. 그 덥고 온화한 온기에 혜는 한순간 정신을 차리고 입술을 떼었다.

무슨 일이 있었어요?

저를 왜 이렇게 거칠게 대하는 것이어요?

온갖 물음이 머릿속을 치고 올라왔지만, 영지는 차분하고 고요하게 숨을 돌리며 입을 열었다.

"저, 안 도망가요."

나긋나긋하고 고요한 울림소리가 혜의 귓가에 스며들자, 김익선이가 내뿜었던 더러운 기운이 모두 한데로 뭉쳐서 빠져나가는 것 같았다.

"저, 여기 있어요."

그 고요하지만 힘 있고 보드레한 목소리에 혜는 한순간 온몸에서 힘이 다 빠져나가는 듯한 착각에 사로잡혔다. 모든 화도, 모든 더러운 것들도 모두 다 빠져나가고 영지의 목소리가 주는 단정

하고 정갈한 기운이 몸속에 스며들었다. 그는 두 손으로 그녀의
작은 몸을 담뿍 끌어안으며 속삭였다.

"그래. 그대는 여기 있지."

'나의 안식 같은 그대는 지금, 여기, 내 곁에 있지.'

혜는 품 안의 영지를 끌어안은 손에 힘을 주며 생각했다. 만일
언젠가 후사를 본다면 꼭 영지에게서. 이 사람의 자궁 안에서 수
태를 시킬 것이라고. 평생 다른 여인은 눈에 담지도 않을 것이고,
정갈하고 바른 기운이 가득한 이 사람의 몸속에서 그 씨를 풀어낼
것이라고.

"저를 보러 오셨다가……. 그런 일 때문에……, 그렇게 화가
나셨던 것입니까?"

"응."

혜는 영지의 얼굴을 가린 누더기를 천천히 풀어내며 대답했
다. 방금 전, 김익선이를 만났던 이야기를 치가 떨린다는 듯 풀어
내던 혜의 얼굴에 작은 경련이 일었다. 전각의 모든 곳은 키가 큰
풀잎과 버들잎이 무성하게 자란 가지들로 둘러싸여 있어 두 사람
의 대화를 모두 가려주기에 부족함이 없었다.

"김가의 씨가 세상에 나오기 전에 모든 것을 바로잡아야 할 것
인데……."

"시간은 아직 충분하지요. 중전마마께서 김익선이의 씨를 풀
어낼 날은 아직 석 달 정도 남았으니. 우리의 책도 곧 나올 것이
고, 그 안에 군사들도 제대로 훈련을 받을 수 있을 테고요. 장담하

건대 우리 책, 정말 잘 팔릴 것입니다."

"당연히 잘 팔리겠지. 나의 필력과 그대의 실력이 이루어낸 합작품인데."

"참! 이것 보십시오. 제가 그 두 사람 몰래 이 체위, 저 체위를 좀 그려보았습니다. 그림 그릴 때 참고할까 하여……."

영지는 봇짐을 풀어 다양한 체위의 밑그림이 그려진 종이들을 자랑스럽게 혜에게 건넸다. 그것들을 천천히 한 장씩 넘겨보던 혜는 낮은 목소리로 말했다.

"사내의 몸이 참으로 탄탄하군."

"당연하지요. 연 행수께서 보통 사내를 준비해두신 것이 아니시니……. 헌데, 눈빛이 왜 그러십니까? 혹, 질투라도 하십니까?"

웃음기가 슬그머니 배어나는 물음에 그가 핏 하니 입꼬리를 비틀며 대꾸했다.

"내가 이 사내보다 못한 것이 무에 있어서 질투를 해? 얼굴도 내가 낫고, 키도 내가 더 크고, 배운 것도 내가 더 배웠을 것이고. 모든 면에서 내가 낫지. 안 그래, 영소 작가?"

말은 그리 하지만 혜의 손에 들린 종이의 귀퉁이가 그 악력에 구겨졌다는 것을 알아챈 영지는 살포시 눈웃음을 치며 입을 열었다.

"질투 따위 하지 마십시오. 제게 있어서 월산군 마마는 최고의 사내이시니."

"알아. 다 알고 있는 것이니 재차 말하지 말라고."

영지의 말에 혜는 기분이 좋아진 듯 휘이, 휘파람을 불었다.

아아, 이분은 어찌 이리도 귀여우신 면이 있으실까? 영지는 다정한 그의 어깨에 살짝 머리를 기대며 생각했다.

폐전각의 돌바닥에 다리를 쭉 펴고 나란히 앉아 이런 시간을 보낼 수 있다는 것이 참말로 좋았다. 시원하게 울려 퍼지는 매미의 울음소리가 두 사람이 갖는 조용하지만 달금한 찰나에 운치를 더했다.

"마마."

"응."

혜가 손가락을 움직이며 영지의 볼을 간질이듯 매만졌다. 손에 닿는 영지의 모든 것이 사랑스러워 자꾸만 입가에 웃음이 고였다. 마치, 김익선이를 만났던 아까의 시간은 흔적도 없이 사라진 것처럼. 아예 그런 더러운 작자와는 전혀 마주친 적이 없었던 것처럼 마음속에 기분 좋은 고요함이 가득 차올라, 그는 이것이 마치 꿈결의 낙인가 싶었다.

"아까, 그림을 그리는데……. 자꾸 마마의 얼굴이 아른거렸답니다."

"그 말은 즉, 내가 보고 싶었다는 말인가?"

"보고 싶었기도 하고……."

그 말을 끝으로 영지는 별안간 몸을 돌려 그의 무릎에 올라앉았다. 그런 행동에 혜는 놀람을 담은 눈빛으로 그녀를 바라보며 물었다.

"그리고, 또 무슨 말을 하고 싶은 것인데?"

"그냥, 이렇게 하고 싶었습니다."

영지는 그의 입술에 살짝 입을 대며 속삭였다.

"제게는 마마뿐입니다. 이혜라는 사내만 이 맘속에 담아두었으니, 마마께서도 저와 같은 마음이셨으면 좋겠습니다."

'저와 같은 마음으로 그 정을 성장시키시고, 종결에는 같은 시각에 그 마음을 활활 태워버리셨으면 좋겠습니다.'

서로 간에 피차 아무런 아쉬움도, 아무런 후회도, 아무런 아픔도 남지 않게.

귓가에 곰비임비 스며들어 가슴팍에 징 하고 새겨지는 연모의 언어에 혜의 얼굴에는 웃음기가 걷히고 영지를 향한 더운 눈빛만이 남았다.

"아까, 아프게 해서 미안해."

혜는 영지의 입술을 혀로 꼼꼼하게 핥다가 이내 벌어진 입술에 혀를 침범시켰다. 그 말캉하고 더운 살덩이가 휘어 감길 때마다 버들잎이 바람결에 나부껴 바스한 소리를 냈다. 부푼 가슴을 단단히 동여매었기에 비집고 들어갈 틈을 찾을 수 없던 혜의 손가락은 영지의 바지 속에 손을 집어넣어 둥글고 아담한 둔부를 두 손으로 꽉 쥐었다. 손안에 감기는 보드라운 감촉은 사내의 옥근에 힘을 불어넣기에 충분했다.

"그대의 안에, 들어가고 싶어."

영지의 귓가에 한숨 같은 고백이 스며들자 그녀의 가장 깊은 곳에 위치한 나들목의 살갗이 그를 받아들이려는 듯 움찔거리기 시작했다.

"달을 받아 혈이 흐르는 몸이라 더럽습니다."

"괜찮아. 내가 가장 사랑하는 그대의 몸에서 나는 것이 어찌 더러울까. 수태가 가능한 여인의 징표가 어찌 더러울 수가 있어."

"……."

"부디, 그대의 몸을 내게 열어주어."

혜는 영지의 바지를 서서히 끌어내리며 속삭였다. 속곳 안에 댄 혈을 받아내는 무명천이 부끄러워 영지가 옷옷을 끌어내리자 그가 옆에 벗어둔 도포 자락을 들어 그녀의 벗은 하체에 둘러주며 영지가 월경대를 걷어낼 때 부끄럼을 타지 않게 도왔다. 얌전히 월경대를 접어둔 영지는 부끄러워 그만 그의 어깨에 얼굴을 묻어 버리고야 말았다.

"그 성정, 참으로 고약하십니다."

영지의 말에 가득 묻어난 부끄러움에 혜는 바지춤 아래에서 잔뜩 부푼 그것을 급박하게 꺼냈다. 그녀가 부끄러울까, 그 하얀 하체에 두른 도포 자락을 걷어낼 수 없어도 혜는 영지의 몸 안에 있는 나들목을 쉽게 찾을 수 있었다. 이미 한 번 경험한 제 여인의 길을 어찌 찾아내지 못할 수 있을까.

혜는 자신의 옥근을 그녀의 나들목에 맞추고 영지의 어깨를 잡아 눌렀다. 그러자 달의 혈이 주는 미끈함과 함께 단번에 하나 가 된 살덩이들은 서로가 바르르 떨며 똬리를 틀듯 한 치의 간격 도 남지 않게 꽉 맞추어 끼워졌다.

"혈이, 마마의 옷에 묻습니다."

더운 숨을 토해내는 영지의 말소리에 혜는 아랑곳하지 않고 엉덩이를 움직여 뜨거운 꽃길 안에 자맥질을 했다. 그녀의 양 어깨를 잡고 잇새를 꽉 깨물며 말하는 혜의 얼굴에는 쾌락에 취한 사내의 욕정이 올곧이 드러나 정제되지 않은 욕구가 흘러나왔다.

"그대가 움직여보아."

"혜이……."

"괜찮대도."

혜가 그리 말하며 영지의 작고 바른 등을 다정하게 매만지자 그녀는 그의 어깨에 손을 얹고 천천히 엉덩이를 움직였다. 위로 아래로 엉덩이를 움직일 때마다 그의 검미가 꿈틀거리는 것이 눈에 담아져, 영지는 저도 모르게 음부의 살을 벌름거리며 그의 옥근을 조이다가 풀기를 반복했다.

영지의 은밀한 그곳. 나들목의 안쪽 길은 깊고도 뜨거웠고, 달의 기운마저 쏙 빼닮은 혜의 뭉근함이 진득하게 어우러져 그야말로 지상의 낙원과도 같았다. 세상 어느 곳에 이리도 사내의 혼을 쏙 빼놓는 낙원이 또 있을까. 음부와 음경이 만나 비릿하게 피어오르는 혈 향마저도 사랑스럽다고, 혜는 그리 생각했다.

"하아……. 마마. 적당히 하십시오. 으음……. 용이 날아가는 것처럼 저를……, 앗!"

뜨겁고 흐릿한 눈빛으로 자신을 마주 보며 속삭임을 전하는 여인. 그런 그녀에게서 흘러나오는 애원의 말을 끊으려 혜는 일부러 허리를 깊게 한 번 튕기더니 그대로 속살 안쪽을 헤집었다. 그러나 발칙한 영지는 흐릿한 초점을 하고서도 입술을 깨물며 말을 이었다.

"아앗……! 하아……, 제발, 천천히……. 비상하는 용처럼 제

속을 망가트리지 마셔요."

"으윽, 비상하는 용이라?"

그 말에 혜는 허리를 연신 튕기며 그녀의 안쪽 속살을 용의 비늘처럼 긁어대기 시작했다. 마치 옥근에 철갑 같은 비늘의 톳이라도 선 것처럼, 영지의 속살이 그와 맞부딪칠 때마다 바르르 떨며 경련했다.

"나는, 나는 그대를 망가트리지 않아."

"하앗!"

바스스한 초록 잎들의 움직임 소리는 마치 살덩이를 흥에 겨워 움직이게 만드는 풍악과도 같았다.

"내가 용이라면 그대의 이곳은……."

혜는 불현듯 영지의 하체를 가린 도포 속으로 손을 쑥 집어넣어 나들목에 둥글게 자리 잡은 볼록한 자갈을 꾹 눌렀다가 매만졌다. 그러자 그녀가 자지러질 듯 숨을 헐떡거리며 그의 목덜미에 얼굴을 묻고 더운 열기를 토해냈다.

"역린(逆鱗)이지. 나의 가장 큰 약점. 그러니 내 스스로 그대의 이곳을 망가트릴 일은 없어."

혜는 씩 웃으며 영지의 턱을 가볍게 잡아 그녀의 얼굴에 맺힌 짭짜름한 땀방울을 모두 마실 듯이 핥았다. 그러자 옥근을 쥐어 오는 그녀의 속살에 혜는 결국 도포 자락을 낚아채듯 쥐어 돌바닥에 펼치더니 이내 영지의 몸을 뉘었다.

밀물과 썰물의 끝도 없는 움직임처럼 용의 비늘과 역린이 셀 수도 없이 비벼졌다. 뜨겁게 솟아오르는 화염처럼 영지의 몸 안으로 자맥질하는 혜의 몸뚱이는 곧 무엇인가 쏟아낼 듯 아프게 부풀어 올랐다.

"윽!"

아플 듯이 부풀은 옥근을 그녀의 음부가 꽉 죄자 그의 몸 안에 가득 담겨 있던 희뿌연 씨앗들이 수문이 터진 강물의 그것처럼 일순간에 터져 나가 그녀의 몸 안을 따뜻하게 만들었다. 그 순간 혜는 그녀의 뒤통수를 끌어안고 몸을 겹치며 속삭였다.

"나는 그대의 자궁을 통해 나의 후사를 볼 것이야."

그의 속삭임에 영지는 까무룩 감긴 눈을 한 번 떴다가 다시 감았다. 어쩐지 감은 눈꺼풀을 비집고 눈물이 흐를 것만 같았다

"내가 가장 사랑하는 그대 영소 작가, 나의 영지. 이 몸을 통해서만 정을 나누고 나와 그대를 꼭 닮은 아이들을 만날 것이야."

혜는 검게 상투를 튼 그녀의 뒤통수와 귀밑머리를 매만지며 정겹고 달금한 자신의 속정을 고백했다. 작은 몸뚱이를 가진, 그다지 어여쁘지도 않은 여인이지만 하나하나 뜯어보면 그저 한없이 어여쁘게만 보여 혜는 그녀의 눈이며 양 뺨이며 입술에 가볍게 입을 맞추다가 살며시 음부에 맞물린 옥근을 빼냈다. 그러자 달의 혈과 함께 뒤섞인 파정의 루(淚)가 보랏빛 도포 자락에 희한한 색의 꽃을 피워냈다.

그때 영락관의 가장 넓고 안락한 방에서 두 명의 어린 기녀들을 희롱하던 김익선은 별안간 머릿속을 스치는 생각이 들어 자신의 양물을 빨던 기생의 머리를 거칠게 밀어내고 자리 위에서 상체

를 일으켰다.

"아침부터 술타령을 하였다고 했는데…….."

영문을 알 수 없는 어린 기생은 두려움이 깃든 눈으로 김익선을 바라보며 맨몸을 머리타래로 가렸다. 그 모습에 골질이 난 김익선은 기생의 머리타래를 질끈 잡아끌어 우악스럽게 자리 위로 내던지더니 두 다리를 벌려 자신의 양물을 꽂으며 허리를 움직였다. 칠십을 넘은 나이라 그런지 어린것들의 몸에 조금만 담금질을 하여도 곧 양물이 힘을 잃어 짜증이 솟구쳤다.

"에잇!"

노르스름하니 고약한 냄새가 나는 사정액을 단시간에 어린 기생의 몸 안에 흩뿌린 그는 누런 액이 묻은 양물을 다른 기생에게 핥게 하며 생각했다.

'전혀 술 냄새가 나지 않았단 말이지. 오히려 눈빛이 또렷하고 맑았던 것이…….'

"내게 은근히 적대적이었다는 느낌이 든단 말이야."

술독과 계집놀이에 빠져 사는 반편이 왕자의 모습과는 전혀 다른 말끔했던 모습. 허리춤에 찬 술병은 가벼워 보이는 것이 어쩐지 여인들의 옷고름에 거는 노리개 장식품에 가까웠다는 느낌을 지울 수가 없어 김익선은 쓴 입맛을 다셨다. 긴 세월 정치판에서 살아남아 권력의 핵심이 되도록 만들어준 그의 짐승 같은 촉이, 갑자기 월산군 이혜를 경계하라 명을 내리고 있었다.

十五章. 열병

"병판. 내 그대에게 부탁을 하나 좀 하여야겠어."

"무엇이옵니까, 영의정 대감."

단(單)에 속하여 김익선의 가장 가까이에서 그의 눈을 어둡게 만드는 임무를 부여받은 병조판서 황희수는 아부와 아첨의 가면을 쓴 채 김익선의 앞에서 머리를 조아리며 물었다. 그러자 김익선은 애첩 홍단(紅緞)의 치맛자락 속에서 희롱의 손을 거두며 입을 열었다. 추하게 늙은 손가락 주름 사이사이에 낀 애액의 냄새가 머리를 조아린 황희수의 낯에 통탄의 주름을 만들어냈다.

"근자에 이 나라에는 전쟁도 없고 오랑캐의 침범도 없으니 참으로 태평성대란 말이야?"

"아무렴요. 이 나라의 역사 이전을 통틀어 이만한 태평성대는 없었습죠."

호탕하게 웃으며 대답을 하는 황희수는 마음에 담은 깊은 근심을 애써 감추었다. 이레 전 북방에서 조정에 보낸 장계의 내용인 즉, 오랑캐의 침범이 빈번한데 그곳을 지킬 군사가 부족하니 군사를 보충해달라는 것이었다.

물론 이 나라의 정신과 마음이 모두 어리신 주상전하께는 장계에 대한 보고를 올렸고 삼정승도 이미 알고 있는 사실이었다. 그러나 간사한 김익선이 군사 보충에 대한 결재를 허하지 않으니 마음도 어리고 정신도 어리신 이 나라의 허수아비 군주는 그저 김익선의 말에 그 뜻을 함께하셨다.

"하여 내 병판께 은밀하게 부탁할 것이 하나 있는데, 무어 그렇게 어렵진 않다네."

"무슨 부탁이십니까, 대감?"

황희수의 말에 김익선은 짐짓 거드름을 피우며 입을 열었다. 입을 열 때마다 입속에서 쏟아지는 구취가 그 어떤 오물의 절은 냄새보다도 깊었다.

"내 요즘 이년을 위해 뒤편에 인공연못과 별채를 만드는 것은 자네도 알고 있지?"

김익선은 애첩 홍단의 젖가슴을 주무르며 말했다. 그런 모습에 이미 많이 익숙해진 탓인지 황희수의 얼굴에는 민망한 낯 자락 하나 찾아볼 수가 없었다.

"예, 알고 있습니다. 헌데 이 힘없는 인사에게 무슨 부탁을 하시려고 그러십니까?"

"아, 다름이 아니라! 연못자리 땅을 파는 고것들이 영 힘을 못 쓰는 바람에 공사가 자꾸만 늦어지는구먼. 이년에게 이 하절이 다 끝나기 전에 멋들어진 연못을 만들어주겠노라 약조하였는데 까딱하면 약조를 지킬 수가 없게 되었어. 하여, 태평성대의 하늘 아래에서 할 일 없이 시시닥거리는 군부의 병사들을 좀 연못 짓는 곳에 투입시키면 안 될까 하는데, 자네 생각은 어떤가?"

김익선의 물음에 황희수는 여느 때와 달리 쉽게 대답을 꺼내지 못했다. 병조의 으뜸은 응당 자신이었으나 각 군사를 훈련시키는 실질적인 우두머리는 휘하 장수들이었다. 한 장수의 아래에 있는 군사들을 어찌 사적인 일에 편입시킬 수가 있을까. 그것은 감히 병조판서라 하여도 쉽게 내릴 수 없는 명이었다. 게다가 나라의 군대를 사사로운 정에 쓰는 것은 곧 반역과도 직결되는 것이었다.

그 사실을 뻔히 잘 알고 있는 일국의 영의정이란 자가 사적인 일에 국군을 동원하고자 하니, 황희수의 마음속에는 울분이 치열하게 끓어올랐다.

"저……, 이레 전에 북방에서 보내온 장계의 내용. 영의정 대감께서도 익히 잘 알고 계시지요?"

"북방에서 온 장계? 아! 군사를 충원해달라 청을 올렸던 뭐, 그것?"

"예. 신이 짧은 소견으로 생각해보건대 북방이 흔들리면 녹월 땅 전체가 위험해질 수도 있음인지라……. 북방에 군사들을 보내심이 어떠하실는지요?"

황희수의 조심스러운 물음에 김익선은 득달같이 화를 내며 삿대질을 했다.

"이미 그곳으로 많은 백성들을 이주시키지 않았는가! 얼마나 많은 토지와 집까지 하사하였는데! 군사가 모자라면 그곳 백성들 중에서 차출을 하여 정예군대로 양성을 시켜야지! 무에 또 다른 정예군사들의 파병을 원한단 말인가! 나라에서 녹은 괜히 준다고 하던가! 녹을 받아 처먹었으면 제대로 일을 해야 할 것이 아니야! 일을!"

"하오나 대감. 백성들 중 건장한 사내를 뽑아 훈련을 시킨다 하여도 당장에 정예군사로서의 책무를 감당하기는 힘든 바. 근자에 북방 오랑캐들의 수탈이 심한 데다가 녹월의 여인들이 착취물로 끌려가고 있기까지 한다 하니……. 대감, 부디…….."

황희수의 충언에 김익선의 축 처진 양 볼이 씰룩거렸다.

"그깟 여인네들. 그것들을 본디 사람의 목숨으로 쳐주기나 한다던가? 양반가의 영애들을 뺀 다른 여인들은 한낱 짐승에 불과하네. 그런 짐승 목숨들을 오랑캐가 끌고 가보았자, 이 땅에는 아직 수태의 기능이 충만한 여인네들이 얼마나 많은가? 고작 그 몇 명의 목숨 때문에 본토 안의 정예군사를 파병해? 하! 웃기지도 않은 말이지! 황희수, 자네. 병판의 자리에 너무 오래 있었나 보군? 명경같이 맑았던 눈이 참말로 많이 퇴색된 것 같으이!"

김익선의 고약한 말끝에 황희수는 마음속으로 깊은 한숨을 쉬며 낯빛에 다시금 아첨을 머금었다. 이 나라의 백성이 오랑캐들의 손에 잡혀가고 있는데도 그들의 목숨을 짐승 목숨이라 치부하는 영의정의 모습에 통탄의 눈물이 나올 것만 같았다. 하지만 아직은 때가 아니니, 그저 김익선의 곁에서 비위를 맞추며 그의 눈을 가리는 수밖에.

"아이고! 영의정 대감. 그런 소리 마시옵소서. 신의 소견이 짧아 한순간 실언을 하였습니다. 영의정이신 대감께서 제게 주신 이

자리. 부디 이 몸에게서 앗아가지 마시옵소서."

"후훗. 이번 한 번만 내 그대의 실언을 눈감아줌세. 허나 차후에 또다시 내 앞에서 국익을 해치는 실언을 한다면! 그때는 내가 그대에게 내렸던 모든 것을 앗아가 빈털터리 신세로 만들 것이니 그리 알게!"

"예, 예. 잘 알겠습니다, 영의정 대감."

황희수가 머리를 조아리며 말하자 김익선은 다시금 기분이 좋아진 듯 말을 이었다.

"허면, 인공연못을 만드는 일에 할 일 없이 노는 군사들을 투입시켜주는 것으로 알겠네!"

"……개인적인 친분이 깊은 장수들에게 한번 말은 꺼내보겠나이다."

"하핫! 이 사람도 참. 왜 그렇게 간이 콩알만 한 것이야? 병조판서가 명을 내리면 장수들은 즉시 따라야 함이 옳은 것인데. 군부에는 명령만 존재하지 않는가. 하극상이야말로 절대로 일어날 수 없는 곳이 그곳의 규율이니. 그래, 무어……. 장수 몇에게 잘 말을 하여 휘하의 병력들을 내 집 뒷마당으로 좀 끌어다 주게나. 내가 직접 나서면 면이 좀 서지 않을 것 같아서……."

영의정은 기분이 좋아진 듯 웃으며 홍단의 젖가슴을 한 번 베어 물었다. 그 모습에 황희수는 눈앞의 애첩과 김익선의 목에 단도를 꽂아 내리고 싶었다. 저 애첩 한 명을 위한 연못을 짓는 일에 투입될 병력만이라도 북방으로 보낸다면 얼마나 좋을까. 진정 이 나라가 어찌 되려고 이리도 진흙구덩이 속에서 구른다는 것인가.

황희수는 답답한 마음에 목이 메는 것을 참으며 머리를 조아렸다.

"하오면 소신. 이만 먼저 일어나겠습니다."

"어어, 그러시게. 일국의 병판을 내 이리 오래 붙잡아놓을 순 없지. 암!"

"그럼, 다음번에 뵐 때까지 강녕하십시오, 영의정 대감."

황희수는 큰절을 올린 후 자리에서 일어섰다. 으리으리하게 장식한 사랑채 문을 열고 한 발을 딛자 다리에 힘이 풀린 듯 몸이 휘청거렸다. 한순간 휘청대는 몸에 미닫이문을 잡고 선 그의 등 뒤로 김익선의 목소리가 번졌다.

"헌데 말이야, 병판."

"예, 영의정 대감."

"그⋯⋯, 월산군 말이야."

'월산군'이라는 호칭에 황희수는 눈을 번뜩이며 고개를 돌려 김익선을 마주 바라보았다.

"이혜 왕자 말씀이십니까?"

저 간악한 자의 입에서 어찌 월산군 마마의 호칭이 흘러나오는 것일까. 황희수는 불안한 마음을 감추며 밝은 낯빛으로 김익선을 대했다. 그러자 김익선의 입에서 의미심장한 말이 흘렀다.

"그래. 월산군 이혜. 내 단 한 번도 그치에 대해서 근심스러운 생각을 해본 적이 없거든?"

"예, 월산군은 녹월 팔도가 인정하는 자타공인 술주정뱅이가 아닙니까? 왕족으로서의 예도, 양심도, 의무도 저버리고 술독에 빠져 사는 못난 인사가 그치인데⋯⋯. 어찌하여 그런 말씀을 꺼내시는 것이옵니까?"

"음. 나도 이날까지는 그렇게 알고 살아왔는데 말이야? 며칠 전에 우연히 그치를 가까이에서 마주한 적이 있었단 말이지. 헌데, 그 눈빛이 말이야. 술독에 빠져 사는 이라고는 절대로 생각할 수 없을 정도로 또렷하고 맑은 것이……. 꼭 오래전 승하하신 영종대왕의 맑은 눈이 생각나더란 말이야?"

김익선은 후대에 '대왕'이라 칭송을 받는 영종의 용안을 떠올리며 고개를 저었다. 절대왕권을 지녔던 완벽한 군주. 허나 절대왕권을 함부로 남용하지 않고 성군의 길을 걸었던 왕. 그래서 김익선조차도 영종대왕의 선한 절대왕권 아래에서는 자신의 야망을 감추며 숨을 죽이고 살아왔었다.

그 어떤 관료라 하더라도 권력에 대한 야욕을 드러내는 즉시 영종대왕은 뿌리까지 뽑아 불사르지 않았던가. 그런 영종대왕의 눈빛과 그 핏줄인 월산군 이혜의 눈빛이 어찌 그리 똑 닮은 것인지. 김익선은 이혜의 눈빛을 떠올리자 등골에 솟는 원인 모를 한기에 척수까지 쭈뼛하게 조여 오는 것을 느끼며 고개를 저었다.

"월산군이라면 걱정하지 마십시오. 대감께서 얼마나 해야 할 일이 많으신 분인데 그런 못난 술주정뱅이까지 맘속에 담아두려 하십니까? 당연히 영종대왕의 핏줄을 타고났으니 외양이야 닮기도 하였을 테지요. 씨도둑은 못 한다는 말이 괜히 있는 것이랍니까? 하오나, 그는 영종대왕의 발끝도 못 따라가는 자입니다. 그것은 녹월국 백성 누구나 다 인정하는 것이니 전혀 심려치 마십시오."

"그런가……."

김익선은 지저분하게 얽힌 수염을 매만지며 혼잣말처럼 중얼거렸다. 그러자 황희수가 그의 대답에 맞장구를 치듯 힘을 주어 말했다.

"예, 그치는 대감의 '심려'라는 것마저 받기 과분한 자이옵니다."

"그래도 혹시 모르니 그자에게 당분간 사람을 붙이게. 내 병판만 믿네."

"돌다리도 두드려보라는 말이 있으니. 예, 대감. 대감의 속이 편해지실 수만 있다면 그리 하겠습니다."

"음. 내 최측근 중에서도 병판이 가장 믿음직하이. 그럼 어서 갈길 가시게나."

황희수는 김익선에게 머리를 조아려 인사를 한 후 사랑방 문을 닫고 나왔다. 굳은 표정을 감추지 못한 채 너른 마당을 걸어 나와 으리으리한 대문의 턱을 넘어선 황희수는 폐부에 분노와 걱정이 뒤섞인 숨결이 가득 차올랐다.

얼마나 노여움이 가득 찬 것인지 꽉 쥔 두 손의 뼈 마디마디가 하얗게 튀어 올라 살갗을 찢고 솟을 것만 같았다. 황희수는 고개를 돌려 대궐의 문보다도 훨씬 화려한 영의정가의 대문을 노려보며 속으로 읊조렸다.

'곁의 측근들에게조차도 쉽게 속을 꺼내지 않는 저 간악한 능구렁이 작자가 내게 월산군 마마에 대한 이야기를 꺼냈다는 것은, 그만큼 월산군 마마에 대한 의심이 깊다는 말이겠지. 허나 김익

선! 네놈이 감히 그분을 해하도록 가만히 보고 있지는 않을 것이야!'

"하앗! 아아……. 마마……."

어디서 구해 온 것인지, 혜가 가져온 거울은 사람의 몸체만 해서 두 사람의 모습을 담뿍 담기에 부족함이 없었다. 벽에 기대어진 커다란 거울에는 전라의 모습으로 똘똘 뒤엉킨 혜와 영지의 모습이 고였다. 덩달아 쪽창 틈으로 흘러 들어오는 햇볕까지 거울에 고여, 방 안은 하절의 무더위와 정사의 끈끈한 열기가 뒤섞여 숨이 막힐 듯 무척이나 뜨거웠다.

영지는 두 손으로 혜의 목을 끌어안으며 그의 이름을 불렀다. 그러나 그는 화가 난 듯 그녀의 귓불을 깨물며 으르렁대듯 말했다.

"도대체, 영소 작가! 하아……. 이런 물건은 어디서 구해 온 것인가."

혜는 자신의 옥근과 영지의 자궁 사이에 얇게 낀 비단 천이 주는 가슬거리는 느낌에 잇새를 악물며 말했다. 대자리를 깐 글방의 바닥에는 비단 천과 수태를 막는 실 뭉치들이 어지럽게 널려 있었다.

"영, 영락관……, 그곳에서 얻었……, 아앗!"

영지는 음부의 속살에 부대끼는 비단 천의 날실과 씨실이 주는 오묘한 감촉에 뜨거운 숨결을 토해내다 결국 먼저 혜의 입술에 입을 맞추었다. 그러자 그는 수줍은 열정을 담은 영지의 혓바닥

뿌리까지 뽑아 올릴 듯 빨아대다가 갑자기 그녀의 작은 몸을 그대로 뒤집어 맨바닥에 무릎을 꿇도록 만들었다. 비단 천이 속살 안에서 한 바퀴를 뱅그르 돌자 영지의 눈동자가 갑자기 커지며 엎드려 꿇은 무릎에는 대자리의 서늘함이 올라왔다.

"마마, 다정……, 하게 대해주십……."

손바닥으로 대자리를 짚은 영지는 흐느끼며 애원을 하듯 속삭였지만 혜는 살짝 하체를 뺐다가 단번에 꽃 동굴 속으로 옥근을 밀어 넣고 교접을 하며 억눌린 숨을 토해냈다.

커다란 명경을 힘들게 끌고 와서 벽에 걸어두고, 춘화를 그릴 것을 핑계 삼아 영지의 옷고름을 잡아 풀 때까지만 해도 혜의 마음속은 정인에 대한 너그러운 은애함으로 가득했다. 그런데 별안간 봇짐에서 작은 나무함을 주섬주섬 꺼내던 영지는 수태를 막아줄 물건을 꺼내어 놓으며 그에게 직접 자신의 음부 속으로 밀어 넣어줄 것을 권했다. 방사의 경험이 많은 삼패기생은 능숙한 손놀림으로 음부 속에 비단 천을 밀어 넣었지만 그녀는 아직 자신의 그곳에 제 손가락 하나 밀어 넣을 용기가 없었기 때문이었다.

아직 수태를 원치 않고, 수태를 하기에는 모든 상황 여건이 좋지 않은 영지의 사정을 잘 아는 그였지만, 막상 피임(避妊)을 말하는 그녀의 말에 마음이 조금은 상해버렸다. 영지의 부탁대로 그 좁고 뜨끈한 동굴 안에 얇은 막을 밀어 넣어 주면서도 혜는 그녀가 마치, 혼인을 원하고 언젠가는 이 어여쁜 몸에서 두 사람을 닮은 아이를 수태하기 원하는 그의 깊은 바람마저 밀어내고 거부하는 것 같아, 그 속이 내심 조급하고 불안해졌다.

"아홋! 마, 마마……. 조금만 천천히……."

엉덩이 뒤편에서 무지막지한 압박감을 밀어 넣는 혜의 몸놀림에 영지가 결국 하얀 손톱으로 대자리의 조각들을 긁으며 하얀 상반신을 그 위에 밀어 뉘었다. 그러자 그의 옹이 진 손이 젖가슴의 틈을 파고들어 밀떡을 주무르듯 그녀의 풍만한 가슴을 희롱하며 말했다.

"다음부터 피임이 하고 싶거든……, 그 뜻을 꺾지는 않을 것이나……."

"……."

"비단 천이든 창호지든 영소 작가 스스로 그곳에 밀어 넣도록."

아직은 어여쁜 몸뚱이가 수태의 날을 받으면 아니 되겠기에 혜는 거사를 끝나고 혼인을 치르기 전까지는 영지의 의견을 존중해주고 싶은 맘이 컸지만, 그 이면에서는 그저 이런 비단 천의 부대낌 없이 그 안에 질펀하니 파정하여 씨를 밀어 넣고 싶은 마음도 작지는 않았다. 그랬기에 혜는 자신의 마음속에서 솟는 전투의 휴전 협정 방안으로 '언제든 이 여인이 수태를 원치 않을 때에는 그 뜻에 따라주되, 그가 스스로 먼저 비단 천을 찾지는 않겠다'라는 절충안을 찾아 그녀에게 전한 것이다.

그러자 영지는 고개를 뒤로 돌려 야속함을 담은 눈으로 혜를 바라보았다. 그 눈망울에 욕정의 깊이가 깊어진 혜는 다시 한 번 그녀의 깊고 좁은 동굴 속으로 돌진하더니 영지의 귓바퀴를 아프지 않게 잘근잘근 씹으며 하체를 움직였다. 애액과 살결이 부딪치는 찰박한 소리가 거울에 반사되어 울림으로 화하며 번져 나갔다.

"그리 야속하게 바라보지 마오, 그대. 사실, 이깟 천 조각 따위 빼어버리고 싶은 마음이 굴뚝같으나 내 그대를 무척이나 은애하여 사랑하는 그대, 영소 작가의 뜻을 백분 반영하고 꾹 참는 것이니."

혜는 더운 숨을 참아내며 영지의 몸을 꿰뚫으려는 듯 옥근을 밀어 넣었다 뺐다. 그러자 눈앞에 그 깊이를 가늠할 수 없을 정도로 깊은 동굴의 입구가 약간 벌어진 채 비단 천을 악물고 있었다. 천을 바특이 문 영지의 젖은 동굴의 살갗에는 하얀 피부와 대조되는 새끼손톱의 삼 분지 일만 한 점이 있었다.

여인의 체액으로 잔뜩 젖은 비단 천과 그 곁에서 새까만 얼굴을 내민 점의 자리가 혜에게 야릇한 흥분감을 주었다. 결국 그는 대자리 위에서 일어나더니 종이와 먹물을 묻힌 붓을 들고 와 가쁜 숨을 쉬고 있는 영지의 얼굴 앞에 내려놓으며 조금은 비틀린 듯하지만 은근한 말투로 속삭였다.

"담아보아."

"……예?"

거친 숨을 몰아쉬며 잠시 한숨을 돌리던 영지는 꼭 감은 눈을 뜨며 혜의 얼굴을 바라보았다. 그러자 혜는 공중 위로 들린 하얀 엉덩이의 사이에 꽂힌 비단 천을 혓바닥으로 핥으며 말을 이었다. 애액의 비릿한 맛도 혜의 혓바닥에는 꿀처럼 달금하게 맺혔다.

"기생과 다른 사내의 모습 대신 명경이 비추는 우리 둘의 모습, 그대가 스스로 종이에 담아보라고."

혜는 도톰하게 부푼 하얗고 발그레한 동굴 주변의 살갗에 혀를 제멋대로 대어 핥으며 타액의 반들거림을 남겼다. 그러자 그곳의 살결이 자르르한 떨림을 내며 바람결에 나부끼는 얇은 꽃잎처럼 그의 혀 놀림을 반겼다. 그는 맨바닥에 누워 공중으로 솟은 영지의 엉덩이를 얼굴 쪽으로 잡아당겨 회음부와 연결된 전음(前陰)의 모든 곳을 샅샅이 눈에 담았다.

복숭아처럼 좁고 야무진 엉덩이 골 깊은 곳에 이리 진기한 보옥이 숨어 있음에 가슴이 달음박질치듯 뛰었다. 처음과 두 번째 정을 통할 때에 미처 눈에 담지 못했던 곳을 한끝도 남김없이 눈에 담으려는 듯 혜는 이곳저곳을 유심히 바라보다가 점치고는 유난히 까맣고 큰 은밀한 자리에서 혀를 공 굴리듯 굴렸다.

"아아앗!"

영지의 목소리가 곧 내리 녹을 듯 가느다란 떨림을 맞으며 무너져 내렸다. 그러자 혜가 짓궂은 음성을 울렸다.

"우리 둘의 모습, 한 치의 남김도 없이 모두 그릴 때까지 멈추지 않을 것이야."

그러고선 곧바로 혜의 혀가 영지의 전음과 회음부를 향해 맹렬한 공격을 퍼부었다. 마치 전장에서 빗발치듯 쏟아지는 화살처럼. 사방에 튀기는 핏방울처럼. 찰나의 틈도 주지 않는 그의 열정적인 입놀림에 그녀는 전음이 모두 닳아 없어질 것 같다는 위압감에 떨리는 손을 들어 붓을 잡고 거울에 비친 두 사람의 모습을 바라보았다. 이미 얼굴이 붉어질 대로 붉어진 모습이었지만 그 낯빛을 모두 새까맣게 태워버릴 정도로 두 사람의 모습은 색이 펄펄

넘쳐흐르는 모습이었다.

탐이 강한 사람이 모든 것을 게걸스러우리만치 찾는 것처럼, 혜의 모습도 그러했다. 수려하고 기품 있는 인상을 가진 그의 속에 저런 본성이 숨어 있다는 것은 아무도 모를 것이다. 또한 사내의 두 눈에 수태의 모든 길을 인도하는 좁은 구멍을 내어 보이는 영지가 지닌 여인으로서의 본성도 다른 사내들은 절대로 모를 것이다.

오직 두 사람만이 알고 있는 탐욕스러운 본성. 그 본성이 주는 낯 뜨거운 모습을 눈에 담으며 영지는 붓끝을 서서히 움직였다. 두 사람의 입술에서 간지러운 교성과 더운 숨소리가 맞물려 어우러지는 순간이 흐를수록 하얀 종이 위에도 낯 뜨거운 연모의 은밀함을 나누는 연인의 모습이 자리 잡아갔다.

벌거벗은 두 나신이 노글노글하게 녹아버린 몸뚱이를 나란히 겹친 채 누워 정사의 잔 기운을 만끽하고 있었다. 혜의 팔을 베고 누운 영지는 그의 곱실거리는 음모를 손가락으로 은근하게 매만지며 물었다.

"느낌, 나쁘셨습니까?"

"아무래도……, 그대의 맨 속살이 주는 느낌이 더욱 좋지. 보드랍고, 뜨겁고……. 영소 작가는?"

혜의 물음에 영지는 발그레 솟는 부끄러움을 감추지 못하며 상기된 표정으로 그를 올려다보았다. 눈가에 그의 잘생긴 턱이 고였다.

"저도……, 마마의 맨살이 더 좋았던 것 같습니다."

"흠. 좋았으면 그냥 딱 좋은 것이지. '좋았던 것'은 또 어느 나라 말법이야?"

영지의 상기된 말에 혜는 기분이 좋아져서는 곧바로 씩 웃었다. 그러자 그녀가 그의 뺨에 파인 볼우물을 검지로 매만지며 말했다.

"그래도, 아직 수태는 아니 되오니……. 다음번에도 마마께서 그것을 넣어주셔요."

"내게 앞으로 얼마나 잘하는지……, 그대 하는 꼴을 보고 나서 넣어줄지 아니 넣어줄지를 정하지."

참으로 대단한 일이라도 되는 것처럼 거드름을 피우며 말하는 혜의 모습에 영지는 피식 웃으며 그의 이마에 맺힌 땀방울을 손등으로 닦아 말려주었다. 그러자 그가 그녀의 손을 덥석 잡아 어여쁜 검지를 입안에 넣고 핏덩이가 젖어미의 젖을 빨듯 쪽쪽 소리가 나도록 빨았다. 지문의 결을 타고 야릇한 간지러움이 전음까지 전해져서 영지는 바르게 편 두 다리를 꼬며 하얀 몸뚱이를 혜의 탄탄한 몸에 밀착시켰다.

"마마."

"응."

"이렇게 둘이서 아무 생각도 아니 하고 누워 있으니, 이곳이 마치 천상 같습니다."

영지의 속삭임에 혜는 엷게 웃으며 손을 들어 자신의 앉은뱅이책상에 천으로 고이 싸서 놓아둔 것을 주섬주섬 찾아 쥐었다.

그러고선 불쑥 영지의 젖가슴 사이에 올려두며 말했다.

"풀어보아."

"무엇입니까?"

"풀어보면 알겠지. 어서."

혜는 영지의 손을 잡아 그녀의 젖가슴 위에 작은 손바닥을 얹었다. 궁금한 마음에 곱게 싼 천을 열어보자 그 안에는 둥근 비취 가락지와 손에 꼭 들어오는 반원 형태의 작은 명경이 들어 있었다.

"이것이 무엇……, 입니까?"

영지는 물빛으로 빛나는 가락지와 명경을 손에 쥐어보며 물었다. 그러자 혜가 신이 난 듯 말을 풀어냈다.

"그 가락지. 지난번 시장 길에서 영소 작가가 눈길을 거듭 주던 것이 아니겠어? 하여 내가 그 방물장수에게 그대 몰래 샀지."

"허면 이 명경은요?"

"아, 그것. 내 특별히 경장(鏡匠)에게 그대의 손에 쏙 들어갈 수 있는 거울을 주문하였어. 그대는 변복하여 남장하기를 자주 하니 때때로 틀어진 상투도 다시 바로잡아야 하고, 또 무어, 본질은 여인이니 실은 얼마나 치장하기가 좋겠어? 하여 가끔씩 얼굴이 어여쁜지, 검댕이라도 묻었는지 보라고 이리 주는 것이니 절대로 아니 받는다고 말하지 말 것. 그대가 받지 않는다 하면 이 명경은 이 자리에서 깨어버릴 것이고 그 가락지도 소 여물통에 던져버릴 테니 그리 알아."

혜의 말에 영지는 입술을 삐죽거리면서도 슬쩍 손가락에 시퍼런 물빛으로 빛나는 반지를 끼워보았다. 하얀 손가락 사이에서 파랗게 빛나는 가락지는 마치 영지에 대한 혜의 마음이 물빛처럼 맑다는 것을 말해주는 듯 반짝반짝 빛이 났다.

이리저리 손가락을 움직여 가락지를 보던 그녀는 가락지를 낀 손으로 거울을 들었다. 하지만 차마 벌거벗은 모습이 부끄러워 손에 쏙 들어오는 거울의 앞면을 볼 수가 없기에 뒷면으로 돌린 영지의 눈에는 한순간 맑은 눈물이 차올랐다.

해로동혈(偕老同穴). 이혜. 윤영지.

"……해로동혈. 시경의 격고와 대거 편에서 나오는 말, 맞지요?"

영지의 물음에 혜는 제 곁붙이가 될 여인의 총명함에 절로 훈훈한 미소가 지어졌다.

"영소 작가는 시경도 보셨는가?"

"어릴 때부터 아버지께 한 수씩 배웠답니다."

"그럼, 그 뜻도 잘 알 터."

"예. 잘 알고 있습니다."

그녀는 빙긋 웃으며 손에 쏙 들어오는 거울을 가슴에 꼭 품었다. 그의 깊은 사랑이 차고 넘치도록 흘러서 영지의 온 마음을 다 적시고도 남음이 있었다. 사랑을 덧입은 그녀의 가슴은 행복함과 욱신거림을 동시에 맛보았다.

생과 사의 처음과 끝까지 함께하자는 신앙처럼 깊은 은애의 약조가 담긴 말. 진정 그 말이면 족했다.

'나는 이분이 정말 좋아. 나는 진심으로 이분을 은애해.'

눈을 꼭 감고 속엣말을 하는 그 속사정을 훤히 꿰뚫은 듯 혜가 입을 열어 속삭였다.

"생의 처음은 함께하지 못했지만 생의 마지막은 꼭 함께해주어. 이혜와 윤영지는 앞으로의 남은 생과 죽음까지 꼭 함께해야 해."

"……."

영지는 그의 말에 아무런 대답도 하지 않았다. 그러자 혜가 조금은 속이 상한 듯 말을 이었다.

"영소 작가."

"예."

"그대는 왜 내가 이런 더운 고백을 할 때마다 아무런 말도 해주지 않는가?"

"제가 무엇을요?"

"이상해. 마치 내 곁에서 끝까지 함께해주지 않을 것처럼……. 내가 우리 두 사람의 온전한 미래에 대해 말을 꺼내면 이상하리만치 아무런 대답을 하지 않더군."

"제가 언제……. 그저 마마의 원인 모를 노파심이겠지요."

영지가 아무렇지도 않은 듯 웃어넘기려 하자 혜는 엷은 한숨을 쉬며 피식 웃었다.

"행여 그 똑똑한 머리통 속에 언젠가 내 곁에서 떠나겠다는 그런 어리석은 생각을 품고 있다면 애초에 그만 접어두어. 나를 떠나고, 나를 버리려 하고, 내 눈이 닿지 않는 곳으로 숨는다면 나는 내게 종속된 모든 것을 다 내려두고 그대를 좇을 것이니. 그곳이 설령 지옥이라 하더라도 말이야."

혜의 말에 한순간 그녀의 표정은 딱딱하게 굳어갔다. 그것을 놓치지 않은 그는 보드라운 맨몸을 간질이며 굳은 얼굴을 풀어내었다. 그러자 간지러움에 몸을 바르르 떨던 영지는 까르르 웃음을 터트리며 그의 겨드랑이 아래로 머리를 밀어 넣고 몸을 웅크리며 애원하듯 말했다.

"그만하십시오. 저, 간지럼에 약합니다."

"하지 말라니 더 하고 싶은데?"

"우잇!"

영지가 입을 앙 물고선 바특이 상투가 솟은 머리로 그의 겨드랑이를 공격하자 혜는 한 방 크게 당했다는 듯 웃더니 이내 영지의 눈앞에 잘 접은 종이를 내밀었다.

"이건 또 무엇입니까?"

"내 마음."

"마음……, 이라니요?"

"내가 얼마나 영특한 인사인지 영소 작가도 알지?"

"갑자기 또 웬 자기 자랑을 하십니까?"

"말인즉, 내가 그대의 상투 꼭지 위에 앉아 있단 말이야."

"……?"

"처음엔 몰랐는데, 그 머리통 속이 훤히 들여다보이고 그 맘 구석구석까지 불을 켠 듯 다 읽혀진다, 이 말이지."

"마마?"

"여기서 펴보지 말고 이따가 집에 가면 혼자서 조용히 읽어보아."

상체를 일으킨 혜는 물빛 가락지를 낀 영지의 손바닥을 펴서 반듯하게 몇 번 접은 종이를 쥐어주며 말했다. 문득 혜의 눈이 꼭 울 것 같았다는 것은 영지의 착각이었을까. 그녀는 마음이 서늘해지는 것을 느끼며 천천히 맨몸을 일으켰다. 손안에 쥐어진 종이의 감촉이 마치 누군가의 눈물을 머금은 칼날 같아서 괜스레 맘이 베인 듯 아려 왔다.

집으로 돌아와 저녁참의 뒷정리까지 마친 영지는 자신의 방으로 돌아와 봇짐 안에 고이 넣어둔 가락지와 손거울, 그리고 혜의 마음이라 일컬음을 받은 서찰을 꺼냈다. 세 가지의 물건을 방바닥 위에 반듯하게 놓은 그녀는 그것들을 소중한 눈길로 바라보다가 이내 서찰을 집어 펴보았다. 그러자 혜가 영지에게 보내는 서찰의 내용이 한 줄 한 줄 눈에 들어와 심장에 대못처럼 박혔다.

그대, 나의 가장 사랑하는 백성. 영소 작가, 윤영지 보오.

하절의 때가 길어 더운 바람이 속절없이 내 마음을 감싸 쥐는 근자에, 나는 그대라는 평생의 열병을 얻어 이 밤에도 잠에 들지 못한 채 그대의 생각으로 허덕이고 있다오.

오늘 밤, 그대를 이 팔 안에 품고 꼭 잠이 들었으면 하는 생각에 붓끝을 놀리는 이 와중에도 쓴 입맛이 가시지를 않는데 그대는 지금 내 생각을 얼마나 하는지 몰라, 반쪽짜리 달이 뜬 이 밤이 무척이나 서럽고 아쉽다오.

세상에는 셀 수도 없이 많은 인연들이 얽혀서, 그 얽힘이 극심한 곳에 내려져진 정인들은 평생 서로를 알아보지도, 찾지도 못한 채 생을 마감한다는 말을 들었소. 그런 말에 비하면 나는 그대라는 평생의 열병을 찾아 이 맘속에 품었으니. 이 밤, 그대를 품고 잠에 들지 못한다 하여도 하늘님께 서럽고 아쉬운 마음을 하소연할 수가 없어 더욱 맘이 답답하다오.

나의 열병 같은 그대야.

그대는 그것을 알고 계신다오?

열병은 사람의 목숨을 앗을 만큼 지독하다는 것을. 또한 그 열병을 제대로 품어 견뎌내지 않으면 귀가 멀거나 눈이 멀어 평생에 세상의 어느 한 부분을 느끼지 못한 채 살아가야 한다는 사실을 말이오.

그대, 나의 지독한 열병 같은 사람아.

그러니 이미 그대라는 열병을 맘속 깊은 곳에 얻은 나를 두고 어느 날 갑자기 훌쩍 떠나려는 생각은 상상만으로도 하지 마오.

그대를 품은 내 열병은 그 병독가 길고 넓은데 그대가 훌쩍 떠나 내 눈앞에서 사라져버린다면 나는 그 열병을 제대로 품어 견뎌낼 자신이 없는 바. 귀가 멀고 눈이 멀고 마음이 멀어, 종결에는 사람의 구실을 못 하는 폐인이 되어버릴 것이라오.

나의 더운 고백과 우려의 앞날을 다짐하는 나의 말에 그대는 그저 슬픈 표정을 짓거나 엷게 웃을 뿐이었지. 문득 이 밤, 곰곰이 생각해보니 그대가 마치 언젠가 내 곁을 떠날 생각을 하고선 내게 그대의 숨은 열정을 모두 다 보여줄 것이 아니었나 하는 두려움이 들었다오.

마치 모든 것을 다 태워버리고 그을음만 남긴 채 사라지는 화톳불의 불꽃처럼, 그렇게……, 내게 그렇게 그대의 모든 맘과 정열을 한 톨도 남김없이 다 보여준 후에…… 그대라는 열병이 내게 뜨거운 감정만 남겨준 채 바람처럼 홀연히 사라질 것만 같아서 두렵고 불안하고, 무섭소.

채 낫지도 않았는데.

아니, 평생을 가도 이 열병을 나을 맘도, 거둬내어버릴 맘도 없는 내 자신이 너무나도 훤히 들여다보이는데…….

그대라는 사람이 나를 멀리하고, 종절에는 나를 버릴까 봐, 나는 이 밤이 등골이 서늘해질 정도로 두렵소.

내 평생에, 마지막으로 사랑을 나누고 싶은…… 아니, 마지막 사랑을 나누어야만 하는 그대야.

언젠가 책에서 읽은 적이 있는데 말이오. 거울은 사랑의 신의를 상징한다고 하오. 중원에서는 서로 아끼며 해로하라는 의미로 백년가약을 맺은 연인들에게 청동거울을 선물한다고도 하오. 그래서 나도 내 마음을 담아 그대에게 반원의 작은 거울을 선물하려고 준비하였는데…… 솔직히, 그대가 좋아할지 좋아하지 않을지 조금은 걱정이 되는 밤이오. 사실 그 거울의 반쪽은 내가 가지고 있다오.

우리 둘이 반절씩 나누어 품고 다니면서 늘 서로의 얼굴을 이 거울에 비추어 보며 그리워하고, 그리워하는 만큼 운애의 정도 깊어지면 좋겠는데…….

음. 두서없이 쓰다 보니 말이 길었소만, 하나만 더 당부의 말을 남길까 한다오.

반쪽씩 거울을 나누어 가졌던 정인들이 서로 헤어져 있을 때 어느 한쪽이 믿음을 저버리면, 그 반쪽 거울은 까치로 변하며 상대방에게 날아간다는 이야기가 있다오. 행여라도 그럴 일은 없겠지만, 그대가 나를 버리고 나의 믿음을 저버린 채 숨어버린다면 내가 가진 반쪽 거울이 까치로 변하며 그대가 숨는 곳을 평생 쫓을 것이니. 그대, 그 영리한 머리로 혹시라도 나쁜 맘은 먹지 마오.

그러하며 부디, 우리 두 사람의 앞날에 대해 이야기를 나눌 때에 이 말이든 저 말이든 내게 해주길 바란다오. 우리의 앞길이 천길 벼랑처럼 뚝 끊겨버리는 그런 길이 아니라 길고긴 강물처럼 길게 이어져서 종결에는 바다처럼 풍성하고 윤택한 삶을 함께 품을 수 있게 되기를 바라며 두서없는 글에 이만 맺음을 칠까 하오.

이 밤, 꿈결 속에서 우리 두 사람. 꼭 만나기를 기원하며.

그대를 진심으로 흠애하는 사내, 비혜.

영지는 혜의 마음이 절절하게 사무친 서찰을 고이 접어 품에 안은 채 방 안을 나왔다. 유난히 밝게 빛나는 달의 끝에 그의 얼굴이 걸린 것처럼 그녀의 눈앞에 제 사내의 수려한 모습이 그려졌다.

'아아……, 마마. 마마야말로 제게는 지독한 열병과도 같습니다. 하오나 열병을 제대로 버티고 도려내면 더 강건하게 살아갈 수 있는 법이 아니겠습니까? 눈이 멀고 귀가 멀어버리는 훗날의 악병은 제가 모두 안고 갈 것이니 마마는 열병을 제대로 품어 떨쳐버리신 후, 이 나라의 귀감이 되시고 훌륭한 종친이 되십시오. 참하고 어여쁘시고, 고되고 못된 것은 단 한 번도 눈에 담지 않으신 맑고 순결한 새 군부인 마마도 들이시어 그분의 몸을 통해 마마를 닮은 아기씨도 보셔야 할 것이니. 마마께서 지금은 저로 인한 열병에 달뜨셨다면 제가 지금은 거짓으로라도 마마의 맘을 편하게 해드리겠습니다.'

– 2권에서 계속.